Scandalous

L.J. SHEN

Scandalous

roman

Traduit de l'anglais (États-Unis) par
TYPHAINE DUCELLIER

Titre original : SCANDALOUS

Ce livre est publié avec l'aimable autorisation de Bookcase Literary Agency et Brower Literary & Management.

HARPERCOLLINS FRANCE

83-85, boulevard Vincent-Auriol, 75646 PARIS CEDEX 13.
Service Lectrices — Tél. : 01 45 82 47 47

www.harlequin.fr

ISBN 978-2-2804-2014-3

Pour Sunny Borek et Ella Fox.

S'il la touchait, il ne pouvait pas lui parler.
S'il l'aimait, il ne pouvait pas s'en aller.
S'il parlait, il ne pouvait pas écouter.
S'il luttait, il ne pouvait pas gagner.

Arundhati Roy, *Le Dieu des Petits Riens*

Les hippocampes préfèrent nager deux par deux, leurs queues entrelacées. Ils font partie des rares espèces animales à être monogames et se livrent à une parade nuptiale de huit heures qui inclut, entre autres, de danser, de nager côte à côte et de changer de couleur. Ils sont romantiques, élégants et fragiles.

Exactement comme l'amour.

Ils nous rappellent que l'amour est censé être sauvage, exactement comme l'océan.

Prologue

Edie

Gourmandise, nf.
Pluriel : gourmandises.
Excès d'alimentation ou de boisson.

Le pire des sept péchés capitaux. En tout cas, c'était mon avis. Et mon avis était le seul qui comptait à cet instant, sous le soleil impitoyable de la Californie du Sud qui embrasait en cet après-midi de mai la promenade de Todos Santos. J'avais désespérément besoin d'argent. Adossée contre la rambarde blanche qui séparait la promenade bondée de l'océan chatoyant et des yachts étincelants, je regardais passer les gens.

Fendi, Dior, Versace, Chanel, Burberry, Bulgari, Louboutin, Rolex.

Gourmandise. Excès. Corruption. Vice. Fraude. Déception.

Je les jugeais. Je jugeais la façon dont ils buvaient leurs smoothies bio à dix dollars et dont ils glissaient sur leurs skateboards multicolores fabriqués sur mesure et signés Tony Hawk. Je les jugeais en sachant pertinemment qu'ils ne pouvaient pas en faire autant avec moi, car je me cachais. Le visage dissimulé sous la capuche de mon gros sweat noir, les mains enfoncées dans les poches de mon slim, noir également. J'avais une vieille paire de Dr Martens aux lacets défaits et un sac à dos JanSport en loque, qui tenait grâce à des épingles.

Je semblais être androgyne.

Je bougeais comme un fantôme.

J'étais un canular.

Et j'étais sur le point de faire quelque chose qui rendrait plus difficile encore le fait de me regarder dans une glace.

Comme pour tous les jeux dangereux, il y avait des règles à respecter : pas d'enfants, pas de personnes âgées, pas de personnes ayant l'air d'appartenir à la classe moyenne. Ma cible, c'étaient les riches. Les prototypes de mes parents. Les femmes avec des sacs à main Gucci, et les hommes en costume Brunello Cucinelli. Les dames avec des caniches dont la tête dépassait de leur sac clouté Michael Kors, et les messieurs qui avaient l'air parfaitement à l'aise à l'idée de dépenser pour un cigare ce qu'une personne normale dépensait pour son loyer.

C'était tellement facile de repérer des victimes potentielles sur la promenade que c'en était presque gênant. D'après le recensement de 2018, Todos Santos était la ville la plus riche de Californie. Au grand désarroi des vieilles familles fortunées de la région, les nouveaux riches comme mon père étaient venus s'y installer, armés de voitures monstrueuses importées d'Italie et d'assez de bijoux pour couler un navire de guerre.

Je secouai la tête en observant l'explosion de couleurs, de parfums et de corps bronzés à demi nus.

Concentre-toi, Edie. Concentre-toi.

Un bon chasseur pouvait sentir sa proie à des kilomètres.

Mon repas du jour passa à côté de moi à vive allure, attirant sans le savoir l'attention sur elle. C'était une de ces femmes trophées habillées en Chanel. Âge moyen, collier de perles, et parée des pieds à la tête des derniers vêtements et accessoires à la mode. Je n'étais pas experte en la matière, mais mon père aimait gâter ses maîtresses avec des fringues de luxe et parader avec elles lors de soirées mondaines où il les présentait comme ses secrétaires très particulières. Ma mère, elle, s'achetait elle-même des tenues de créateurs, dans une tentative désespérée de ressembler aux femmes plus jeunes qui servaient de distraction à mon paternel. Par conséquent, je reconnaissais la richesse quand je la voyais. Et cette femme ne mourait pas de faim. Elle ne manquait ni de nourriture ni d'amour, les deux seules choses qui avaient vraiment de l'importance.

Elle était loin de se douter que son argent allait me permettre d'acheter de l'amour. Son portefeuille bientôt vide remplirait mon cœur à ras-bord.

— Je meurs d'envie de manger la salade au canard de la Brasserie ! Si on y allait demain ? Dar pourrait peut-être se joindre à nous, minauda-t-elle, tout en faisant bouffer son carré platine d'une main parfaitement manucurée.

Elle me tournait déjà le dos quand je remarquai qu'elle était au bras d'un métis aussi grand que séduisant, qui devait bien avoir vingt ans de moins qu'elle. Il était bâti comme Robocop et tiré à quatre épingles comme David Beckham. Est-ce que c'était son amant ? Son mari ? Un vieil ami ? Son fils ? Dans tous les cas, ça ne faisait pas grande différence à mes yeux.

C'était la victime parfaite. Distraite, dispersée et autoritaire. Se séparer de son portefeuille serait pour elle tout au plus un désagrément. Elle avait sans doute une secrétaire ou quelque autre malheureuse à son service pour gérer ça à sa place. Quelqu'un qui s'occuperait de lui commander de nouvelles cartes de crédit et de faire refaire son permis de conduire, la soulageant ainsi du fardeau des formalités administratives.

Quelqu'un comme Camila.

Voler, c'était comme marcher sur un fil. Le secret résidait dans votre assurance et votre capacité à ne pas regarder le vide. Ou les yeux de la victime, dans mon cas. J'étais mince, petite et agile. J'avais toutes les qualités requises. Je naviguais parmi une foule de préados turbulents en maillots de bain et de familles qui mangeaient leur glace, les yeux fixés sur le sac YSL noir et doré qui pendait à son bras.

Les sons étaient comme étouffés, les corps et les *food truck* disparaissaient de mon champ de vision. Je ne distinguais plus que mon objectif.

Avec tout ce que Bane m'avait appris en tête, j'inspirai profondément et me jetai sur le sac. Je le lui arrachai et partis comme une flèche vers l'une des nombreuses allées situées entre les boutiques et les restaurants qui longeaient la promenade.

Je courais aveuglément, désespérément, furieusement. Sans regarder derrière moi.

Tap, tap, tap, tap. Mes Doc heurtaient lourdement le béton brûlant sous mes pieds, mais les conséquences, si je ne trouvais pas l'argent dont j'avais besoin, pesaient encore plus lourd sur mon cœur. Les éclats de rire d'un groupe de filles sur la promenade se dissipaient, tandis que je mettais de plus en plus d'espace entre ma cible et moi.

J'aurais pu être l'une d'elles. Je le peux encore. Pourquoi est-ce que je fais ça ? Pourquoi est-ce que je ne peux pas lâcher prise ?

Encore une intersection et je serais installée dans ma voiture, à inspecter le contenu de mon trésor. Enivrée par l'adrénaline et l'endorphine, je sentis un rire hystérique me monter à la gorge. Je détestais voler les gens et je détestais encore plus le sentiment qui accompagnait l'acte. Mais ce que je détestais par-dessus tout… c'était moi-même. Ce que j'étais devenue. Pourtant, le sentiment libérateur d'agir mal et d'être assez douée pour ne pas me faire choper me remplissait le cœur d'allégresse.

Dès que j'aperçus ma voiture, le nœud que j'avais dans le ventre se desserra. La vieille Audi TT noire que mon père avait rachetée à son associé Baron Spencer était la seule chose qu'il m'ait donnée au cours des trois dernières années. Et, même comme ça, ce cadeau était lourd de sous-entendus. Il attendait quelque chose en retour : me voir le moins possible dans sa grande et belle maison. C'était son but dans la vie. La plupart des nuits, il choisissait de ne pas rentrer. Ça réglait le problème.

J'attrapai mes clés dans mon sac à dos tout en parcourant les derniers mètres, essoufflée comme un vieux chien malade.

Je n'étais plus qu'à quelques centimètres de la portière côté conducteur quand tout tourna autour moi et que je sentis mes genoux lâcher. Il me fallut quelques secondes pour me rendre compte que je n'avais pas simplement trébuché. Une grande main puissante me tenait par l'épaule. L'inconnu me fit pivoter si brusquement que j'en eus le souffle coupé. Avant que j'aie le temps d'ouvrir la bouche ou de faire quoi que ce soit, il m'attrapa par le bras d'une poigne de fer et me tira dans l'allée qui séparait un fast-food et une boutique française.

Impossible de crier, de mordre, ou pire. Je traînai les pieds dans la direction opposée, dans une tentative désespérée de me libérer, mais le type faisait deux fois ma taille, une véritable montagne de muscles ! J'étais trop aveuglée par la rage pour observer son visage. Le chaos brouillait ma vue. Un incendie se déchaînait dans mon ventre, et des flammes me brûlaient les yeux.

Il me plaqua contre un mur. L'onde de choc se propagea du haut de mon dos jusqu'à mon coccyx, et je laissai échapper un râle de douleur. Par réflexe, je tendis les bras pour essayer de lui griffer la figure. Je voulais lui donner des coups de poing, des coups de pied. Ma colère était comme un ouragan. Impossible de naviguer au travers.

Il agrippa mes poignets et les plaqua au-dessus de ma tête, contre le ciment froid.

Ça y est, pensai-je. *Tu es finie. Tout ça à cause d'un sac débile, un samedi après-midi, sur une plage connue pour être l'une des plus bondées de Californie.*

Je rentrai la tête dans les épaules en attendant de recevoir un coup ou, pire encore, de sentir son haleine pourrie sur ma bouche, ou sa main tirer sur mon pantalon.

Mais non. Au lieu de ça, l'inconnu se mit à rire.

Je fronçai les sourcils et plissai les yeux pour réussir à voir qui se tenait en face de moi.

Il m'apparut morceau par morceau, comme un tableau en cours de réalisation. Ses yeux bleu-gris furent la première chose que j'aperçus dans le brouillard de terreur qui m'enveloppait. Un mélange d'argent et de saphir. De la même couleur qu'une pierre de lune. Je distinguai ensuite un nez droit, des lèvres symétriques, des pommettes ciselées. Il empestait presque la masculinité, mais ce n'est pas à cause de ça que je le reconnus immédiatement. Je le reconnus à cause de ce qu'il exhalait en quantités dangereuses pour la santé : menace et dureté. Un chevalier noir fabriqué dans un matériau grossier. Il affichait un silence cruel et une assurance impitoyable.

Je ne l'avais rencontré qu'une fois lors d'un barbecue chez Dean Cole, quelques semaines plus tôt, mais on ne s'était pas adressé la parole.

Il n'avait desserré les dents avec personne.

Trent Rexroth.

On se connaissait à peine, pourtant, le peu que je savais de lui suffisait pour que je le méprise. Il était millionnaire et célibataire. Autrement dit, probablement un play-boy. Une version plus jeune de mon père, en résumé, ce qui signifiait que j'avais autant envie de faire sa connaissance que d'attraper le choléra.

— Tu as cinq secondes pour m'expliquer pourquoi tu as piqué le sac de ma mère.

Son ton était sec et indifférent. Mais la colère brûlait dans ses yeux.

— Cinq.

Sa mère ? Et merde ! J'étais vraiment dans de sales draps. Cela dit, je ne regrettais pas ma décision, car ça montrait bien que j'avais tapé dans le mille. C'était une femme blanche et riche qui vivait dans une banlieue chic. Son sac ne lui manquerait pas, tout comme son argent d'ailleurs. En revanche, que ce soit la mère de l'associé de mon père depuis six mois… ça, ce n'était vraiment pas de bol.

— Lâchez-moi ou je vous mets un coup de genou dans les couilles, sifflai-je entre mes dents serrées.

Il ignora ma menace et serra plus fort.

— Quatre.

Il me défiait du regard, alors qu'il savait aussi bien que moi que j'étais trop lâche pour seulement essayer. Je grimaçai. Il n'était pas vraiment en train de me faire mal et il le savait. Il serrait juste assez pour que ce soit très désagréable, et pour me foutre une trouille bleue.

Personne ne s'en était jamais pris à moi physiquement, auparavant. C'était une règle tacite chez les bourgeois. Vous pouviez ignorer vos enfants, les envoyer en pension en Suisse et les laisser entre les mains de la nounou jusqu'à leurs dix-huit ans, mais il ne fallait surtout pas vous aviser de lever la main sur eux.

Je regardai autour de moi à la recherche du sac, en proie à un mélange de confusion et de panique. Rexroth dut aussitôt comprendre ce que j'avais en tête, car il le laissa tomber entre nous. Il atterrit sur mes Doc dans un bruit sourd.

— À ta place, j'éviterais de trop m'y attacher, chérie. Trois.

— Mon père vous tuerait, s'il savait que vous avez posé la main sur moi, bafouillai-je. Je suis…

— La fille de Jordan Van Der Zee, m'interrompit-il d'un air détaché, comme pour me dispenser des présentations. Désolé de te l'apprendre, mais je n'en ai strictement rien à foutre.

Mon père travaillait avec lui, et possédait quarante-neuf pour cent des parts de Fiscal Heights Holdings, la société que Rexroth avait fondée avec ses meilleurs amis du lycée. Et même si ça ne faisait pas vraiment de mon paternel son patron, il représentait quand même une menace pour Trent. Son expression indiquait clairement qu'en effet il n'avait pas peur. Mais je savais que mon père péterait les plombs, s'il apprenait que Trent Rexroth m'avait touchée. Il ne faisait pas bien souvent attention à moi, mais quand c'était le cas, c'était pour affirmer le pouvoir qu'il exerçait sur moi, et il ne faisait pas dans la dentelle dans ces moments-là.

J'avais envie de me moquer de Rexroth à mon tour. Je ne savais pas trop pourquoi. Peut-être parce qu'il était en train de m'humilier, même si une partie de moi concevait que je le méritais.

Il me fusillait du regard avec une telle violence que mon corps me faisait mal. Je me sentis rougir comme une pivoine, et cette prise de conscience me fit l'effet d'une gifle. Parce qu'il avait presque le double de mon âge et qu'il était scandaleusement interdit. Je me sentais assez jeune pour me faire prendre la main dans le sac, sans le bonus de sentir mes cuisses se contracter, tandis qu'il enfonçait les doigts dans mes poignets comme s'il voulait les briser.

— Qu'est-ce que vous allez faire ? Me frapper ?

Je relevai le menton avec un regard, un ton et une attitude de défi. Rexroth était grand, fort et mat de peau. Sa mère était blanche, ce qui voulait dire que son père devait être noir ou métis. Il avait les cheveux coupés ras et portait un pantalon de costume gris anthracite, une chemise blanche et une Rolex vintage.

Superbe connard. Magnifique enfoiré arrogant.

— Deux.

— Ça fait dix minutes que vous avez commencé votre compte à rebours, je vous signale, lui fis-je remarquer en haussant les sourcils.

Il esquissa un sourire si diabolique que j'aurais presque pu jurer qu'il avait des crocs à la place des canines. Il lâcha mes poignets comme si mon contact le brûlait. Je me les frottai aussitôt pour atténuer la douleur.

Perché au-dessus de moi comme une ombre, il grogna :

— Un.

On se dévisagea, moi d'un air horrifié, lui d'un air amusé. Mon pouls battait si furieusement que je me demandais à quoi ça pouvait ressembler à l'intérieur. Entre l'afflux de sang et l'adrénaline, les ventricules de mon cœur paraissaient sans doute sur le point d'exploser. Il leva la main avec une lenteur atroce et m'ôta ma capuche. Mes longs cheveux blonds ondulés tombèrent en cascade jusqu'à ma taille. Ainsi exposée, j'avais les nerfs complètement en pelote. Il me détailla paresseusement, comme si j'étais un article de bazar qu'il hésitait à acheter. J'étais une jolie fille (un constat qui ravissait mes parents autant qu'il les contrariait), mais Trent était un homme, et moi une lycéenne, du moins pendant encore deux semaines. Je savais que les hommes aimaient les femmes plus jeunes, mais les filles à peine majeures étaient rarement leur tasse de thé.

Je finis par rompre le silence qui s'étirait interminablement.

— Et maintenant ?

Il me caressa presque la joue (presque) ; mes paupières frémirent, et mon cœur s'emballa d'une manière qui me fit me sentir à la fois plus jeune et plus âgée que je ne l'étais en réalité.

— Maintenant, j'attends.

Je fronçai les sourcils.

— Vous attendez quoi ?

— Que l'avantage que j'ai désormais sur toi devienne utile, Edie Van Der Zee.

Il connaissait mon nom. C'était déjà étonnant qu'il m'ait reconnue après m'avoir simplement aperçue sur la pelouse d'un de ses amis, lors d'un barbecue. Mais ça… c'était étrangement excitant. À moins de s'être renseigné, il n'avait aucune raison de savoir comment je m'appelais. Mon père ne parlait pas de moi au travail, c'était une certitude absolue. Il tentait d'ignorer mon existence dès qu'il en avait l'occasion.

Je plissai le nez, sceptique.

— Et à quoi je pourrais bien vous servir ?

C'était un magnat trentenaire puissant qui jouait dans une catégorie tellement supérieure à la mienne qu'on n'était même pas sur le même terrain. Je ne me dévalorisais pas en disant ça. C'était un choix. J'aurais pu être riche comme lui (correction : potentiellement, j'étais cinquante fois plus riche que lui), mais au lieu de me vautrer dans l'argent, j'avais décidé de lui tourner le dos, au grand désarroi de mon père.

Sauf que Trent Rexroth l'ignorait. Il n'en avait pas la moindre idée.

Il se pencha sur moi. À son contact et sous son regard, je me sentis incroyablement vivante. Ses lèvres étaient une invitation à la poésie, au péché et au plaisir.

Je le sentis sourire contre la peau de mon cou, puis il murmura :

— À tenir ton père en laisse. Félicitations, tu viens de te réduire à l'état de sacrifice potentiel.

Il s'écarta, et tandis qu'il m'escortait jusqu'à ma voiture, me tenant par la nuque comme si j'étais un animal sauvage qu'il fallait absolument dompter, je ne pensais qu'à une chose : ma vie venait de devenir beaucoup, beaucoup plus compliquée.

Il tapota le toit de mon Audi et sourit en baissant ses Wayfarer.

— Sois prudente sur la route, dit-il à travers la vitre ouverte.

— Allez vous faire foutre !

— Si tu veux, mais certainement pas par toi, gamine. Tu ne mérites pas que j'aille en tôle pour détournement de mineure.

J'avais déjà dix-huit ans, mais ça ne faisait quasiment aucune différence. J'étais en train de me retenir de lui cracher à la figure, quand il se mit à fouiller dans le sac de sa mère, puis il lança un truc dans ma voiture.

— Au cas où tu aurais un creux en chemin. Un conseil d'ami : laisse les poches et les sacs des gens tranquilles. Tout le monde n'est pas aussi agréable que moi.

Il n'était pas agréable. Il était l'incarnation du connard par excellence. Avant que j'aie le temps de trouver une repartie cinglante, il tourna les talons et s'éloigna, laissant derrière lui une traînée de parfum enivrant et de femmes intéressées.

Je baissai les yeux pour voir ce qu'il avait lancé sur mes genoux, encore abasourdie et perturbée par sa dernière remarque.

Un Snickers.

Autrement dit, il m'ordonnait de me détendre, en me traitant comme une gamine.

Comme une farce.

Trop distraite pour m'en prendre à un autre passant, je quittai la promenade et pris la route de Tobago Beach, afin d'emprunter un peu d'argent à Bane pour tenir jusqu'au mois prochain.

Ce jour changea quelque chose et, d'une certaine façon, donna à ma vie une direction que je n'aurais jamais cru prendre.

Ce jour-là, je me rendis compte que je détestais Trent Rexroth.

Ce jour-là, j'inscrivis son nom en haut de ma liste noire, sans possibilité de liberté conditionnelle.

Et, ce jour-là, je me rendis compte que dans les bons bras, je pouvais encore me sentir vivante.

Malheureusement, dans ce cas précis, c'étaient les pires bras possibles.

Chapitre 1

Trent

Elle est un labyrinthe sans issue.

Un pouls régulier mais impalpable. Elle est là, mais presque pas.

Je l'aime tellement que je la déteste, parfois.

Et ça me terrifie car, dans le fond, je ne sais pas ce qu'elle est.

Une énigme impossible à résoudre.

Et je sais qui je suis.

L'idiot qui veut essayer de la réparer.

À n'importe quel prix.

— Qu'as-tu ressenti en écrivant ça ?

Les yeux brillant de larmes, Sonya tenait le papier taché de whisky comme s'il s'agissait de son premier-né. Le niveau de mélo crevait le plafond, aujourd'hui. En dépit de l'émotion, elle parlait d'une voix claire, et je savais ce qu'elle voulait. Une avancée. Un moment. Façon scène charnière de film de gonzesse qui changeait tout. La fille introvertie se débarrassait de ses inhibitions, le père se rendait compte qu'il se comportait comme un connard froid et indifférent, et ils se confiaient l'un à l'autre et partageaient leurs émotions, bla-bla-passez-moi les mouchoirs-bla.

Je me frottai le visage, puis consultai ma Rolex.

— J'étais raide bourré quand j'ai écrit ça. Alors, ce que je ressentais, c'était sûrement une grosse envie de manger un hamburger pour éponger l'alcool, lâchai-je platement.

Je ne parlais pas beaucoup (vous parlez d'un scoop), à tel point qu'on me surnommait « le muet ». Lorsque j'ouvrais la bouche, c'était avec Sonya qui connaissait mes limites, ou avec Luna qui les ignorait et m'ignorait aussi par la même occasion.

— Tu te soûles souvent ?

Chagrinée. Elle semblait chagrinée. Elle tentait de le cacher, mais je savais lire entre les lignes des épaisses couches de maquillage et du professionnalisme.

— Ça ne te regarde pas, et non.

Un silence assourdissant s'abattit sur la pièce. Je tapotai l'écran de mon portable du bout des doigts, en tentant de me rappeler si j'avais ou non envoyé le contrat aux Coréens. J'aurais dû me montrer plus agréable, étant donné que ma fille de quatre ans était assise à côté de moi et qu'elle assistait à notre échange. J'aurais dû être tout un tas de choses, mais tout ce que j'étais, tout ce que je savais être, à l'extérieur du bureau, c'était en colère et furieux et confus.

Pourquoi, Luna ? Qu'est-ce que je t'ai fait, bordel ?

J'étais devenu un père célibataire de trente-trois ans qui n'avait ni le temps, ni la patience de supporter qui que ce soit de sexe féminin, à l'exception de sa fille.

Sonya croisa les doigts.

— Parlons plutôt des hippocampes.

Elle changeait toujours de sujet quand elle sentait que j'étais à bout de patience et sur le point de craquer.

Elle arborait un sourire chaleureux mais neutre, exactement comme l'atmosphère de son cabinet. Mes yeux s'attardèrent sur les photos accrochées derrière elle, qui représentaient des enfants en train de rire (le genre de connerie qu'on trouvait chez IKEA), sur le papier peint d'un jaune doux, sur les fauteuils à fleurs. Était-ce elle qui en faisait trop, ou moi qui n'en faisais pas assez ? C'était difficile à dire, à ce stade.

Je reportai mon attention sur ma fille et lui offris un sourire qu'elle ne me rendit pas. Je ne pouvais pas lui en vouloir.

— Luna, est-ce que tu veux bien expliquer à ton papa pourquoi l'hippocampe est ton animal préféré ? demanda Sonya d'une voix chantante.

Luna sourit à sa pédopsychiatre avec un air de conspiratrice. Elle ne parlait pas. Du tout. Pas un mot, pas une syllabe. Ses cordes vocales ne présentaient pas la moindre anomalie. Elle criait quand elle avait mal, elle toussait quand elle était congestionnée, et fredonnait distraitement quand une chanson de Justin Bieber passait à la radio (ce qui, en soi, était aussi une tragédie).

Luna ne parlait pas, parce qu'elle ne voulait pas parler. Ce n'était pas un problème physique ; c'était un problème psychologique, qui venait d'on ne savait où. Une chose était sûre, en revanche : elle était différente, indifférente et inhabituelle. Les gens disaient qu'elle était spéciale, comme si le mot en lui-même constituait une excuse pour la traiter comme une bête de foire. Je n'étais plus en mesure de la protéger des haussements de sourcils curieux et des regards interrogateurs. Ça devenait aussi de plus en plus difficile de faire passer son silence pour de l'introversion, et je commençais à en avoir marre de mentir, de toute façon.

Luna était et serait toujours incroyablement intelligente. Elle obtenait toujours des résultats supérieurs à la moyenne à tous les tests qu'on lui faisait passer (et il y en avait eu tellement, au cours des années, que j'avais arrêté de compter). Elle comprenait absolument tout ce qu'on lui disait. Elle était muette par choix, sauf qu'elle était trop jeune pour faire ce choix. Par conséquent, tenter de la convaincre de parler était à la fois impossible et ironique. C'était pour cette raison que je me traînais jusqu'au cabinet de Sonya deux fois par semaine, en plein milieu de ma journée de boulot, dans une tentative désespérée d'amadouer ma fille, afin qu'elle cesse de boycotter le monde.

Sonya fit la moue et posa mon poème alcoolisé sur son bureau.

— En fait, je peux te dire précisément pourquoi Luna adore les hippocampes.

Parfois, Luna disait un mot ou deux, quand elle était seule avec Sonya, mais jamais lorsque j'étais dans la pièce. Sonya m'avait dit qu'elle avait une voix langoureuse, comme son regard. Douce, délicate et parfaite. Elle n'avait aucun problème d'élocution. « *Elle parle comme une enfant, Trent, tout simplement. Toi aussi, tu l'entendras un jour.* »

— Ah oui ?

Fatigué, je haussai les sourcils et posai le menton dans ma main, tout en dévisageant la rousse à forte poitrine en face de moi. J'avais trois contrats à traiter à mon retour au bureau (quatre, si j'avais oublié d'envoyer celui des Coréens) et je n'avais pas de temps à perdre avec des foutus hippocampes.

Sonya tendit le bras et prit ma grande main sombre dans sa petite main blanche.

— C'est son animal préféré car c'est la seule espèce où le mâle porte le bébé. C'est le papa hippocampe qui « tombe enceinte » et qui couve les œufs. C'est beau, tu ne trouves pas ?

Je battis des paupières avant de me tourner vers ma

fille. J'avais toujours été inapte quand il s'agissait d'interagir avec des femmes de mon âge, alors m'occuper de Luna me donnait immanquablement l'impression de viser dans le noir, en espérant atteindre ma cible. Je fronçai les sourcils, réfléchissant à quelque chose (n'importe quoi) qui aurait pu accrocher un sourire sur les lèvres de ma fille.

— Je…

Sonya s'éclaircit la gorge et vint à mon secours :

— Dis-moi, Luna, qu'est-ce que tu dirais d'aller aider Sydney à accrocher les décorations dehors, pour la fête ? Tu as l'œil pour ces choses-là.

Sydney était la secrétaire. À force de passer des heures à l'accueil à attendre pour nos séances, Luna avait fini par s'attacher à elle. Elle hocha la tête et sauta à bas de son fauteuil.

Elle était magnifique. Sa peau couleur caramel et ses boucles châtaines faisaient ressortir ses yeux bleus et leur conféraient un éclat presque surnaturel. Ma fille était belle, le monde était laid, et je ne savais pas comment l'aider.

Ça me tuait. Ça me rongeait comme un cancer. Lentement. Sûrement. Implacablement.

Dès que la porte se fut refermée avec un petit bruit sourd, Sonya reporta son attention sur moi. Son sourire avait disparu.

— Tu viens baiser ce soir ou quoi ? m'enquis-je en consultant de nouveau ma montre.

Elle secoua la tête et croisa les mains derrière la tête.

— Bon sang, Trent !

Je la laissai piquer sa petite crise d'autorité. C'était un problème récurrent avec elle. Pour une raison qui m'échappait, elle croyait qu'elle avait le droit de m'enguirlander, juste parce qu'il lui arrivait d'avoir ma bite dans la bouche. Alors qu'en réalité le pouvoir qu'elle exerçait sur moi était uniquement dû à Luna. Ma fille vénérait le sol que Sonya foulait.

— Je prends ça pour un non.

— Sérieusement, tu ne vois pas que c'est un signe ? L'amour que Luna porte aux hippocampes est une façon de dire « papa, merci de t'occuper de moi ». Ta fille a besoin de toi.

— Et je suis là pour elle, répondis-je à travers mes dents serrées.

C'était la vérité. Qu'est-ce que j'aurais bien pu lui donner qu'elle n'avait pas déjà ? J'étais son papa quand elle avait besoin de quelqu'un pour ouvrir le bocal de cornichons, et sa maman quand elle avait besoin de quelqu'un pour rentrer son maillot de corps dans ses collants de danse.

Trois ans plus tôt, Val, sa mère, l'avait posée dans son berceau, elle avait pris ses clés et deux grandes valises, et elle avait disparu de nos vies. Val et moi n'avions jamais été ensemble. Luna était le résultat d'un enterrement de vie de garçon fortement cocaïné et sérieusement parti en vrille à Chicago. Elle avait été conçue dans l'arrière-salle d'un club de striptease, Val assise à califourchon sur moi, tandis qu'une autre stripteaseuse était en train de me grimper sur le visage. Sauter une stripteaseuse sans capote aurait dû m'octroyer une sorte de record du monde de la connerie. J'avais vingt-huit ans (je n'étais donc plus un gamin, loin de là) et j'étais assez intelligent pour savoir que ce que je faisais était stupide.

Mais à cet âge-là, je réfléchissais encore avec ma bite et mon portefeuille.

À présent, je réfléchissais avec mon cerveau et en ayant à l'esprit le bonheur de ma fille.

Las de tourner autour du pot, je décidai de mettre les pieds dans le plat.

— Ça va durer encore longtemps, cette comédie ? Ton prix sera le mien. Qu'est-ce qu'il faudrait pour que tu acceptes de passer avec nous à plein temps ?

Elle travaillait pour une institution privée financée en partie par l'État et en partie par votre humble serviteur. Elle ne pouvait pas gagner plus de quatre-vingt mille dollars par an, et encore, j'étais hyper optimiste. Je lui avais offert cent cinquante mille, la meilleure assurance maladie du marché pour son fils et elle, et le même nombre d'heures, pour travailler exclusivement avec Luna.

Sonya soupira à fendre l'âme et plissa ses yeux azur.

— Tu ne comprends pas, Trent ? Tu devrais faire en sorte que Luna s'ouvre à d'autres gens, au lieu de la laisser dépendre uniquement de moi pour communiquer. De plus, elle n'est pas la seule à avoir besoin de moi. J'aime travailler avec les autres enfants et tout un tas de patients différents.

— Elle t'adore, la contrai-je en retirant des peluches imaginaires de mon costume Gucci impeccable.

Qu'est-ce qu'elle croyait, que je ne voulais pas que ma fille me parle ? Qu'elle parle à mes parents ? À mes amis ? J'avais tout essayé. Luna ne cédait pas. Le moins que je puisse faire, c'était m'assurer qu'elle ne se sente pas terriblement seule dans sa tête.

— Toi aussi, elle t'adore. Il va juste lui falloir un peu plus de temps pour sortir de sa coquille.

— Espérons que ça arrive avant que je trouve un moyen de la casser, dis-je en me levant.

Je ne plaisantais qu'à moitié. Ma fille avait le don de me faire me sentir plus impuissant que tous les adultes avec qui j'avais interagi au cours de ma vie.

— Trent, insista Sonya d'un ton suppliant, alors que j'avais déjà la main sur la poignée de la porte.

Je me figeai mais ne me retournai pas. Elle ne parlait pas beaucoup de sa famille quand elle venait tirer un coup rapide, alors que Luna et la nounou étaient déjà au lit, mais je savais qu'elle était divorcée avec un enfant. Qu'elle aille se faire foutre, avec sa vie normale et son fils normal ! Ils ne pouvaient pas nous comprendre, Luna et moi. Sur le papier, peut-être. Mais en pratique ? Aucune chance. Nous étions cassés, torturés. Des bêtes de foire. Sonya était une bonne thérapeute. Agissait-elle contrairement à l'éthique ? Peut-être, encore que c'était discutable. Nous couchions ensemble en sachant pertinemment qu'il n'y avait rien de plus entre nous. Pas d'émotions, pas de complications, pas d'attentes. Elle était douée dans sa partie, mais à l'instar du reste du monde, elle ne l'était pas quand il s'agissait de comprendre ce que je traversais. Ce que nous traversions.

— Les vacances d'été viennent de commencer. Je t'en supplie, essaie d'accorder davantage de temps à Luna. Tu as des horaires complètement dingues. Ça lui ferait vraiment du bien d'être davantage avec toi.

Cette fois, je tournai la tête.

— Qu'est-ce que tu suggères ?

— Tu pourrais peut-être prendre une journée par semaine pour passer du temps avec elle ?

Quelques lents battements de paupières suffirent à lui faire comprendre qu'elle dépassait gravement les limites. Elle pinça les lèvres, m'indiquant qu'elle en avait marre de moi, elle aussi.

— Je comprends. Tu es quelqu'un de très important et tu ne peux pas te le permettre. Dans ce cas, promets-moi que tu l'emmèneras au bureau une fois par semaine. Camila pourra la surveiller. Je sais que ton bureau offre une garderie, une salle de jeux et d'autres aménagements pour les enfants.

Camila était la nounou de Luna. Elle avait soixante-deux ans, un petit-fils, et un autre en route. Autant dire qu'elle ne resterait plus très longtemps à notre service. Dès que j'entendais son nom, un sentiment de malaise m'envahissait.

Je hochai la tête, et Sonya ferma les yeux en soupirant.

— Merci.

À l'accueil, je récupérai le sac à dos Dora l'Exploratrice de Luna et fourrai son hippocampe en peluche à l'intérieur. Je lui tendis la main, et elle l'attrapa. Nous parcourûmes en silence les quelques mètres qui nous séparaient de l'ascenseur.

— Spaghettis ? demandai-je, avide de déception.

Effectivement. Pas de réponse.

— Et du yaourt glacé, ça te dirait ?

Rien. Nada.

La sonnerie de l'ascenseur retentit. Luna portait des Converse noires, un jean et un T-shirt blanc. Le genre de truc que j'imaginais très bien sur la fille Van Der Zee, quand elle n'était pas occupée à détrousser des innocents. Luna ne ressemblait en rien à Daria, la fille de Jaime, ou aux autres petites filles de sa classe, qui préféraient les robes et les fanfreluches. Elle ne s'y intéressait absolument pas.

— Et des spaghettis et du yaourt glacé ?

J'en étais réduit à marchander avec une fillette de quatre ans. Or, je ne marchandais jamais.

Elle resserra légèrement son étreinte autour de ma main.

Je tenais le bon bout.

— On peut verser le yaourt glacé sur les spaghettis et manger devant *Stranger Things*. Deux épisodes. Tu pourras aller te coucher à 21 heures au lieu de 20 heures.

De la merde. C'était le week-end, et mes activités habituelles pouvaient bien attendre. Ce soir, j'allais regarder la télé avec ma fille. J'allais être un hippocampe.

Luna pressa ma main une fois en signe d'assentiment silencieux.

— Par contre, pas de chocolat ou de cookies après le dîner, l'avertis-je.

Je ne plaisantais pas quand il s'agissait de la nourriture et des habitudes à la maison. Luna serra à nouveau ma main, en signe de protestation, cette fois.

— Cause toujours, jeune fille. Je suis ton père, et c'est moi qui décide. Pas de chocolat après le dîner. Ni de garçon, d'ailleurs. Après le dîner ou n'importe quand.

Un semblant de sourire passa sur ses lèvres avant qu'elle ne recommence à froncer les sourcils, son sac avec son hippocampe serré contre sa poitrine. Ma propre fille ne m'avait jamais souri. Pas même une fois. Pas même par accident. Jamais.

Sonya avait tort. Je n'étais pas un hippocampe.

J'étais l'océan.

Chapitre 2

Edie

L'apesanteur.

Je ne m'en lassais jamais. Flotter sur une grosse vague, ne faire qu'un avec l'océan. Surfer sur la vague avec maîtrise (genoux pliés, ventre rentré, menton levé) en se concentrant sur la seule chose qui importait vraiment dans la vie : ne pas tomber.

Ma combinaison noire me collait à la peau et me permettait de rester au chaud, même dans l'eau encore glaciale à 6 heures du matin. Bane venait de prendre une autre vague à quelques mètres de moi, et s'accroupissait pour prolonger aussi longtemps que possible sa glissade sur l'une des forces les plus ardues de la nature. Il surfait comme il conduisait sa Harley : imprudent, agressif, impitoyable. L'océan était bruyant. Les vagues qui s'écrasaient sur le rivage blanc assourdissaient mes pensées négatives et me faisaient oublier mes complexes. Mon anxiété disparaissait et, l'espace d'une heure (rien qu'une heure), il n'y avait pas de drame ni d'inquiétudes concernant l'argent, pas de plans à échafauder ni de rêves à briser. Il n'y avait pas de Jordan ni de Lydia Van Der Zee, pas d'attentes et pas de menaces au-dessus de ma tête.

Rien que moi.

Rien que l'eau.

Rien que le lever du soleil.

Oh ! et Bane.

— Putain, ça caille ! grogna-t-il en revenant au *line-up*.

Il était beaucoup plus grand et beaucoup plus lourd que moi, et assez bon pour passer pro, s'il le voulait vraiment. Quand il attrapait une bonne vague, il s'y accrochait comme s'il avait des griffes. Le surf était comme le sexe : peu importait combien de fois vous le pratiquiez, c'était différent à chaque fois. Il y avait toujours quelque chose de nouveau à apprendre et chaque rencontre était unique, avec un potentiel inespéré.

— Sale journée pour surfer à poil, marmonnai-je.

Bane aimait surfer nu. Il aimait ça parce que je détestais qu'il le fasse et que me mettre mal à l'aise était son passe-temps favori. D'un autre côté, voir sa bite s'agiter dans les airs était distrayant, même si c'était agaçant au possible.

— Tu vas manger, Gidget, dit-il en passant sa langue percée sur sa lèvre inférieure, percée, elle aussi.

Gidget était le surnom qu'on donnait aux surfeuses de petit gabarit. Il m'appelait comme ça quand il voulait m'énerver. Son équilibre était précaire, aujourd'hui, et il avait à peine réussi à tenir sur la vague précédente. Si la planche de quelqu'un devait finir en deux morceaux, ce matin, ce serait la sienne.

— Tu peux toujours rêver, lançai-je par-dessus les vagues féroces.

— Non, sérieusement. Ton père est là.

— Mon père… quoi ?

J'avais dû mal entendre. Mon père n'était jamais venu me chercher où que ce soit auparavant, et il ne risquait pas de commencer maintenant. Surtout à une heure pareille, sur une plage qui était tout sauf adaptée à sa passion pour les costumes hors de prix.

Je me tournai néanmoins vers la côte et vacillai, physiquement mais pas seulement. Le front de mer était bordé de palmiers et de bungalows peints en rose, en vert, en jaune et en bleu. Et, effectivement, au milieu du carnaval des bars, des stands de hot-dog et des chaises longues jaunes, se tenait Jordan Van Der Zee. Debout sur la plage, avec le soleil qui se levait derrière lui, telle une boule de feu destructrice montant tout droit des enfers. Il arborait un costume trois-pièces Brooks Brothers et un air aussi furieux que désapprobateur. Deux choses dont il ne se départait jamais, même en dehors des heures de bureau.

Malgré la distance, je pouvais voir son œil gauche tiquer sous l'effet de l'irritation.

Je pouvais également sentir son souffle chaud sur mon visage.

Le désespoir m'agrippa la gorge d'une poigne de fer. Comme s'il était trop près, trop sévère, trop tout.

Bane ne connaissait pas mon père, mais, comme tout le monde dans cette ville, il savait qui il était. Jordan possédait la moitié du centre de Todos Santos (l'autre moitié appartenait à Baron Spencer), et il avait récemment annoncé son intention de se présenter aux élections municipales. Il offrait de grands sourires à tous les objectifs qu'il croisait, serrait la main des entrepreneurs locaux, embrassait les bébés ; il avait même assisté à certains des événements organisés par mon lycée, pour montrer qu'il soutenait la communauté.

Tout le monde l'aimait, le craignait ou le détestait. Personnellement, j'entrais dans la dernière catégorie. Parce que j'étais très bien placée pour savoir que sa colère était un sabre à double tranchant qui pouvait vous fendre en deux sans pitié.

Je me levai sur ma planche pour prendre une vague, mais perdis l'équilibre. Je retombai à plat sur le dos et une pointe de douleur me transperça. Le goût du sel attaqua ma langue, et je recrachai l'eau de mer. Je tirai sur le *leash* accroché à ma cheville pour récupérer ma planche, remontai dessus et me mis à ramer rapidement en direction de la plage.

— Fais-le poireauter, ce connard ! cria Bane derrière moi.

Je le regardai par-dessus mon épaule. Il était à califourchon sur sa planche noire et me fixait avec des flammes dans les yeux. Ses longs cheveux blonds lui collaient au front et aux joues, et la détermination brillait dans son regard vert. Je tentai de le voir à travers les yeux de mon père. Un sale rat de plage à moitié recouvert de tatouages. Un Viking, un homme des cavernes, de Néandertal, parfaitement à l'aise en vivant en marge de la société.

Une pomme empoisonnée.

« Les Van Der Zee ne fréquentent que le dessus du panier, Edie. »

Je tournai à nouveau la tête vers la plage et ramai plus vite.

— Espèce de lâche ! hurla Bane assez fort pour que Jordan puisse l'entendre.

Je ne répondis pas. Pas parce que je n'avais rien à dire, mais simplement parce que Bane ne connaissait pas toute l'histoire. Il fallait absolument que j'entretienne des rapports civilisés avec mon père. Il tenait mon avenir entre ses sales pattes. Et je voulais le récupérer.

Bane[1] n'était pas surnommé ainsi par hasard. Pour faire court, c'était une brute sans filtre entre la bouche

1. Bane signifie fléau en anglais. (N.D.T.)

et le cerveau. S'il n'avait jamais été renvoyé de l'école, c'était uniquement parce que sa mère avait une tonne de relations au conseil municipal. Il régnait sur nous tous. Sur tous les élèves du bahut. Les petits cons blindés de fric. Les footballeurs corrompus. Les pom-pom girls qui faisaient vivre un enfer aux autres filles.

Bane n'était pas un gentil garçon. C'était un menteur, un voleur et un dealer.

Et mon petit ami, à l'occasion.

Autrement dit, même si Bane avait raison (mon père était effectivement un connard de première catégorie), Jordan avait raison sur une chose : je faisais des choix de vie clairement discutables.

Je mis ma planche à l'horizontale et la calai sous mon bras, tout en trottinant vers lui.

— Jordan ?

Le sable froid me collait aux pieds et m'anesthésiait la peau. L'adrénaline du surf courait encore dans mes veines, mais je savais que je ne tarderais pas à être glacée. Je me retins de faire la grimace, sachant que mon père serait trop content de voir que j'avais froid et qu'il prolongerait délibérément la discussion.

Il hocha le menton et plissa les yeux.

— C'est le fils Protsenko ?

Je fronçai le nez. C'était un tic nerveux. Même si Jordan était un immigrant de la première génération, ça lui posait problème que je sois amie avec un gamin russe arrivé ici avec sa mère après la chute de l'Union soviétique.

— Je t'ai dit de ne pas t'approcher de lui.

Je reniflai avec mépris et fixai l'horizon.

— De lui et d'un tas d'autres personnes, aussi. On ne peut pas s'entendre sur tout.

Il glissa le pouce entre son cou et le col de sa chemise.

— Tu vois, c'est là que tu te trompes, Edie. Je n'ai jamais dit que j'étais d'accord pour ne pas m'entendre avec toi. Simplement, je choisis mes combats. Ça s'appelle être parent, et j'essaie de m'acquitter de ce rôle du mieux que je peux.

C'était un caméléon, interchangeable et adaptable à l'envi. Il dissimulait sa cruauté sous un masque de fausse inquiétude, et ses manières de bulldozer sous un masque d'enthousiasme, de fort caractère et d'ambition. À mes yeux, ses actes avaient fait de lui le monstre qu'il était à présent. Mais, aux yeux du commun des mortels, il demeurait un citoyen respectable parmi tant d'autres. Un pauvre garçon néerlandais, venu aux États-Unis avec ses parents, qui avait réalisé le rêve américain et était devenu millionnaire tout seul, à force de travail et d'intelligence.

Il avait l'air inquiet, et peut-être qu'il l'était, mais pas pour mon bien-être.

J'essuyai mon visage mouillé avec mon avant-bras.

— Père...

Je détestais devoir l'appeler comme ça juste pour lui faire plaisir. Il n'avait rien fait pour mériter cette appellation.

— Tu n'es pas venu jusqu'ici pour me parler du fils Protsenko. En quoi puis-je t'aider, ce matin ?

Je plantai ma planche dans le sable pour m'y appuyer. Il tendit la main pour me toucher le visage, avant de se rappeler que j'étais trempée et de la remettre dans sa poche. Pendant une seconde, il ressembla à un être humain. Presque comme s'il n'avait pas d'idée derrière la tête.

— Où as-tu caché tes dossiers d'admission pour l'université de Boston et Columbia ?

Je crus que ma mâchoire allait se décrocher. Il n'était pas censé être au courant de leur existence. J'avais été acceptée dans cinq universités. Harvard, Stanford, Columbia, Brown et Boston. J'avais une moyenne de 4,1[1] et mon nom de famille était Van Der Zee. Autrement dit, ces gens savaient que mon père ferait don d'un ou deux millions de dollars et d'un rein en prime à l'institution renommée qui le débarrasserait de ma pénible présence. Malheureusement, me rendre dans l'une de ces universités, toutes situées loin de la maison, ne m'avait jamais vraiment intéressée. La raison la plus évidente était le surf. C'était mon oxygène. Le ciel bleu et le soleil me nourrissaient l'âme. Mais la principale raison, c'était que la seule personne à qui je tenais sur cette Terre vivait en Californie. Alors, il était hors de question que je déménage. Même à Stanford qui était pourtant en Californie du Nord.

Et il le savait pertinemment.

— Je ne les ai pas cachés. Je les ai brûlés, le corrigeai-je, tout en retirant ma combinaison. Je veux rester près de lui.

— Je vois.

Il savait très bien qu'on n'était pas en train de parler de Bane. La seule raison pour laquelle il avait décidé d'avoir cette conversation à la plage et pas à la maison, c'était parce qu'il tenait à s'assurer que ma mère ne puisse pas nous entendre. Elle était fragile. Sa santé mentale ne tenait qu'à un fil. Le simple fait d'entendre quelqu'un crier lui était insupportable, et ce sujet était suffisamment explosif pour dégénérer en énorme dispute.

Je fermai les yeux et soupirai.

— Vas-y, dis-le.

Je tremblais. L'adrénaline de ma session avait disparu depuis longtemps. Uniquement vêtue de mon bikini, j'attendais désespérément que le soleil soit assez haut pour que ses rayons puissent caresser ma peau.

1 La meilleure moyenne possible dans le système d'éducation secondaire américain est 4. (N.D.T.)

— Edie, je pense que j'ai échoué en tant que père et je tiens à m'excuser.

Tu m'en diras tant.

— J'accepte tes excuses, répondis-je, même si je ne croyais pas une seconde à son baratin. Sinon, qu'est-ce que tu veux ? Tu n'es pas venu jusqu'ici juste pour prendre de mes nouvelles. Qu'est-ce que tu complotes ?

— Étant donné que tu ne vas pas à l'université cette année (que les choses soient claires, ça ne veut pas dire que tu n'iras pas l'année prochaine), et que les cours sont finis, je pense que tu devrais venir travailler pour moi.

Pour. Pas avec. Nuance. Une nuance tout sauf subtile.

— Dans un bureau ? Non, merci !

D'habitude, je donnais des cours de surf à des enfants trois fois par semaine, mais avec les vacances d'été qui commençaient, j'espérais pouvoir augmenter les heures. Et oui, je jouais aussi régulièrement les voleuses, depuis que mon père m'avait coupé les vivres. Je devais payer mon assurance, mon essence, mes vêtements, ma vie, et payer pour lui aussi, alors, je n'allais pas m'excuser de devoir voler. Quand je ne m'en prenais pas à des inconnus, je mettais en gage des trucs empruntés dans sa grande maison. Celle qu'il avait achetée à Todos Santos à la minute où il avait rejoint le club des milliardaires. Bijoux. Gadgets électroniques. Instruments de musique. J'aurais mis le chien de la famille au mont-de-piété, si on en avait eu un. J'avais très peu de limites quand il s'agissait du bonheur de celui que j'aimais. Et voler n'en était pas une. Même si je ne ciblais que des personnes qui avaient assez d'argent pour ne pas en souffrir.

— Ce n'était pas une question. C'était un ordre, dit mon père en m'attrapant par le coude.

J'enfonçai les talons plus profondément dans le sable.

— Et si je refuse ?

— Theodore s'en va, annonça-t-il sans sourciller.

La facilité avec laquelle il avait dit son nom me brisa le cœur.

— Tu es sans cesse distraite à cause de lui. Parfois, je me demande jusqu'où tu serais arrivée, si j'avais pris cette décision il y a des années.

Une tempête se déchaîna alors en moi. Je voulais le pousser, lui cracher à la figure, lui hurler après, mais je ne le pouvais pas, parce qu'il avait raison. Il avait un pouvoir sur moi. Et un tas de connexions. S'il voulait faire disparaître Theo du paysage, il le ferait. Sans problème et sans hésiter.

Je me mordis l'intérieur de la joue jusqu'à sentir le goût métallique du sang dans ma bouche.

— Et ce serait pour faire quoi ?

— Tout ce qu'il y a à faire dans un bureau. Pas de classement, pas de standard téléphonique. Tu as besoin d'une bonne dose de réalité, Edie. Etre acceptée dans plusieurs universités de l'Ivy League et ne pas t'inscrire pour passer tes journées à surfer avec un fumeur de joints ? C'est fini, tout ça. Le moment est venu de t'appliquer. Tu viendras avec moi tous les matins à 7 heures pour ouvrir le bureau, et tu partiras quand je te le dirai, qu'il soit 19 ou 20 heures. Compris ?

Il n'était jamais allé aussi loin pour me punir. J'avais beau avoir dix-huit ans révolus, ça ne voulait rien dire. Je vivais toujours sous son toit, c'était toujours lui qui me nourrissait et, surtout, j'étais à sa merci.

— Pourquoi est-ce que tu me fais ça ? Pourquoi ici ? Pourquoi maintenant ?

Sa paupière tiqua à nouveau, et je vis sa mâchoire se contracter.

— Inutile de me faire une scène. Tu ne récoltes que ce

que tu as semé avec ton mode de vie irréfléchi. Le moment est venu d'honorer le nom que tu portes.

Il tourna les talons et se dirigea vers son Range Rover, garé au bord de la promenade déserte. Le moteur tournait, et les yeux de son chauffeur passaient en continu de son portable à nous. Un mince sourire apparut sur ses lèvres. Il avait fallu moins de dix minutes à mon père pour me remettre à ma place.

Je restai les pieds enracinés dans le sol, figée comme une statue de glace. Je détestais mon père avec le genre de passion que les gens réservent normalement à l'amour. Je nourrissais à son encontre une haine qui m'entachait l'âme et m'empoisonnait le cœur.

— Quelque chose me dit que tu regrettes de ne pas m'avoir écouté et de ne pas l'avoir envoyé chier, grommela Bane qui venait de me rejoindre.

Il posa sa planche dans le sable et ramena ses cheveux en chignon. Je ne répondis pas.

Il me donna un coup de coude et sortit une canette de Budweiser de son sac à dos, car qu'est-ce que ça pouvait bien faire qu'il ne soit que 7 heures du matin ?

— Je rêve ou tu viens de te faire botter le cul ?

J'agrippai le coquillage que je portais en pendentif et grognai :

— Tu n'as pas idée !

Chapitre 3

Edie

Fou.

Cet endroit était la définition même de la folie !

Je n'étais jamais allée au bureau de mon père auparavant, mais je reconnaissais l'anarchie quand elle me regardait dans les yeux. Et au quinzième étage du bâtiment Oracle de Beverly Hills, qui abritait Fiscal Heights Holdings, je découvrais ce qu'était vraiment le chaos.

Et le seul homme dont la folie pouvait égaler celle de Bane.

Baron « Vicious » Spencer.

L'endroit était en pleine effervescence. C'était un mélange de téléphones qui sonnaient, de femmes en jupe crayon St. John qui jasaient, et d'hommes en costume qui se disputaient. Le hall d'accueil de FHH était orné de granit ivoire et de cuir marron. Des fenêtres, qui allaient du sol au plafond, offraient une vue imprenable sur Los Angeles dans toute sa gloire. Belle, laide, réelle, superficielle, crue.

Et au milieu de tout ce luxe, je me trouvais face à face avec l'homme que tout All Saints High considérait comme une légende, tant et si bien que dix ans plus tard, ils avaient donné son surnom à un banc : Vicious.

— Si tu décides de plagier un article entier sur la bourse,

au moins, ne le pompe pas sur ce putain de *Financial Times*. Qui t'a engagé comme chargé de relations publiques ? Hein ? Qui ?

L'homme aux cheveux d'ébène et aux yeux indigo lança une pile de documents au visage d'un jeune homme visiblement horrifié. Les papiers retombèrent comme de la grêle. Pas comme des confettis. Vicious enfonça le bout de son index dans la chemise parfaitement repassée de l'autre type, les dents serrées.

— Tu me règles ce bordel avant d'emballer les deux photos et demie à la con de ta famille que tu as sûrement apportées pour donner une touche personnelle à ton bureau de dix centimètres sur dix, tête de nœud. Et termine avant 17 heures, parce que je veux aller à ma réunion de 18 heures en faisant comme si ça n'était jamais arrivé. C'est clair ?

Presque toutes les personnes présentes à l'étage avaient formé un cercle pour regarder le spectacle ; pourtant, personne ne réprimandait Vicious pour son attitude minable. Pas même mon père. Tout le monde semblait avoir trop peur de lui et, même si je me sentais vraiment mal pour ce type (un certain Russell, apparemment), je ne voulais pas entamer mon premier jour de travail en énervant encore plus de gens.

— Monsieur, je vous en prie. Vous ne pouvez pas me virer.

Russell faillit se mettre à genoux. C'était de la torture d'assister à ça. Je me ratatinai dans la petite robe en laine noire d'un créateur français que j'avais piquée dans la penderie de ma mère, ce matin-là, et tentai de ne pas grimacer.

— Je peux, et c'est exactement ce que je suis en train de faire. Et où est mon café, putain ?

Il regarda autour de lui en se tapotant la bouche du bout des doigts. Il portait une alliance. Ceux qui croient que le mariage vous adoucit se mettent le doigt dans l'œil !

Soudain, le silence se fit. L'armée de costumes se fendit en deux, et trois hommes arrivèrent. Je n'eus aucun mal à les reconnaître. Ils apparaissaient trop souvent en couverture des magazines économiques qui traînaient à la maison pour que j'ignore qui ils étaient.

Dean Cole, Jaime Followhill et Trent Rexroth.

À côté de Trent, les deux autres avaient l'air d'être là juste pour faire joli. Ils étaient un peu moins grands, un peu plus minces et, globalement, ils ressemblaient moins à des dieux vivants. C'était sur Trent que se posaient tous les regards. C'était lui qui volait la vedette avec sa chemise bleu layette et son pantalon de costume gris clair. Sa posture, son allure, sa façon de marcher, tout, chez lui, empestait le sexe. Et je n'étais visiblement pas la seule à le penser, car au moins trois femmes autour de moi laissèrent échapper de petits gloussements de collégienne.

— Spencer ?

Son Starbucks à la main, Trent lui lança un regard froid.

— Tu as tes règles ou quoi ? Détends-toi, bordel, on est lundi et il est 8 heures du matin.

— Il a raison, putain. Pète un coup, V ! intervint Dean Cole.

Son grand sourire détendit aussitôt l'atmosphère.

— Surveillez votre langage ! cria mon père à côté de moi, en serrant mon bras plus fort.

J'avais oublié qu'il me tenait. La première fois qu'il avait fait ça, j'avais seize ans et je venais de me pointer à la maison avec deux anneaux dans la narine gauche. Le premier bleu, lui, datait du jour où j'avais décoré le bas de mon buste avec un énorme tatouage. Ce n'était jamais très violent (comme je l'ai déjà dit, les riches ne frappent pas leurs enfants), mais on savait tous les deux qu'il le faisait parce que je détestais me tenir à côté de lui. Me serrer parfois au point de me laisser des ecchymoses était sans doute un plus à ses yeux.

— Machintruc est viré. Je veux son ordinateur sur mon bureau à midi. Sans parler de tous ses codes d'accès, son portable pro et sa carte de parking, que je donnerai à quelqu'un qui la mérite davantage. Peut-être le gamin qui nous livre des corbeilles de fruits tous les matins, dit Vicious en agitant la main en direction de Russell.

Il s'empara d'une des deux tasses de café que Jaime tenait dans ses mains, et mon cœur se serra.

Trent ouvrit silencieusement ce que je supposais être la porte de son bureau. Je n'aurais sûrement pas dû me sentir aussi heureuse qu'ils aient tous ignoré mon père, mais je jubilais à l'intérieur.

— Personne n'est viré aujourd'hui. De plus, on a d'autres chats à fouetter. Dans mon bureau.

— A : va te faire foutre avec tes chats. B : tu n'as pas d'ordres à me donner.

Vicious finit son café en deux gorgées et tendit son gobelet vide à la personne la plus proche.

— C : café. J'en veux un autre. Tout de suite !

Le type à qui il s'était adressé se précipita vers l'ascenseur pour aller lui chercher un autre Starbucks.

Jaime s'éclaircit la gorge.

— Vicious...

— Il a copié-collé un article du *Financial Times* sur notre site. Ils auraient pu nous attaquer en justice, ou pire.

— S'il... s'il vous plaît, bégaya Russell.

Il ne se doutait pas que sa faiblesse ne faisait qu'attiser les envies sanguinaires de tous les prédateurs qui l'entouraient, moi y compris.

— C'était une erreur. Je n'ai pas eu le temps d'écrire l'article. Ma fille a deux semaines, elle ne fait pas ses nuits et...

Incapable de supporter ça plus longtemps, je l'interrompis :

— Lâchez-le, à la fin !

Je dégageai mon bras de l'étreinte de mon père et avançai en direction des *Hot Heroes*. Les quatre associés tournèrent la tête vers moi. Ils avaient tous l'air surpris, mais Trent était le seul à afficher en plus un air de dégoût.

Je montrai Russell du doigt.

— Il s'est excusé. Pourquoi est-ce qu'il aurait fait exprès de merder ? Il a une famille à nourrir.

Cole gloussa et donna une tape dans le dos de Spencer en secouant la tête.

— J'adore. Recevoir des ordres de la part d'une ado, comme c'est mignon !

Je sentis mes joues devenir cramoisies. Vicious semblait indifférent, comme si je n'existais pas. Il se tourna à nouveau vers Russell et lui ordonna de dégager, en précisant néanmoins qu'il n'était pas renvoyé.

Trent se tourna vers moi, un sourire forcé sur les lèvres.

— Est-ce que c'est la journée portes ouvertes pour les enfants ? Parce que je ne me rappelle pas avoir reçu de mail à ce sujet.

Sa voix contenait assez de venin pour tuer une baleine. Je lui lançai un regard dur, feignant une assurance que j'étais loin d'éprouver.

« Tu es un sacrifice potentiel. »

Ses mots résonnèrent dans ma tête, rongeant toutes les pensées positives que son physique aurait pu m'inspirer. Ça remontait à quelques semaines seulement, pourtant, j'avais déjà oublié qu'il allait représenter une complication.

— Edie va travailler ici quelque temps, annonça Jordan

en me tirant de nouveau par le bras, comme si j'étais un objet.

— Et on peut savoir qui a décidé ça ? demanda Trent.

— Moi.

— Je ne crois pas avoir donné mon accord. Les autres associés non plus.

— Dans ce cas, j'ai bien fait de ne pas poser la question.

Mon père sourit poliment, tout en resserrant ses doigts fins et longs autour de mon bras. J'ignorai la douleur. Si je démarrais une autre dispute avec lui, je risquais de ne pas pouvoir voir Theo samedi, et c'était un risque que je refusais de prendre. Trent avança vers nous. Chacun de ses pas me faisait l'effet d'une déferlante, comme si je ramais sur une mer houleuse.

— Avec tout le respect dû au népotisme de la classe blanche supérieure, offrir à votre fille sous-qualifiée un poste que des candidats plus méritants mourraient d'envie d'occuper est une décision qui doit être validée par tous les associés, à l'instar de n'importe quelle décision importante impliquant les ressources humaines. Je me trompe ?

Il se tourna vers ses amis, qui acquiescèrent tous solennellement. Russell appartenait déjà au passé. J'étais la nouvelle victime, la nouvelle cible. Une petite souris coincée dans un repaire de chats.

— Nom de Dieu, Rexroth, elle va être assistante, pas directrice de comptes !

Jordan m'étreignait le bras si fort que j'avais l'impression que mes os étaient sur le point de se briser et de me transpercer la peau.

— Elle pourrait éplucher des bananes dans la cuisine, ce serait pareil. Elle va être à cet étage, elle va avoir accès à nos bureaux et nos dossiers. Ça passe en conseil d'administration demain matin. Fin de la discussion, grogna Trent.

Tous les regards étaient rivés sur lui, et la pièce semblait vibrer sous l'effet d'une énergie sombre. Le muet avait parlé. Et il ne s'était pas contenté de dire quelques mots : il avait fait des phrases. Trent Rexroth était le chasseur silencieux qui décrivait des cercles autour de vous pendant des heures, et passait à l'attaque quand vous vous y attendiez le moins.

Il était comme une panthère. Sauvage, invisible et habile. Il regarda mon père comme s'il n'était qu'un tas de fumier, et ses yeux s'arrêtèrent sur sa main qui agrippait mon bras. Je n'avais jamais vu personne regarder mon père avec un tel dédain. Je sentis son étreinte se relâcher.

— Vous allez vraiment me faire la guerre pour ça ?

Mon père se frotta la joue, incrédule. Allez comprendre. Il était tellement habitué à ce que ma mère et moi baissions la tête et lui passions ses moindres caprices… D'un coup, je n'étais pas entièrement sûre de ne pas être du côté de Rexroth. Certes, c'était vexant qu'il ne veuille pas m'avoir dans les pattes, mais, moi non plus, je n'avais pas envie d'être ici. On était donc sur la même longueur d'onde, quelque part.

Il se planta à quelques centimètres de mon père. Il était si près que je pouvais respirer son parfum, un mélange singulier d'homme propre et de baise sale. Il exhalait la sensualité et éveillait en moi des envies d'interdit. La réaction qu'il provoquait était presque répugnante. Je notai dans un coin de ma tête de ne m'approcher de lui sous aucun prétexte.

Il plongea son regard dans celui de mon père.

— Avec vous, je me battrais à mort pour n'importe quoi, Jordan, murmura-t-il sombrement. Y compris l'entreprise qui s'occupe des machines à café, s'il le faut.

Grosse ambiance…

Cet endroit était comme un poison pour l'âme.

Heureusement, Rexroth semblait me détester, et les *Hot Heroes* se serraient toujours les coudes. C'était bien connu à All Saints High. Je doutais donc qu'ils brisent la tradition en l'honneur de ma petite personne.

— Très bien, éructa Jordan. Ça passera au conseil !

Trent se tourna vers moi, et ses yeux gris rencontrèrent mes yeux bleus. Vicious aboya aux gens de se disperser, et mon père me lâcha enfin le bras pour rejoindre Jaime et Dean (sans doute pour s'attirer leur sympathie et s'en faire des alliés).

— Je ne t'aime pas, me chuchota Trent méchamment.

— Ça tombe bien, moi non plus, répondis-je dans un haussement d'épaules.

— Tu ne travailleras pas ici.

Son bras m'effleura, et quelque chose me dit que ce n'était pas par accident. Je lui adressai un sourire mielleux tout en étudiant son visage et son torse, rien que pour le plaisir de le provoquer.

— Tant mieux, ça me rendra service ! C'est mon père qui veut me forcer à travailler ici. Il est en colère parce que j'ai refusé de m'inscrire dans l'une des cinq universités de l'Ivy League qui m'ont offert une place. Rafraîchissez-moi la mémoire, monsieur Rexroth : dans quelle université avez-vous passé votre licence, déjà ?

Il était célèbre à Todos Santos car il faisait figure de véritable *success story*. Enfance dans un quartier pourri de San Diego, études supérieures dans une université publique pourrie qui acceptait même les analphabètes, petit boulot pourri comme gardien sur le campus après ses heures de cours… Tout le monde avait pu lire son histoire dans une interview qu'il avait accordée à *Forbes*.

Au lieu de m'aider à retrouver un peu de dignité, ce coup bas me fit monter la bile dans la gorge. Est-ce que je venais vraiment d'essayer de le rabaisser, parce qu'il n'était pas né avec une cuillère en argent dans la bouche ? Ça me donnait encore plus la gerbe que le fait de devoir porter les vêtements de créateur de ma mère pour venir travailler.

Il sourit et se pencha sur moi. Son sourire était plus terrifiant que toutes les expressions de fureur ou de colère que j'avais jamais vues. Il donnait l'impression d'être sur le point de me mettre en pièces puis de me raccommoder comme bon lui semblerait.

— Edie…

Ses lèvres étaient dangereusement proches de mon oreille. Un frisson délicieux parcourut mon échine et une vague de chaleur déferla en moi.

— … Si tu veux ce qu'il y a de mieux pour toi, tourne les talons et pars immédiatement.

Je levai la tête pour affronter son regard et lui offrir ma version de ce qu'était un sourire. J'étais née et j'avais grandi dans un monde d'hommes riches et intimidants, et j'aurais préféré crever plutôt que finir comme ma mère : accro au Xanax, à Gucci et à un homme qui l'avait fait parader à son bras l'espace d'une courte et glorieuse décennie, avant de la garder uniquement pour sauver les apparences.

— Je pense que je vais aller m'installer à mon bureau. Je pourrais vous souhaiter une bonne journée, monsieur Rexroth, mais je pense que c'est raté pour aujourd'hui. Vous êtes un triste personnage. Oh ! tenez. Pour la route.

Je sortis une barre de céréales du sac de ma mère et la plaquai contre son torse dur et musclé.

Mon cœur palpitait comme un oiseau qui voulait s'évader de sa cage.

J'emboîtai le pas à mon père dans le grand couloir aux teintes dorées, sans oser regarder derrière moi. Je savais que j'avais déclenché une guerre pour laquelle je n'étais pas armée. Mais je savais aussi autre chose qui m'excitait autant que mes sessions de surf : si Rexroth votait contre moi, je serais libre.

Et je savais comment parvenir à mes fins. Il me suffisait de me comporter comme une petite garce.

C'est parti.

Chapitre 4

Trent

Je déjeunai seul.

J'avais grandi sans frère ni sœur. Mes parents pensaient que leurs revenus étaient trop modestes pour leur permettre de subvenir correctement aux besoins d'un autre enfant (une décision que je respectais). Les repas étaient donc plutôt calmes. Mais ils n'étaient pas silencieux pour autant.

J'avais découvert la véritable solitude le jour où Luna avait arrêté de parler. C'était arrivé quelques jours après son deuxième anniversaire, et ça avait anéanti le peu de confiance en moi que j'avais en tant que père. Jusque-là, être père célibataire m'avait semblé difficile, mais pas impossible. J'avais de l'argent et des ressources pour engager les meilleures nounous du monde, je pouvais compter sur mes parents quand je devais m'absenter pour le travail, ainsi que sur mes amis et leurs épouses, qui étaient toujours là pour m'aider, et traitaient Luna comme leur propre fille. En plus, j'avais déjà eu un paquet de merdes au cours de ma vie, ce qui voulait dire que j'étais paré. J'avais à peine été étonné quand Val nous avait laissés en plan.

Toute ma vie, j'avais été dépossédé.

Dépossédé de ma bourse d'études, quand un abruti

répondant au nom de Tony Rowland avait graissé le sol devant mon casier et que je m'étais cassé la cheville.

Dépossédé de ma liberté quand Val m'avait annoncé qu'elle était enceinte, même si j'étais aussi responsable qu'elle.

Enfin, dépossédé d'une petite fille épanouie quand Val s'était barrée en abandonnant Luna.

Mais ça… c'était la goutte d'eau qui avait fait déborder le vase. Le silence.

Il me rongeait de l'intérieur, et l'homme normal et réservé que j'étais s'était transformé en un sombre connard enragé qui avait juste besoin d'une bonne excuse pour laisser libre cours à sa colère.

J'étais silencieux, amer et complètement bousillé. À cause de ma fille.

Après le déjeuner, je regagnai le quinzième étage, prêt à m'attaquer à ma liste longue comme le bras de choses à faire.

En arrivant à la porte de mon bureau, je me figeai.

Edie Van Der Zee était là.

Assise dans mon fauteuil.

Les jambes croisées au-dessus de mon ordinateur portable.

Ses talons tournés vers moi comme pour me provoquer.

Les bras croisés sur la poitrine.

Une Vénus en petite robe noire. Impertinente. Et qui avait sérieusement besoin que quelqu'un vienne à son secours.

Pas aujourd'hui, chérie. J'ai déjà une fille à sauver, et elle me donne bien assez de fil à retordre.

Je lançai mon attaché-case sur mon bureau et desserrai mon nœud de cravate.

— Tu as trois secondes pour retirer tes pieds de mon ordinateur.

Avant que je t'écarte les jambes et que je te dévore devant tout l'étage, me retins-je d'ajouter.

Elle me dévisagea comme si elle essayait de peler une couche de façade pour voir mon vrai visage.

— Epargnez-moi votre baratin ! La dernière fois que vous avez compté à rebours, il ne s'est rien passé. Je suis peut-être une voleuse, monsieur Rexroth, mais vous, vous êtes un menteur.

La dernière fois, je l'avais laissée s'en tirer, parce que je devais rentrer à la maison. J'étais juste sorti pour déjeuner rapidement avec ma mère, pendant que mon père gardait Luna. Mais là j'avais tout mon temps. Accessoirement, j'étais aussi son patron jusqu'au lendemain matin, et elle avait sérieusement besoin d'une leçon de discipline.

Je m'approchai du bureau, attrapai sa cheville délicate, lui retirai sa chaussure. Et je cassai le talon de son escarpin Louboutin. Elle écarquilla les yeux, horrifiée. Je mis le talon dans ma poche comme je l'aurais fait avec une petite culotte sexy, et remis nonchalamment sa chaussure en place.

— Le plus important, dans la vie, c'est l'équilibre.

Ma voix était grave, et moi aussi. Cette leçon était nécessaire.

— Je tente de ne pas me comporter comme un connard, à moins que ce ne soit une nécessité absolue, mais quelque chose me dit que tu es là pour tester mes limites, pas vrai, gamine ?

Son assurance disparut en fumée, pour faire place à un désespoir humiliant. Elle se leva et contourna mon bureau, les poings serrés.

— Ça ne va pas ou quoi ?

Ses yeux dansaient furieusement dans ses orbites. Tout son corps vibrait de rage. J'avais envie de me gargariser de sa colère et de boire son courroux.

— C'est quoi, votre problème ? Qu'est-ce que je vous ai fait ?

— Je n'ai aucun problème ! Je n'étais même pas conscient de ton existence jusqu'à ce que j'entre dans cette pièce et que je te trouve étalée sur mes affaires.

Je posai ma cravate sur mon bureau et remontai mes manches de chemise.

— Je suis venue vous dire que je ne veux pas de ce boulot.

— Tant mieux, parce que tu ne le mérites pas, répliquai-je.

— Dans ce cas, j'aimerais que vous me disiez que vous voterez contre moi. Je sais que c'est ce que vous ferez, mais je me sentirais beaucoup mieux si je l'entendais de votre bouche.

— Je ne suis pas là pour t'aider à te sentir mieux. D'ailleurs, en quoi est-ce si terrible de travailler pour Fiscal Heights Holdings ?

Je n'avais aucune raison d'entrer dans son jeu, mais puisqu'elle était là pour une raison qui m'échappait, autant satisfaire ma curiosité. Elle fronça le nez, un tic que j'avais déjà remarqué chez elle.

— Je ne peux pas travailler ici. J'ai d'autres choses à faire. Des projets… différents pour mon avenir. Est-ce que vous pourrez demander aux autres de voter contre moi aussi ?

— Est-ce que j'ai l'air d'être du genre à recevoir des ordres de ta part ?

— S'il vous plaît.

Sa voix était assurée et ses yeux brûlants.

— Arrête ! grognai-je en levant une main en l'air pour l'interrompre. Ne supplie jamais, Edie. Et maintenant va me faire un café.

Elle rejeta la tête en arrière et éclata de rire. D'un rire presque hystérique. Génial ! Enfin, avec Luna qui entrerait en pleine crise d'ado dans moins de dix ans, autant me faire à l'idée : les adolescentes étaient une espèce lunatique et imprévisible.

— Je ne vais rien vous faire du tout !

— Je n'ai pas demandé rien du tout. J'ai demandé un café.

— Je ne suis pas votre secrétaire.

— Exact. Tu es bien moins que ça. Tu es la bonniche du bureau, répliquai-je calmement.

Je remarquai qu'elle suivait du regard le cours des veines de mes avant-bras comme si sa vie en dépendait. Le fait que je m'en rende compte m'aurait fait rire, si ça ne m'avait pas donné l'impression d'être un pervers.

— Je suis la quoi ?

— L'assistante générale. C'est ce que dit ta fiche de poste. Ton père vient juste d'envoyer le contrat au service RH, et il nous a tous mis en copie en vue du conseil d'administration de demain. C'est le terme politiquement correct pour bonniche. Je peux te demander n'importe quoi, dans la mesure du raisonnable. Alors, je voudrais un café. Noir. Sans sucre.

J'adorai son expression, et tant pis si ça faisait de moi un connard. À ce moment précis, elle semblait brisée. À cause de moi.

Elle se redressa de toute sa hauteur et leva le menton.

Elle allait le faire. Obéir à mes ordres, me faire du café, me faire passer le temps et me distraire.

Un maelström d'émotions se lisait dans ses yeux. S'ils avaient pu, ils auraient hurlé. Mais ils ne pouvaient pas. Tout ce que je voyais, c'était une fille extrêmement irritée, dont les seins venaient juste de pousser, et qui découvrait que la vie n'était pas un long fleuve tranquille.

— Allez, la pressai-je en tapant dans les mains. Plus vite que ça !

Je n'étais pas la personne la plus gentille au monde, mais je l'étais suffisamment pour vouloir la prévenir de retirer ses chaussures avant de partir. Sauf qu'elle pivota sur elle-même et se précipita vers la porte avant que j'aie le temps d'ouvrir la bouche. Elle tomba lourdement sur les fesses.

Au moins, je parvins à ne pas rire, tandis que je la regardais se relever en chancelant comme un faon nouveau-né.

Je ne fis pas un geste pour l'aider, mais ce n'était pas pour l'humilier davantage.

Je ne l'aidai pas car, si je bougeais, elle se rendrait compte que j'avais une érection du tonnerre.

— C'est donc un échec pour ta première leçon sur l'équilibre. Comme c'est étonnant !

— C'est votre vie qui est un échec, Rexroth !

Elle sortit en trombe de mon bureau, rouge de honte.

À peine eut-elle quitté la pièce que je glissai la main dans mon pantalon pour me rajuster. Puis j'envoyai un texto à Sonya.

Edie Van Der Zee commençait à m'agacer. Heureusement, j'allais la faire sortir de ma vie à la première heure le lendemain.

Le matin arriva. C'était le genre de matin qui me rappelait pourquoi je détestais parler aux gens. Un de ces matins où tout était chaotique, où tout le monde était bruyant et me faisait chier à me poser des questions ou à accaparer mon attention.

« Monsieur Rexroth, le dossier Duran-Dexter est sur votre bureau. Vous voulez bien signer les contrats ? »

« Trent, on a une conférence téléphonique à 15 heures. »

« Tu peux assister au gala de bienfaisance à Palo Alto, la semaine prochaine ? Il faut que quelqu'un y aille, et Jaime est trop occupé avec Mel et le bébé. »

« Trent, pourquoi est-ce que Luna est ici ? »

« Rexroth, c'est toujours OK pour aller boire un verre samedi ? »

« Salut, T-Rex ! »

« Trent, chéri… »

Je me plantai au milieu du couloir en ignorant la marée humaine qui m'entourait et je m'accroupis pour être au même niveau que Luna. Elle tenait la main de Camila, et son regard était perdu dans le lointain. Je trouvais que c'était une très mauvaise idée de l'amener avec moi au bureau tous les mardis, mais Sonya n'en démordait pas. C'était elle la spécialiste, après tout.

— Qu'est-ce que tu dirais de manger des tacos pour le déjeuner ?

Ma voix était rauque à force de ne pas parler. Je lui caressai la joue et tendis de l'argent liquide à Camila.

— Allez avec elle acheter des bagels et retrouvez-moi dans mon bureau.

— Pourquoi ? Où est-ce que vous allez ?

Le fort accent espagnol de Camila venait de s'inviter à la fête. Ce qui indiquait qu'elle ne m'avait pas à la bonne à cet instant.

Je vais faire renvoyer une gamine de dix-huit ans, parce que je suis trop égoïste pour me promettre de ne pas la sauter dans le bureau de son père, si elle m'approche de trop près.

— Conseil d'administration. Je n'en ai pas pour longtemps. Je dois juste voter un truc et je reviens.

Je tapotai la tête de Luna et l'embrassai sur le front, avant de me relever et de presser doucement l'épaule de Camila.

Alors que je me dirigeais vers mon bureau, j'aperçus Jordan Van Der Zee qui sortait de l'ascenseur, sa fille sur les talons. Il la tenait encore comme un flic aurait tenu un délinquant, et je tentai de ne pas péter un plomb devant ce spectacle. Aujourd'hui, Edie portait une robe aux genoux bleu marine, légèrement trop grande pour elle. Le style en était strict, mais la robe mettait tout de même ses superbes mollets en valeur. Elle avait l'air d'une petite gymnaste suffisamment souple pour se plier à tous les besoins d'un homme.

Waouh ! On efface tout et on recommence, monsieur le grand pervers.

On aurait dit quelqu'un d'autre, lorsqu'elle était en présence de son père. En son absence, elle était pleine d'assurance, fougueuse et insupportable. Mais là ? Elle avait les yeux baissés, et ses deux piercings au nez étaient les seuls vestiges de son âme noire et rebelle.

Rebelle, mon cul, oui !

Jordan me salua d'un hochement de tête, et je lui rendis son salut de la même façon. On se retrouva devant la porte dorée qui menait à la salle du conseil. À travers la paroi de verre, je vis mes trois amis déjà installés, penchés sur la table en bronze, en train de discuter.

— Revenez sur votre décision, dit-il en lissant sa cravate Armani.

Ce n'était pas une requête. C'était un ordre. Et c'était hors de question. Je ne lui aurais pas confié une cuillère en plastique, alors la société… Au cours des six mois de collaboration avec lui, il avait fait capoter quatre des cinq gros contrats que j'avais rapportés à l'agence, il avait négligé mes plus gros comptes (volontairement), et ouvertement tenté d'assigner les courtiers les plus inexpérimentés à mes clients. Une semaine après son arrivée, j'avais eu la malchance de le surprendre au téléphone, alors que j'étais sur le point de partir du bureau.

— Non, pas Rexroth. Envoie quelqu'un d'autre pour essayer de récupérer le compte Drescher et Ferstein, avait-il dit.

Un client que j'avais décroché. J'avais attendu, planqué derrière la porte, comme un personnage d'*Hôpital central*. Pathétique. Détestable.

— Il est trop… tu sais bien. Trop racaille. Trop caractériel. Pas assez bavard. Je ne veux pas qu'il touche à ce compte. Demande à Dean de leur parler. Il est du genre charmeur, tout à fait le style de la PDG.

C'est comme ça que je découvris qu'en plus d'être raciste, Jordan Van Der Zee voulait aussi m'évincer de la société. Mais il ne savait pas ce qui l'attendait au tournant, et il allait se prendre un retour de boomerang magistral en pleine face !

Vicious, Jaime et Dean étaient déjà à moitié à la retraite. Ils venaient au bureau trois ou quatre fois par semaine et passaient le reste du temps en famille. Moi, je n'avais que Luna. Et, pour être tout à fait honnête, elle semblait plus contente en compagnie de sa nounou qu'avec moi.

— C'est le moment de dire au revoir à votre fille chérie.

Je tirai sur mon col de chemise, car la présence d'Edie Van De Mes Deux faisait augmenter la température de dix degrés au bas mot.

— Avec joie, dit-elle.

Elle sortit son portable de son sac et s'éloigna à grands pas.

Jordan entra dans la salle du conseil, et je claquai des doigts en souriant.

— Je dois signer le contrat pour le compte D & D. Je reviens tout de suite, mon petit Jordi.

Il fronça les sourcils. Il détestait quand je l'appelais comme ça.

— Je ne suis pas au courant de l'existence de ce compte.

— Je sais. Et ce n'est pas un oubli de ma part.

Je gagnai mon bureau d'un pas sautillant pour aller chercher le contrat. Après l'avoir signé (en me délectant de faire poireauter Jordan), je me rendis à l'accueil.

Au lieu de prendre le couloir qui menait à la salle du conseil, je décidai de le faire attendre un peu plus longtemps et d'aller à l'espace détente pour me préparer un café avec la machine dernier cri que je n'avais encore jamais utilisée. Est-ce que c'était immature ? Oui. Est-ce ça me donnait le sourire d'agacer Jordan en le faisant patienter quelques minutes ? Pas qu'un peu.

Sur le point de pousser la porte en verre, je m'arrêtai net.

Luna, Camila et Edie étaient dans le coin cuisine. L'air… excité ? Qu'est-ce que… ?

Soudain, je vis Edie se jeter au cou de Camila et la serrer dans ses bras, avant de nicher son visage dans son cou. Luna se tenait près d'elles et observait la scène avec curiosité. Pour la première fois depuis longtemps, elle s'intéressait à autre chose qu'aux hippocampes. Edie prit le visage de Camila dans ses paumes, avant d'essuyer ses larmes d'un revers de main. Elle exhibait ses émotions comme des bijoux. Avec fierté. Du coup, je la détestai un peu moins d'avoir essayé de piquer le sac à main de ma mère quelques semaines plus tôt.

Puis elle fit un truc impensable. Un truc que n'importe quelle autre fille de son âge aurait fait, néanmoins.

Elle s'accroupit, caressa les couettes de Luna et lui sourit.

Presque au ralenti, elle montra du doigt l'hippocampe bleu en peluche, et sa bouche forma un « oh » d'admiration.

Un sourire timide apparut alors sur les lèvres de Luna. Elle ne me souriait jamais de cette façon. Sous le choc, je tentai d'assimiler sa réaction. Edie dut ensuite lui demander quelque chose, car elle hocha la tête.

Hocher la tête. Elle ne faisait jamais ça. Entre hocher la tête et exprimer ses besoins, il n'y avait qu'un pas.

Avec moi, elle n'exprimait jamais rien. Mais là, elle était alerte, attentive et investie dans l'instant. Ce qui n'était pas le cas quatre-vingts pour cent du temps. Je restai là, les pieds ancrés dans le sol, soucieux de ne pas faire éclater la bulle de magie qui les enveloppait.

Dean me sortit de ma transe en me donnant une tape dans le dos.

— Hé, face de cul, la beuh te fait perdre la mémoire ou quoi ? On t'attend tous dans la salle du conseil, dit-il en faisant exprès de mâcher bruyamment son chewing-gum tout près de mon oreille. Ramène-toi avant que Jordi te pende par les couilles et que Vicious t'écorche pour recouvrir son nouveau canapé.

Je le suivis à contrecœur, les yeux toujours rivés sur l'espace détente.

Je pris place entre Dean et Jaime. Jordan était assis en face de moi, et il semblait au bord de l'infarctus.

Je sortis mon portable de ma poche et le balançai sur la table.

— Sympa, cette petite veine, dis-je en désignant son front.

— Vous êtes très drôle, Rexroth. Entre votre humour et votre charme, vous en avez fait, du chemin, pour arriver jusqu'ici. Mais je sais ce qui se cache sous la surface, et vous ne m'impressionnez pas, bien au contraire.

Je haussai les épaules.

— Merci pour cette analyse, docteur Folamour. Est-ce qu'on peut passer au vote, maintenant ? Plus ce sera rapide et indolore, plus vite Jordi pourra retourner admirer son reflet dans le miroir à quatre plaques qui trône dans son bureau.

— Allons-y, affirma Jaime.

Il avait d'énormes cernes sous les yeux. Sa femme, Mel, venait de donner naissance à leur deuxième fille, Bailey. Il avait l'air heureux comme un enfant, et aussi fatigué qu'un vieillard.

Le premier à voter fut Jordan et, naturellement, il s'exprima en faveur du maintien de sa fille dans la société. Puis ce fut mon tour, et je surpris tout le monde (moi y compris) avec ma réponse.

— Oui.

Vicious battit des paupières et m'offrit un regard façon : « à quoi tu joues, bordel ? »

— Oui ? Oui veut dire que tu votes pour qu'elle reste, expliqua-t-il lentement, comme si j'étais un crétin fini.

— Je sais ce que oui veut dire, tête de bite.

Vicious, Jaime et Dean échangèrent des regards perplexes. Ils avaient prévu de me suivre, et voilà que je venais de changer mes plans. Jordan, lui, tirait une tête ahurie. Il nous regardait chacun à notre tour, nous scrutant comme pour tenter de comprendre ce qui se passait.

Jaime fut le premier à sortir de sa torpeur.

— D'accord, dit-il en se frottant les yeux. Peu importe. Je m'en fiche.

Vint ensuite le tour de Dean.

— Si Trent est d'accord, je me fous complètement qu'elle travaille ici ou non.

Puis ce fut à Vicious de voter. Il se tourna vers moi et secoua imperceptiblement la tête, comme pour m'avertir.

Je ne veux pas la sauter, connard. Enfin, si, mais je ne vais pas le faire.

Cela dit, je n'avais jamais eu de relation sérieuse en trente-trois ans. Tout ce que j'avais comme conquête mémorable au compteur, c'était une ancienne stripteaseuse en fuite, que j'avais mise en cloque après un coup d'un soir, et qui m'avait abandonné avec ma fille. Alors peut-être qu'un avertissement n'était pas du luxe, après tout.

Mais même si Edie Van Der Zee était définitivement un nid à problèmes, Luna avait l'air de bien l'aimer.

Peut-être.

Probablement.

Pourvu qu'elle l'aime bien, bordel !

J'étais complètement incohérent et je m'en foutais. Ils pouvaient bien croire que j'étais taré. Ça me donnait davantage de pouvoir. Personne ne recherchait les gens tarés. Les gens impitoyables ? Pourquoi pas. Les gens puissants ? À coup sûr. Mais les fous étaient imprévisibles, le pire trait de caractère de la nature humaine.

Après avoir savouré pendant quelques instants le fait que nous étions tous suspendus à ses lèvres, Vicious ouvrit enfin la bouche.

— C'est oui pour moi.

Elle restait.

Mes amis étaient ma tribu, ma famille sur mesure, sélectionnée à la main. Dire qu'on se serrait les coudes était un euphémisme. Après près de vingt ans d'amitié, nous nous vouions une loyauté aveugle. Quand l'un d'entre nous sautait, les autres lui emboîtaient allègrement le pas.

Dean se leva et ramassa ses affaires.

— À présent, si vous voulez bien m'excuser, il faut que j'appelle ma femme. Elle avait rendez-vous chez le médecin ce matin. Mazel tov, Jordi.

Vicious et Jaime se levèrent et se mirent à discuter d'une conférence téléphonique prévue avec le Japon aux aurores le lendemain.

Van Der Zee et moi restions dans la salle. Seul le bruit de la clim'troublait le silence. Il se tapotait les lèvres du bout des doigts, et tapotait du pied au même rythme.

Il attendait une explication. Décidément, il était plus bête que je le croyais ! Fournir des informations à l'ennemi était une erreur de débutant que j'avais appris à ne pas commettre bien avant que mes amis riches et couvés ne sachent se torcher le cul.

Voyant que je ne lâchais rien, il parla le premier.

— Alors, on est d'humeur hésitante, aujourd'hui ?

Une grimace de mécontentement tordait son long visage osseux à la Voldemort. Il avait des allures de tsar et une attitude de tyran, et il croyait que cela le rendait intimidant. C'était peut-être le cas pour d'autres, mais pas pour moi. À mes yeux, il passait son temps à aboyer sans jamais mordre.

Je haussai les épaules et croisai les jambes sur la table. Je savais que ça le rendait dingue.

— Non. Ça ne m'a jamais dérangé que votre fille travaille ici. Je voulais juste vous faire suer un peu. C'est important de faire de l'exercice, à votre âge.

— Comme c'est aimable à vous. Vous n'êtes pas du genre à perdre du temps, et vous venez de nous en faire gaspiller énormément, alors, j'imagine que votre changement de plan cache quelque chose. Que ce soit bien clair : je vous interdis d'approcher Edie. Gardez vos distances. C'est plus sage.

Je n'arrivai pas à être indigné par sa remarque, car même si c'était dingue et tordu, j'aurais effectivement adoré dévorer sa fille toute crue. Dans le même temps, je n'y songeais pas un instant. Je n'étais pas idiot à ce point. Elle se comportait comme une gamine et, pour en avoir une à la maison, je connaissais la chanson. Elles étaient loin d'être drôles, et incroyablement difficiles à apprivoiser.

— J'imagine que les autres ne recevront pas le même avertissement ? m'enquis-je pour noyer le poisson.

Non pas que j'envisageais de sauter la petite Edie, mais il n'avait pas besoin de le savoir. Le faire tourner bourrique était mon hobby préféré.

— Non, car vos collègues sont des gentlemen.

À eux trois, les intéressés avaient sauté assez de nanas pour peupler un pays de taille moyenne, mais je n'allais pas entrer dans le débat. Pas avec lui, en tout cas. Je m'étirai dans mon fauteuil en bâillant. J'étais peut-être le muet (je ne parlais jamais, ni en réunion, ni aux soirées d'entreprise, et je ne me mêlais jamais à aucun groupe), mais quand la situation l'exigeait, je me battais avec joie pour obtenir ce que je voulais.

— Vous savez, Jordi, parfois, j'aurais tendance à jouer la carte du racisme avec vous. Vous semblez bourré de préjugés à mon encontre, mais pas vis-à-vis de mes associés blancs.

Mon intonation était glaciale, tout comme moi. Dans le fond, je me fichais qu'il soit raciste, tant que je ne l'avais pas dans les pattes.

Il ricana et secoua la tête.

— Ne commencez pas, Rexroth. Vous êtes pratiquement blanc.

— Un simple « je ne suis pas raciste » aurait amplement suffi, fis-je remarquer.

— Je vous le répète, insista-t-il en se levant. Je vous interdis d'approcher ma fille. Et si vous voulez survivre dans cette société, je vous conseille de m'écouter.

Un an plus tôt, il avait acquis quarante-neuf pour cent des parts de la boîte, et nous avions divisés le reste en quatre. Nous avions fait ça afin de revenir nous installer à Todos Santos et de vivre près les uns des autres. Ce que nous n'avions pas imaginé, c'était que Jordan serait un tel chieur.

— Vos menaces ne me font ni chaud ni froid. Et je vous ai entendu la première fois.

— Entendu, oui. Répondu ? Non.

— Vous voulez une réponse, mon bon monsieur ? La voici : allez vous faire foutre !

Je sortis les mains de mes poches et lui montrai mes majeurs avant de me lever. Je pris mon portable et j'appelai Sonya pour lui annoncer la grande nouvelle (le hochement de tête de Luna). Elle répondit à la première sonnerie.

— Sonya, attends une seconde.

Je souris à Jordan d'un air satisfait, mon portable plaqué contre le torse.

— Un bon conseil, Van Der Zee : la prochaine fois que vous vous associez à quelqu'un, assurez-vous que c'est un gentleman. Car je n'en suis pas un. Je vous préviens : si vous me menacez encore, ne serait-ce qu'une fois, le nombre de parts que vous détenez ne changera rien. Quand j'en aurai fini avec vous, vous ne serez plus bon qu'à balayer la poussière laissée par la traînée de vos pertes financières. C'est tout pour le moment, associé.

Chapitre 5

Edie

Deux jours.

Ce n'était pas une éternité, mais ce n'était pas une minute non plus. Deux jours s'étaient écoulés depuis que Trent Rexroth avait ruiné les précieuses Louboutin de ma mère et, à vrai dire, j'en étais encore à la fois confuse et ridiculement excitée quand j'y repensais.

Un délicieux frisson m'avait fait vibrer jusqu'au plus profond de moi-même, lorsque je l'avais vu casser le talon de la chaussure (voir des choses chères dévaluées était l'un de mes passe-temps préférés) et, en même temps, j'aurais adoré mettre de la distance entre sieur Connard Taciturne et moi. Ce qui ne risquait pas d'arriver, maintenant qu'il avait voté en ma faveur.

Je ne pouvais m'en prendre qu'à moi-même. Je lui avais expressément demandé de me faire renvoyer. J'aurais dû me douter que ça aurait l'effet inverse et qu'il aurait envie de me garder dans l'entreprise rien que pour me faire chier.

Mon travail laissait des traces sur mon corps et mon esprit. Je devais me réveiller à 4 h 30 du matin pour avoir le temps de surfer. Ensuite, j'allais chercher environ cinq cents cafés pour Vicious (froid et impoli), Dean (drôle et cru), Jaime (bien élevé et indifférent), avant de commencer à m'acquitter de mes tâches de bonniche pour les assistants et autres secrétaires. Récupérer des vêtements chez le teinturier, apporter leurs cravates aux courtiers avant leurs réunions, aider le personnel d'entretien quand l'un des robinets fuyait dans les toilettes des hommes… Mon père n'avait pas menti : j'avais été choisie pour effectuer les tâches les plus triviales et les plus abrutissantes.

Trent m'évitait depuis notre rencontre. Il ne me jetait même pas un regard quand il parcourait les couloirs comme un démon qui crachait du feu, les yeux illuminés d'un éclat sombre.

Pendant mes pauses déjeuner, lorsque j'étais assise seule devant le bâtiment et que je mangeais les nouilles en sachet que j'achetais à un dollar pour faire des économies, je me demandais si ma petite scène dans son bureau avait fait son effet, ou s'il pensait que je n'étais qu'une tordue qui ne valait pas la peine qu'on s'intéresse à elle.

Ça n'avait pas d'importance. Ce qui comptait, c'était qu'à présent, j'étais l'une des nombreuses assistantes exploitées et stressées au service de ces hommes privilégiés et riches, qui croyaient que tout leur était dû. Et qui, en deux jours de temps, avaient réussi à me donner envie de commettre des crimes extrêmement graves.

Je déteste cet endroit, je déteste ces gens, je déteste cette vie…

J'étais dans l'espace détente, piochant dans l'une des corbeilles de fruits (celles qui étaient livrées au quinzième étage tous les matins, accompagnées de viennoiseries et de jus de fruits frais), quand Camila et la jolie petite fille entrèrent.

Camila lui tendit une tablette avec des images représentant différents types de nourriture.

— Montre-moi ce que tu veux manger pour le déjeuner.

En me voyant, mon ancienne nounou sourit de toutes ses dents.

— Edie, ma chérie, on se retrouve encore !

Elle me serra dans ses bras, et je m'accrochai à elle comme à une planche de salut. Elle l'était, de bien des façons. J'étais convaincue que certaines personnes étaient envoyées sur cette Terre pour rendre la vie d'autres personnes plus supportable. Et Camila était l'une d'entre elles.

— Est-ce que c'est mal d'être jalouse d'une petite fille de trois ans parce que tu es sa nounou et plus la mienne ? murmurai-je contre ses cheveux blancs.

Elle rit et s'écarta pour me caresser le visage. Elle me regardait comme si elle faisait un inventaire pour s'assurer que tout était en place. Physiquement, c'était le cas.

— Elle a quatre ans.

— Oh.

Je m'adossai contre le comptoir et observai la fillette plus attentivement. C'était la deuxième fois que je la voyais, et je remarquai des choses auxquelles je n'avais pas prêté attention la première fois. Comme le fait qu'elle était habillée en garçon, comme pour cacher à quel point elle était jolie. En constatant ça, je me pris aussitôt d'affection pour elle. Elle traitait sa beauté comme un secret et, comme pour tous les secrets, elle ne la révélait pas à n'importe qui. C'était sûrement pour ça qu'elle était aussi avare en sourires.

— Tu n'es pas très bavarde, fis-je remarquer en plissant le nez.

Des années passées à entendre les gens parler de moi alors que j'étais dans la pièce m'avaient appris que les enfants écoutaient, comprenaient, et qu'ils détestaient qu'on les traite comme s'ils étaient invisibles.

Camila s'éclaircit la gorge et attrapa une fraise dans la corbeille de fruits.

— On peut dire ça. Elle ne parle pas.

— Ah.

J'attendis, mais au lieu de développer, Camila mit la fraise dans sa bouche et la mâcha tranquillement.

Je m'accroupis pour offrir une noix de pécan à la petite. Est-ce que les enfants de son âge mangeaient des noix de pécan ? Je n'en étais pas sûre. En tout cas, elle la prit et la mit dans sa poche.

— Je n'ai pas demandé comment elle s'appelait, songeai-je à voix haute.

— Luna, dit Camila, en caressant les boucles brunes de la petite fille.

Elle était vraiment adorable ! On aurait dit un mélange de tout ce qu'on pouvait trouver de beau dans l'espèce humaine, concentré dans une seule personne. Une peau couleur caramel, des yeux bleus… Elle me faisait penser à quelqu'un, mais je ne savais pas à qui. Peut-être à une version miniature d'Adriana Lima.

— Je m'appelle Edie, dis-je en lui tendant la main.

Elle ne la prit pas, mais son rejet ne me contraria pas outre mesure.

— Comme tu voudras. Je n'ai pas besoin de tes microbes partout sur moi, de toute façon.

Luna ricana.

— D'ailleurs, je préférerais que tu ne m'approches pas, d'accord ? Tu as l'air d'être du genre à mettre tes doigts dans ton nez.

J'adorais les enfants, et pas de la façon dont la plupart des filles de mon âge adoraient les enfants. J'aimais les enfants endurcis, les enfants turbulents. Ceux qui avaient du mal à communiquer leurs émotions et se sentaient prisonniers de leur propre corps. Peut-être parce que je me retrouvais en eux.

Je traversai la cuisine, ouvris le réfrigérateur et m'emparai d'une canette de Coca. Luna me suivit des yeux, un sourire malicieux sur les lèvres. Je haussai les sourcils et ouvris la canette.

— Je parie que tu n'as pas droit aux boissons gazeuses ?

Elle secoua la tête. Ses gestes étaient mâtinés d'hésitation. Comme si elle ne savait pas tout à fait comment bouger, ni même si elle devait bouger tout court.

— Si je t'en donne, tu vas me dénoncer ?

Camila se précipita vers nous en agitant les mains.

— Non, non, non, non ! Surtout pas. Son père nous tuerait toutes les deux.

Je ne répondis pas. Je savais que dans le monde de Camila, « non » voulait dire « peut-être ». Il suffisait de savoir insister. Luna nous observait, comme si elle essayait de comprendre la dynamique de notre relation.

Camila lissa sa jupe longue et sa veste.

— Il faut que j'aille aux toilettes. Tu peux la surveiller ?

Je hochai la tête.

— Bien sûr.

— Et pas de soda ! me prévint-elle en agitant l'index.

Je hochai la tête à nouveau. Elle était suffisamment intelligente pour savoir qu'il ne fallait pas me croire, mais elle se sentit tout de même obligée d'agiter également le doigt en direction de Luna.

— Je ne plaisante pas, Luna. Ton père ne sera pas content.

Inutile de préciser qu'à la seconde où elle quitta la pièce les lèvres de Luna rencontrèrent leur toute première canette de Coca Zéro. Je la tins dans ma main et la penchai pour qu'elle puisse en boire une petite gorgée, accroupie devant elle pour ne pas perdre une miette de sa réaction, lorsque les bulles entreraient en contact avec ses papilles.

— C'est bon, hein ?

Elle hocha solennellement la tête. Je pris une longue gorgée à mon tour.

— Attends un peu de goûter ta première bière, dis-je en ricanant.

— Inutile qu'elle perde son temps à attendre, ça n'arrivera jamais, dit une voix glaciale depuis la porte.

Je tournai la tête et restai bouche bée, horrifiée.

Et merde !

Trent Rexroth était là, l'air particulièrement furax, et vêtu d'un des costumes les plus sexy que j'aie jamais vus sur un homme. Je n'étais pas fan de costumes, surtout parce que Jordan aimait ça et que je détestais tout ce qu'il aimait par association. Mais la façon dont le tissu noir épousait son corps me fit me demander de quoi il aurait l'air dans une combinaison de surf. Ou sans combinaison. Dans tous les cas, Bane et tous les types de Tobago Beach n'auraient eu que leurs yeux pour pleurer. Je ne savais pas ce qu'il faisait pour avoir un corps pareil, mais il ne se contentait certainement pas d'être assis sur une chaise de 9 heures à 17 heures, à écrire des e-mails venimeux en fronçant les sourcils.

Je me redressai et regardai autour de moi à la recherche d'un objet pointu avec lequel me défendre, au cas où il aurait décidé de me tuer.

— C'est…

— Ma fille, oui. Où est Camila, bordel ?

Sa voix me faisait penser à celle de la Bête dans *La Belle et la Bête.* Basse, rauque, autoritaire. Sauf que je refusais de me réfugier dans un coin et de le laisser m'intimider.

— Quel enfant de quatre ans n'a jamais bu de Coca ?

— Pardon ?

— Vous m'avez bien entendue.

Je posai une main sur l'épaule de Luna en espérant qu'elle ne me repousse pas. Elle ne bougea pas.

— Sérieusement, qu'est-ce qui ne va pas chez vous ? Il ne faut pas lui en donner tous les jours, ni mêmes toutes les semaines, mais jamais ? Pourquoi ? C'est génial, le soda. C'est sucré, ça pétille dans la bouche et ça vous rend heureux. Pas vrai, Luna ?

Elle acquiesça avec véhémence. À présent, c'était au tour de Trent de me dévisager, l'air abasourdi. Il fit un pas en avant, son regard alternant entre sa fille et moi.

Silence. Malaise. Qu'est-ce qui était en train de se passer, exactement ?

— Quoi ? Quoi ?! m'énervai-je.

— Encore, ordonna-t-il (à toutes les deux, a priori).

Je me massai la nuque en essayant de comprendre.

— Quoi ?

— Refais-lui hocher la tête. S'il te plaît.

Les derniers mots sortirent à contrecœur, comme s'il s'avouait vaincu. Je le fixai en me mordillant la lèvre inférieure, tel un alien qui aurait débarqué de l'espace vêtu d'un chapeau en forme d'ananas et d'une jupe hawaïenne.

Je plissai le nez et regardai Luna.

— Euh, d'accord… Dis, tu veux une autre gorgée de Coca ?

Elle hocha la tête et tendit la main vers la canette, et Trent rit.

Mon Dieu, il rit !

Et ce n'était pas le rire qu'il avait eu quand il m'avait attrapée en train d'essayer de voler le sac de sa mère. Il riait comme si c'était la fin du monde et qu'il n'en avait rien à faire. Comme si ce bureau n'était pas l'enfer sur Terre et comme si on ne se détestait pas. Son rire résonnait comme une promesse, une mélodie qui changeait le rythme des battements de mon cœur. J'étais tellement choquée que mes genoux en vacillèrent, comme s'ils étaient sur le point de se briser.

Il était tellement… homme.

Non pas que Vicious, Dean et Jaime n'en soient pas. Ils l'étaient, comme quatre-vingts pour cent de la population de cet étage. Mais Trent Rexroth était le seul qui paraissait suffisamment torturé et sérieux pour tout dévaster sur son passage, afin d'obtenir ce qu'il voulait. Il était le seul qui semblait capable de détruire votre vie, s'il le décidait. La peur qu'il instillait en moi m'excitait. Et ça m'inquiétait. Enormément.

— Je peux recommencer, bafouillai-je.

J'étais partagée entre une envie désespérée de l'entendre rire à nouveau et l'espoir qu'il me voie autrement que comme un sacrifice potentiel.

Il haussa les sourcils d'un air diabolique.

— D'accord. Mais pas de Coca.

Je m'accroupis devant Luna et lui murmurai quelque chose à l'oreille. Elle baissa la tête et tenta d'étouffer un rire en mettant son petit poing devant sa bouche. Triomphante, je relevai la tête pour regarder Trent. Il ne souriait plus. Cette fois, ses yeux brillaient de l'éclat d'un sentiment que je n'étais pas sûre qu'il puisse éprouver.

L'espace d'un court instant, il se passa quelque chose entre nous, mais j'ignorais ce que c'était. Il me regardait si intensément que je pouvais sentir un poids sur mes épaules. Comme si je possédais un superpouvoir qu'il voulait aussi. Je fus presque soulagée quand Camila entra dans la pièce. Il tourna la tête vers elle, et je me dépêchai de jeter la canette à la poubelle.

— Monsieur Rexroth ! Je… je suis tellement désolée. Je lui ai dit de ne pas donner de soda à Luna.

Elle bafouillait, et son regard alternait frénétiquement entre nous trois. Elle porta une main à sa joue, éperdue.

— Luna, viens ici, ma chérie. J'ai été la nounou d'Edie pendant huit ans, je la connais très bien. J'étais juste au bout du couloir… Je n'aurais jamais laissé Luna seule avec un étranger…

Waouh ! Il devait vraiment être odieux, comme patron. En même temps, je n'avais pas besoin de voir la réaction de Camila pour savoir qu'il était du genre à ne faire aucune concession. Il agita la main pour la faire taire, visiblement pas intéressé par ses excuses, et insensible à la panique qu'il provoquait chez elle.

— C'est bon. Camila, est-ce que vous pouvez emmener Luna à la salle de jeux, au dixième étage ? Je vous rejoins tout de suite.

— Bien sûr.

L'inquiétude se lisait toujours dans les yeux de mon ancienne nounou lorsqu'elle prit Luna dans ses bras. Elle sortit précipitamment et s'éloigna à pas rapides, jetant par-dessus son épaule un regard au dictateur qui lui servait de patron. Je me retrouvai seule avec lui, et mon estomac fit un bond semblable à celui qu'il faisait avant un premier baiser. Je me dégoûtais.

Il parcourut la distance qui nous séparait en une fraction de seconde.

— C'est ton but dans la vie de me foutre en rogne ?

Son intonation était semblable à une ligne plate sur un scope. Grave et mortelle.

Je haussai les épaules et répondis du tac au tac :

— Non, mais c'est un bonus sympa.

Il me sourit. D'un sourire chargé de menace. Son parfum

m'embrouillait complètement le cerveau. Il réveillait des parties de mon corps dont j'ignorais qu'elles pouvaient faire mal et attirait mes pensées dans la mauvaise direction. Je déglutis et reculai d'un pas. Trent ignora totalement ma supplique silencieuse et avança à nouveau. Le bas de mon dos heurta le comptoir froid aux tons fauves. Pourquoi est-ce que tout était doré et corrompu, ici ?

— Il y a une fête Felix le chat, samedi, à la garderie de Luna. Je veux que tu viennes.

Sa voix était dure et impérieuse, tout comme la grande main qu'il posa sur le comptoir pour se pencher sur moi. Je secouai la tête.

— Je… Je ne peux pas.

— Je crois que tu ne comprends pas, Edie. Je ne suis pas en train de t'inviter à un rencard à Chuck E. Cheese. Ce n'est pas optionnel. Ça fait partie de ta fiche de poste. Relis ton contrat. La clause 4.4 stipule que tu dois faire un certain nombre d'heures supplémentaires tous les mois, week-ends compris. C'est strictement professionnel, rien de plus.

— C'est vous qui ne comprenez pas.

J'agrippai le comptoir derrière moi jusqu'à ne plus sentir mes doigts. Sa main était à quelques centimètres de la mienne et la simple idée de le toucher aussi folle que séduisante. Et honteuse.

— Je ne suis pas libre les samedis. Mes samedis m'appartiennent, et je les passe à San Diego. Je peux travailler les dimanches, pas de problème. Mais pas les samedis.

J'avais craint de m'étrangler à chaque mot. Le visage de Trent restait impassible. Ses lèvres étaient si proches des miennes que je ne savais pas si c'était ou non mon imagination. Son torse bougeait au rythme de sa respiration sans toutefois que nos corps se touchent. Cette intimité me dépossédait du masque de sarcasme que j'arborais toujours pour rester à l'écart du monde.

Rapproche-toi, s'il te plaît. Garde tes distances, s'il te plaît.

— Pourquoi ? Qu'est-ce qu'il y a, les samedis ?

Sa mâchoire semblait faite de granit, et ses yeux de titane. S'il n'avait pas eu l'air aussi intouchable, j'aurais cédé à mon envie de lui caresser la joue.

— Avec tout le respect que je vous dois, ça ne vous regarde pas.

— De fait, ça m'est égal. J'essaie juste d'évaluer ton degré d'irresponsabilité, étant donné que je fais des plans qui vous incluent, ma fille et toi. Pour une raison quelconque, elle a l'air de bien t'aimer.

— Et qu'est-ce qui vous fait croire que je suis irresponsable ?

— Le fait que tu refuses une place dans une université de l'Ivy League et que tu t'en vantes, le fait que tu joues les pickpockets au milieu d'une promenade bondée, le fait que tu foutes en rogne les hommes les plus puissants de l'État, lors de ta première journée de travail… Ça suffit ou je continue ? Et tout ça alors que nous nous connaissons à peine… Je parie que je ne suis pas au bout de mes surprises, si je continue à creuser.

Ses mots me firent l'effet d'un coup de poignard. Il déboutonna les deux boutons du haut de sa chemise.

J'avais remarqué certaines choses. Par exemple, c'était la deuxième fois qu'il retirait sa cravate ou desserrait son col en ma présence. Comme s'il avait plus chaud lorsqu'on était dans la même pièce.

Je regardais par terre, en essayant d'empêcher mes pensées de vagabonder en terrain interdit, comme elles le faisaient depuis la seconde où il avait ouvert son col.

— Jusqu'à la semaine dernière, je travaillais comme prof de surf. Oui, je vole les gens, mais seulement parce que…

Je m'interrompis pour chercher mes mots. Je ne voulais pas trop en dire.

— Ecoutez, je fais ça parce que je n'ai pas le choix, d'accord ? Croyez-moi, ce n'est pas parce que mon père est blindé que je vois la couleur de son argent. Je ne suis pas kleptomane, et je ne m'en prends qu'à un certain type de personnes. Les riches. Ceux qui n'auront pas de problème pour payer leurs factures d'électricité ou leur plein de courses.

Je tenais à le dire car, à mes yeux, ça faisait une différence.

— Ça alors, bravo, Robin des Bois ! Flash info, cependant : il y a quinze ans, ma mère n'aurait pas pu payer sa facture d'électricité, si tu lui avais volé son portefeuille. Alors, arrête avec tes suppositions. C'est inconvenant.

— Vous feriez bien d'en faire autant. Vous venez de me qualifier d'irresponsable, fis-je remarquer.

— Parce que tu l'es. Je ne pense pas que tu feras l'affaire, avec Luna.

— Ça tombe bien, je ne me suis jamais portée candidate pour ça !

Il s'éloigna avec une rapidité effrayante et me scanna des pieds à la tête avec mépris.

— Tu viens à la fête. C'est non négociable, Van Der Zee.

— Arrêtez, dis-je en récupérant mon portable, avant de me tourner vers la porte. Je sais très bien ce que vous êtes en train d'essayer de faire. J'aime bien Luna et je veux bien être là pour elle, même en dehors des heures de bureau. Mais à mes conditions. Et, idéalement, sans que vous soyez là. J'adore Camila mais, vous et moi, on ne s'entend pas.

Il ouvrit la bouche pour dire quelque chose au moment où Dean Cole faisait irruption dans la pièce, et se ravisa. Il attrapa une assiette et la remplit d'une quantité de fruits qui aurait pu étouffer un éléphant.

— Salut, mec.

Il enfonça un cure-dents dans un morceau de pastèque et le fourra dans sa bouche. Trent pivota pour lui faire face et lui offrit un froncement de sourcils silencieux qui semblait hurler : « va te faire foutre » Dean continua à manger, imperturbable.

— En tant qu'ami je pense que c'est mon devoir de t'avertir. Draguer la fille de ton associé est une mauvaise idée, surtout quand elle pourrait pratiquement être ta fille. Tout le monde peut vous voir vous sauter à la gorge depuis le bout du couloir, et on sait tous que, souvent, la haine se transforme en autre chose. Alors ça vaut ce que ça vaut, mais arrêtez votre petit manège, les enfants. Tout de suite.

Dean n'avait pas cessé de sourire gaiement pendant qu'il parlait. N'importe qui assistant à la scène depuis le couloir aurait pu croire qu'on parlait de la météo. Les yeux de Trent crièrent quelque chose que Dean parut comprendre, car il leva les mains en l'air.

— Compris, mec. Je voulais juste te prévenir, c'est tout.

Je prétextai un truc à faire et me dirigeai vers la porte. Avant que je puisse m'enfuir, Trent m'attrapa par le bras (gentiment, pas comme mon père) et me murmura à l'oreille :

— Qu'est-ce que tu as dit à Luna pour la faire rire ?

Je fermai les yeux et approchai mon visage de son cou. Je retins mon souffle pour ne pas sentir son parfum et alimenter mon addiction galopante.

— Je lui ai dit que son père avait un énorme manche à balai dans le cul.

Je les laissai ensuite s'affronter du regard, sans me retourner pour voir qui remportait la bataille.

Ça n'avait pas d'importance, car je savais que c'était moi qui étais en train de perdre.

La raison. Le sens commun. La tête.

Il fallait que je remonte au score vite fait, si je voulais pouvoir m'enfuir avec Theo.

Et c'était ce que je voulais. Par-dessus tout.

Chapitre 6

Trent

— Du nouveau ?

Ma chemise tomba sur le sol en marbre dans un froissement silencieux. Amanda retira sa robe avec des gestes mécaniques, comme pour la plupart des choses qu'elle faisait, avant de la poser sur le dossier du fauteuil en tissu tufté sombre qui trônait dans ma chambre.

Je savais bien que ce n'était pas sain d'entretenir ce genre de relations avec la détective privée que j'avais engagée pour retrouver la trace de Val. Je savais aussi que coucher avec la thérapeute de ma fille pouvait très, très mal finir. Mais j'avais toujours aimé les situations bordéliques, et c'était une excellente idée de mélanger le travail et le plaisir, tant que les coups de sang ne vous dérangeaient pas et que vous saviez utiliser la partie plaisir à votre avantage.

Amanda travaillait d'arrache-pied pour moi. Sonya voyait Luna deux fois plus souvent que ses autres patients.

Et il y avait un autre avantage : la commodité.

Mes parents, ma famille et mes amis pensaient que je n'avais pas touché une femme depuis que Val s'était barrée on ne savait où, et ça me convenait parfaitement. Je ne voulais pas qu'ils croient que j'étais sur le marché et qu'ils essaient de me faire rencontrer quelqu'un. Je ne voulais pas qu'ils se mêlent de ma vie et me disent que ce n'était pas normal d'être seul et que j'avais besoin de me poser.

Par chance, Amanda et Sonya ne voyaient rien d'autre en moi qu'un beau mec sexy qui payait une bonne partie de leur salaire et les baisait avec un tel acharnement (et jamais sans capote, j'avais retenu la leçon) qu'il leur fallait une semaine pour s'en remettre.

Amanda dégrafa son soutien-gorge en dentelle blanche et laissa les bretelles glisser le long de ses bras. Le contraste entre la dentelle et sa peau chocolatée était un délice.

— Je cherche, murmura-t-elle en allumant un joint.

— Où ?

— Au Brésil. J'essaie de voir si elle est dans sa famille, là-bas.

La mère de Val vivait à Chicago. Elle avait fui Rio et son mari violent quand Valenciana avait trois ans. Il y avait peu de chances de la trouver au Brésil mais, après trois ans sans nouvelles, j'étais prêt à la chercher n'importe où. L'argent n'était pas un problème, même si c'était étrange d'en dépenser autant dans une quête aussi abstraite. Depuis que Valenciana avait décidé de se barrer, je l'avais cherchée sans répit. Je me foutais qu'elle soit partie. À l'époque, j'avais déjà abandonné depuis longtemps l'idée qu'elle puisse se comporter comme une mère. Simplement, je souhaitais officialiser la situation. Je voulais qu'elle renonce à ses droits et me confie la garde de Luna. Si elle décidait de revenir dans ma vie du jour au lendemain (ce qui n'était pas exclu, étant donné qu'elle adorait l'argent et que j'en avais à foison), elle pourrait exploiter devant un jury le fait que Luna ne parle pas pour obtenir ce qu'elle voulait. Si elle prenait Luna, elle recevrait une pension alimentaire suffisamment élevée pour lui permettre d'entretenir son amour des fringues de créateurs et autres babioles hors de prix.

Et s'il y avait bien une chose que je ne pouvais pas accepter, une chose à laquelle je ne survivrais pas, c'était qu'on me prenne mon enfant.

Amanda me rejoignit près de la baie vitrée, ses talons aiguilles aux pieds. C'était une déesse caribéenne qui n'avait pas de temps à consacrer à un mari ou à des enfants. En passant près de mon minibar (très « cliché des années 90 », mais j'en rêvais quand j'étais un gamin pauvre, et le Trent adulte s'employait à ce que les rêves du Trent enfant deviennent réalité), elle attrapa une bouteille de Jameson édition limitée. Je n'étais pas un gros buveur mais, après m'être fritté avec une ado et avoir essuyé un refus de sa part, un petit verre ne me ferait pas de mal.

Amanda alla s'asseoir sur le lit et tapota le matelas à côté d'elle. Je m'allongeai, la tête appuyée contre sa poitrine nue, et elle me versa un peu d'alcool directement dans la bouche.

En sentant la brûlure du whisky dans ma gorge, je me demandai comment Jaime avait pu être alcoolique dans le passé. L'alcool me déprimait. Et je faisais n'importe quoi quand j'étais bourré. Du genre écrire des poèmes sur ma fille et les montrer à sa thérapeute.

— Je préfère être honnête avec toi, Rexroth : ça m'étonnerait que tu la retrouves. N'importe qui peut traverser la frontière en direction du Mexique, tout le monde s'en fout. Et plus tu vas vers le sud, pire c'est. Val n'a même pas besoin d'un portable prépayé, d'une adresse mail cryptée et d'un faux passeport. Elle pourrait très bien s'installer dans une petite ville en bord de mer et y rester, ou trouver un petit boulot. Elle a vendu la plupart des choses de valeur que tu lui avais offertes avant de disparaître. Autrement dit, elle a de quoi voir venir.

Je m'emparai du joint et le glissai entre mes lèvres. Je laissai basculer ma tête en arrière et soufflai une colonne de fumée doucement parfumée vers le plafond. Amanda se pencha pour m'embrasser l'épaule au niveau du tatouage que je m'étais fait faire avant d'aller à la fac, à l'époque où j'étais coincé à la maison avec une cheville cassée et beaucoup trop de temps libre. Ses cheveux noirs recouvrirent mes pectoraux.

— Merde.

Tel fut le degré de sophistication de ma réponse après son petit discours. J'avais déjà une gaule du tonnerre. Elle me lécha le cou, puis déclara ses intentions en me mordant l'épaule. La clim vrombissait au-dessus de nous. Je tendis l'oreille pour guetter le moindre bruit à l'extérieur de ma chambre. Luna était profondément endormie à l'autre bout du penthouse, dans la chambre voisine de celle de Camila. Elle ne rencontrerait jamais Amanda. Elle ne saurait jamais ce que son papa faisait le soir.

— Oublie-la, Trent. Trouve-toi quelqu'un de bien qui pourra s'occuper de ta fille. N'importe quelle femme avec des yeux et des ovaires serait ravie de se porter candidate. Sincèrement. Tu as tout pour plaire.

Le joint coincé entre mes lèvres, je fis descendre son string blanc le long de ses cuisses et glissai trois doigts en elle d'un seul coup. Je trouvai son point G et le massai paresseusement. Lorsque je pressai mon pouce contre son clitoris et que je commençai à le caresser, elle poussa un gémissement soudain qui fendit le silence.

— Ça va faire mal, aujourd'hui.

— Pourquoi ? murmura-t-elle avec un enthousiasme immédiat. Qui t'a énervé, cette fois ?

J'avais son nom sur le bout de la langue, mais le prononcer équivalait à reconnaître que je pensais à elle. Elle était jeune. Tellement jeune, bordel ! Et même si l'âge m'avait été égal (ce qui n'était pas le cas), elle tenait physiquement de la femme et de l'enfant. Toutes ses courbes n'étaient pas encore définies. Fiscal Heights Holdings me tenait à cœur, et j'avais des projets pour la société. Des projets qui n'incluaient ni Edie ni l'abruti vindicatif qui lui servait de père. Par conséquent, elle était une distraction que je devais éviter.

— Personne.

Je lui léchai la gorge et me redressai pour la regarder. Amanda ne s'attendait pas à ce que je l'embrasse. Personne ne s'attendait à ça avec moi.

— Personne d'important.

C'était un mensonge auquel je voulais croire.

C'était un mensonge que j'alimentais dans ma tête, mon cœur, et dans ce qui restait de mon âme.

C'était un mensonge qui deviendrait la vérité. Il le fallait.

Edie

Mon réveil sonna pile à 4 heures du matin, avec un enthousiasme que je ne partageais clairement pas. Me réveiller en pleine nuit n'avait rien d'excitant, mais surfer l'était, alors, je serrai les dents en me convaincant que c'était temporaire, même si rien ne portait à croire que c'était le cas.

Je baillai et m'étirai dans mon lit, tandis que mes yeux s'habituaient peu à peu à l'obscurité. Des murs roses. Deux lustres. Des meubles anciens blancs importés d'Italie. Tout, dans ma chambre, suggérait que j'étais une ado heureuse façon pom-pom girl. Personne ne savait que je devais planquer mes affaires de surf, ma cire, mes combinaisons et tout le reste au fond de mon armoire, même si je les utilisais tous les jours, au cas où quelqu'un entrerait dans la pièce et découvrirait que je n'étais pas une princesse de glace.

Quand on était un Van Der Zee, le surf ne constituait pas une activité suffisamment prestigieuse pour être approuvée.

Mes planches étaient cachées sous d'épaisses toiles brunes dans l'un des garages, là où les invités ne pouvaient pas les voir, même par accident. Toutes les photos de famille que j'avais accrochées aux murs corail avaient été décrochées le même jour. Les clous encore présents étaient le seul indice que cette pièce avait été chaleureuse et personnalisée un jour.

Tout le monde ignorait tout de celle que j'étais vraiment, car je n'étais pas parfaite, alors que les Van Der Zee l'étaient.

Du moins en apparence.

On était comme la famille dans *7 à la maison*, la tripotée d'enfants en moins. Blonds et beaux, avec les sourires les plus étincelants de tout le quartier.

J'enfilai un bikini orange, une combinaison assortie et un sweat à capuche noir, puis j'envoyai un texto à Bane. On ne surfait plus ensemble maintenant que j'étais l'esclave d'un boulot sans avenir, mais je continuais à lui proposer de se joindre à moi. Ça craignait de surfer dans le noir total, sans parler du fait que c'était excessivement dangereux, mais je n'avais pas trop le choix. Je commençais à 7 heures du matin et je ne terminais jamais avant 19 heures. Lorsque je rentrais à la maison, je devais m'occuper de ma mère, lui préparer à dîner et m'assurer qu'elle allait bien. Il fallait que quelqu'un le fasse, et Jordan ne risquait pas de se porter candidat.

Je me rendis dans la cuisine pour prendre de l'eau de coco et une barre de céréales. Les plans de travail en granit rouge et les appareils électroménagers en inox brillaient de tous les côtés. La cuisine était l'une de mes pièces préférées de la maison, parce que mon père ne s'y aventurait presque jamais. Lorsqu'il était là, il faisait monter ses repas dans sa chambre par l'une de nos employées. Les rares fois où il se montrait, c'était pour préparer du thé à ma mère, la seule chose qui semblait apaiser son esprit torturé.

En entrant dans la pièce, je sursautai. Une forme fragile était là, penchée sur la table en marbre, enveloppée dans un peignoir en satin blanc.

— Maman ? Qu'est-ce que tu fais debout à cette heure-ci ?

Elle était en train de lire un article dans un journal local. Je la rejoignis et embrassai le sommet de sa tête blonde.

— Ça va ? Tu n'arrives pas à dormir ?

— Qui est April Lewenstein ?

Elle pointa un ongle férocement rongé sur une photo. On y voyait mon père, à l'occasion d'une soirée organisée par FHH. Il tenait une jeune femme par la taille, et tous deux souriaient à l'objectif. Ma mère passa son doigt sur l'image, et l'encre s'étala sur leurs visages. Je sentis mes épaules s'affaisser et je m'autorisai un soupir indulgent.

— April travaille à la compta, au septième étage. Elle est mariée et enceinte de cinq mois. Tu n'as aucun souci à te faire. Retourne te coucher.

Elle pivota la tête vers moi. Ses lèvres étaient trop charnues pour être naturelles, sa peau trop tirée à cause d'innombrables injections de botox, et ses yeux injectés de sang indiquaient que son traitement avait sérieusement besoin d'être modifié.

Elle attrapa le néoprène de ma combinaison et le serra dans son poing, attirant mon visage près du sien.

— Tu me le dirais, si tu savais qu'il me trompait.

Je lui offris un haussement d'épaules évasif.

— Bien sûr.

Jamais de la vie.

À ce stade, elle n'était même pas en état de supporter de ne pas pouvoir utiliser notre piscine de tout l'été à cause de travaux d'entretien. Alors, je lui disais ce qu'elle avait envie d'entendre. Avec une instabilité mentale comme la sienne, les pieux mensonges étaient la clé pour vivre dans une paix relative. Pour moi, pas pour elle, bien sûr.

Elle relâcha son étreinte.

— Comment ça se passe au travail, ma chérie ?

Je consultai la pendule au-dessus du réfrigérateur. Je me devais de passer un peu de temps avec elle, au moins. Je m'assis à côté d'elle et bus une gorgée d'eau de coco.

— Ça va. Jordan a choisi les pires connards de la ville comme associés. J'ai hâte qu'il se trouve un autre passe-temps !

Fiscal Heights Holdings n'était qu'un nom de plus à son tableau de chasse. Il avait racheté ou repris tellement de sociétés dans le passé que j'avais arrêté de compter. Il traitait ses entreprises comme s'il s'agissait de maîtresses exigeantes : il s'y consacrait corps et âme pendant la première année, avant de s'en désintéresser et de se lasser, une fois qu'il avait trouvé une nouvelle cible plus excitante.

— J'ai des doutes, grommela ma mère. Il aime l'idée de côtoyer Baron Spencer et toute la clique. Ce sont des grands noms, à Todos Santos, et il vise la mairie.

Les bureaux de Fiscal Heights Holdings étaient à Beverly

Hills, à Los Angeles, mais on vivait à Todos Santos, et Todos Santos était une petite ville. Effroyablement petite. *(En cas de doute, voir le chapitre : comment j'ai essayé de voler le sac de la mère de mon patron par accident.)*

Ma mère n'avait pas besoin de me rappeler que Trent Rexroth était quelqu'un d'important. Récemment, je m'étais surprise à penser à lui sans arrêt, au bureau comme à l'extérieur. C'était pour cette raison que je m'appliquais à le fuir à chaque fois qu'il était dans les parages.

— Ton père est bizarre. Il a recommencé à me tromper, j'en suis sûre. Et je crois que c'est du sérieux, cette fois.

— J'en doute, répondis-je avec un sourire réconfortant.

Je parlais du côté sérieux, pas de la tromperie. Il la trompait, c'était certain.

Elle se frotta la joue, l'air fatigué.

— Avant, ses déplacements n'étaient pas aussi fréquents, et ils ne duraient jamais aussi longtemps.

— Peut-être qu'il passe à la vitesse supérieure à cause des élections. Il doit préparer sa campagne, rencontrer des donateurs, ce genre de trucs.

Je savais que ce n'était pas le cas. Jordan Van Der Zee n'avait qu'un seul et véritable amour : le son de sa propre voix. Et il n'avait pas parlé de ses aspirations politiques depuis un moment, ce qui signifiait qu'il n'y pensait pas actuellement.

J'entendis la porte de la cuisine s'ouvrir et je tournai la tête par réflexe, prête à ouvrir un tiroir et attraper un couteau à steak pour chasser l'intrus. Quand je vis qu'il s'agissait du diable lui-même, je recommençai à respirer, mais je ne me détendis pas pour autant.

— Toi aussi, tu es debout ? demandai-je en feignant l'intérêt. Qu'est-ce qui vous arrive ? Il est 4 h 30 du matin.

Le week-end approchait, et je ne voulais pas le foutre

en rogne. J'avais besoin de ma visite, samedi, alors, j'avais tout intérêt à bien me tenir.

— Lydia, il faut que je discute avec Edie. Retourne au lit, je t'apporte du thé tout de suite après.

Ma mère se leva et quitta la pièce à pas lents, la tête basse. On aurait presque dit un fantôme. Chacun de ses gestes criait la négligence, l'abandon et la faiblesse. Elle était maltraitée. Juste assez pour la briser, pas suffisamment pour porter plainte. « *Le plus important dans la vie*, avait dit Rexroth, *c'est l'équilibre.* » S'il avait su à quel point il avait raison !

Je fermai les yeux et inspirai profondément.

Garde ton calme, Edie. Tant pis pour le surf. Laisse-le jouer les petits chefs, ne fais pas la forte tête. Prends du recul.

Il me prit ma bouteille d'eau de coco des mains et la lança dans l'un des deux immenses bacs de l'évier de l'îlot de cuisine.

— Je n'avais pas fini.

Chacun de mes mots innocents était chargé d'une dose mortelle de méchanceté.

— Maintenant, si. Ça, et le surf… On dirait une hippie. Les Van Der Zee boivent du café le matin. Ça nous aide à rester concentrés.

Je souris de toutes mes dents.

— Tu prépares du thé pour maman matin et soir.

— Ta mère n'est pas une Van Der Zee. Son seul mérite est d'en avoir épousé un.

Il n'y avait rien que je puisse répondre qui n'aurait pas déclenché une troisième guerre mondiale, alors je fermai mon clapet.

— Edie, il faut qu'on parle.

— Je croyais que c'était ce qu'on était en train de faire.

Il se pencha en avant et posa les coudes sur la table.

Son air grave indiquait que je l'avais encore déçu, même si je ne savais absolument pas pourquoi.

— J'ai assisté à ton petit échange avec Rexroth dans la cuisine, l'autre jour. Comme tout le reste du personnel de l'étage, d'ailleurs.

J'ouvris la bouche avant même d'avoir trouvé quelque chose à lui répondre. S'il me soupçonnait de flirter avec Rexroth, il me dépouillerait de tout ce qui me restait et comptait à mes yeux. Je ne pouvais pas me le permettre.

— Écoute…

Il m'interrompit d'un geste.

— Ma fille n'est pas stupide au point de tomber sous le charme d'une petite racaille, je sais. Je n'ai aucun doute là-dessus, Edie.

Il se mit à nouer sa cravate, et je me laissai aller contre le dossier de ma chaise, les bras croisés sur la poitrine.

— Mais j'ai vu la façon dont il te regardait, et se penchait sur toi. Deux choses totalement inappropriées compte tenu de votre différence d'âge et du fait que tu viens de commencer à travailler pour nous. Je ne sais pas ce qu'il a en tête, mais il n'obtiendra pas ce qu'il veut, quoi que ça puisse être. Tu connais assez bien ton père pour savoir quelles seraient les conséquences si tu le fréquentais, pas vrai ?

Est-ce qu'il s'en prendrait à Trent Rexroth ? Il en était bien capable. Il était positivement taré quand il s'agissait de protéger l'honneur de sa famille, honneur étant le mot-clé ici. L'amour, les sentiments et le bien-être en général étaient jetables, dans son monde. Cette conversation pouvait prendre un tas de tournures différentes. Et toutes étaient mauvaises. En en prenant conscience, je sentis mon estomac se nouer, puis ma poitrine se serrer, puis ma gorge. Mon cœur était jonché de promesses brisées et de bons moments avortés. Un terrain vague peuplé d'espoirs et de rêves qui ne pourraient jamais se réaliser sans Theo.

— Rexroth ne m'intéresse pas, alors ne gaspille pas ta salive, dis-je en retirant du sable de sous mes ongles abîmés.

J'avais beau les nettoyer, j'en retrouvais toujours. J'adorais ça, en réalité. Le sable me rappelait l'océan, le surf, la liberté.

Il se pencha lourdement en avant, prit ma main dans la sienne et la serra comme un robot. Sa peau était froide et sèche. Une métaphore parfaite de l'homme qu'il était.

— Est-ce que tu voudrais que j'augmente ton salaire ?

Je réfléchis soigneusement à ma réponse tout en regardant nos mains. La vision était aussi étrange que la sensation.

— C'est vrai que tu ne me paies que le salaire minimum.

— Est-ce que tu aimerais aussi que j'arrange un droit de visite pour que tu puisses voir Theo les samedis et deux mercredis soirs par mois ? continua-t-il avec un sourire fourbe.

Theodore. Pas Theo. Jamais.

Ma main tremblait. D'impatience d'échapper à son étreinte. D'impatience de toucher Theo à nouveau. De sentir son visage sous mes doigts. Son rire sur ma peau. Son âme près de la mienne. Dans le même temps, je connaissais suffisamment Jordan pour savoir que la carotte qu'il agitait au bout du bâton était empoisonnée. Ma main me brûlait à son contact, et j'avais envie de la laver, de la frotter, jusqu'à ce que ma peau pèle.

Il se pencha davantage. Son haleine sentait le dentifrice à la menthe et le venin.

— J'ai besoin de ton aide, Edie. Il y a un travail à faire et tu es la candidate idéale.

— Je t'écoute.

J'étais curieuse de voir où il voulait en venir.

— Trent Rexroth. Je veux que tu fouines dans ses affaires. J'ai besoin d'en savoir plus sur lui.

— Pourquoi ?

Pas besoin d'être Einstein pour comprendre que ces deux-là se détestaient. Cela dit, mon père collectionnait les ennemis comme d'autres collectionnaient les timbres ou les stickers Panini. Consciencieusement et minutieusement. Toutes les personnes puissantes qui croisaient sa route étaient aussitôt cataloguées, vues et traitées comme une menace pour la sécurité nationale. À croire que le terme égocentrique avait été inventé spécialement pour lui. Ça ne lui posait aucun problème d'être agréable avec les gens moins riches et moins importants que lui. Mais à la seconde où vous deveniez un concurrent ou un obstacle, il était prêt à vous écraser, à faire marche arrière puis marche avant dix fois en suivant, juste pour être sûr qu'il vous avait bel et bien achevé.

— Son silence m'agace, et il me contredit toujours. Il complote quelque chose. Je veux savoir ce que c'est. Je veux savoir tout ce qu'il y a à savoir sur ce qu'il fait dans son bureau, à l'abri des regards. Je veux savoir quels jours il emmène sa fille chez la psy. Je veux connaître son emploi du temps, l'emplacement de son coffre, celui de ses documents et de son iPad. Je. Veux. Tout. Savoir.

Il était donc convaincu que Trent Rexroth tramait un truc louche derrière son dos. Un rachat hostile, ou peut-être une surprise qui affecterait sa société d'investissements chérie.

Trent donnait clairement l'impression d'être un mégalo

total, alors peut-être que Jordan avait raison de s'inquiéter. De toute façon, ça ne changeait rien au problème. Parce que, même si je mourais d'envie d'avoir deux mercredis par mois avec Theo, je ne voulais pas m'enfoncer plus profondément, en laissant mon père me manipuler comme ça. C'était un choix cornélien. Peut-être qu'il mentait quant au fait de m'accorder davantage de temps avec la seule personne qui m'importait. Peut-être qu'il disait la vérité. Mais dans les deux cas, si j'acceptais, il saurait que le chantage fonctionnait avec moi. Ce sabre à double tranchant me fendait le cœur.

— Non, merci, dis-je en retirant ma main. Trouve quelqu'un d'autre.

— Ma très chère fille...

Il reprit ma main et tira sur mon bras. Ça ne faisait pas mal, mais c'était loin d'être agréable.

— Je ne te laisse pas le choix. Les avantages sont uniquement un petit coup de pouce pour t'encourager.

— Je refuse d'espionner Trent Rexroth, insistai-je d'une voix plus forte et plus ferme. Il ne m'a rien fait et, en plus, tu fais fausse route. Il ne peut pas me blairer.

C'était un euphémisme. À ce stade, il aurait sans doute préféré faire des confidences sur l'oreiller à un néo-nazi plutôt que m'adresser la parole.

Naturellement, mon père choisit d'ignorer mes protestations.

— Edie, si tu refuses de m'obéir, j'envoie Theodore à New York. Tu sais que je peux faire jouer mes relations sans aucun problème. De plus, le centre de San Diego est affreusement surpeuplé. Ce serait lui rendre service.

Voilà. Là, je le retrouvais ! On revenait sur les sentiers battus. Les menaces, j'avais l'habitude.

— Exercer du chantage pour convaincre d'espionner.

C'est intéressant, comme méthode, répondis-je sèchement. Et utiliser tes contacts pour envoyer Theodore dans un autre centre, alors que tu souhaites faire campagne pour les élections municipales et que tu veux absolument éviter que les gens apprennent son existence… Je serais curieuse de voir ça.

Je le détestais, je détestais Rexroth, je détestais le monde entier de m'empêcher d'accéder au bonheur. Je me fichais de l'argent, des paillettes, ou des Louboutin. Je voulais juste surfer et être près de Theo. Et ne pas pouvoir me donnait l'impression d'être un papillon enfermé dans un bocal. Une petite créature qui se heurtait aux parois encore et encore, jusqu'à être à court d'énergie, à bout de souffle et d'espoir.

— Tu utilises le mot espionner beaucoup trop souvent à mon goût, jeune fille. Vois plutôt ça comme de la recherche, suggéra-t-il en lâchant ma main.

— Appelle-ça de la recherche, de l'espionnage ou du point de croix, c'est toujours non.

Il était déjà 5 heures du matin, et j'avais officiellement raté mon créneau pour aller surfer. De la merde. Je pouvais bien arriver à 8 heures, pour une fois. Les pieds de ma chaise grincèrent quand je me levai.

Soudain, quelque chose atterrit sur la table dans un claquement lourd. Je tournai la tête.

Un sac.

Le sac de médicaments de ma mère.

Il n'aurait pas dû faire un bruit pareil, parce qu'il n'aurait pas dû être aussi lourd. Mais il l'était. Ces temps-ci, ma mère avait besoin de trois cachets rien que pour sortir du lit, et c'était sans compter les vitamines (auxquelles elle était accro) et toutes les gélules dont elle se gavait quotidiennement et qui promettaient une peau radieuse, des ongles résistants et un sommeil paradisiaque. Ah, bien sûr, il lui fallait aussi trois cachets pour réussir à s'endormir le soir.

— Réfléchis bien. Tu dois penser à deux personnes. L'une d'elles, ta mère, est une enfant enfermée dans un corps de femme. Tu as tout sacrifié pour les sauver, Edie. Absolument tout. Tes études, ton rêve de devenir surfeuse et de partir loin d'ici, loin de moi. Tu as fait tous ces sacrifices pour ta mère et Theodore. Alors, un de plus, qu'est-ce que ça change ?

J'étais face au couloir, le corps agité par un cri silencieux. Il me tenait et il le savait. Il me rejoignit d'un pas nonchalant. Sa suffisance formait un nuage qui flottait dans la pièce et dégageait une odeur nauséabonde.

— Que ce soit bien clair, Edie. Je sacrifierai ta mère et Theodore sans hésiter. Tu t'es engagée à être ma petite marionnette obéissante… ce n'est pas toi qui dictes les règles.

Je sortis en trombe de la cuisine, son regard me poignardant le dos.

J'aurais préféré mourir que de regarder par-dessus mon épaule. Je savais comment il se sentait, de toute façon.

Victorieux.

Chapitre 7

Trent

Le spectacle de Félix le chat était pourri.

Rien d'étonnant.

Enfin, ce n'était pas très charitable pour la personne déguisée en gros chat en peluche qui se tenait au milieu d'un cercle composé d'enfants hurlants, pour lesquels elle dansait comme un singe bien dressé.

Cela dit, la fête semblait agréable pour quiconque n'était pas dans mon entourage immédiat. Pour tous les parents qui souriaient de toutes leurs dents, se donnaient la main (même les foutus divorcés étaient civilisés pour le bien de leur progéniture), regardaient le fruit de leurs entrailles se faire peindre le visage et danser avec des clowns, également connus sous le nom des petits assistants de Félix. C'était glauque, mais quand on y réfléchissait (quand on y réfléchissait vraiment), un tas de choses qui intimidaient les adultes enchantaient les enfants. Parce que, contrairement à leurs parents, les enfants ne regardent pas le monde à travers l'objectif déformant des idées préconçues et de l'intolérance.

Les enfants ne sont pas racistes.

Les enfants ne sont pas moralisateurs.

Les enfants se fichent que votre voiture coûte deux fois le salaire annuel de l'Américain moyen.

Les enfants sont drôles.

Les enfants sont purs.

Mais pas moi.

J'étais un homme métissé dans un monde de blancs, alors je savais exactement ce que Luna ressentait. Comme elle, je ne sortais pas du lot d'un point de vue physique, pas même dans la ville blanche protestante de Todos Santos. Je n'avais même pas la peau sombre. Ma mère était allemande et mon père afro-africain. Ma couleur de peau était diluée. Et pourtant ma différence était bien là. Dans ma taille, mes lèvres charnues et mes cheveux frisés (quand je les laissais pousser, autrement dit absolument jamais). Elle était là quand les gens faisaient des blagues sur les grosses bites et le basket. Elle était là quand je déposais des candidatures pour des petits boulots, afin de payer mes études supérieures. Elle était là, mais les autres faisaient comme si elle n'existait pas.

Il fallait quand même savoir une chose à propos des personnes métisses : la société nous baisait par tous les trous et de tous les côtés. J'étais trop noir pour être totalement accepté dans la ville blanche et riche où j'allais au lycée (Todos Santos), et trop blanc pour être accepté par la communauté noire de la ville où j'avais grandi (San Diego).

Le souci n'était pas que je n'avais pas d'amis. J'en avais plein. Ce qui me manquait, c'était une identité. Une tribu. Un puzzle dont j'aurais été l'une des pièces.

En ce sens, Luna était à la fois similaire et différente de moi.

Elle était belle et exotique, un diamant rare susceptible de moins souffrir des préjugés, parce que les temps avaient changé. Elle attirait les gens comme un aimant. Et elle avait l'air tellement normal... jusqu'au moment où elle ouvrait la bouche et où aucun son n'en sortait. Jusqu'au moment où une mère qui ne se doutait de rien lui demandait son nom et où ma fille détournait le regard, les larmes aux yeux, parce qu'une inconnue lui avait parlé.

Jusqu'au moment où le fils de la mère en question traitait Luna de débile.

— Elle ne parle pas anglais, maman. Elle ne parle même pas espagnol. Elle est débile, elle ne parle pas du tout.

Qu'est-ce que je disais ? Pourri.

Ma mère me pressa l'épaule, me suppliant du regard de ne pas enfoncer la tête du gamin dans le sable jusqu'à ce qu'il s'étouffe. La fête se déroulait sur la plage, et la chaleur avait peu à peu eu raison des cupcakes, des maquillages des enfants et de mes nerfs.

— Quel genre de gosse dit des trucs pareils ? Ils ont quatre ans !

Luna était assise sous un arbre à quelques mètres de là, en compagnie de Sonya qui essayait de la calmer après l'incident. Étant donné que Mlle Je-suis-occupée-les samedis était trop importante pour nous accompagner, Luna et moi, j'avais amené du renfort pour me tenir compagnie et nous soutenir moralement. Mes parents, Darius et Trisha, étaient là, et Sonya avait réussi à se libérer à la dernière minute, alors qu'elle était supposée emmener son fils à une compétition quelconque.

— Ils ont quatre ans, ils sont privilégiés et ils sont directs. Tu as grandi avec les gamins les plus horribles de tout le pays. Je ne vois pas ce qui t'étonne, dit ma mère en lissant ma chemise.

La Trish qui travaillait à mi-temps à Walmart avait fait du chemin, depuis que j'avais touché le jackpot professionnel. Tout ce qu'elle portait était de marque, et elle en était fière. Elle ressemblait désormais aux femmes qu'elle n'avait même pas l'honneur de servir auparavant, car elles ne mettaient pas les pieds dans son magasin. J'adorais me dire que nous faisions désormais partie d'un club qui ne nous acceptait pas vraiment.

Mon père était le seul noir membre du Country Club de Todos Santos.

Luna allait à l'école avec la fille de Tony Rowland, l'enfoiré à cause de qui je m'étais cassé la cheville au lycée, parce qu'il voulait me voler le titre de capitaine de l'équipe.

Nous nous fondions dans le paysage, nous nous mélangions, nous volions tout ce que la vie avait refusé de nous offrir.

Et j'adorais ça.

— C'est bon, on remballe. Ma patience a officiellement atteint ses limites.

Je secouai la tête en soupirant, lorsque Luna refusa de bouger du pied de l'arbre et de rejoindre les autres enfants pour danser, en dépit des encouragements de Sonya qui lui avait sans doute promis de rester avec elle. Luna trouvait ce genre de manifestations particulièrement éprouvantes. J'avais passé la première année suivant le départ de sa mère à la maison avec elle, avant de céder enfin aux appels du monde extérieur. Elle était à moi. C'était mon sang, mon ADN, mes cellules, mes yeux, mon être. Mais je souhaitais quand même qu'elle s'ouvre aux autres, et que les autres l'acceptent comme elle était.

Mes parents échangèrent un regard inquiet. Ils m'avaient offert un soutien inconditionnel depuis que j'avais quitté Chicago, où je gérais la filiale locale de FHH, et réemménagé à Todos Santos, après avoir vendu un pourcentage de mes parts à Jordan Van Der Zee, ainsi qu'un morceau de mon âme au passage.

— Pourquoi est-ce que tu ne rentrerais pas te reposer ? proposa ma mère en me caressant la joue, un sourire forcé sur les lèvres. On peut garder Luna avec ton père, et elle peut dormir chez nous ce soir. Ça fait des semaines qu'elle meurt d'envie de l'aider à construire son fameux vaisseau spatial.

Le vaisseau spatial.

Mon père était un rêveur. Un inventeur. Il construisait des trucs qui ne fonctionnaient jamais. Il n'allait pas vraiment construire un vaisseau spatial, évidemment. Ce qu'il allait construire, c'était une relation saine avec ma fille, avec des vieilles piles, des boîtes en carton, de la colle et des allumettes qui avaient pris la pluie. Alors que moi, je n'arrivais même pas à construire les fondations d'une complicité avec elle.

Je ne réussissais même pas à la protéger des regards curieux que lui jetaient les gens.

Je ne parvenais même pas à porter le fardeau qui allait de pair avec sa différence.

Et le problème, c'était qu'on me rendrait responsable de cette différence, si sa mère revenait dans sa vie un jour. Val se servirait de ça contre moi. Alors oui. J'en voulais à sa différence.

— Vous n'êtes pas obligés, protestai-je pour la forme.

Une nuit en solitaire ne serait pas du luxe. Je ne comptais même pas appeler Sonya ou Amanda. Je voulais aller me coucher, et peut-être regarder un film d'action débile et commander des saloperies que je ne m'autorisais pas en semaine. Mon entraînement six jours sur sept s'accordait mal avec la malbouffe, mais parfois, même les hommes majeurs et vaccinés pouvaient se permettre de s'apitoyer un peu sur eux-mêmes.

— Ne dis pas de bêtise.

Ma mère me serra dans ses bras. Elle était tellement petite, comparée à moi, qu'on avait du mal à croire qu'elle avait donné naissance à un géant dans mon genre. Sans parler du fait qu'elle était une des personnes les plus polies que je connaisse, alors que j'étais un connard avec un C majuscule.

— On adore Luna, et rien ne nous fait plus plaisir que lui faire plaisir. En plus, j'avais prévu de faire une tarte aux pommes et le taux de glycémie de ton père crève le plafond, alors elle lui rendra service en mangeant sa part. Pas vrai, Dar ?

Elle se tourna vers mon père qui était en train d'argumenter (ou plutôt de carrément se disputer) avec un gamin de quatre ans à propos de la composition des peintures utilisées pour maquiller les enfants.

— D'accord, répondis-je en souriant.

Je dis au revoir à Luna, à mes parents et à Sonya, puis je grimpai dans ma Tesla noire. J'appelai le restaurant coréen sur le chemin de la maison pour commander presque tous les plats du menu, puis je roulai au hasard pendant un moment, en profitant du silence.

C'était un silence différent qui n'était pas tendu ou chargé de non-dits. C'était juste un silence teinté de solitude et d'égoïsme, deux choses qui vous manquaient parfois cruellement en tant que parent. Si quelqu'un m'avait demandé tout bas, sur son lit de mort, si je voulais être père, et si j'avais su que cette personne emporterait ma réponse avec elle dans la tombe, j'aurais dit la vérité. Non. Parce que c'était trop dur, trop déchirant, et trop chronophage d'être le père de Luna Rexroth.

Pourtant…

Pourtant, j'aimais ma fille de tout mon cœur, passionnément, désespérément. Et mon incapacité à l'aider n'en était que plus démoralisante. Ça me rendait fou qu'elle puisse tirer un trait sur les gens ou, pire encore, sur sa vie, avant même qu'elle ait commencé. Je voulais lui montrer que le monde était une expérience belle et effrayante qui valait la peine d'être vécue. Lui montrer que les paysans pouvaient devenir rois s'ils travaillaient suffisamment dur, et que son papa en était la preuve vivante.

Il y avait un réservoir boisé à la limite entre Orange County et Todos Santos. J'adorais cet endroit quand j'étais ado. C'était un peu sauvage. Vaste, à l'écart de tout, et un vrai gouffre à fric. Personne ne voulait s'en occuper. Le bâtiment qui s'y trouvait était l'ancienne mairie de Todos Santos, avant que la ville ne s'embourgeoise et déménage sa mairie dans le centre, avec tant de fontaines et de cygnes qu'on aurait pu la confondre avec Monaco. Étant donné que, techniquement, le lieu n'appartenait plus à aucune ville, il avait fini à l'abandon, et tout le monde l'avait oublié. Enfin. Les adultes.

Car un tas de jeunes venaient au réservoir pour s'envoyer en l'air, se soûler et faire les abrutis, ce qui était le passe-temps préféré des adolescents. À l'époque du lycée, lorsque les parents de Vicious étaient à la maison (ce qui était rare), nous nous retrouvions ici pour nos bastons hebdomadaires.

Je décidai de m'y rendre sur un coup de tête. Le restaurant coréen mettait en général une éternité à livrer ses commandes, surtout quand elles étaient aussi énormes que la mienne. Un petit voyage au pays du souvenir me rappellerait que je n'avais pas toujours été aussi vieux, aussi aigri, aussi bousillé.

Je passai devant les vieux bancs, devant le phare qui se tenait au milieu du lac entouré de chemins de randonnée. Je baissai la vitre et humai le parfum de la nature. De la liberté. De la jeunesse. L'air pur. Un sourire naquit sur mes lèvres, et je m'autorisai presque à profiter de l'instant présent.

Presque.

La personne qui fit disparaître mon sourire était bien la dernière que je m'attendais à croiser, même si c'était parfaitement logique de la trouver ici.

Edie Van Der Zee.

Je l'entendis avant de la voir et, quand je l'aperçus, ce fut à travers les buissons et le brouillard. Je la reconnus uniquement à cause de ses longs cheveux blonds ondulés tout droit sortis d'un catalogue, qui tombaient en cascade sur ses épaules nues, et à cause de son rire rauque. Elle portait un top Roxy, un short, et ses fameuses Dr Martens délacées. Elle ressemblait tellement à une enfant que j'avais envie de me donner un coup de poing dans les couilles pour me punir de l'avoir imaginée en train de se tortiller sous moi, pendant que je sautais Amanda, l'autre soir. Ses jambes étaient encore raides comme des baguettes. Pas si différentes de celles de Luna.

Tu es complètement dérangé.

Elle se tenait debout devant deux types et une fille installés sur un banc. Naturellement, ils étaient assis sur le dossier, parce qu'ils étaient rebelles. *Mon cul !*

J'avais juste l'intention de ralentir pour entendre ce qui pouvait bien les faire autant rire, mais quand je me rendis compte que ma voiture était invisible dans la nuit, je finis par m'arrêter derrière un bosquet sauvage. À ce moment, j'aurais sans doute dû admettre que j'étais en train de dépasser une limite quelconque. J'espionnais mon employée, *une* adolescente, un samedi soir. Mais je choisis d'ignorer le degré de perversion que je venais d'atteindre en me disant que : A. j'étais tombé sur elle par hasard, ce n'était donc pas comme si je l'avais activement cherchée,

B. si je tournais le dos et qu'il lui arrivait quelque chose, je ne me le pardonnerais jamais.

Bidon au possible, mais ça fera l'affaire.

L'un des types, qui portait un sweat à capuche en plein été et méritait de mourir d'une mort lente et douloureuse rien que pour ça, se leva et prit le chemin de l'un des symboles les plus iconiques du réservoir : l'ancienne mairie. Le grand bâtiment en grès était désert et décrépi ; il abritait un tas de pièces vides. La dernière fois que j'étais venu ici, quinze ans plus tôt, chacune d'elle avait accueilli un couple ou un plan à trois sur de vieux matelas sales ou des canapés qu'on avait traînés jusqu'ici et qui étaient probablement infestés de vermine. Je sentis ma mâchoire se contracter en le voyant passer un bras autour des épaules d'Edie et l'attirer à lui pour l'embrasser sur le front.

— Allez, Gidget ! On n'a pas baisé depuis mille ans, et toutes les nouvelles, à la plage, sont beaucoup trop coincées, lança l'abruti, alors qu'ils avançaient en zigzag vers le bâtiment.

Gidget ? Pourquoi tous les mots qu'il employait me tapaient sur les nerfs ? J'utilisais le mot baiser et un tas de jurons à tout bout de champ. Si j'avais pu me marier à une insulte, je l'aurais probablement fait. Pourtant, je détestais l'entendre dans sa bouche, et je détestais que ce soit adressé à elle. Surtout, ça m'était insupportable que ce crétin porte un sweat à capuche, car ça m'empêchait de voir la sale tronche que je m'apprêtais à démolir à coups de poing.

— Attends, laisse-moi piquer un joint à Wade, murmura Edie d'une voix grave.

Elle courut dans la direction opposée pour rejoindre les deux autres losers sur le banc. Elle allait vraiment sauter un connard quelconque dans un bâtiment abandonné ?

Je n'y croyais pas ! En même temps, qu'est-ce que je savais d'elle ? Ah oui. C'était une voleuse et une menteuse égocentrique qui avait laissé ma fille en plan pour traîner avec des fumeurs de joint attardés. *Et* c'était une adolescente. Bien sûr qu'elle allait le sauter dans un vieux bâtiment. Et bien sûr qu'elle n'était pas coincée.

Mon sexe tressaillit dans mon pantalon, et je fis l'impensable : je le pris dans ma main et serrai de toutes mes forces. C'était ma façon de dire que ça n'arriverait jamais. Elle n'était même pas mon genre. Trop petite, trop blonde, trop douce… Même si je savais maintenant que, chez elle, les apparences étaient trompeuses. Elle traînait un paquet de casseroles.

Dans mon effort désespéré pour ne pas me branler, j'oubliai que mes phares étaient encore allumés. Ses amis sur le banc tournèrent la tête pour voir qui se planquait derrière les buissons. Il fallait que j'agisse. Et il n'y avait qu'une chose à faire : me casser d'ici.

Sauf que, dans le fond, j'étais toujours l'enfoiré qui aimait faire n'importe quoi, de préférence avec la nana la plus nocive qu'il pouvait trouver. Alors, pourquoi déroger à la tradition ?

Au lieu de faire demi-tour et de partir, j'appuyai sur l'accélérateur. Ma voiture bondit en avant sans faire le moindre bruit (au moins, je savais pourquoi je l'avais payée cent soixante dix mille dollars et j'écrasai la pédale de frein en arrivant au niveau d'Edie.

— Van Der Zee ! grondai-je par la vitre ouverte.

Elle tourna si brusquement la tête que je crus qu'elle allait se briser la colonne vertébrale. Je me penchai et ouvris la portière côté passager.

— Monte !

Elle ouvrit la bouche, abasourdie et, l'espace d'une

seconde, je n'eus qu'une envie : fourrer ma langue à l'intérieur. À la place, j'ouvris la portière plus grand.

— Maintenant.

L'abruti pour lequel elle était sur le point d'écarter les cuisses était devant moi, à présent. Avec son cou tatoué, ses yeux verts tombants et son piercing à la lèvre, il avait l'air d'un rebut de casting pour *Blink182*. En plus grand. Et sûrement en plus musclé. Il n'était pas aussi baraqué que moi, mais c'était bien le genre à amasser assez de petites culottes pour ouvrir une boutique Victoria's Secret.

Mon genre, donc.

Il s'approcha de ma voiture d'un pas désinvolte et appuya les coudes sur le rebord de ma putain de fenêtre comme s'il était chez lui. Il avait des couilles. Et il n'allait pas tarder à leur dire au revoir, s'il ne faisait pas plus attention.

— Si je puis me permettre… t'es qui, ducon ?

Il alluma tranquillement un joint et me souffla la fumée en plein visage. Il jouait au jeu dont j'étais le champion, quand j'avais dix-huit ans. Celui où vous tiriez sur la corde jusqu'à ce qu'elle casse. Sauf qu'à présent, j'avais trente-trois ans et que je pouvais briser sa nuque et son avenir sans sourciller. Je tentai de me rappeler que je ne voulais pas vraiment lui faire ça. Qu'il n'était qu'un ado planqué sous une capuche. Un paon qui faisait la roue pour essayer d'impressionner sa petite copine.

— Je suis son patron. Et toi, ducon ?

Il pencha la tête sur le côté en souriant.

— Sa bite attitrée. Et je n'aime pas la compétition en dehors de l'océan. Alors, je te suggère d'aller voir ailleurs si j'y suis.

Il tapota sur son joint, et les cendres tombèrent dans ma voiture. Sur mon siège en cuir.

Mauvais plan.

J'entendis Edie glousser doucement derrière lui. Moi qui étais déjà en mode impitoyable, je me sentis soudain prêt à monter d'un cran pour passer au niveau enculé absolu. Peut-être que c'était parce qu'elle n'était pas venue à la fête de Luna, ou simplement que j'en avais marre de me retenir d'être un connard avec elle, mais je coupai le contact, ouvris la portière et me précipitai dehors. Je contournai la voiture et l'attrapai par le coude.

— Si tu ne grimpes pas dans cette voiture tout de suite, je vais te montrer ce qui se passe à la fin du compte à rebours, murmurai-je dans ses cheveux.

Mes lèvres effleurèrent accidentellement son oreille, et je sentis mon sexe tressaillir dans mon pantalon.

Je grognai, et elle tourna la tête vers moi, perplexe.

— Et pourquoi je ferais quoi que ce soit pour vous en dehors des heures de bureau, Rexroth ?

— Parce que tu m'as dit que tu avais quelque chose d'important à faire aujourd'hui, et que c'était pour ça que tu ne pouvais pas venir à la fête de ma fille, alors qu'en réalité tu es sur le point de t'envoyer un pauvre débile dans un bâtiment abandonné infesté de rats. Je te jure que si tu ne montes pas immédiatement, ton père va recevoir une visite dominicale de son associé à la première heure demain matin, ainsi qu'un compte rendu détaillé de tes talents de voleuse et de tes escapades sexuelles !

Je venais donc de menacer une gamine de dix-huit ans de la dénoncer à ses parents. C'était ce qu'on appelait toucher le fond. En même temps, elle n'avait pas besoin de ça. Pas besoin de fumer des joints et de baiser dans des lieux publics. Entendons-nous bien, j'avais fait exactement la même chose à son âge. Et je n'ai jamais dit que je n'étais pas un sale hypocrite.

Surfeur Blondinet de mes deux vint se planter devant moi.

— Du calme, mon vieux. Détends-toi et arrête de la traiter comme une merde, ou je vais être obligé de te botter le cul.

Bon. C'était plié. J'allais finir la nuit au poste.

Incapable de me maîtriser, je le poussai brutalement. Edie s'interposa entre nous et nous éloigna l'un de l'autre.

— Oh ! arrêtez ! Ça suffit !

— Tu n'as pas besoin d'un autre Jordan, Gidget. Dis-lui d'aller se faire foutre, dit Blondinet en me montrant du doigt d'un air dégoûté.

Elle secoua la tête, la main posée à plat sur son torse, et le fit reculer jusqu'au banc. Ses autres amis observaient la scène bouche bée, à tel point que je pouvais pratiquement voir ce qu'ils avaient mangé pour le déjeuner. Ils se levèrent, mais ne s'approchèrent pas de nous. Bande de lâches !

— Ce n'est pas ce que tu crois, Bane. Je t'expliquerai plus tard, d'accord ? On se voit demain à la plage.

Elle me tourna le dos pour l'embrasser sur la bouche, et je les observai, les dents serrées. Leurs lèvres s'effleurèrent avec une familiarité que je n'avais jamais connue avec une femme, parce que je n'étais jamais resté plus de deux semaines avec quelqu'un.

— C'est bon, ça suffit. On y va.

Je la balançai presque sur le siège passager avant de revenir m'installer au volant. Je démarrai, encore sous le choc de ma propre réaction, et sans la moindre idée de là où je devais l'emmener.

— Où est-ce que tu habites ? demandai-je en passant la première.

Silence total. Elle regardait par la fenêtre, les yeux remplis de larmes. Je pris le chemin de terre dans l'autre sens pour sortir du réservoir. Le moteur électrique n'émettait pas le moindre bruit, ce qui rendait le silence particulièrement insupportable. J'agrippai le volant de toutes mes forces.

Elle n'allait pas répondre. Pas avant que j'explique pourquoi je m'étais comporté de la sorte.

— Tu es la fille de mon associé, Edie. Je ne peux pas te laisser fumer des pétards et t'envoyer en l'air avec des mecs tatoués au milieu de nulle part. Je peux fermer les yeux quand je ne suis pas dans les parages, mais si je tombe sur toi en pleine nuit dans un coin paumé, il est hors de question que je te laisse là sans réagir.

— Pitié, dit-elle en reniflant avec mépris. Ne jamais baratiner un baratineur. Vous pouvez vous garder vos explications débiles. Vous n'en avez rien à foutre de Jordan Van Der Zee, encore moins de moi. C'était un acte de pouvoir, Rexroth. Vous étiez en rogne que je ne sois pas venue à la fête de Luna et vous avez décidé de vous venger. Pour votre gouverne, sachez que je suis vraiment allée quelque part aujourd'hui, parce que j'avais vraiment quelque chose d'important à faire. Ce n'est pas parce que je suis rentrée à temps pour passer la soirée avec des amis que j'ai menti.

Elle n'avait pas tort. J'étais furax qu'elle ait choisi de passer du temps avec ses amis au lieu d'en passer avec ma fille. Mais ce qui était pire, c'était que je l'avais embarquée de force parce que je m'étais entiché d'elle. Ou du moins de l'idée de coucher avec elle. Naturellement, si je faisais ça, Jordan n'hésiterait pas à me dégager du conseil d'administration et de la société, et à détruire ma carrière. Sans parler du fait que je serais incapable de me regarder dans un miroir après avoir baisé une ado, même si elle était majeure.

Je choisis d'ignorer la pertinence de sa réponse et de répéter ma question.

— Où est-ce que tu habites ?

Elle soupira, fouilla dans son sac à dos noir et en extirpa son portable.

— Oh. Je te parle, dis-je en m'emparant de son téléphone.

— Ce n'est pas pour autant que j'écoute, grommela-t-elle.

— Mais enfin, c'est quoi, ton problème, gamine ?

— C'est vous, mon problème. C'est mon père, mon problème. C'est le monde entier, mon problème. Laissez-moi sortir ! ordonna-t-elle en reprenant son téléphone.

La tension était telle que je commençais à avoir du mal à me concentrer sur la route.

— Au milieu de nulle part ? Comment te dire… Non.

— Trent.

Je secouai la tête. J'étais prêt à la ramener chez moi s'il le fallait. J'avais deux chambres d'amis qui ne servaient jamais. Elle pouvait dormir là, et je la raccompagnerais chez ses parents à la première heure le lendemain. Ce n'était pas l'idéal mais, au moins, elle serait en sécurité, et pas en train de chevaucher Surfeur Blondinet de mes deux.

— Laissez-moi partir.

Je l'ignorai, les yeux fixés sur la route.

Alors cette folle passa à l'action.

Elle ouvrit la portière et sauta dans un buisson.

J'écrasai la pédale de frein et sortis en trombe de la voiture pour la rejoindre en courant. Elle était dans les broussailles, allongée sur le dos. Elle avait les bras écartés et elle riait.

Elle ne souriait pas, elle ne gloussait pas. Elle riait à gorge déployée, les yeux pleins de larmes, comme la gamine perdue qu'elle était.

Si c'était un appel à l'aide, je décidai de ne pas y répondre. Je décidai de ne pas voir ce qu'elle traversait, parce que nous essayions tous de garder la tête hors de l'eau dans cet océan de misère, et que l'aider m'aurait fait couler davantage. Je la tirai par la taille pour la redresser, ignorant le sentiment d'intimité qui accompagnait mon geste. Ignorant le fait que, contre toute attente, son corps s'emboîtait parfaitement avec le mien. J'avais une main au bas de son dos, un genou entre ses cuisses. Son corps était ferme et athlétique, mais son visage était doux et tendre, comme une peinture d'Edgar Degas.

Nos regards se livraient un combat silencieux. Ses yeux bleus brillaient dans la lumière de la pleine lune. Je savais que si nous restions dans cette position pendant quelques secondes encore, je risquais de faire quelque chose que je regretterais ensuite. Le genre d'erreur qui pouvait détruire tout un tas de vies. Alors, je me penchai sur elle avec l'intention de lui murmurer que j'étais désolé pour ce qui s'était passé ce soir. Désolé d'être un connard et un hypocrite. Désolé pour tout, en fait.

Mais elle écarta les lèvres, comme si elle attendait… quoi, un baiser ?

Je suis partant.

Je connaissais ce sentiment, parce que j'avais été dans cette position un nombre incalculable de fois. Elle était en train de me donner le feu vert, la permission, l'autorisation de la toucher. Elle avança imperceptiblement les hanches vers mon entrejambe et un grognement rauque franchit mes lèvres.

Sacré coup de théâtre ! Edie Van Der Zee veut que je la saute.

Cinq ans plus tôt, je lui aurais donné ce qu'elle voulait sans penser aux conséquences.

Ce soir, néanmoins, j'avais beaucoup trop à perdre.

— Edie, dis-je contre sa tempe. Je peux savoir pourquoi tu te frottes contre ma jambe ? Je croyais que tu m'en voulais d'avoir cassé ton coup, ce soir.

Elle n'était plus au bord des larmes, mais j'avais un

problème beaucoup plus important à régler à présent. Un problème dur et gonflé entre mes jambes, impatient de lui donner ce dont elle avait visiblement très envie.

— Pourquoi vous avez cassé mon coup, Rexroth ? souffla-t-elle presque contre ma bouche.

Je pouvais sentir son parfum. Un mélange de vanille et de femme. Pas de fille. Ce qui avait le mérite de rendre la situation un peu moins glauque.

— Tu sais très bien pourquoi.

— Je commence à croire que je suis passée à côté d'un détail important.

Elle ondula à nouveau les hanches et effleura mon érection. Elle m'avait à peine touché, mais c'était si provocateur que son geste mit fin au débat sur la différence d'âge. Elle savait ce qu'elle faisait. Elle savait comment se servir de son corps, comment exciter un homme, et ça me tuait que ce con de Bane (qu'est-ce que c'était que ce nom ? C'était une contrefaçon de Vicious ou quoi ?) connaisse tous les secrets de sa peau soyeuse et bronzée, de sa bouche rouge et de l'intérieur de sa petite culotte.

Je m'éloignai d'elle et m'adossai contre la voiture, dont le moteur tournait toujours.

— Désolée, chérie, je ne donne pas dans les enfants, fis-je avec un sourire.

Elle me rejoignit et pressa l'intérieur de sa cuisse contre ma jambe, un sourire étincelant aux lèvres. Ses dents étaient d'une blancheur parfaite, et l'une d'elles était un peu décalée et légèrement ébréchée. Une imperfection qui la rendait encore plus attirante.

— Ne faites pas ce genre de promesses. Vous aurez l'impression d'être le pire pervers du monde, quand vous les briserez, ronronna-t-elle.

— Je ne les briserai pas, rétorquai-je froidement.

Mais je la laissai quand même presser ses petits seins fermes contre mon torse. Bien sûr, elle ne portait pas de soutien-gorge. *Et merde !* L'idée de pouvoir la plaquer contre mon capot et de la prendre par-derrière était à peine supportable. Ou peut-être que je pouvais lui écarter les cuisses et la dévorer, avant de la sauter en plein milieu du réservoir. Elle me laisserait faire. Et c'était ça le pire, dans cette histoire. Elle me laisserait faire, et pas parce qu'elle était une fille naïve traumatisée par sa relation avec son papa.

Elle me laisserait faire parce qu'elle était venue ici pour baiser et qu'à ses yeux, j'étais un partenaire consentant. Rien de plus, rien de moins.

— Intéressant, dit-elle en se frottant contre moi, ses jambes serrées autour de la mienne.

Mon jean bruissait contre sa peau nue, et ses tétons dressés effleuraient mon bras. Je ne bougeais pas. Je la regardais en espérant qu'elle arrête ou qu'elle prenne ma bite dans sa bouche pour mettre fin à mon supplice.

— Vous savez quel est le mot que je préfère ?

Baiser ? eus-je envie de répliquer. *Si c'est ça, je serais ravi de te donner des synonymes, des informations et des exemples grandeur nature.*

Mais j'étais trop fasciné par la direction qu'elle prenait (que nous prenions) pour interrompre son petit discours. Elle avait quelque chose à dire. C'était certain. Alors, j'allais la laisser parler. Pas seulement parce qu'elle était en train de frotter sa chatte contre ma cuisse et que je voulais qu'elle continue, mais aussi parce qu'elle en avait besoin. Cette gamine avait sauté d'une voiture en marche cinq minutes plus tôt pour se faire entendre.

Pas une gamine, me rappelai-je. *Une femme, Trent. Une femme.*

— Se décentrer.

Le mot roula sur ses lèvres pulpeuses comme une proposition indécente. Elle prit ma main et la pressa contre le petit creux entre le haut de sa cuisse et la naissance de sa fesse. La chaleur de sa peau fit disparaître la douleur qui me vrillait le ventre. Et le plus étrange, c'était que je n'avais même pas remarqué qu'elle était là. Je ne lui pressai pas la fesse, mais ne retirai pas la main non plus. Mon cerveau tournait à mille à l'heure. Nous n'aurions pas dû faire ça, mais je continuais à me trouver des excuses.

Ce n'était rien.

En réalité, nous ne faisions rien du tout.

Nous n'étions pas en train de nous embrasser, de nous peloter, de baiser ou de nous sucer mutuellement. Nous nous touchions à peine. Sauf que la sensation était bien plus lourde et dense que si j'avais été nu dans une chambre avec une femme qui avait déjà un préservatif à la bouche.

— Se décentrer, c'est se rendre compte que chaque personne qui passe à côté de nous a une vie aussi agitée et complexe que la nôtre. J'ai comme l'impression que vous croyez être le seul à connaître l'adversité, Rexroth. Et ça ne me plaît pas. Ça ne me plaît pas du tout.

— Dommage, chérie, parce que tu es sous mes ordres. Et tu ne risques pas de te retrouver en dessous de moi autrement que dans l'organigramme de la société.

Je fis glisser ma main de sa fesse à ma poche, sans manquer de marquer une pause délibérée au niveau de sa hanche pour la caresser de mon pouce. Elle feignit de ne pas remarquer mon geste, pourtant, sa chair de poule la trahit. La pointe de ses seins était tellement dure qu'elle semblait douloureuse.

Elle se pressa contre moi ; je la repoussai. Pas seulement pour garder le contrôle de mes mains, mais aussi parce que la voir brûler de désir pour moi était une vision susceptible d'anéantir le peu de sens moral qui me restait.

— On est partis sur de mauvaises bases. Je m'excuse d'avoir essayé de voler votre mère. Si vous acceptiez de vous excuser de vous être comporté comme un tyran, on pourrait laisser tout ça derrière nous et prendre un nouveau départ. En tout cas, moi, j'aimerais bien, dit-elle d'une voix douce et honnête.

Ce qu'elle ne comprenait pas, c'était que nous étions incapables de communiquer autrement qu'en nous provoquant. Et en nous détestant. Et en nous méprisant.

Malheureusement pour elle, c'était trop amusant pour que je la laisse s'en tirer comme ça. Je n'étais pas prêt à tirer un trait sur ce que nous étions, même si la relation que nous développions avait tout d'une maladie incurable.

Alors, au lieu de me comporter en adulte et de faire la paix, je la fis pivoter sur elle-même et la plaquai contre ma voiture. Ma main était sur sa gorge, et je la sentis avaler sa salive. Ça l'excitait d'être à ma merci.

Nom de Dieu, Edie, tu n'imagines pas à quel point je peux être sans merci !

Je me laissai aller de presque tout mon poids sur elle. Assez pour l'intimider, mais pas au point de lui faire mal. Elle pouvait sentir mon érection, mes abdos, mes pectoraux, et ma chemise collée à ma peau à cause de la sueur. Je plaçai ma bouche contre la sienne, conscient qu'elle mourait d'envie d'être embrassée et que jamais, jamais, je ne lui donnerais ça.

— La seule chose pour laquelle je pourrais éventuellement m'excuser, c'est de ne pas t'avoir croisée plus tôt ce soir. Si je te reprends à écarter les cuisses pour cet abruti, ici ou où que ce soit, ce sera terminé. Pour lui, pour toi, pour toutes les personnes impliquées. Tant que tu passeras du temps avec ma fille (et c'est ce que j'attends de toi chaque mardi, quand j'arriverai au bureau avec elle), tu resteras célibataire. Tu peux te frotter contre ton pommeau de douche en imaginant que c'est ma bite et tu peux jouer avec ton clitoris en imaginant que c'est ma bouche, mais baiser avec Bane, c'est fini. Compris ?

Elle rit et remonta dans la voiture en me claquant la portière au nez.

Je repris le volant et me remis en route, tandis qu'elle entrait son adresse dans mon GPS.

Elle n'avait toujours pas répondu à ma dernière question, mais ça n'était pas un problème. Je n'avais pas besoin qu'elle réponde. J'avais besoin qu'elle comprenne.

Je vis sa mâchoire se contracter. Elle avait reçu le message. Bien.

Chapitre 8

Edie

Le lundi matin suivant, je déposai une pile de documents sur le bureau de mon père avant de m'essuyer le front d'un revers de main. J'avais passé tout mon dimanche à surfer, à esquiver les questions de Bane à propos de Trent et à tenter de convaincre ma mère de sortir du lit pour dîner avec nous. J'avais fait du couscous (au micro-ondes) et du poulet au citron (de chez Whole Foods), et même préparé une salade parfaitement comestible. J'avais fini par manger tout ça toute seule, devant la télé de la cuisine. Il m'avait fallu vingt minutes d'un épisode glauque d'une émission de télé-réalité pour me rendre compte que j'étais en train de regarder des images de criminels jetant des bouteilles remplies de pisse à des policiers.

Pour sûr, j'étais distraite.

La tension entêtante entre mes jambes me rappelait que Trent avait joué avec mes émotions, ma sexualité et mon esprit. Le fait qu'il puisse me faire ça (me contrôler comme le faisait mon père) rendait ma vendetta contre lui quasi-obligatoire. Je n'étais pas un jouet qu'on pouvait se passer de main en main. Mon père exerçait un pouvoir bien particulier sur moi, mais Trent…

Non.

Il était sur le point de découvrir que je n'étais pas du genre à me laisser faire. Et ce, même si je laissais Jordan Van Der Zee me bousculer.

— Qu'est-ce que tu veux savoir sur Rexroth ?

Mon père releva le nez de son écran d'ordinateur et se frotta le menton. Ce jour-là, il portait un costume gris clair et une cravate bleu pâle faits sur mesure. Il les avait achetés lors d'un voyage d'affaires d'à peine deux jours, une semaine plus tôt. Ce qui signifiait que quelqu'un avait commandé le costume et la cravate pour lui.

Une maîtresse, à tous les coups.

Il prenait l'avion dans l'après-midi pour aller passer une semaine à Zurich, soi-disant. C'était la troisième fois en trois mois qu'il allait là-bas. Autrement dit, il devait avoir un nouveau jouet. En réalité, je me fichais de savoir s'il avait quelqu'un, tout comme je me fichais de savoir s'il allait vraiment à Zurich ou non. J'étais juste contente d'être débarrassée de lui pendant six jours.

— Gentille fille, dit-il en ponctuant sa réponse d'un claquement de langue approbateur.

Va te faire foutre, répliquai-je en mon for intérieur. Pourtant, il avait raison : j'étais sa marionnette de l'ombre, prête à le divertir chaque fois qu'il me mettait sous le feu des projecteurs.

Il s'empara de documents et les glissa dans un tiroir qu'il ferma à clé.

— Commence par savoir s'il emmène son ordinateur portable et son iPad chez lui le soir, ou s'il les laisse au bureau. Il y a des caméras de surveillance à l'accueil, à l'extérieur des toilettes et devant les ascenseurs. En avoir dans son bureau est un choix personnel. Vois s'il en a fait installer dans le plafond de son bureau, dans les murs ou ses meubles. Je veux aussi savoir combien d'appareils électroniques il possède avec un accès à ses e-mails et à Internet, et à quelle fréquence il les utilise. Si tu arrives à mettre la main sur l'un d'eux, tu me l'apportes.

Waouh. C'était plus que spécifique. Moi qui croyais qu'il me donnerait le bénéfice du doute et qu'il n'était pas sûr que j'accepterais… Il avait déjà tout prévu.

Pour la millionième fois, je me fis la promesse que, à la minute où je pourrais couper les ponts avec lui, je le ferais sortir de ma vie, en fermant la porte à clé. Je refusais que mon bonheur dépende de qui que ce soit. Le problème, c'était que mon père avait la capacité de tirer de nombreuses ficelles et d'utiliser son pouvoir et ses contacts pour faire du mal aux gens qui n'étaient pas de son avis. Alors, j'allais devoir la jouer fine.

« *Sacrifice potentiel.* » Les mots résonnèrent dans ma tête.

Surprise, Trent. On vient juste d'inverser les rôles.

Je hochai la tête.

— Ça me paraît faisable.

Rina, la secrétaire particulière de Trent, m'avait envoyé un e-mail un peu plus tôt pour m'informer que je passerais la majeure partie de mon mardi avec Luna et Camila. On irait au zoo avant de retrouver Trent au Vine pour le déjeuner. La perspective de passer du temps avec elles m'enchantait, car je les aimais beaucoup toutes les deux. Me retrouver face à Trent après lui avoir grimpé dessus, en revanche…

La bonne nouvelle, c'était que j'avais la garantie d'un accès à son bureau à un moment ou à un autre, le lendemain.

— Je veux que tu lèves la restriction sur les visites. Je veux voir Theo les samedis et un mercredi sur deux, et je veux passer mes vacances avec lui.

Il agita la main, déjà plongé dans un contrat qu'il venait d'imprimer.

— Très bien. Dis à Max de régler ça.

Max était son secrétaire particulier. Ma mère avait exigé de lui qu'il cesse d'embaucher des femmes, dans l'espoir qu'il arrêterait de la tromper avec ses employées. Tu parles ! Vu son emploi du temps et le peu de temps qu'il passait à la maison, c'était raté.

J'allais sortir de la pièce quand sa voix retentit derrière moi.

— Edie ? Une dernière chose.

Je pivotai lentement et le fixai derrière son bureau en titane. Il affichait un air suffisant, comme si le monde lui appartenait. Comme s'il était immortel.

Imbécile.

— Souviens-toi que je suis ton père, ton employeur et l'homme qui tient ton destin entre ses mains. Alors, n'essaie pas de me doubler. Trent Rexroth est intelligent, mais il n'est rien comparé à moi.

Je sortis et refermai la porte derrière moi, en me retenant d'ouvrir la bouche et de lui cracher au visage une vérité qu'il n'avait pas envie d'entendre : Trent Rexroth était plus qu'intelligent. Il était diaboliquement brillant. Mais ça ne lui servirait à rien dans cette bataille, parce que j'étais son talon d'Achille.

Je le rendais faible.

C'était dans sa faiblesse que se trouvait mon pouvoir.

Et je comptais bien m'en servir.

Pas parce que j'étais revancharde ou en colère, mais parce que je voulais sauver Theo et ma mère.

Pas parce que j'étais mauvaise, mais parce que j'aimais ceux qui dépendaient de moi.

Je volai son iPad.

Avec une facilité à la fois enivrante et déconcertante,

compte tenu du fait qu'il m'avait déjà prise sur le fait dans le passé.

Il avait sans aucun doute été surpris que je me joigne à eux sans protester, mais il était resté fidèle à sa réputation, en se comportant comme si je n'étais rien d'autre que l'amie agaçante de sa fille. Autrement dit : il m'avait ignorée royalement.

Pendant le déjeuner, il accorda toute son attention à Luna : il lui coupait sa nourriture, lui parlait de leurs projets pour le week-end… Il portait un pantalon de costume bleu marine et une chemise d'un blanc immaculé, avec les manches remontées jusqu'aux coudes. Les veines et les muscles de ses avant-bras semblaient avoir été conçus pour plaquer une fille contre un mur et lui faire chanter les louanges du Seigneur comme une païenne qui venait de rencontrer Dieu. Je n'étais pas particulièrement portée sur le sexe. Alors, imaginez ma surprise quand je dus m'excuser et aller aux toilettes pour retrouver mes esprits. J'agrippai le rebord du lavabo et secouai la tête pour tenter de ne plus l'imaginer en train de me plaquer contre une des cabines, baisser ma jupe et ma culotte et me dévorer par-derrière. J'allai même jusqu'à me convaincre qu'avoir envie de coucher avec lui était juste une forme de protestation silencieuse contre mon père. *N'empêche, ces avant-bras…* Je savais qu'ils reviendraient me hanter le soir jusqu'à ce que mes orteils se recroquevillent de plaisir. L'image de ses bras puissants en train de m'agripper servirait d'allumette pour mettre le feu au désir dormant niché dans mon ventre.

Je me passai de l'eau glacée sur le visage.

Concentre-toi.

Quand je revins à table, Luna montra le portable de Trent avant de mimer quelque chose de plus grand.

— Tu veux l'iPad ?

Je détestais sa façon de lui parler. Comme s'il en avait quelque chose à faire, alors que j'étais persuadée qu'il était comme Jordan, dans le fond. Peut-être que je lui rendais service en le faisant virer de FHH. Il avait clairement besoin de plus de temps pour tisser des liens avec sa fille.

— Il est dans mon bureau. Camila te le donnera une fois qu'on aura fini de déjeuner. Termine tes pâtes.

Luna tapota la table du bout des doigts, les sourcils froncés.

— Peut-être qu'elle pourrait apprendre la langue des signes, murmurai-je davantage pour moi-même que pour les autres.

Je piquai ma fourchette dans un morceau de filet, que je trempai dans la purée de pommes de terre. Je n'allais plus jamais au restaurant. Je dépensais mon argent dans des choses importantes, comme l'essence ou Theo. Alors ce n'était pas si terrible de déjeuner avec eux, en fin de compte. Je n'avais pas dégusté un repas aussi décadent depuis des années.

Trent grogna, fidèle à son mode de communication préféré.

— Elle sait parler. Il faut juste qu'elle se lance, c'est tout, dit-il en faisant défiler quelque chose sur l'écran de son portable sans m'accorder un regard.

Camila essuya la bouche de Luna avec une serviette avant de tenter de meubler le silence avec des phrases du genre *« C'est important de se laver les mains »* ou *« Est-ce que tu veux un dessert ? »*

— Elle est plus à l'aise avec les mains pour communiquer, insistai-je avant d'engloutir un autre morceau de steak. Pourquoi lui compliquer la vie ? Vous avez dit vous-même qu'elle pouvait parler. Elle le fera quand elle en aura envie. En attendant, vous pourriez lui donner un autre moyen de s'exprimer.

Il me lança une œillade meurtrière avant de reporter son attention sur son portable.

— Je demanderai à Rina de trouver un cours de langue des signes.

Je tentai de dissimuler ma surprise. Depuis quand est-ce qu'il m'écoutait ?

— Vous devrez l'apprendre, vous aussi, lui fis-je remarquer.

Ce qui ne sembla pas lui plaire, à en juger par la façon dont il posa son portable pour me fixer d'un regard glacial. Il n'avait pas touché à son poulet à la parmigiana, et je fus presque tentée de lui demander s'il voulait que je demande un doggy bag.

— Tu as fini de me dire comment élever ma fille ?

— Pas vraiment. Et je ne suis pas sûre que ce soit très constructif pour elle de vous entendre parler comme ça. Que ce soit avec moi ou n'importe qui d'autre.

Ça s'ajoutait à la liste croissante de choses que je trouvais insupportable chez lui. Il se comportait souvent comme si sa fille n'était pas dans la pièce, alors que Luna comprenait tout ce qui se racontait. Ses expressions changeaient en fonction de ce qu'il disait.

Il m'ignora et se leva pour aller payer l'addition. La serveuse flirtait avec lui, jouant avec ses cheveux et riant dès qu'il ouvrait la bouche, alors que Trent était le mec le moins drôle que j'aie rencontré de toute ma vie. Il était au contraire du genre à vous faire pleurer rien qu'en vous fusillant du regard. Il ne flirta pas en retour, ne sourit pas… Il n'avait même pas l'air intéressé. Néanmoins, lorsqu'elle tourna la tête un instant pour passer la carte bancaire dans la machine, il leva les yeux au ciel, et un rictus passa sur ses lèvres. Ça m'aida à déculpabiliser de vouloir lui voler son iPad.

On reprit le chemin du bureau. Trent et moi marchions côte à côte, tandis que Luna et Camila étaient derrière nous.

— Tu as l'air d'avoir beaucoup de choses à redire sur mes méthodes d'éducation.

Sa remarque me fit rire.

— Parce que vous en avez ? En revanche, l'attitude de merde que vous affichez au bureau vous suit partout, apparemment. Vous ne nous avez pas adressé un regard de tout le repas, à Camila et moi. Vous croyez vraiment que votre fille ne se rend pas compte qu'il n'y a qu'avec elle que vous êtes agréable ?

— Edie.

L'avertissement contenu dans mon nom me fit frissonner et je dus me retenir pour ne pas sourire. Ça recommençait. Le chat et la souris. Mais je n'étais pas n'importe quelle souris. Il était Tom et j'étais Jerry. Il gagnerait peut-être la guerre au bout du compte, mais il ne s'en tirerait pas indemne. Je lui assenais des coups sans arrêt, lui laissant des bleus et des petites cicatrices ici et là que son air furax trahissait.

— Trent.

— Comment va ton petit camarade Bane ?

Je me mordis la lèvre pour ne pas rire. Poser la question lui arrachait la tronche, pourtant, il ne pouvait pas s'en empêcher. Ça aurait dû lui être égal. Le fait qu'il aborde le sujet me laissait un goût de victoire dans la bouche.

— Il n'y a rien de petit chez lui, et il va bien. Très, très bien.

— Inutile de faire la maligne. Le jeu n'en vaut pas la chandelle, Edie. Tu peux me croire.

— Vous voyez, votre première erreur, c'est de croire que j'en ai quelque chose à faire de votre crise d'autorité. Ne vous fatiguez pas.

Ma réponse l'excita. Il s'arrêta un instant, avala sa salive et regarda autour de lui pour vérifier si Camila et Luna pouvaient le voir, tandis qu'il réajustait son paquet dans son pantalon. Je décidai de jouer la provocation jusqu'au bout en marquant une pause pour lui laisser le temps de tout remettre en place. Puis on se remit en route.

— Est-ce que tu respectes notre accord ?

— Quel accord ?

On s'arrêta à nouveau, cette fois à cause d'un feu tricolore. Luna se glissa entre lui et moi et regarda le feu rouge avec curiosité. Un piéton essaya de nous dépasser, et Luna fut obligée de faire un pas de côté dans ma direction. Je posai une main sur son épaule et l'attirai contre ma jambe. Trent s'en rendit compte et l'expression de son visage se radoucit légèrement. Le feu passa au vert pour les piétons, et on reprit notre marche en silence jusqu'en bas du bâtiment Oracle.

À l'accueil du rez-de-chaussée, Trent se tourna vers sa fille et lui fit son sourire d'homme d'affaires, celui qu'il réservait aux personnes du quinzième suffisamment importantes pour qu'il remarque leur existence. Le total était vite fait : il n'y en avait que trois.

— Camila, Luna, et si vous alliez nous chercher des donuts pour le dessert ?

Il sortit un billet de son portefeuille et le fourra dans la main de Camila. Elle hocha la tête, prit Luna par la main et sortit du bâtiment.

Les portes de l'ascenseur s'ouvrirent devant nous, et on entra, imités par deux types en costume qui, si mes souvenirs étaient bons, travaillaient au service comptabilité. On avait tous les quatre les yeux fixés sur les numéros rouges qui défilaient au-dessus de nos têtes, dans un climat d'impatience silencieuse. La tension dans la cabine était telle que ma nuque se couvrit de sueur.

Les deux hommes sortirent au septième. À la seconde où les portes se refermèrent sur eux, Trent se tourna vers moi et me plaqua contre la paroi argentée, mais pas de la façon dont je l'avais imaginé. Il ne me touchait même pas. Il avait simplement les mains plantées de part et d'autre de ma tête et me dévisageait intensément.

— On va arrêter les conneries, maintenant. Tu as baisé avec Bane, ce week-end ?

Sa voix résonnait comme le grondement d'un animal. Je battis innocemment des paupières et m'humectai les lèvres du bout de la langue. Parce que je savais que ça le rendrait fou. Le désir était mutuel. Peu importe ce qu'on était, on était toxiques. Une berceuse sur un disque rayé qui sautait encore et encore pile au niveau du passage que vous détestiez.

Ça ne doit pas arriver.

Ça ne doit pas arriver.

Ça n'arrivera pas.

Puisqu'il se mêlait de ma vie privée comme si on avait gardé les cochons ensemble, je décidai que le moment était venu de le tutoyer.

— Qu'est-ce que ça peut te faire ?

Je scrutai son visage. La façon dont il m'avait repoussée le samedi précédent avait laissé des traces sur mon ego et ma libido.

La façon dont il m'avait poussée dans sa voiture comme si je lui appartenais.

La façon dont il avait sapé mes plans comme s'ils n'avaient aucune espèce d'importance.

La façon dont chacun jouait avec le corps de l'autre comme s'ils n'étaient pas connectés à nos âmes.

Mes yeux se posèrent sur les numéros au-dessus des portes de l'ascenseur. Quinze. Les battants s'ouvrirent. Je me glissai sous son bras et me dirigeai droit vers son bureau. Je sentais qu'il me suivait rien qu'à la chaleur de son corps. On croisa Vicious et Dean dans le couloir. Ils étaient tous les deux en train de consulter un document, les sourcils froncés.

— Tout va bien ? s'enquit Trent avec son professionnalisme habituel.

Et peut-être qu'effectivement tout ça ne signifiait rien pour lui. Peut-être que ce que nous étions lui était égal. Mais pour moi, rien d'autre n'avait d'importance. Du moins au royaume du quinzième étage du bâtiment Oracle.

Dean fut le premier à relever les yeux. Il se mordit l'intérieur de la joue pour retenir un sourire.

— Super. On peut savoir où tu vas comme ça ?

Vicious nous ignora, comme il le faisait avec la majorité des gens. La seule fois où je l'avais vu regarder quelqu'un, c'était lorsque sa femme aux cheveux lavande et à la dégaine de vagabonde et son fils étaient passés au bureau, la semaine précédente. Il les regardait avec un instinct protecteur féroce. Comme s'ils donnaient faim à son âme, tout en l'apaisant. Tout le monde méritait d'être regardé de cette façon.

— Travailler ? répondit Trent avec un reniflement moqueur.

Vicious gloussa et secoua la tête, les yeux toujours rivés sur le papier qu'il tenait à la main.

— Mon pauvre !

Trent s'arrêta net.

— Qu'est-ce que c'est censé vouloir dire ?

Je me figeai à mon tour. Tous trois se dévisagèrent, et je n'eus pas de mal à lire entre les lignes. Ils détestaient tous mon père et ne voulaient pas que Trent m'approche. Ils n'avaient pas tort. Jordan aurait mis le feu à tout l'étage et fait disparaître le bâtiment de la surface de la Terre, si je touchais à Rexroth comme dans mon fantasme lors du déjeuner, moins d'une heure plus tôt. Sa fille ne fréquenterait pas un homme plus âgé. Un homme plus âgé et métis, par-dessus le marché. Un homme métis plus âgé qui le méprisait et était sans doute en train de tenter de le détrôner.

Trent était le seul des quatre à avoir besoin de moi. Et même si c'était pour Luna et non pour le travail, cela faisait tout de même de moi leur problème par association. Je n'aurais pas été étonnée d'apprendre qu'ils voulaient me sortir de l'équation.

Trent releva le menton et se tourna vers moi.

— Va m'attendre dans mon bureau.

J'allais protester quand je me rendis compte qu'il venait de m'offrir une occasion en or. Je remontai rapidement le couloir et ouvris sa porte. Je m'approchai de son bureau, les jambes tremblantes. Plus je touchai au but, plus mes scrupules et mes bonnes intentions glissaient sur moi, comme la peau d'un serpent qui muait.

Comme un serpent.

C'était exactement ce que j'étais à cet instant. Une vraie Van Der Zee.

J'ai d'abord essayé d'ouvrir le premier tiroir. Il était fermé à clé. Le deuxième l'était également. Je pris alors conscience que la pièce était peut-être infestée de caméras. J'examinai les tableaux d'art abstrait accrochés aux murs, le tapis et les meubles, mais ne vis aucun point rouge. Néanmoins, ça ne voulait pas dire qu'il n'y avait pas de dispositif de surveillance. J'avais beau les frotter sans arrêt contre ma jupe, mes mains moites laissaient des traces sur tout ce que je touchais. S'il y avait des caméras, il était trop tard pour reculer. Alors, autant prendre ce que j'étais venue chercher. Je glissai la main dans une mallette en cuir noir sous le bureau et mes doigts rencontrèrent quelque chose de carré et froid. Je sortis l'objet de sa cachette, sans quitter la porte close des yeux.

Bingo !

Son iPad à la main, je me sentis submergée par une vague de nausée et d'euphorie. Jordan était en Suisse. Il ne pourrait pas s'en occuper avant la semaine suivante. Il fallait que j'agisse vite.

Je glissai l'iPad entre mon ventre et la ceinture de ma jupe et sortis de la pièce au pas de course. Je distribuai des sourires polis à toutes les personnes que je croisai sur mon passage, tandis que je me dirigeais vers le bureau de mon père. J'en avais la clé, pas parce qu'il me faisait confiance mais parce qu'il attendait sa livraison. La culpabilité se répandait en moi comme autant de cellules cancéreuses. Mes actions avaient des dents acérées qui me grignotaient l'âme sans pitié. Mais Theo était plus important que Trent, et le besoin de le protéger plus fort que mon affection pour Luna.

Je me glissai dans la pièce et fourrai l'iPad dans l'un des tiroirs que je refermai à clé. Je ressortis à toute vitesse, verrouillai à double tour la porte derrière moi, et tournai la poignée pour m'assurer qu'elle était bien fermée. J'étais tellement concentrée sur la clé dans ma main tremblante que la voix qui retentit derrière moi me fit sursauter et pousser un cri de surprise.

— Ce n'est pas mon bureau.

— Nom de Dieu !

Je pivotai et portai la main à mon cœur.

— Tu m'as foutu une de ces trouilles ! Jordan m'a demandé d'arroser ses plantes pendant son absence.

Le mensonge était sorti de ma bouche si vite et si facilement que la personne que j'étais devenue me donna envie de vomir. Fidèle à ses origines néerlandaises, mon père était grand amateur de fleurs, et la quantité de vases qu'il avait dans son bureau frisait le ridicule.

— Jordan ? Pourquoi tu ne dis pas papa ou mon père ?

Parce qu'il n'en est pas un.

Je m'éclaircis la gorge.

— J'ai été éduquée à l'européenne, expliquai-je.

— Mon cul, oui ! Ce n'est pas toi qui as dit de ne jamais baratiner un baratineur ?

Il regarda autour de lui pour s'assurer qu'on était seuls avant de me prendre par la main pour m'entraîner dans une alcôve étroite qui séparaient les toilettes de l'espace détente. Là encore, il me plaqua contre le mur, envahissant mon espace. Ce fut l'odeur de son parfum qui me parvint en premier. C'était comme une drogue pour mes sens, et je m'efforçai de ne pas frissonner.

— Je vais te poser la question une dernière fois. Est-ce que, oui ou non, tu as baisé avec Bane depuis samedi soir ?

J'allais finir en enfer pour ce que je m'apprêtais à faire. Pour la cruauté que je m'apprêtais à déverser de plein gré dans cette relation déjà toxique. Mais, pour ma défense, j'étais certaine qu'il se posait la question uniquement parce que c'était un connard égocentrique.

— Oui, mentis-je.

Je ne poussai pas le bouchon au point de sourire, il ne fallait pas exagérer. Mais il devait savoir que je n'étais pas sa chose. Je n'appartenais à personne.

— Je te l'ai déjà dit. Je n'ai aucun ordre à recevoir de toi, Rexroth.

Je m'attendais à ce qu'il crie, donne un coup de poing dans le mur, ou pique une crise délirante de jalousie. J'avais tort. Il se contenta de m'offrir un sourire menaçant avant de tourner les talons et de s'éloigner, me laissant plantée là, essoufflée contre un mur. Mes cuisses étaient tellement contractées que j'avais l'impression qu'on venait de se livrer à des préliminaires. Mais le trou dans ma poitrine suggérait que c'était bien plus que physique.

Qu'est-ce qui venait de se passer, bordel ?

Chapitre 9

Trent

Une voleuse et une menteuse.

Elle avait remporté ces titres à force de travail et de persévérance.

La première fois que j'avais vu Edie Van Der Zee, c'était lors d'un barbecue pour l'anniversaire de Knight (le fils de Dean Cole), quelques semaines seulement avant qu'elle n'intègre Fiscal Heights Holdings. Elle avait volé la vedette à tout le monde, ce jour-là, en n'étant rien d'autre que ce qu'elle était : un ange grunge avec de grands yeux couleur océan et des cheveux qui ressemblaient à du sable pur.

La deuxième fois, le vol avait été littéral : elle avait piqué le sac de ma mère.

Et aujourd'hui, alors que je la voyais pour la énième fois, elle m'avait menti éhontément en prétendant qu'elle était allée arroser les plantes de Jordan alors qu'un fleuriste venait quatre fois par semaine.

Dans ces conditions, pourquoi est-ce que le contenu de la vidéo que j'avais sous les yeux me surprenait autant ?

J'étais en train de regarder l'enregistrement de la caméra de surveillance, qui la montrait en train d'essayer d'ouvrir mes tiroirs fermés à clé, puis de glisser mon iPad dans son top. Je visionnais les images encore. Et encore. Et encore.

Retour en arrière. Pause. Lecture. Retour en arrière. Pause. Lecture.

Je finis par me laisser aller contre le dossier de mon fauteuil pour analyser posément le bordel sans nom que sa présence générait en permanence.

À moins qu'elle ait les centres d'intérêt et les hobbies d'une gamine de quatre ans, rien, sur l'iPad, n'était susceptible de l'intéresser, car c'était celui de Luna. Les seules preuves répugnantes auxquelles Edie avait désormais accès étaient des photos d'animaux et de nourriture, ainsi que des applications pour enfants.

Mais pourquoi est-ce qu'elle voulait cet appareil, pour commencer ?

On ne pouvait pas dire qu'elle baignait dans le matérialisme. Et ce n'était pas une hypothèse, c'était un fait. La façon dont elle avait mangé au restaurant, comme si elle goûtait de la nourriture pour la première fois, ne laissait aucun doute quant à sa situation. Il y avait d'autres détails, que la plupart des gens ne remarquaient pas, à part ceux qui avaient été pauvres. Ses chaussures (pas celles qu'elle empruntait à sa mère) étaient usées jusqu'à la corde. Son sac à dos était raccommodé de toutes parts et tenait grâce à des épingles à nourrice, et pas parce que ça lui donnait un air cool. Sa voiture avait sérieusement besoin d'une visite chez un garagiste. Elle ne mangeait jamais à l'extérieur, pas plus qu'elle ne commandait à déjeuner, comme le faisaient certains employés.

Elle avait besoin d'argent.

Elle économisait le moindre centime.

Dieu seul savait pourquoi.

J'avais envie de croire qu'elle avait volé l'iPad de Luna afin de le vendre. Malheureusement (ou heureusement, tout dépendait du point de vue que j'adoptais), j'avais grandi avec assez de voleurs pour savoir que tout ce qui les intéressait vraiment, c'était l'argent liquide et les bijoux. Des trucs qu'on pouvait dépenser ou mettre en gage. Tout le reste ne servait à rien.

Ce qui me menait à une seule et unique conclusion : Jordan Van Der Zee.

Elle détestait son père, mais ça ne voulait rien dire. Au bout du compte, la vie n'était pas une partie d'échecs. C'était plutôt une putain de tour de Jenga : on essayait de se faufiler à travers en espérant que tout ne se casse pas la gueule et nous écrase. J'étais le premier à reconnaître que, parfois, il fallait faire des choses dont on n'était pas très fiers pour la bonne cause. Il y avait toujours des enjeux plus importants.

Elle avait un secret. Un sombre secret qui l'avait écartée du droit chemin d'une existence dorée. Tout le monde en avait un ou deux. Personne ne faisait exception. Jusqu'à maintenant ça ne m'avait jamais intéressé de connaître les secrets des autres. Vicious, Jaime et Dean me permettaient de me murer dans le silence et, d'une certaine façon, je leur en étais reconnaissant. Ils ne me poussaient pas à discuter de conneries, et c'était une bénédiction.

Mais avec Edie j'avais envie de savoir. Je voulais lui faire cracher ses secrets comme un magicien faisait sortir un lapin d'un chapeau. Je voulais tirer d'un coup sec sur ce foulard sans fin qu'elle avait dans la bouche, et savoir tout ce qu'il y avait à savoir.

Pourquoi a-t-elle besoin d'autant d'argent ? Est-ce que son père lui a coupé les vivres ? Que cache vraiment sa haine des riches ? Pourquoi appelle-t-elle son père Jordan ? Pourquoi ai-je le sentiment qu'elle le déteste presque autant que moi ? Qui est ce foutu Bane et comment est-ce que je peux le faire disparaître, sans que ce soit lourd de conséquences ?

L'iPad était vraiment le dernier de mes soucis.

Edie Van Der Zee me consumait comme seule l'avait fait ma fille auparavant. Un fait qui aurait dû suffire à me convaincre de la transférer à un autre étage ou, mieux encore, de la virer. Passer à l'acte avec elle était impossible. En même temps, je ne pouvais pas me débarrasser d'elle, parce que Luna l'adorait. Edie l'avait serrée contre elle à un feu rouge, aujourd'hui. C'était énorme ! Peut-être pas pour Edie, mais pour moi. Alors, je décidai d'aller à l'encontre de tous mes instincts, mes règles et mes principes et d'oublier l'incident de l'iPad. J'allais garder un œil sur Edie à partir de maintenant. Pas comme je l'avais fait jusqu'à présent, mais pour lui laisser le bénéfice du doute.

Pour le moment.

Le samedi suivant, Camila demanda si elle pouvait emmener Luna au zoo, et je sautai sur l'opportunité pour avoir un peu de temps pour moi. Même si mes parents m'aidaient énormément et que Camila faisait le gros du travail, c'était moi qui m'occupais des vraies urgences. Comme emmener Luna chez le pédiatre, quand son corps se couvrait soudainement de plaques quand elle se faisait piquer par une abeille, ou comme calmer une crise de nerfs au milieu d'un magasin, ou la consoler lorqu'elle pleurait, assise par terre, pendant vingt minutes, parce qu'un connard avait frappé son chien devant elle sur le parking et que son petit cœur s'était brisé en même temps que la patte du chien.

Je passai la matinée à la salle de muscu avec les autres. Leurs femmes respectives avaient décidé d'emmener leurs enfants manger une glace. J'étais presque soulagée que Luna soit avec Camila, car Emilia aurait proposé de l'emmener avec eux, et Luna n'aimait pas trop être avec les enfants de mes amis. Knight la protégeait furieusement dès que quelqu'un se moquait d'elle (il avait un an de moins qu'elle mais se comportait comme un grand frère chaque fois qu'ils étaient ensemble), mais Daria la regardait avec un mélange de prudence et de confusion.

— Tu te fais pousser un hymen sur la bite, ou quoi ? grogna Dean en contractant les biceps.

Debout devant le miroir de la salle de sport de mon immeuble, il avait un haltère de vingt kilos dans chaque main. Ces enfoirés avaient leur propre salle à la maison, mais ils finissaient toujours par atterrir ici. Ils appréciaient la musique, aimaient s'entraîner ensemble et adoraient se payer la tête des gens qui passaient.

Jaime lui donna une tape sonore sur la nuque.

— Et si tu la fermais ? Laisse-le vivre sa vie comme il l'entend. Tu n'as jamais eu à gérer ce genre de trucs.

— C'est vrai, répondit Dean entre ses dents, en lui lançant un sale regard. Je n'ai jamais eu de problèmes dans la vie, pas vrai, mec ?

Vicious faillit lever les yeux au ciel. Un événement, sachant qu'il ne montrait jamais le moindre signe d'exaspération, même dans les moments les plus difficiles. Il finit sa série d'exercices, lâcha la barre et nous rejoignit. Il pressa sa bouteille d'eau pour s'asperger le visage et ouvrit la bouche pour en boire un peu, avant de déclarer :

— Cette conversation est aussi inutile qu'une gonzesse sans nichons. Cet enfoiré voit probablement plus de chattes que le gynéco de ta femme.

Ses cheveux noirs dégoulinant d'eau et de sueur, il montra Jaime avec sa bouteille.

— Et même s'il est resté célibataire pendant un temps (ce que je ne crois pas une seconde), il est sur le point de baiser Mlle Aller-simple-pour-la-prison.

— Edie Van Der Zee ? demanda Jaime en attrapant sa boisson protéinée. Aucune chance ! Jusqu'à ce qu'elle commence à travailler pour nous, je la voyais tous les matins, en faisant mon jogging sur la plage. Elle surfait avec son petit copain très blond, très tatoué et très à poil. Elle avait des étoiles en forme de cœur dans les yeux quand il lui tendait des bières à 7 heures du mat et lui caressait les fesses comme s'il s'agissait de son premier-né. Apparemment, c'est ce que font les jeunes, de nos jours. Surfer bourrés.

Il rit et secoua la tête. Je le regardai, inexpressif, et ne répondis pas, car la seule réponse qui me venait, c'était de lui coller mon poing dans la gueule. Bane commençait vraiment à m'empoisonner la vie. Je ne savais même pas pourquoi il me dérangeait autant. Je n'étais pas jaloux. Certainement pas. Une ado, nom de Dieu ! Peut-être que c'était ce qu'on ressentait quand on veillait sur quelqu'un. Bane avait l'air d'être un nid à problèmes, tandis qu'elle avait simplement l'air d'avoir des problèmes. Ce n'était pas la même chose. Loin de là.

Les gens comme elle pouvaient être pardonnés, se rattraper, s'en sortir.

Les gens comme Bane étaient ceux dans les bras desquels les gens comme Edie mouraient, d'une mort lente et cruelle.

Il lui donnait de la drogue. Il lui donnait de l'alcool. Il voulait coucher avec elle, et pas en mode romantique. En résumé, il faisait exactement ce que j'aurais fait, si j'avais eu de nouveau dix-huit ans.

— Tu trembles, fit remarquer Dean.

Il s'approcha de moi et s'empara des haltères que j'avais dans les mains. Elles me parurent flotter dans l'air pendant de longues secondes, tandis que je passais en revue toutes les façons possibles de casser les dents de Jaime, afin qu'il ne me sorte plus jamais ce genre de conneries.

— Tu vois quelqu'un ou pas, Trent ? demanda Jaime.

Je secouai la tête.

— Et pourquoi pas ? s'enquit Dean.

— Parce que c'est compliqué. Parce que je ne pense pas qu'il existe une femme qui puisse vraiment comprendre la situation de Luna. Parce que je suis débordé avec le boulot.

Parce que la seule femme avec qui je me suis un tant soit peu investi émotionnellement, c'était Val, et qu'elle s'est barrée, que j'essaie de la localiser, et que ça devient de plus en plus difficile de ne pas plier sous le poids de la pitié et de l'attente. Et parce que, parfois, la nuit, quand je n'arrive pas à dormir et que je me tourne dans tous les sens dans mon lit, je me dis que c'est sa faute si Luna a autant de problèmes et qu'elle ne parle pas, et je souhaite qu'elle soit morte.

— Luna a l'air d'être sacrément fan d'Edie. Je n'arrête pas de les voir ensemble.

Dean se rapprocha du banc sur lequel j'étais assis. Nous formions un cercle, à présent. Nous étions en sueur, défoulés, et prêts à affronter la journée.

Je m'essuyai le visage avec ma serviette pour cacher mon expression irritée.

— Et alors ?

— Est-ce que c'est pour ça que tu la gardes ? Bon sang, mec, te sortir les vers du nez est pire que d'arracher une dent à un hippopotame. Accouche !

Ils s'esclaffèrent et me dévisagèrent, dans l'attente d'une réponse. Je haussai les épaules et me levai.

— Elle est inoffensive, c'est juste une gamine. Et ne me demandez pas pourquoi, mais Luna l'aime bien. Alors, je les laisse passer du temps ensemble, et Camila les surveille.

— Peut-être qu'elle pourrait garder Luna pendant

que tu vas à des rencards, suggéra Dean. Elle a l'air d'avoir besoin d'argent.

Décidément, il était beaucoup trop observateur. Comme toujours.

— Peut-être. Si j'avais des rencards. Ce qui n'est pas le cas.

— Ce qui va bientôt être le cas, me corrigea Jaime avant de roter bruyamment. Mel a une amie, au studio de danse. Une prof de danse classique. Belle, intelligente, divorcée avec un enfant.

Et c'est reparti !

Depuis que j'étais père célibataire, les gens n'arrêtaient pas d'essayer de me coller des divorcées avec enfants entre les pattes.

— Les parents célibataires ne sont pas une putain de secte, lâchai-je entre mes dents. Et c'est non.

— Je crois que Mel n'a pas eu besoin de ta permission, mec. Elle attend juste que Katie lui donne son emploi du temps pour voir quand elle sera disponible.

Un guet-apens. Génial !

La dernière chose que je leur dis avant de rentrer chez moi pour une douche et une longue après-midi de mauvais films et de passage en revue des comptes rendus inutiles qu'Amanda m'avait donnés au cours des années fut :

— Ça ne m'intéresse pas de sortir avec quelqu'un.

Mais, naturellement, les femmes de mes amis n'étaient pas de cet avis. Elles étaient bien plus têtues qu'eux.

Et beaucoup plus déterminées que moi.

Chapitre 10

Edie

— Tu sais que j'adorerais te voir, mais pas le samedi. Si seulement tu me laissais venir chez toi… Je suis sûre que ta mère n'est pas aussi insupportable que tu le dis et tu… tu me manques.

J'étais encore au bureau, et au téléphone avec Bane. Il était le seul à m'écouter. Le seul à en avoir quelque chose à faire de moi. Ma mère était trop perchée, ces derniers temps, pour faire autre chose que traîner au lit et regarder la télé.

— Tu n'as qu'à dire que ma bite te manque, et c'est une affaire qui roule.

Je levai les yeux au ciel. J'entendais le bruit des vagues derrière lui. Il avait recommencé à donner des cours au club de surf. Une pointe de jalousie me transperça de part en part.

— Ce n'est pas ça. Tu me manques en tant qu'ami.

— OK. Comme tu voudras. Je suis là, si tu as besoin de moi. Bon courage avec ton cher papa taré !

Mon père était revenu de Suisse tout sourires, ce qui signifiait que sa maîtresse du moment était un bon numéro. Le fait que l'iPad volé à Trent n'était connecté à aucun de ses comptes et se révélait par conséquent totalement inutile n'avait même pas l'air de le contrarier. Il se contenta de me confier une autre mission, sans prendre un malheureux instant pour me demander comment s'était passée ma visite à Theo. Ou comment allait ma mère. Ou si je l'avais emmenée chez le médecin, parce que son traitement avait recommencé à lui mettre la tête à l'envers.

Bane eut un rire moqueur.

— Que Jordan aille se faire mettre ! C'est toujours pareil, Edie, tu essaies de tout porter à bout de bras, mais tu ne peux pas. C'est trop lourd. Tu vas tomber. Tu as déjà essayé de lâcher prise, histoire de voir ce qui se passe ?

— Non, répondis-je en me frottant le visage avec lassitude. Je ne lâche jamais prise.

— Alors, tu ne seras jamais libre. Ni cette année, ni l'année prochaine, ni jamais.

La vérité m'atteignit quelque part entre le cœur et les tripes. Il avait raison. Ma situation était désespérée.

La nuit précédente, j'avais sangloté dans mon oreiller jusqu'à y laisser l'empreinte de mon visage. Inutile de me voiler la face : ça m'avait fait un bien fou. Je m'étais répété qu'il était nécessaire de se briser pour se reconstruire. Le problème, c'était que je n'avais pas la moindre idée de par où commencer ni comment me sortir de ce pétrin.

— Je dois y aller. À plus tard, Gidget.

— D'accord.

Il raccrocha en premier. Bane n'avait pas besoin de me voir pleurer pour savoir que j'étais empêtrée dans des barbelés qui menaçaient de m'étouffer à mort. Il ne m'avait pas proposé de venir chez lui pour coucher avec moi. Il aurait dû. Je l'aurais fait rien que pour le plaisir de foutre Rexroth en pétard, même si personne ne l'aurait su, à part mon esprit tordu et moi.

Et maintenant, à 20 heures, j'étais encore au quinzième

étage, et sur le point de faire quelque chose que je m'étais toujours promis de ne jamais faire.

Pénétrer illégalement quelque part pour effectuer un cambriolage. Si je me faisais prendre, je risquais la prison.

Tout le monde était parti depuis longtemps. On était lundi, une de ces soirées d'été où le monde entier se laissait aller au bonheur, partait en vacances ou buvait des verres à la plage. Je me délectais du silence, et du fait que le lendemain soit un mardi, car ces jours-là, je passais du temps avec ma Camila adorée et Luna. Ça me permettait de déroger à toutes les tâches ingrates dont je m'acquittais en temps normal, et ce n'était pas pour me déplaire non plus.

Me tenir devant la porte de Trent me donnait l'impression de faire face à un peloton d'exécution qui aurait ma conscience en ligne de mire. Je commençais à être à court d'excuses pour justifier mon comportement, même vis-à-vis de moi-même.

Je tentai de me raisonner en me disant que je n'étais pas vraiment en train de gâcher la vie de Trent. Ou pas activement, en tout cas. Qu'est-ce qui pouvait arriver de pire ? Mon père pourrait réussir à le virer du conseil d'administration de Fiscal Heights Holdings, mais Rexroth resterait actionnaire. Il serait toujours millionnaire, aurait toujours sa fortune si précieuse. D'autres entreprises lui proposeraient sûrement de le recruter. Auquel cas, je lui rendais même service. Ça lui permettrait aussi de passer plus de temps avec Luna. Il aurait dû se battre pour elle, pas avec son argent, ses nounous et son équipe d'experts, mais avec son amour. De toute évidence, il n'avait pas le sens des priorités.

Je tirai sur mon sweat à capuche qui détonnait complètement dans le décor et j'inspirai profondément.

Récupérer la clé USB. Ce n'est pas compliqué. Je peux le faire.

Quelqu'un était en train de passer l'aspirateur dans la salle du conseil tout en parlant fort au téléphone dans une langue étrangère. C'était la seule personne présente à l'étage, et elle ne me verrait pas. J'étais trop loin. Trop cachée. Trop prudente.

Le bureau de Trent n'était jamais fermé à clé. Contrairement à mon père, il n'avait pas l'air obsédé par la paranoïa et l'anxiété. Mais ça ne voulait pas dire que l'accueil, devant la pièce, n'était pas aussi blindé de caméras de surveillance que le Pentagone.

Je m'étais changée dans les toilettes, au profit de mon fameux sweat et d'un jean, tout en sachant qu'il pourrait très bien me reconnaître sur les enregistrements. Je savais aussi que s'il m'accusait de quoi que ce soit, je nierais. Tout l'étage m'avait vue arriver vêtue d'une robe DKNY bleu pastel. Trent pourrait bien raconter ce qu'il voudrait, l'enregistrement montrerait quelqu'un qui ne me ressemblait absolument pas.

La tête baissée, le visage et les cheveux soigneusement dissimulés, je poussai la porte d'un geste assuré, prête à m'engouffrer à l'intérieur.

Puis je me figeai, la gorge nouée.

Le son me parvint avant l'image. Le tintement sec de bracelets qui s'entrechoquaient et le claquement d'une peau contre une autre.

Ce que je vis ensuite transforma mes jambes en chewing-gum.

Une femme était penchée sur le bureau, les cheveux éparpillés sur les épaules, une joue pressée contre une pile de documents. Trent était debout derrière elle, tout habillé, et la prenait en la tenant par la nuque, comme il l'avait fait avec moi le jour où il m'avait ramenée à ma voiture, après m'avoir surprise en train de jouer aux pickpockets.

Comme un animal.

Je voulais bouger. Je savais qu'il le fallait, et vite. Mais j'étais bouleversée. Bouleversée de me faire surprendre, bouleversée de les avoir surpris, bouleversée de me rendre compte que j'étais sur le point de me consumer de jalousie. J'étais clouée sur place, incapable de détacher mon regard de la scène qui se déroulait devant mes yeux. Plantée devant eux, agrippée à la poignée de la porte de toutes mes forces, bouche bée. Mon estomac se tordit, dans un mélange d'agonie et d'excitation.

Je n'avais pas besoin de leur signaler ma présence. Trent riva ses yeux aux miens et se mordit la lèvre, tandis qu'il faisait étalage de sa manière de baiser. Sauvage, exigeant, brutal. Il tordit les cheveux flamboyants de la femme autour de sa main puissante, sans cesser de me regarder. Il me fixait comme si c'était moi qui me trouvais devant lui et qui me faisais prendre. Je lui rendis son regard.

— Van Der Zee, tu arrives juste à temps pour la représentation de 20 heures.

L'indifférence dans sa voix contrastait violemment avec le spectacle animal qu'il offrait à son public. Moi.

— Je sais ce que tu cherches, et c'est dans ma poche. Il faut être deux pour jouer à ce petit jeu. Si je termine avant que tu aies quitté ce bureau, je me lancerai à ta poursuite. Je t'attraperai, tu peux me croire ! Et là, tu chanteras pour moi, Edie. Tu me diras exactement la nature de la fixette que ton père fait sur moi. Alors va-t'en.

À cet instant, n'importe quelle fille saine d'esprit serait partie en courant. Elle aurait écouté son conseil, fait volte-face et se serait barrée sans demander son reste. Mais j'avais accepté le fait que je n'étais peut-être pas complètement saine d'esprit et définitivement pas maligne, quand il s'agissait de Trent Rexroth. Je baissai les yeux pour examiner sa partenaire. Son regard indiquait clairement que se faire prendre sur le fait n'était pas le genre de truc qui l'excitait. Pourtant, elle continuait à se frotter furieusement contre lui, en dépit de l'horreur et de la gêne qui se lisaient sur son visage. Elle m'examina comme si elle me connaissait, mais c'était impossible. Elle semblait plus âgée que Trent, et je sentis mon estomac se tordre à nouveau douloureusement. S'il préférait les femmes expérimentées, alors je n'avais rien à lui apporter.

Non pas que je veuille de lui, de toute façon.

Je reportai mon attention sur lui. Ses yeux me racontaient des mensonges que j'avais envie de croire, même venant de lui. Ils me disaient que j'étais à l'origine de toutes les belles choses qui fleurissaient en ce monde. Que j'étais l'air et l'eau et l'art. Que c'était avec moi qu'il avait envie de coucher. Ces mensonges étaient dénués de tout ce qui l'avait sali, dans la vie, et me donnaient une chair de poule presque douloureuse.

La jalousie. Le monstre insupportable aux yeux verts me donnait l'impression de me priver de toute logique. Il fallait que je réagisse, même si je n'avais aucun moyen de justifier ma présence ici.

— Tu voulais que je te surprenne, dis-je tout bas d'une voix qui tremblait à peine.

Il continuait à aller et venir en elle. Une de ses mains l'agrippait fermement par la taille. Il la prenait si fort que son lourd bureau en chêne bougeait et que ses pieds crissaient sur le sol en granit. Elle ferma les yeux en gémissant. Il ne m'offrit aucune réponse.

— Tu es en train de changer les règles du jeu, ajoutai-je en relâchant mon étreinte sur la poignée de la porte.

J'étais toujours sur mes gardes, mais ma prétendue nonchalance commençait à devenir réelle, et ça me donnait du courage.

— Je rends le jeu intéressant.

— Non. Tu triches.

Je ne savais pas pourquoi j'avais dit ça. Peut-être parce que c'était l'impression que ça donnait, même si c'était stupide. Comme s'il m'appartenait, même si je n'avais aucune raison de croire une chose pareille.

— Tu as triché en premier.

— Comment ça ?

— Avec Blondie.

— Blondie est juste un ami.

— Et Sonya est juste un bon coup.

Je déglutis et regardai à nouveau la femme. Elle avait l'air trop dévorée par le désir pour réagir à notre échange. Je me demandai brièvement si c'était ça, être vraiment adulte. Mon père était indifférent. Trent était indifférent. Ses amis aussi. Tout le monde, à cet étage, l'était. Et la seule personne qui avait quelque chose à faire de l'amour (ma mère) en avait perdu la raison.

Le décolleté de l'amante de Trent était visible, car le haut de sa robe stricte bleu marine était déboutonné. Les yeux presque révulsés, elle gémissait si fort que la situation ne comportait aucune ambiguïté : ils étaient la chose l'un de l'autre.

Je te déteste, articulai-je silencieusement. Je sentis ma main moite glisser de la poignée. Mes mots s'adressaient autant à lui qu'à elle, mais je ne m'attendais pas à ce qu'il m'entende. C'était plutôt une déclaration privée. Sauf qu'une fois de plus j'avais oublié qu'il vivait avec une fillette à qui il fallait quémander le moindre mot, le moindre son.

— Tant mieux, répondit-il avec un sourire mauvais.

Parce que c'est réciproque. Tu vas finir à genoux, ma chérie. Pour ce que tu crois, et pas seulement.

— Ce ne sont pas des façons de parler à une enfant, Rexroth, le provoquai-je avec un sourire semblable au sien.

Je fis demi-tour et partis sans prendre la peine de fermer la porte derrière moi. Je le croyais quand il affirmait qu'il savait ce que j'étais venue chercher. Et Sonya était sa contre-attaque parce que je lui avais dit avoir couché avec Bane. Dans son esprit, il ne faisait qu'égaliser. Elle ne faisait pas partie de notre équation.

Je montais dans ma voiture, garée sur le parking, m'attendant à ce qu'il me suive, me rattrape, m'arrête. C'était ce qui caractérisait le seul homme qui avait toujours été présent dans ma vie. Il me tenait par le bras pour s'assurer que j'écoutais, que j'obéissais, que j'obtempérais. Sauf que Trent était l'antithèse de Jordan. Il aimait me pousser, mais jamais pour que je tombe vraiment. Je démarrai mon tas de ferraille toussotant et balayai du regard le parking plongé dans l'obscurité. Rien ne se produisit. J'étais seule.

J'ignorai mon pouls qui battait la chamade au milieu des odeurs d'essence et de caoutchouc brûlé, et je pris le chemin de la maison sans être concentrée le moins du monde sur la route. Par un miracle quelconque, j'arrivai en un seul morceau et je me mis en devoir de préparer le dîner pour ma mère. Elle surveillait sa ligne, alors j'optai pour du quinoa et des légumes, ainsi qu'un burger au tofu tout prêt, que je réchauffai au four. Je mis le tout sur un plateau que je lui apportai dans sa chambre.

Je m'assis au bord de son lit et lui souris. Du moins j'essayai, compte tenu du début de soirée de taré que j'avais passé. Ses yeux semblaient enfoncés dans leurs orbites, et elle avait les joues creuses. Elle avait été candidate au concours de Miss Amérique à une époque. Elle était encore belle, mais d'une beauté triste et flétrie. On aurait dit une fleur dans le sable, sans eau, sans air, sans racines.

Elle n'avait jamais rien demandé à Jordan, à part être aimée.

Mais il n'était même pas capable de ça.

— Tu as dîné, ma chérie ?

Elle renifla la nourriture, comme si j'essayais de l'empoisonner.

— Oui.

Ce n'était pas vraiment un mensonge. Mon chevalier noir venait de me servir une bonne grosse part de tarte à l'humilité. Il m'avait montré ce qu'il pouvait faire au corps d'une femme, et j'avais eu envie de continuer à regarder, même si ça me rendait malade. Un nœud se forma dans ma gorge au souvenir de Trent avec cette femme qui n'était pas moi. Non seulement c'était déplaisant, mais c'était aussi étrangement agréable.

Tout ce qui pouvait vous faire perdre la raison ne pouvait pas être entièrement mauvais, pas vrai ?

Même la jalousie. Même la haine. Même Trent Rexroth.

— Des nouvelles de ton père ?

Son sourire fatigué ne parvint pas à éclairer son visage. Mon père me posait des questions sur Rexroth, ma mère me posait des questions sur mon père, et personne n'en posait sur moi. Ou sur Theo. Ou sur le surf.

Je me mordis la lèvre, tout en lissant ses draps du plat de la main.

— Tu sais comment il est avec le décalage horaire.

Je n'avais aucune idée de l'endroit où il se trouvait et je refusais de le protéger. Si je lui avais répondu ça, c'était pour la protéger, elle, même si j'aurais aimé qu'elle divorce et qu'elle m'évite ainsi d'avoir à prendre part à cette charade. Conformément aux lois en vigueur en Californie, elle pouvait prétendre à cinquante pour cent de tout ce qu'il possédait. Même cinq pour cent auraient suffi à lui garantir une vie de luxe. Un jour, je la convaincrais de le faire, de se débarrasser de lui. Mais il fallait qu'elle aille mieux d'abord, et je n'étais pas entièrement sûre qu'elle le veuille.

Je soupçonnais son désespoir d'être un piège. Mon père ne pouvait pas la jeter comme il le faisait avec ses maîtresses, alors qu'elle était aussi fragile. Ça signerait la mort de sa carrière, pour deux raisons : ça ferait de mon père quelqu'un d'absolument pas respectable (ce qu'il était) et de ma mère une bombe à retardement susceptible de balancer ses secrets les plus inavouables.

Elle s'allongea dans son lit et reporta son attention sur l'écran de télé qui se trouvait devant elle. Elle regardait un feuilleton sans y prêter réellement attention. Le son était coupé, et ce détail me fit penser aux Rexroth.

— Je pense qu'on devrait partir en vacances à son retour, déclara-t-elle en tirant sur ses boucles blondes comme si elle voulait se les arracher.

J'attrapai sa main pour l'en empêcher, de peur qu'elle se fasse vraiment mal.

— Bien sûr, maman. Si tu veux.

Nos dernières vacances tous les trois remontaient à huit ans. Jordan s'était éclipsé une nuit pour coucher avec l'une des danseuses hawaïennes. Ma mère avait fait une crise de claustrophobie dans le sauna (probablement le résultat de la disparition de mon père) et avait été conduite en urgence à l'hôpital. Inutile de préciser que ça ne m'avait pas franchement donné envie de repasser du temps en famille.

— Qu'est-ce qui se passe, Edie, tu es contrariée ? Tu n'es pas très bavarde.

Elle mit son feuilleton sur pause et posa la main sur ma

joue, les sourcils froncés. Sa chambre était immense et immaculée. Je suffoquais dans cette pièce remplie d'un air stagnant mêlé à une odeur de renfermé et aux effluves de son parfum Chanel. J'aurais voulu pouvoir lui parler. De Trent, de Theo, de Bane, de Sonya. J'aurais voulu lui dire que Jordan me faisait du chantage. Pour une fois, j'aurais aimé être l'enfant dans notre relation et craquer. Au lieu de ça, je levai les yeux au ciel et lui tapotai le genou par-dessus la couverture.

— Je vais bien. Tout va très bien. Au fait, tu as rendez-vous chez le médecin à 9 h 30 demain. Ça ira pour te lever, ou tu veux que je te réveille ? Je pensais aller surfer un peu, avant.

— Va surfer, bien sûr. Je serai prête. On va voir le Dr Fox, c'est ça ?

Je plissai le nez. Le Dr Fox était son chirurgien esthétique. Elle croyait quoi, qu'elle avait rendez-vous pour des injections de Botox ? Et que j'allais prendre une journée de congé pour l'accompagner pour ça ?

— Non. On va voir le Dr Knaus.

— Ah, lui.

Elle fit la moue et leva les yeux au ciel à son tour.

— À vrai dire, je pense que je ferais mieux d'arrêter les médicaments. J'ai lu un article, Edie. Apparemment, tous ces cachets nous détraquent complètement. Ça semble nous ôter un poids des épaules, alors on devient accro à la sensation, donc aux médicaments, et ça ne s'arrête jamais. C'est un cercle vicieux. Je n'ai pas besoin de prendre ces trucs.

Sauf que tu en as cruellement besoin, au contraire.

— Écoute, maman…

— Oui, maman. Je suis ta mère, me rappela-t-elle en tirant à nouveau sur ses cheveux comme s'il s'agissait d'un nouveau tic nerveux. C'est moi l'adulte responsable, ici. Et je ne veux plus prendre de médicaments.

— Mais…

— Il n'y a pas de « mais ».

— Tu en as besoin, insistai-je d'une voix douce. Je ne suis pas en train de te dire que tu en prendras jusqu'à la fin de tes jours, mais il faut que tu te fasses examiner et que tu règles ce… problème. S'il te plaît, va voir le Dr Knaus. Il saura quoi faire. Il traite des gens dans ta situation depuis des années.

— Et c'est pour ça qu'il m'a donné le mauvais traitement ?

— Tu sais ce que c'est, on ne trouve pas toujours la bonne combinaison du premier coup, mais une fois que c'est fait…

— Edie Van Der Zee !

L'espace d'un instant, sa voix devint glaciale et me fit l'effet d'une gifle. Mes épaules s'affaissèrent. Hors d'atteinte. Elle vivait derrière une carapace que je ne savais pas comment percer.

— Ça suffit. Je comprends que tu aies désespérément envie d'aller surfer, et que m'emmener chez le médecin est une excuse parfaite pour t'échapper du bureau pendant quelques heures, mais il faut que tu respectes ma décision. C'est mon corps. J'ai des projets ; je veux partir en vacances en famille et je compte organiser ça à la première heure demain matin. Ces cachets me font grossir. C'est un effet secondaire prouvé. Je suis tout le temps fatiguée et j'ai une infection au foie, aussi. Je te le répète, j'irais mieux si je me contentais de faire du yoga et de boire le thé vert que ton père me prépare tous les soirs, quand il est à la maison.

Je clignai des yeux, incrédule. Elle croyait que j'étais en colère parce que je voulais aller surfer ? Elle croyait qu'elle était un instrument, une excuse, qu'elle faisait partie d'un plan ? Décidément, elle vivait avec mon père depuis bien trop longtemps !

Je me levai et passai une main dans mes longs cheveux en bataille.

— Si tu as besoin de quoi que ce soit, tu sais où me trouver, murmurai-je.

Elle hocha la tête.

— Il en va de même pour toi, ma chérie.

Puis elle appuya sur la télécommande pour relancer son feuilleton et reporta son attention sur la télé.

Je sortis de la pièce en essayant de me souvenir de la dernière fois où elle avait essayé de m'aider. Je n'y parvins pas.

Un drôle de sentiment s'empara de moi. Comme si tout partait en vrille et que je ne pouvais rien faire pour arrêter la machine. J'avais surpris Trent en train de coucher avec une autre femme (une femme, bon sang, elle devait avoir presque quarante ans !) et l'état de ma mère se détériorait sérieusement, glissant de plus en plus vers la folie.

Je fourrai mon portable dans mon sac à dos, attrapai mes clés et ma planche de surf, et j'allai à la plage dans la nuit noire, même si je savais à quel point c'était dangereux et stupide.

Tout était vain et inutile.

Tout, à part l'océan.

Chapitre 11

Trent

Il fallait que je travaille mon endurance. Du moins, c'était ce que je me disais, tandis que j'enfilais un pauvre short de course, un T-shirt gris et mes baskets Prada. J'avais fait trop de musculation ces derniers temps. Le moment était venu de passer à l'aérobic.

Sauf que j'étais sur la plage à 6 heures du matin, à observer les jeunes surfeurs qui ramaient vers le large, en quête d'une chevelure blonde.

Tu es complètement taré et tu vas beaucoup trop loin.

Je me mis à courir, sans manquer de jeter un coup d'œil par-dessus mon épaule de temps en temps, pour regarder l'océan. Elle n'était pas là. Je n'arrêtais pas de me repasser la scène de la veille, en essayant de la voir depuis son point de vue à elle. Sonya était passée au bureau avec des brochures sur la langue des signes. Elle m'avait félicité de faire un effort pour communiquer avec Luna et avait passé en revue tous les cours qui existaient dans le quartier et ce que chacun proposait. Nous étions là pour en parler, rien d'autre. D'ailleurs, ça faisait un moment que je ne l'avais pas sautée. J'étais trop préoccupé par le travail et un tas d'autres conneries. Puis elle avait dit qu'elle avait soif. Comme Rina était partie, j'étais allé à la cuisine nous faire du café, et j'avais alors repéré Edie dans le couloir. Elle était adossée contre un mur, au téléphone, et me tournait le dos. J'avais ralenti, sans m'arrêter tout à fait (je n'étais pas tordu à ce point, même si j'en avais sérieusement l'impression, dès qu'elle était dans les parages) et j'avais surpris sa conversation.

— Non, Bane. Je sais que ça part d'un bon sentiment, mais… non.

J'avais espéré qu'elle était en train de refuser son offre de tirer un coup ou de l'envoyer balader. J'avais espéré qu'elle était en train de rompre.

— Tu sais que j'adorerais te voir, mais pas le samedi. Si seulement tu me laissais venir te voir chez toi… Je suis sûre que ta mère n'est pas aussi insupportable que tu le dis et tu… tu me manques.

Il lui manquait !

J'avais fait demi-tour sans prendre la peine d'écouter la suite.

Le café que j'avais servi à Sonya était dégueulasse. Elle avait fait la grimace, les yeux toujours rivés sur les brochures que nous venions de parcourir.

— Tu es sûr d'avoir mis deux sucres ?

Je ne lui avais pas répondu. J'avais simplement levé une jambe sous mon bureau et glissé la pointe de ma chaussure entre ses cuisses pour les écarter. Elle avait relevé la tête, et son froncement de sourcils avait laissé place à un sourire. Mon bureau était le seul à ne pas avoir de parois vitrées. Une grande fenêtre allait du sol au plafond, mais il faisait noir, et les rideaux étaient fermés. J'étais le seul parmi mes amis à ne pas aimer me donner en spectacle. Ce qui était plutôt ironique, compte tenu du fait que j'étais celui qui attirait le plus l'attention.

— Penche-toi sur mon bureau, avais-je dit d'un ton sans doute aussi morose que mon regard.

Elle avait montré les brochures étalées entre nous avec un sourire excité.

— On n'a pas encore décidé à quel cours tu voulais t'inscrire. Je suis vraiment contente que tu aies pris cette initiative, c'est absolument…

Je n'avais pas pris la moindre initiative. C'était une idée d'Edie, et une bonne idée, alors je l'avais mise en pratique. Mais elle m'avait aussi donné une mauvaise idée (baiser avec quelqu'un pour me la sortir de la tête), et j'allais la mettre en pratique aussi.

— Celui-là, déclarai-je en attrapant un dépliant au hasard et en le lui lançant comme un boomerang.

Puis je m'étais de nouveau laissé aller contre le dossier de mon fauteuil et j'avais ramené mon pied au niveau de son entrejambe pour la caresser. Elle avait aussitôt remonté sa robe afin de me faciliter la tâche.

— Maintenant, penche-toi.

Elle avait glissé la brochure dans son sac posé à terre, puis s'était levée pour me rejoindre à pas sautillants. Elle s'était assise sur mes genoux et avait noué les bras autour de mon cou. Elle s'était ensuite penchée en avant pour un baiser, mais s'embrasser aurait été contre-productif. De plus, ça n'avait jamais été mon truc. Je n'embrassais pas. Je baisais. Salement, brutalement, sauvagement (toujours). Douloureusement (parfois). Embrasser équivalait à donner quelque chose de personnel. Et c'était un luxe que je ne pouvais pas m'offrir.

— Il n'a jamais été question de s'embrasser. Quand tu viens me trouver, tu sais ce qu'il y a au menu. Alors qu'est-ce qui te ferait plaisir comme style de baise, aujourd'hui ?

Sonya aimait que je parle vulgairement, même si elle

me suppliait souvent de ne pas utiliser ce langage en présence de ma fille. Je savais que je ne la blessais pas. Nous en étions au même stade, dans la vie. Le stade où nous n'avions pas de temps à consacrer à un partenaire, ni quoi que ce soit à offrir. Nous voulions juste nous concentrer sur nos carrières, nos enfants, et survivre à ce bordel qu'on appelait la vie. Je ne lui avais jamais posé la moindre question sur son fils Roman ou sur le père de celui-ci. Ça m'était égal.

— Pour moi, ce sera une baise cochonne, s'il vous plaît.

Elle avait souri et s'était levée. Je m'étais levé à mon tour, et j'avais soulevé sa robe.

Gratte là où ça démange.

Gratte avec les ongles.

Jusqu'à ce que ça saigne.

Je l'avais pénétrée d'un coup ; elle était trempée, prête, mais ce n'était pas la bonne. Le préservatif entrait et sortait sans effort. Mon esprit vagabondait. Je l'avais attrapée par la nuque, et j'avais regardé ses cheveux roux tomber en cascade sur ses épaules.

Ce n'étaient pas les bons cheveux.

Ce n'était pas la bonne femme.

Ce n'était pas le bon quoi que ce soit.

Puis Edie était entrée, l'air déchiré et coupable. Comme si elle était à nouveau sur le point de m'entuber. Si j'avais eu le moindre doute sur les raisons de sa présence, il s'était évaporé à la seconde où ses yeux s'étaient rivés aux miens, alors que Sonya avait le cul à l'air, que je la fessais et la baisais de plus en plus fort.

Je grognai et fermai les yeux. Quand je les rouvris, j'étais de nouveau sur la plage. J'avais couru huit kilomètres depuis Tobago Beach jusqu'au récif de Morello et je n'étais même pas essoufflé.

Je fis demi-tour et courus jusqu'à mon immeuble, sans m'arrêter.

Visiblement, je n'avais pas besoin de travailler mon endurance.

Ce dont j'avais besoin, c'était de gratter là où ça démangeait, jusqu'à saigner à mort.

Globalement, j'aimais bien les femmes de mes amis. Elles étaient gentilles, et avaient de la classe. Ma préférée était Millie, la femme de Vicious, parce qu'elle ne fourrait pas trop le nez dans mes affaires. Rosie, sa sœur et la femme de Dean, était super, elle aussi. Elle faisait partie de ces personnes extraverties qui avaient toujours besoin de tout savoir et de parler de tout et de tout le monde et, contrairement à Millie, elle fourrait son nez dans mes affaires, mais elle avait toujours respecté mes décisions. En revanche, avec Mel, la femme de Jaime, c'était une autre histoire.

Parce que Mel avait des idées.

La dernière en date, depuis que nous étions tous revenus vivre à Todos Santos, était de me trouver une femme. Allez savoir pourquoi elle s'était mis en tête que j'en avais besoin. Je n'avais jamais véritablement eu de copine. Pas même une amourette d'un mois. J'avais grandi dans une famille pauvre, mais avec des parents enrichis par l'amour. Le genre d'amour qui faisait la nique aux préjugés et aux pressions sociales. Je n'avais jamais rencontré de femme capable de me rendre aussi fou que Trisha Schmidt avec Darius Rexroth, ni eu envie de cumuler trois emplois pour pouvoir offrir une bague de fiançailles à quelqu'un. Je n'avais jamais voulu demander à une femme de m'épouser pendant une croisière entreprise parce que c'était son rêve, et tant pis si j'avais le mal de mer.

Les gens pensent que les enfants de parents divorcés vivent ensuite des relations de merde. Ils ont tort. Au contraire, les personnes issues de foyers brisés essaient de toutes leurs forces de ne pas répéter les erreurs de leurs géniteurs, car ils connaissent la tristesse d'une maison sans amour.

C'étaient les gens comme moi, ceux qui voyaient leurs parents s'embrasser en douce dans le jardin, et rire au soleil alors qu'ils ignoraient comment payer la prochaine facture d'électricité ou les manuels scolaires pour l'année suivante, qui posaient problème. J'avais un niveau d'exigence très élevé et, jusqu'à présent, je n'avais jamais rencontré une femme qui semblait capable de l'atteindre.

En réalité, je n'avais pas besoin de quelqu'un qui l'atteigne. À ce stade et avec mon passif, j'avais besoin de quelqu'un qui pète les scores.

En vertu de quoi je savais que Katie et moi n'allions pas accrocher pendant notre rencard de la soirée.

J'avais accepté de sortir avec elle par pur égoïsme. Je pensais que si j'y allais et que je me comportais comme un connard absolu avec elle (en ne lui adressant pas la parole), Mel finirait par arrêter d'essayer de me caser avec ses amies. Katie était la première que j'acceptais de rencontrer et, si tout se passait comme je l'avais prévu, elle serait aussi la dernière.

Camila ne travaillait pas les vendredis soir. C'était non négociable. Ces soirs-là étaient consacrés à son petit-fils. Autrement dit : j'avais besoin d'une baby-sitter.

Raison pour laquelle je m'arrêtai au bureau d'Edie à la première heure.

Elle tapait quelque chose à l'ordinateur, la tête inclinée sur le côté et les sourcils froncés. Elle faisait rouler un stylo d'avant en arrière dans sa bouche, et je tentai de ne pas y prêter attention. Je posai mon Starbucks sur sa table de travail et claquai des doigts sous son nez. Elle leva lentement les yeux et haussa un sourcil interrogateur.

— Salut.

Salut. Je ne disais jamais bonjour à personne de cette façon. Pas à un collègue, en tout cas. En général, j'allais droit au but.

Elle ne répondit pas mais, au moins, elle semblait calme. Je m'attendais à l'inverse. Pourquoi ? Quand bien même elle aurait voulu coucher avec moi, qu'est-ce que ça pouvait faire ? C'était une ado. Elle avait sûrement envie de s'envoyer n'importe quel mec grand, ténébreux, séduisant, et qui ne sentait pas la gerbe. Sans oublier qu'elle ne pouvait pas vraiment se permettre de me faire la leçon. Je savais ce qu'elle était venue chercher dans mon bureau. Ma clé USB qui renfermait tous mes documents importants ainsi que tous mes contacts et des informations sur d'autres sociétés. J'avais de grands projets pour ma carrière, et son père n'en faisait pas partie. J'ignorais comment il avait réussi à la convaincre de l'aider, mais je savais qu'elle n'était pas de mon côté. Par conséquent, je ne pouvais pas lui faire confiance.

— Est-ce que tu vas me dire ce que tu veux, ou juste attendre que tes petits copains viennent te chercher pour aller déjeuner ? s'enquit-elle en croisant les bras sur la poitrine.

J'ignorai sa pique. J'étais au-dessus de ça.

— J'ai besoin d'une baby-sitter ce soir.

— Pourquoi ?

— Je sors.

— Avec qui ?

— Ça ne te regarde absolument pas.

— Au contraire, monsieur Rexroth. Si vous êtes suffisamment à l'aise pour me dire avec qui je dois et je ne dois pas coucher, vous me devez au moins ça, je pense.

Je tapai du poing sur son bureau et me penchai en avant.

— D'abord, tu vas commencer par baisser la voix, avant que je pète vraiment un câble. Attention, *spoiler* : ça ne sera pas beau à voir ! Ensuite, une fois de plus, tu as tort. Je ne t'ai jamais dit avec qui tu ne devais pas coucher : je t'ai dit que tu ne pouvais coucher avec personne. Sois plus attentive, chérie. C'est la deuxième leçon à laquelle tu n'as rien compris.

Elle rejeta la tête en arrière et se mit à rire, dévoilant ses dents blanches. Elles étaient belles, tout comme elle. Ça ne servait à rien de le nier. Je me redressai, en ignorant mes dents serrées.

— J'adore ton éthique à deux vitesses. Surtout après l'épisode d'hier. On t'a déjà dit que tu étais drôle ?

— Non, grommelai-je.

— C'est parce que tu ne l'es pas. Tu es chiant à mourir.

Ça partait en sucette, et vitesse grand V ! Je me fendis d'un sourire coincé et lissai ma chemise blanche.

— Dans mon bureau, Van Der Zee. Tu as dix secondes pour me suivre.

Elle souffla, mais j'entendis le cliquetis de ses talons derrière moi. Elle entra à ma suite, et je fermai la porte derrière nous. L'étage était bondé ; les gens n'allaient pas tarder à poser des questions. J'étais le seul des quatre cofondateurs de la boîte à lui consacrer du temps. Et elle était dans mon bureau en permanence.

— J'attends de toi que tu sois chez moi à 19 heures.

Je m'assis derrière mon bureau et gribouillai mon adresse sur un Post-it.

Elle restait à la porte et me regardait comme si elle avait envie de m'assassiner.

— Je viens à condition que tu me dises où tu vas.

— J'ai un rencard.

— Tu mens. Tu n'en as jamais, rétorqua-t-elle d'une voix dénuée d'émotion.

— On peut savoir ce qui te fait dire ça ? m'enquis-je en levant les yeux sur elle.

Elle n'avait pas tort, mais elle venait de faire état de quelque chose que je ne criais pas sur tous les toits. Elle se mordillait la lèvre et regardait le plafond comme si elle se détestait d'avoir dit ça. D'avoir avoué qu'elle savait. D'avoir montré qu'elle s'intéressait à ma vie sentimentale (ou plutôt à son inexistence).

— J'ai entendu Vicious parler à Jaime, l'autre jour. Il lui a dit de dire à Mel de te laisser tranquille au sujet de ta vie amoureuse, étant donné que, de toute façon, tu allais mourir seul. Il a ajouté que tu détestais les gens.

— Vraiment ?

Je me tapotai les lèvres du bout des doigts, en pleine réflexion. Ce n'était pas faux. Même si j'étais davantage indifférent qu'hostile.

— Il a raison. La preuve, tu me détestes.

Je ne te déteste pas. Loin de là. Je ne te détesterais pas, même si j'essayais de toutes mes forces. Et j'ai essayé, crois-moi.

Elle soupira et se concentra sur le paysage derrière moi.

— Ne va pas à ce rendez-vous. Ce que j'ai vu hier… J'ai bien compris. Cette femme… c'est ton Bane. Un passe-temps. Mais un rendez-vous, c'est différent.

— 19 heures chez moi, répétai-je en hochant la tête en direction du Post-it. Ne sois pas en retard.

— Qu'est-ce qui te fait dire que je vais accepter ?

— Je serai généreux.

— Généreux comment ?

— Ça dépend. Ton père te paye combien pour fouiner dans mes affaires ?

Je croisai les doigts et posai les coudes sur mon bureau. Si ma réponse la surprenait, elle n'en montra rien. Son visage était exempt de la moindre ride de contrariété, et un sourire continuait à danser sur ses lèvres.

— Douze mille dollars par mois, lâcha-t-elle sans ciller.

Je ne m'étais pas attendu à une somme spécifique. Je ne m'étais même pas attendu à ce qu'elle prenne ma question au sérieux. Je me mis à rire.

— Ça fait beaucoup d'heures de baby-sitting !

— Quelque chose me dit qu'il va te falloir un paquet de rendez-vous avant de trouver quelqu'un qui acceptera de te supporter, répliqua-t-elle avec nonchalance.

Tu me plais, petite arnaqueuse.

J'aime que tu te comportes comme si tu étais mon égale, même si tu ne l'es pas.

J'aime que tu essaies de jouer les dures, alors que tout ce que tu veux, dans le fond, c'est faire sourire ma fille.

J'aime que tu aboies et que tu mordes, j'aime tout dans nos bagarres.

— 19 heures.

Je me rendis alors compte qu'Edie Van Der Zee était la seule personne qui réussissait à me faire parler autant. Même si c'était parfois pour me faire répéter, alors que je ne me répétais jamais.

— Je te paierai cinquante dollars de l'heure, ce qui est bien plus que ce qu'on te paie ici. Et j'ajouterai même une prime, si tu arrives à ne pas lui coller de soda, de sucre ou d'alcool dans le bec pendant mon absence.

— N'y va pas, dit-elle encore.

J'aurais aimé savoir pourquoi elle insistait mais, si je lui posais la question, ça lui montrait que j'en avais quelque chose à faire. Il ne fallait pas. J'étais dans une position délicate au bureau, avec douze pour cent d'actions seulement dans la société. Jordan en possédait quarante-neuf. Si je ne faisais pas attention, ma carrière, ma vie, tout mon dur labeur pouvaient se désintégrer à cause de ça. À cause d'elle.

Alors, j'ignorai sa demande.

— Je vais prévenir Luna qu'elle te verra ce soir.

Elle soupira.

J'étais un enfoiré, mais je nous sauvais la mise à tous les deux.

Chapitre 12

Edie

C'était une mauvaise idée d'y aller.

Je m'en rendis compte lorsqu'il ouvrit la porte de son penthouse, dans son immeuble affreusement bling, qui bordait Tobago Beach. C'était l'un des seuls gratte-ciel de la ville, et tout récent en plus. Le bâtiment devait avoir deux ans maximum, et il y flottait encore une odeur de peinture fraîche. Chaque plante verte et chaque fontaine semblaient droit sorties d'un catalogue.

Trent portait un T-shirt blanc col V qui épousait ses bras musclés, un jean sombre et des baskets qui avaient l'air de coûter outrageusement cher. On aurait dit une publicité pour Armani. Les proportions, la symétrie, le bronzage, tout était si parfait que c'en était presque ridicule. Lèvres douces, mâchoire carrée, menton sévère. Il m'examina des pieds à la tête avant de faire un pas en arrière pour me laisser entrer.

Au lieu de me saluer, il cria :

— Luna, regarde qui est venue jouer.

Venue jouer. Je détestais qu'il ait dit ça, même s'il n'y avait aucune raison. C'était juste une façon de parler, pas vrai ? J'entrai et absorbai l'endroit où il vivait. Des étagères industrielles, un home cinéma absolument monstrueux, un mur sombre qui donnait l'impression qu'un artiste en vogue avait lancé de la peinture dessus au hasard, un autre mur en briques, du plancher sombre, des lampes tuyau de style industriel également… L'endroit ressemblait à un laboratoire de production de crack de luxe. Trent était peut-être silencieux, mais son appartement parlait pour lui et le décrivait à sa place. Brut de décoffrage. Anticonformiste. Dangereux, même.

Luna arriva, accompagnée par le clapotement de ses pieds nus sur le plancher. Elle portait un pyjama jaune. Une tresse lâche (probablement l'œuvre de son père) lui nouait les cheveux. C'était adorable qu'il ait essayé, même si je notai dans un coin de ma tête qu'il fallait la lui refaire.

Je m'accroupis et lui souris en enfonçant doucement l'index dans son nombril.

— Salut, Microbes.

Elle sourit de toutes ses dents et leva les yeux au ciel.

— Microbes ? répéta Trent derrière moi.

— Oui. Ta fille est un nid à microbes. Et elle aime bien se mettre les doigts dans le nez, alors je lui ai demandé de ne pas me serrer la main.

Luna écarquilla les yeux, horrifiée. Il était évident que personne n'avait jamais essayé de plaisanter avec elle. Les gens étaient toujours sérieux, et pourquoi en aurait-il été autrement ? Ils voulaient qu'elle aille mieux. Mais ce qu'ils ne comprenaient pas, c'était que pour qu'une personne aille mieux, elle devait d'abord se sentir mieux. Il n'y avait qu'à regarder ma mère.

On a tous besoin d'une raison de se battre. Et j'allais donner à Luna une raison de rire jusqu'à ce que tout ça soit fini (tout en sachant que ça finirait, et mal).

— Je ne vais pas creuser, parce que je vois que Luna trouve ça amusant.

Il prit ses clés et son portefeuille sur l'îlot noir qui trônait au beau milieu de sa cuisine ouverte, et je me rappelai soudain pourquoi j'étais là. Pour qu'il puisse aller à un rendez-vous galant. La peau de mon visage me brûla.

— Luna va se coucher à 20 heures. Elle n'a pas encore dîné. Exceptionnellement, comme je ne suis pas là ce soir, il y a des spaghettis et du yaourt glacé au frigo.

— Attends deux secondes…

Je laissai tomber mon sac à dos par terre et envoyai valser mes Dr Martens.

— Les spaghettis et le yogourt glacé sont censés être des gâteries ?

Il me fixa droit dans les yeux, sans ciller.

— Oui. Ne lui en donne pas trop.

— Waouh, tu es sous C-O-K-E, épelai-je en le rejoignant, ou tu es juste un produit du régime soviétique ? Ça n'a rien d'exceptionnel ! Je veux commander une pizza.

Il enfila son blazer, inflexible.

— Hors de question. Et, au passage, elle sait épeler.

Je restai plantée là, à me demander pourquoi je jouais son jeu et pourquoi j'avais accepté dans un premier temps. Il était horrible avec moi. Impoli, arrogant, froid au-delà des mots. Et j'étais horrible avec lui, moi aussi. À le voler, l'espionner, fouiner sans arrêt dans ses affaires. Mais les réponses étaient là, toutes simples. J'avais besoin d'argent, et j'aimais passer du temps avec Luna.

— Il est 19 h 05, annonça-t-il après avoir consulté sa Rolex. Mon numéro est sur le réfrigérateur, si besoin. Tu trouveras celui de Camila en dessous, ainsi que celui de ma mère et de Sonya, sa thérapeute. Il faut qu'elle se brosse les dents avant d'aller au lit, il y a une petite lampe dans sa chambre qui reste toujours allumée la nuit, et elle choisit un livre dans la bibliothèque de la salle de jeux près de sa chambre, pour qu'on lui lise une histoire. Des questions ?

Sonya ? J'avais bien une question, mais elle n'était pas en rapport avec Luna. Elle était plutôt en rapport avec *nom-de-Dieu-tu-sautes-vraiment-la-thérapeute-de-ta-fille ?*

— Tu es sûr de vouloir y aller ?

Sous-entendu : tu ne veux vraiment pas de moi ? Stupide. Pathétique. Irréfléchi. Pourquoi Trent Rexroth voudrait-il de moi et quelle différence ça ferait ? Je restais une élève de terminale avec un trou dans le cœur, des problèmes qui dépassaient l'entendement, et il était... tout le contraire de ce dont j'avais besoin en ce moment.

— Donne-moi une bonne raison de rester, répondit-il froidement en glissant son portable et son portefeuille dans sa poche arrière, les yeux toujours rivés sur sa montre.

— Tu n'as pas envie d'y aller.

— Tu n'as pas la moindre idée de ce dont j'ai envie.

— Parce que toi, oui ?

Il releva la tête pour me regarder avant de sourire.

— Au fait, j'ai davantage de caméras dans cet appart que ton pote de baise n'a de tatouages, de piercings et de MST réunis, alors, je te déconseille de fouiller, siffla-t-il tout bas pour que sa fille ne puisse pas l'entendre.

Il s'approcha de Luna pour déposer un baiser sur le sommet de sa tête, lui dit qu'il l'aimait, puis partit.

Je restai plantée là, toute seule et bouche bée, en train de sombrer de l'énergie sombre et délicieuse qu'il avait laissée derrière lui.

Je commandai une pizza.

Les petites protestations insignifiantes étaient ma marque de fabrique. Je me sentais souvent comme une citoyenne de l'Europe occupée pendant la Seconde

Guerre mondiale. Pas assez courageuse pour rejoindre la Résistance, mais refusant de baisser complètement la tête face à l'envahisseur. Je payai la pizza avec mon argent, même si Trent avait laissé quelques billets sur le comptoir juste au cas où. Et je laissai Luna boire du soda. Parce que ça la faisait sourire.

On souffla des bulles dans le soda, et elle ricana.

Quand je lui dis que j'étais tellement gavée que j'aurais pu vomir, mais que la pizza était si bonne que j'aurais probablement remangé ce que j'avais gerbé, ses yeux devinrent aussi lumineux que son sourire.

Après le dîner, je versai du sucre dans le yaourt glacé bio et l'emportai au salon, pour le manger avec elle devant *Le Monde de Riley*. J'étais sûre à quatre-vingt-dix pour cent que ce n'était pas de son âge, mais ça nous divertissait toutes les deux.

Bientôt, il fut 20 heures, et je ne l'envoyai pas se coucher. Les règles ne s'appliquaient pas, parce que Trent avait été le premier à les enfreindre, le jour où il avait cassé les Louboutin hors de prix de ma mère. Le jour où il avait accepté de m'engager. Quand il m'avait donné l'ordre de monter dans sa voiture alors que j'étais avec mes amis, et qu'il m'avait interdit de coucher avec Bane. Il les avait enfreintes aussi à tant d'autres occasions que j'avais arrêté de compter.

Après la fin de la série, alors qu'on avait un peu digéré notre pizza, Luna, qui était assise à côté de moi sur le canapé en cuir marron, tourna la tête et sourit en regardant ma cage thoracique. Je fronçai les sourcils.

— Qu'est-ce qu'il y a, Microbes ?

Elle montra mon cou du doigt, et je baissai les yeux.

— Ça ?

Je caressai mon collier, composé d'une coquille d'escargot

de mer accrochée à un lacet noir. La coquille ressemblait un peu à un poignard. Luna hocha la tête en tapant sur sa cuisse du plat de la main. Elle voulait la toucher. Je retirai le collier et le plaçai dans sa paume.

— Fais attention, c'est très pointu.

Elle pressa la pointe du coquillage du bout de son index et inspira bruyamment.

— Un jour, je courais sur la plage. Le sable était brûlant et j'avais laissé mes tongs dans la voiture parce que j'aime bien être pieds nus. J'ai marché sur quelque chose qui m'a entaillé le talon si profondément que je voyais mon tendon. J'ai repéré le coquillage sur lequel je m'étais coupée et je l'ai ramassé. Je n'arrivais pas à croire que quelque chose d'aussi joli ait pu me faire aussi mal. J'ai décidé de le garder. Parce que, parfois, ce sont les choses qu'on aime le plus qui nous font pleurer.

Je ris devant son expression sceptique.

— Tu as déjà nagé dans l'océan ? lui demandai-je.

Quelque chose me disait que je connaissais déjà la réponse. Elle hésita un instant avant de hausser les épaules.

— Je vais prendre ça pour un non.

C'était définitivement un non.

— Tu aimerais bien ?

Elle haussa les épaules à nouveau, mais d'une façon totalement différente. La première fois, c'était un haussement d'épaules déçu et aigri. Là, il y avait une pointe de mélancolie. Peut-être que je me faisais des idées, mais je m'accrochais aux nuances comme à une bouée de sauvetage. Après tout, c'était parfois la seule chose que j'arrivais à tirer de Theo.

— Tu essayerais ? Si je t'emmenais ? Si je t'apprenais ?

Elle me fixa si intensément que je me sentis rougir.

Elle acquiesça, puis tourna brusquement la tête, comme

si elle venait de se souvenir de quelque chose. Elle posa sa petite main sur mon avant-bras pour me faire comprendre que je devais attendre, et sauta à bas du canapé pour se rendre dans le couloir à petits pas feutrés. Cette fillette vivait en face de l'océan et tout ce qu'elle avait le droit de faire, c'était d'aller à des fêtes Félix le chat sur le sable, sans même mettre un orteil dans l'eau. Son père n'était vraiment qu'un connard égocentrique. Je me demandai si elle parvenait à partager ses goûts et ses dégoûts avec lui. Toujours assise sur le canapé, j'étudiai les murs autour de moi. Gris, noir, violine… Ça ressemblait à moitié à des graffitis et c'était tout à fait le genre de chose qu'on s'attendait à trouver dans un appartement de jeune célibataire. Sauf que Trent n'en était plus un, peu importe qu'il soit effectivement célibataire et totalement indisponible émotionnellement. Il avait une fille.

Cet endroit lui ressemblait.

Sombre. Ténébreux. Maussade.

Mais il ne ressemblait pas à Luna.

Hésitante. Curieuse. Douce.

Elle revint avec un livre pour enfant. Elle le posa sur mes genoux, remonta sur le canapé et se mit à tourner les pages jusqu'à trouver ce qu'elle cherchait, et planta son index sur l'image.

— Un hippocampe ?

Elle hocha la tête, me dévisageant, les yeux pleins d'espoir.

— Oh ! tu veux savoir si ça m'arrive de voir des hippocampes quand je surfe ? Non. Ils sont difficiles à trouver. Ils sont timides, je pense. Ils vivent dans des récifs et des cachettes.

Sa déception me brisa le cœur. Je me grattai la tête et regardai autour de moi. L'ordinateur portable de Trent était posé sur la table à manger. Ce n'était pas un hasard.

Il voulait que je le voie. Que je le touche. C'était un test, et j'étais sur le point de le foirer (et de compromettre les plans de mon père) pour essayer d'apaiser Luna.

— Peut-être qu'on pourrait lire des choses à propos des hippocampes sur Wikipédia, qu'est-ce que tu en penses ? Et si ça se trouve, il y a des documentaires sur YouTube, aussi.

Son regard s'illumina comme un sapin de Noël. Ça compensait amplement l'engueulade que j'allais essuyer quand Trent se rendrait compte que j'avais utilisé son ordinateur.

— Je contourne un peu les règles pour toi. Est-ce que tu vas me dénoncer ?

Elle plissa le nez et secoua la tête, comme si elle se sentait insultée à cette idée. Ce geste, le froncement de nez… c'était du moi tout craché.

Pendant les quarante minutes suivantes, on apprit tout ce qu'il y avait à apprendre sur les hippocampes. On regarda un hippocampe mâle donner naissance à des milliards de bébés et on rit. Elle rit parce qu'il y en avait des tas. Je ris parce qu'on aurait cru que c'était un homme qui éjaculait après avoir regardé le film porno le plus obscène qui soit.

Tout ça nous amena à 22 heures, et le coucher n'était plus négociable, parce que j'étais presque sûre que Trent me pendrait à son balcon s'il nous trouvait en train de traîner dans le salon à son retour. Luna ne protesta pas, ce qui me parut bizarre, parce que Theo protestait toujours. Il criait et suppliait et négociait et essayait de me manipuler. Exactement comme son père.

Je couchai Luna et m'assis au bord de son lit en ébène. Toute la pièce était bleue, remplie de posters d'hippocampes, et des coquillages étaient accrochés aux murs. Sa chambre reflétait sa personnalité et, d'un coup, je fus prise d'une brusque envie de pleurer. Parce que ce n'était pas la première fois que je bordais quelqu'un, et que je savais que je devrais lui dire au revoir, au final.

Je voulus la serrer dans mes bras ; je ne le fis pas. Pourtant, tout en moi me faisait mal, tout me brûlait, tout mon être en mourait d'envie. Et c'était exactement pour ça qu'il fallait que je garde mes distances. Je ne pouvais pas entrer dans sa vie comme un bulldozer, alors que je savais déjà que je ne pouvais pas rester. C'était comme planter une graine, l'arroser et la laisser grandir sous les rayons du soleil avant de l'arracher à ses racines. Luna était comme moi : attachée à un homme instable qui pouvait l'emmener loin de moi du jour au lendemain, s'il le voulait. Et Dieu seul savait ce que voulait Trent Rexroth (et encore). Il était un mystère permanent enveloppé dans un beau costume.

— Hé, Microbes, tu sais quoi ?

Elle pencha la tête. J'étais en train de la transformer en *burrito*, coinçant soigneusement les bords de la couverture sous le matelas pour qu'elle soit comme dans un cocon. Comme avec Theo, les rares fois où il me laissait faire.

— Je me suis bien amusée, ce soir. Et toi ?

Elle acquiesça, et je souris. Mais peut-être qu'il faisait trop noir pour qu'elle le voie, car ce qu'elle fit ensuite me choqua au-delà du possible.

— Moi aussi.

Rauque. Discret. Un chuchotement, comme le vent qui caressait les vagues à l'aube.

Sous le choc, je battis des paupières. Luna avait parlé. Elle m'avait parlé, à moi ! Je me demandai si cela lui arrivait aussi avec Camila et Trent, mais j'en doutais. Autrement, il ne réagirait pas comme il le faisait chaque fois qu'elle hochait la tête. J'avais envie de sauter sur mes pieds et de l'appeler, mais je me forçai à la jouer cool. Sinon, ça n'aurait fait que lui rappeler qu'elle était différente.

— Tu dis ça parce que je t'ai donné de la pizza et du Coca, et que j'ai désobéi à toutes les règles de ton père.

Elle rit. Je me levai gauchement et m'écartai. Pas de bisou. Pas de contact. Pas de câlin.

— Bonne nuit, Microbes.

Je perçus un petit hochement de tête dans l'obscurité. J'allumai la lampe Dora l'Exploratrice à côté de la porte et je souris.

Ça me va.

Chapitre 13

Trent

Katie DeJong me faisait penser au Trent ado que j'avais été.

Jamais il n'aurait imaginé être assis là ce soir, en train de manger du homard (il détestait le homard), de boire du vin importé alors qu'il vivait en Californie (il détestait le vin) et de discuter des avantages et des inconvénients de faire un classement des universités (il n'en avait rien à foutre).

C'était exactement pour ça que je ne donnais pas dans les rencards. C'était chiant. La finalité (le mariage et les enfants) ne m'intéressait pas, et l'objectif à court terme (le sexe) était atteignable sans avoir à prendre la peine d'inviter la personne à dîner et de la conquérir.

Je dus lâcher un maximum de quinze phrases durant tout le dîner, mais je ne fus pas impoli non plus. Je raccompagnai Katie à sa voiture, je lui souris et je ne lui promis pas de la rappeler. Lorsqu'elle se pencha pour un baiser (le genre de truc dont je n'aurais jamais rien à foutre), je la détournai en douceur et l'embrassai sur la joue.

Puis je me cassai.

En me garant dans le parking souterrain de mon immeuble, je me rendis compte que je ne pouvais même pas me rappeler ce qu'elle portait ou la couleur de ses cheveux.

Un étrange sentiment d'urgence me prit aux tripes

dans l'ascenseur. Soudain, le souvenir de ma fuite et de l'abandon de ma fille à quelqu'un que je connaissais à peine me parut insensé. Edie Van Der Zee était une menteuse, une voleuse et une fille perturbée. Je ne m'expliquais pas pourquoi je la laissais approcher ma fille sans surveillance. J'étais énervé avant même de glisser la clé dans la serrure. Quand j'ouvris la porte et que je vis ce qui se passait, je fus carrément au bord de la crise de nerfs.

Un carton de pizza trônait sur l'îlot central, et le salon et la cuisine empestaient l'huile et les champignons. Il y avait deux canettes de Coca sur le comptoir (naturellement, elle ne s'était pas donné la peine de les mettre à la poubelle). Je trouvai Edie endormie sur le canapé, mon ordinateur portable posé devant elle. Elle ne se cachait même pas pour ses petites magouilles d'espionne à la con !

Je m'approchai d'elle et l'observai, les mains dans les poches. J'observai la façon dont sa poitrine montait et descendait. Ses sourcils blonds. Ses lèvres pulpeuses et ses cheveux d'or. Les marques de bronzage sur ses épaules. Ses taches de rousseur.

— Réveille-toi ! ordonnai-je d'une voix glaciale.

Elle s'étira et battit doucement des paupières. Elle ne se redressa que quand je fis un pas de plus vers elle pour pousser son bras avec mon genou.

— Salut, dit-elle d'une voix rauque. C'était comment ?

J'ignorai sa question.

— Tu as commandé une pizza. Ma fille ne mange pas ces merdes.

Ce n'était pas la pizza, le problème. C'était l'ordinateur. Il n'y avait rien d'important dessus (tout était sur la clé USB), mais ça me rendait dingue d'avoir eu assez confiance en elle pour lui laisser ma fille et de constater qu'en retour elle avait passé tout son temps à essayer de m'entuber.

Encore. Est-ce qu'elle s'était occupée de Luna, au moins ? Ou est-ce qu'elle l'avait abandonnée pour jouer les hackers ?

Ce truc entre nous venait de passer de « championnat régional des trucs pas nets » à « jeux olympiques des trucs complètement tarés ».

— J'ai payé avec mon argent, et elle n'en a eu qu'une seule tranche. Et, pour ce que ça vaut, je lui ai fait manger les poivrons et les champignons.

Elle bailla et se frotta les yeux avant de se lever. Elle s'étira, dévoilant à ma vue ses longs bras et ses longues jambes. Elle était pieds nus, vêtue d'un débardeur et d'un short en jean déchiré moulants.

— Et du Coca ? Encore ? Sérieusement ?

J'étais en colère. Terriblement en colère. Contre Mel et Katie, Edie et Luna, Val et la vie. Les femmes étaient tellement compliquées, bordel ! J'essayais de toutes mes forces de mettre le plus de distance possible entre elles et moi, mais on aurait dit qu'elles étaient partout.

— Bon sang, Trent, elle s'est brossé les dents. C'était juste pour une fois. Je me suis dit qu'on pouvait bien se faire plaisir. Vraiment se faire plaisir. Merde, quoi !

Elle traversa la pièce à grands pas, s'assit par terre et mit ses chaussures. Je voulais qu'elle dégage de chez moi. Du moins, c'était ce que je croyais.

— J'ai gardé le meilleur pour la fin. L'ordinateur ? Vraiment ? Aucune classe. Désespérante.

— On a regardé des vidéos sur YouTube ! s'exclama-t-elle en balançant son sac à dos sur son épaule. Je rêve !

— Des vidéos sur YouTube. Mais bien sûr.

Je laissai échapper un petit rire en sortant mon portefeuille de ma poche arrière pour la payer.

— Ce n'est pas toi qui m'as dit de ne jamais baratiner un baratineur ?

— C'est la vérité !

Je plaquai une liasse de billets contre sa poitrine et sifflai, à quelques centimètres de son visage :

— Va-t'en.

— Attends.

Elle ne prit pas l'argent et la liasse tomba par terre. Elle se précipita à ma suite, alors que je me dirigeais vers la chambre de Luna.

— Elle a parlé.

Je pivotai et fronçai les sourcils.

— Edie…

L'avertissement dans ma voix était perceptible. Si elle était encore en train de mentir, il y aurait des conséquences. Elle triturait nerveusement l'ourlet de son débardeur, mais son regard était courageux et déterminé. Elle ne baissa pas les yeux.

— C'est vrai ! Quand je l'ai mise au lit, je lui ai dit que je m'étais bien amusée ce soir, et elle a répondu « moi aussi ». Elle l'a dit tout doucement, mais j'ai entendu, Trent. Tout ce que je voulais, c'était qu'elle ne se sente pas comme un robot ou comme une pauvre gamine pas normale. On a mangé du gras et du sucre, on a regardé la télé après le couvre-feu. On a enfreint les règles, et elle a survécu. Non seulement elle a survécu, mais je suis presque sûre qu'elle s'est amusée. Peut-être que ça l'aidera à affronter une nouvelle semaine de séances chez la psy et un père qui se comporte comme si elle était dans une situation désespérée.

Je me frottai le front. Elle recommençait à m'embrouiller ! Et le pire c'était que je la croyais. Je n'aurais pas dû, mais je m'accrochais à ses paroles et les laissais s'imprimer dans mon cœur et me ramener à la vie. Luna avait parlé ! C'était une avancée absolument énorme, mais prendre le risque d'y croire, d'espérer davantage, pouvait me briser. Et je ne savais pas si je pouvais faire confiance à Edie.

On se dévisagea longuement, maintenant une distance de sécurité entre nous.

— Elle a parlé, finis-je par répéter.

Ça paraissait complètement dingue. Comme si elle allait se lever le lendemain et discuter de la pluie et du beau temps. Ce n'était pas le cas, bien sûr, mais Edie n'était que la seconde personne à qui Luna avait parlé.

Elle hocha la tête.

— Sa voix est toute douce. Comme du velours sur une peau glacée.

Qui s'exprimait comme ça, bordel ? Edie. Edie le faisait.

— Je ne l'ai plus entendue depuis si longtemps.

— Tu devrais. C'est vraiment génial.

Je voulais bien la croire. Elle déglutit avant de reprendre la parole.

— Laisse-moi l'emmener à la plage, dimanche. Elle n'est jamais allée dans l'eau. Je veux… je veux lui montrer des choses.

Je baissai les yeux. J'avais envie de refuser. J'avais peur pour Luna. Je n'avais pas confiance en Edie au point de la laisser l'emmener à l'extérieur. Mais je ne pouvais pas les accompagner, parce que c'était déplacé, et que ça n'aiderait en rien l'obsession enragée que je commençais à développer pour cette fille.

— Tu sais ce que c'est, ton problème, Trent ?

Elle avait le souffle court. Elle semblait sur le point de cracher du feu, et j'étais trop égoïste pour faire retomber la température. J'aimais qu'elle soit brûlante, qu'elle parte dans tous les sens, parce que c'était comme ça que je me sentais avec elle. Et privé de quelque chose, aussi. Il y avait une sorte de justice poétique dans tout ça.

— Non, mais je suis sûr que je ne vais pas tarder à l'apprendre.

— Tu te bats contre le courant. Tu agites les bras, tu remues les jambes, tu essaies de lui échapper, de le vaincre. Alors que le secret, c'est de lâcher prise. Le secret, c'est de se laisser porter par la vague. N'aie pas peur d'être mouillé.

J'étais mouillé, pourtant. J'étais même trempé, bordel ! La moitié du temps, j'avais l'impression de me noyer. C'était peut-être la raison de son propos. Edie était beaucoup de choses, mais pas stupide.

Je m'éclaircis la gorge et détournai le regard.

— N'oublie pas ton argent, dis-je en montrant le sol du doigt.

Dire que j'étais mal à l'aise était un euphémisme, et c'était une grande première.

Elle fit quelques pas, ramassa la liasse et s'empara de quatre billets de cinquante.

— Tiens, dit-elle en me tendant le reste. Je suis restée quatre heures, environ.

Je secouai la tête et refermai ses doigts autour des billets.

— C'est à toi.

— Quoi ?

Elle battit des paupières. Elle feuilleta la liasse de billets de cinquante, comme dans un film.

— C'est beaucoup d'argent.

— Douze mille dollars.

— Hein ?!

Je haussai les épaules, le regard rivé sur le carton à pizza pour m'empêcher de faire un truc débile.

— Tu as dit que tu avais besoin d'argent. Je ne vais pas te demander pourquoi. Mais je vais endosser le rôle de l'adulte responsable et te conseiller vivement de régler ça très vite, quoi que ça puisse être, car ce n'est pas facile de trouver une somme pareille tous les mois.

— Merci du conseil, et merci pour l'argent, mais je ne peux pas l'accepter, répondit-elle en le plaquant à son tour contre mon torse.

— Tu peux, et c'est ce que tu vas faire.

— Non.

Elle recula d'un pas, et les billets atterrirent à nouveau par terre. Nous étions incapables de les regarder. De toute façon, le problème n'était pas là.

— Donne-moi une bonne raison de ne pas prendre cet argent.

Elle se mit à compter sur ses doigts.

— Un : c'est une somme énorme que je n'ai pas gagnée. Deux : ça me rendrait redevable vis-à-vis de toi. Et trois : on n'est pas amis. On est ennemis.

Je comptai également sur mes doigts.

— Un : c'est peut-être une grosse somme, mais pas pour moi. Deux : je n'attends rien en retour. Et trois : c'est mignon que tu croies qu'on est ennemis, alors qu'on ne joue même pas dans la même cour.

Son regard m'indiqua sans équivoque qu'elle se fichait que je la rabaisse. Elle avait une bonne raison : elle était parvenue à ses fins et à me voler plusieurs fois. C'était peut-être elle, l'outsider, mais elle savait comment se battre.

Je m'attendis à ce qu'elle proteste, comme elle le faisait toujours, mais à ma grande surprise, elle mit l'argent dans son sac à dos. Elle déglutit bruyamment (pour ravaler sa fierté, sans doute), mit son sac sur son épaule et se dirigea vers la porte sans un mot. Je me sentais comme une merde, alors, une fois de plus, je détournai les yeux.

— Merci, Trent.

— Pas de quoi.

— Je suis sincère.

Je l'étais aussi. Je ne savais pas ce qui se passait avec elle, ni ce qui lui arrivait, mais l'idée qu'elle ait des ennuis me mettait mal à l'aise.

Du coin de l'œil, je vis la porte se refermer. J'agrippai le bord du plan de travail, incapable de résister à l'envie de lui montrer que non seulement j'étais mouillé, mais aussi que nous étions tous les deux sur le point d'être trempés, si nous ne faisions pas attention.

— Tu es encore là ? demandai-je.

Elle ne répondit pas, mais je n'entendis pas le *clic* du verrou automatique.

— Le rendez-vous, c'était nul.

J'entendis le sourire dans sa voix quand elle répondit :

— Je n'ai pas couché avec Bane, après le soir du réservoir.

Clic.

Je ne me lançai pas à sa poursuite. Mais je savais que la prochaine fois, je le ferais.

Chapitre 14

Edie

L'amour est impitoyable.
L'amour est cruel.
L'amour n'est pas un sentiment, c'est une arme.
L'amour détruit.
L'amour détruit.
L'amour détruit.

Je n'arrivais pas à arrêter de lire cette ligne, en revenant d'être allée voir Theo. Ma voiture était tombée en panne quelques jours auparavant et elle était au garage. Je ne pouvais pas me permettre de prendre un taxi ou un Uber, alors je prenais le bus. Ou plutôt, deux bus. Ça me donnait le temps de lire un vieux bouquin trouvé dans notre bibliothèque. L'autobiographie d'un poète français qui finissait par se suicider, après que sa fiancée l'avait quitté pour un homme qu'elle avait soigné lorsqu'elle était infirmière dans l'armée. L'autre homme était un héros, alors l'amour du pauvre type poète finissait aux oubliettes.

L'amour détruit. Pour moi, ce n'étaient pas seulement des mots. Ils pesaient lourds, ils avaient aussi une odeur, et une couleur qui ne se délavait jamais. Toutes les personnes que j'avais aimées m'avaient fait du mal.

Je n'avais pas encore trouvé le moyen de mettre la main sur la clé USB de Trent. Il l'emportait avec lui partout où il allait, et il était beaucoup trop intelligent pour laisser traîner sur ses appareils la moindre information susceptible d'intéresser mon père. Ça rendait ma mission incroyablement difficile mais, au moins, je commençais à connaître les détails de sa vie quotidienne, une mission que Jordan m'avait également confiée.

Je posai mon livre et admirai l'océan Pacifique à travers la vitre.

— Ça va s'arranger, dit quelqu'un près de moi.

Je ne savais pas si la personne s'adressait à moi ou si elle était au téléphone. Ça n'avait pas d'importance parce que je n'y croyais pas. Pas une seconde.

Je sortis mon portable de mon sac à dos pour consulter mes messages. Il y en avait deux, le premier de Bane, l'autre d'un expéditeur inconnu.

Tu viens surfer demain ?

Si elle va avec toi demain, je veux que sa grand-mère vous accompagne.

Trent.

L'idée qu'il ait pris le temps de m'écrire un message (de me consacrer du temps) était pitoyablement excitante. Qu'est-ce que ce type pouvait bien avoir, qui me donnait envie d'enfreindre toutes les règles que je me fixais ? Ne pas m'attacher, ne pas m'embarquer dans des histoires compliquées, et ne surtout pas provoquer le tigre (Jordan

Van Der Zee) pour ne pas lui donner une raison de se jeter sur Theo.

Je tentai de me convaincre que c'était tout à fait innocent. J'emmènerais Luna à la plage. Trent ne serait pas là. Ce n'était pas déraisonnable. Et ça ne ferait vraiment pas de mal à la petite de faire connaissance avec l'océan.

Je pianotai une réponse, pour Bane d'abord.

Impossible. J'emmène la fille de mon boss à la plage pour ramasser des coquillages. La semaine prochaine. Bisous.

Puis j'en composai un autre. J'écrivis, j'effaçai, je modifiai, je corrigeai, j'effaçai à nouveau, avant d'appuyer enfin sur « envoyer ».

8 h / Tobago Beach/près du club de surf.

En arrivant à la maison, je trouvai mon père installé à la table à manger, ce qui voulait dire qu'il était sur le point d'initier une conversation. Une conversation que je n'avais pas la moindre envie d'avoir. Je ralentis le pas et le regardai pousser du pied la chaise en face de lui, m'ordonnant silencieusement de m'asseoir.

Je m'exécutai à contrecœur.

Ma vie n'était pas une peinture monochrome. Elle se composait d'un tas de taches de couleur. Il y avait celle du surf et de Bane. Il y avait celle de ma mère, psychologiquement malade. Celle du père autoritaire. Celle de Theo. Et même si elles se touchaient elles ne se superposaient pas. Chacune était comme une île indépendante. Et s'il y avait bien une chose que je détestais, c'était me prélasser dans la douceur et la clarté de l'île de Theo, et me retrouver ensuite sur celle, inhospitalière et délabrée, de Jordan. Or, c'était exactement ce qui était en train de se passer.

— Comment va Theodore ?

Sa question me prit par surprise. Ce qui ne m'étonna pas, en revanche, c'était qu'il la pose tout en vérifiant le cours de la bourse sur son ordinateur, posé devant lui. Ses yeux étaient collés à l'écran. Je glissai les mains entre mes jambes serrées en essayant de ne pas avaler ma salive.

— Il pourrait aller mieux.

— Vraiment ?

Comme si tu en avais quelque chose à faire, sale enfoiré sans cœur. Epargne-moi tes salades.

— Il existe un programme spécial... Des séjours à la maison autorisés, sous surveillance. Deux nuits. Il a entendu les autres en parler et il voudrait venir.

Cette fois-ci, je fus obligée de déglutir. Le nœud dans ma gorge était trop gros, ma réponse ressemblait trop à une supplication, et m'entendre répondre non me briserait.

— C'est formidable pour les familles, Edie. Des nouvelles concernant Rexroth ?

Pour les familles.

Traduction : *pas pour nous.* Je n'avais pas de famille.

Si j'en parlais à ma mère, ça ne ferait que déclencher une nouvelle dispute. Elle me dirait qu'elle devait consulter mon père et qu'elle se sentait sous pression. Et Jordan... Il adorait nous déchirer. De toute façon, il venait de répondre non à sa manière.

— Edie ?

Je levai la tête. Il me gratifia d'un sourire pincé qui ressemblait à un avertissement, ferma son ordinateur et le poussa sur le côté, puis croisa les bras sur la poitrine.

— La clé USB de Rexroth ?

— J'y travaille.

— Pourquoi est-ce aussi long ?

— Je ne passe du temps avec lui que le mardi.

Je pris bien soin de ne pas mentionner le fait que j'avais fait du baby-sitting pour lui le vendredi précédent. Si mon père en avait eu quelque chose à faire de mes allées et venues (ce qui n'était pas le cas), il aurait peut-être eu l'idée de poser la question. Demander à Trent de ne rien dire ne servait à rien. On savait tous les deux à quel point c'était dangereux, surtout compte tenu de la somme d'argent qu'il m'avait donnée.

Si, avant, il était un secret, à présent, il était carrément un péché.

— Il emporte sa clé partout avec lui. Et c'est là qu'il garde tous ses documents importants.

— Hum.

Il se caressa le menton et regarda par la fenêtre. Le soleil commençait à descendre à l'horizon, et une lueur bleutée passait à travers les rideaux. Le moment était venu de lui montrer ce que j'avais réussi à subtiliser chez Trent, lorsque j'avais passé la soirée dans son appartement. Je n'étais pas fière de lui avoir volé ça, mais c'était avant qu'il me donne l'argent. Le fait qu'il m'avait aboyé dessus, humiliée et presque mise à la porte de chez lui apaisait un peu la brûlure de la culpabilité.

Je me levai et allai prendre dans mon sac à dos la facture que j'avais trouvée sur son plan de travail, sous un tas d'autres factures soigneusement empilées qui attendaient sûrement d'être classées.

Jordan examina le papier en fronçant les sourcils.

— Je peux savoir ce que je regarde ?

Je tapotai le coin en haut à gauche.

— Amanda Campbell. C'est un détective privé. Il fait appel à elle pour enquêter sur quelque chose.

— Où est-ce que tu as trouvé ça ?

Le mensonge franchit mes lèvres avec une facilité déconcertante.

— Dans son bureau.

— De quoi s'agit-il, à ton avis ?

— Je ne le connais pas très bien, mais je serais surprise que ce soit lié à toi.

Trent ne parlait jamais de mon père. Ni à moi, ni à personne d'autre du bureau. Il semblait l'ignorer complètement. En même temps, qu'est-ce que je savais vraiment à son sujet ? À part le fait qu'il ne pouvait pas m'encadrer, pas grand-chose.

— Je sais sur qui il enquête.

— Ah bon ? répondis-je en essayant de ne pas avoir l'air trop curieuse.

— Sur la mère de sa fille.

La mère de sa fille. Après avoir découvert que Luna était la fille de Trent, j'avais fouiné auprès de Camila. J'avais appris ainsi que la mère s'appelait Val, qu'elle venait du Brésil et que Trent et elle n'avaient jamais été ensemble. Enfin, pas en couple, en tout cas.

J'étudiai attentivement le visage de Jordan. Son expression était passée de l'ennui et du dédain à l'intérêt. Il était véritablement fasciné par Trent, et ça m'agaçait.

Il plia la feuille de papier et la glissa dans sa poche.

— Il m'en faut plus. Et vite.

Découragée, j'écartai les cheveux qui me tombaient sur le visage en grognant.

— Est-ce que je peux remplir les formulaires pour que Theo puisse venir me voir de cet été ? Juste les week-ends.

Moi.

Me voir.

Etre avec moi.

Me guérir.

— Hors de question.

Jordan se leva de sa chaise et prépara une tasse de thé pour ma mère avec force gestes théâtraux, comme s'il était le mari de l'année. Pour lui, la discussion était terminée. Pour moi, elle ne faisait que commencer. Il s'empara de la tasse fumante et quitta la cuisine. Je courus derrière lui dans le couloir. Le marbre élégant, les belles arches, l'affreuse vérité qui se cachait derrière ces murs. J'avais envie de tirer sur la manche de son costume Armani mais, en pensant aux conséquences, je me ravisai.

— S'il te plaît.

— L'exhiber pendant un week-end va à l'encontre de notre accord, Edie.

— Jordan…

— *Père.* Concentre-toi sur ta mission avec Rexroth et oublie ça. Tu as besoin d'un objectif. Tu en as un. Aider ta famille.

— Theo est ma famille !

Il pila devant la porte de ma mère et fit volte-face. Son expression disait clairement que j'avais dépassé les bornes.

— Si tu échoues, Theo s'en ira. Je veux savoir tout ce qu'il y a à savoir sur Rexroth. Tout, tu m'entends ? Et je ne négocie pas avec des enfants.

— Tu ne peux pas me faire ça. Tu ne le feras pas.

Ma voix tremblait. Et si je ne trouvais rien d'autre ? Et si trouver quelque chose rendait si difficile de me regarder dans la glace que ça me donnait envie de vomir ?

— Je le peux, et je le ferai. Tu le sais.

— Tu me brises le cœur.

L'admettre me laissait un goût amer dans la bouche. Un goût de défaite.

— Il est déjà brisé de toute façon. Il n'y a plus rien à détruire.

Il parlait de Theodore.

Au moment où j'ouvrais la bouche pour répondre, il me claqua la porte au nez.

Il me donnait deux options : descendre Trent pour sauver la personne que j'aimais, ou compromettre la personne que j'aimais pour sauver un homme innocent.

Je savais quelle option choisir.

Mais ça me rendait malade.

Chapitre 15

Trent

Je surveillais Tobago Beach depuis le confort de ma terrasse, tout en fumant un énorme pétard dans mon slip de créateur. Mon eau Bling H_2O restait fraîche en dépit de la chaleur impitoyable grâce à ma femme de ménage qui y ajoutait un glaçon toutes les dix minutes. Je ne comprenais pas pourquoi les gens achetaient de l'eau à quarante balles la bouteille, mais je le faisais quand même, parce que je le pouvais. Je le faisais aussi parce qu'à une époque j'étais si pauvre que j'avais dû enduire de la colle les semelles trop fines de mes vieilles chaussures et les laisser sécher au soleil, pour ne pas me brûler les pieds sur le bitume.

J'étais fasciné par mon compte en banque, comme tous les petits garçons pauvres devenus riches en grandissant. Étaler mon fric était presque une obligation (un défaut dont je n'étais pas fier), et l'argent rendait Edie Van Der Zee malade. Ce n'était pas compliqué de comprendre pourquoi on ne s'aimait pas.

Enfin bref.

Je baissai mes lunettes de soleil Wayfarer pour mieux voir les points noirs éparpillés sur le sable doré. Je fis tomber les cendres dans le cendrier posé à côté de mon siège inclinable. La fumée s'élevait de ma bouche en spirales paresseuses. Quand je regardai à nouveau la plage, je repérai immédiatement mes cibles, qui avaient quitté mon immeuble quelques instants plus tôt. Elles marchaient tout près les unes des autres. Ma mère, Luna et Edie.

Elles semblaient presque bouger au ralenti. Je n'arrivais pas à distinguer qui était qui. À l'exception de Luna bien sûr, le point le plus petit. L'une des femmes étala une serviette rouge sur le sable (ma mère, sans doute). La couleur était à peine reconnaissable, d'ici. Les deux autres silhouettes minuscules couraient vers l'océan, peut-être main dans la main. Mon cœur cognait dans ma poitrine tandis que je portais l'eau à mes lèvres. Je les suivis des yeux tandis qu'elles ralentissaient en approchant des vagues qui se brisaient sur le rivage. Elles ne faisaient que tremper les pieds. Rien de plus.

Détends-toi, bordel ! Luna va bien.

J'avais besoin d'une distraction. Je m'emparai de mon ordinateur portable et me mis au travail, en jetant un coup d'œil sur la plage de temps en temps, et en essayant de deviner quels points étaient ceux auxquels je tenais tant. Lequel était Edie.

Une demi-heure plus tard, mon portable sonna. C'était un appel vidéo de ma mère. Je fis glisser mon doigt sur l'écran et elle apparut, floue mais heureuse. Elle souriait à la caméra en agitant la main.

— Coucou !

— Maman.

Je ne pus retenir un sourire. Ça avait peut-être été la galère de grandir dans la misère, mais pour rien au monde je n'aurais échangé ma place avec celle de mes amis. Mes parents étaient géniaux. Les autres ne pouvaient pas en dire autant.

— Cette fille…

Elle tourna la tête vers l'océan, puis se concentra à nouveau sur la caméra en riant.

— Elle est géniale ! Tu n'imagines pas à quel point elle s'amuse avec Luna. Elle lui a appris à surfer.

Mes yeux durent sembler sur le point de sortir de leurs orbites, car elle ajouta aussitôt :

— Sur le sable. Elle a allongé Luna sur une planche de surf et lui a montré comment faire. Elles sont en train de ramasser des coquillages. Luna est… elle n'a jamais semblé aussi heureuse, Trent.

Je déglutis, me levai et allai dans le salon.

— Montre-les-moi.

Je faillis m'étrangler en lui demandant ça.

Le téléphone dansa dans sa main tandis qu'elle essayait de zoomer sur les deux formes assises au bord de l'eau. Luna était à genoux dans son maillot de bain noir (elle était allergique au rose), en train de regarder attentivement, tandis qu'Edie comptait ou examinait une pile de coquillages. Elles avaient toutes les deux la tête penchée en avant et tiraient la langue, comme si elles se concentraient de toutes leurs forces. Edie portait un bas de bikini rouge et un lycra de surf à manches longues (rouge également) ; une partie de ses longs cheveux ondulés était retenue en un chignon flou, le reste tombait en cascade sur ses épaules.

— Plus près, dis-je, la gorge serrée.

Ma mère se leva pour se rapprocher d'elles et l'image trembla. Plus j'en voyais, moins j'avais l'impression de contrôler la « situation Van Der Zee ». Luna resplendissait. Son sourire ne laissait pas place au doute.

— Qu'est-ce que tu penses de celui-ci, Microbes ?

Edie prit un coquillage dans le tas et fronça le nez. Luna leva les yeux au ciel et secoua la tête.

— Pas top, hein ? Je trouve aussi, dit Edie.

Alors qu'elle était sur le point de le remettre à l'eau, Luna bondit et attrapa Edie par le bras pour la retenir, en secouant la tête. Edie desserra le poing, et Luna prit le coquillage dans sa main.

— Qu'est-ce qui se passe ?

Elles étaient tellement occupées à trier leurs coquillages qu'elles n'avaient pas remarqué que ma mère était en train de les filmer. Luna montra le coquillage et haussa les sourcils.

— Il est cassé, dit Edie.

Luna hocha à nouveau la tête. Je ne comprenais rien.

— Tu veux le garder parce qu'il est cassé.

Un sourire étira les lèvres d'Edie. Luna haussa les épaules.

— C'est très gentil de ta part, Microbes.

Elle lui caressa le bras, puis sembla se rendre compte de ce qu'elle était en train de faire et retira précipitamment sa main. Je notai dans un coin de ma tête de lui dire qu'elle pouvait toucher Luna. S'il y avait bien une chose pour laquelle j'étais doué, c'était câliner ma fille. Elle n'avait pas peur des marques d'affection quand celles-ci venaient de la bonne personne.

— J'ai une idée. Tu veux bien me le donner ? Je te promets que j'en prendrai soin et que je te le rendrai bientôt.

Luna hésita, puis finit par déposer le coquillage dans la paume d'Edie.

Elles échangèrent un sourire. Je me laissai tomber sur mon canapé et continuai à regarder l'histoire qui se déroulait devant mes yeux. La caméra tourna, et ma mère apparut à nouveau, un immense sourire sur les lèvres.

— Edie est la meilleure chose qui soit jamais arrivée à cette famille, Trent.

Elle avait tort, mais je n'avais pas le cœur de lui dire ce qu'Edie était réellement.

Edie était l'arrêt de mort de son fils.

Luna revint à la maison avec un tas d'histoires qu'elle ne pouvait pas raconter. Ma mère proposa de lui faire prendre son bain et de lui préparer à dîner. Je sautai sur l'occasion pour sortir de la maison et essayer de mettre un peu d'ordre dans mes idées.

— Edie est encore à la plage. Elle est en train de surfer.

Trishs consulta sa montre David Yurman en fronçant les sourcils. Si elle avait su que c'était la fille qui avait tenté de lui piquer son sac, quelques semaines plus tôt…

— Quoique, elle doit être sur le point de partir. La nuit commence à tomber.

Sans réfléchir, j'enfilai ma tenue de sport et descendis en me disant que j'allais juste courir sur la plage, mais c'était totalement faux.

J'allais à la plage pour la retrouver.

J'allais à la plage pour la rattraper.

Et une fois là-bas… qu'est-ce que j'allais bien pouvoir faire avec elle ?

Je n'eus pas de mal à la repérer. Il n'y avait personne d'autre qu'elle sur le sable. La promenade grouillait encore de monde, des nuées de gens riches et colorés, mais tous les surfeurs et les fans de bronzette étaient partis, à présent. Elle était allongée face au soleil couchant, la tête appuyée sur son sac à dos, juste vêtue de son bikini. Ses lunettes de soleil étaient posées près d'elle sur le sable, ainsi que son lycra. Elle avait les yeux fermés et articulait silencieusement les paroles de la chanson qui résonnait dans ses écouteurs. Sa planche de surf jaune était à côté d'elle, comme un compagnon loyal et fidèle. Comme une entité vivante. Un animal de compagnie.

Je franchis la distance qui nous séparait sans la quitter des yeux. Je frôlais l'ordonnance d'éloignement, mais c'était difficile de ne pas la regarder. Elle ravivait quelque chose en moi, tout comme elle le faisait avec Luna. Je ne savais pas ce que c'était, mais je me délectais de la chaleur qui accompagnait ce sentiment. Le problème, néanmoins, c'était que ma fille et moi étions dans la merde : le cœur d'Edie était ailleurs.

Et ça nous mettait en danger.

— Putain de merde ! s'écria-t-elle d'une voix aiguë.

En une seconde, elle se leva et retira ses écouteurs, qu'elle lança sur son sac à dos.

— Il faut vraiment que tu arrêtes de te la jouer vicelard des bords de plage. Qu'est-ce que tu fais ici ?

Je n'en ai pas la moindre idée, mais il faut que tu me forces à partir.

Tout, chez elle, respirait la maturité. Elle était attirante, et pas seulement sur le plan physique. Elle était comme une vieille chanson qui évoquait un doux souvenir. Ou comme une première fois. Première bière. Premier joint. Premier baiser. Elle me hanterait jusque dans la tombe si je ne faisais rien. Et ce serait encore pire si je passais à l'acte.

Je regardai sa poitrine monter et descendre. Elle inspira bruyamment quand je fis un pas vers elle, avec, pour la première fois depuis des années, une assurance dont je ne débordais pas vraiment. Elle recula lentement. La plage était déserte. Le soleil avait disparu à l'horizon. J'étais en train de la coincer, probablement de lui foutre la trouille, et j'étais trop perturbé pour en avoir quelque chose à faire. Je voulais me mouiller et laisser le courant m'emporter sans tremper un orteil dans l'océan.

Je voulais l'interdit, le mal, la folie.

Je voulais la fille de mon associé, qui avait à peine plus de la moitié de mon âge.

Le tango s'arrêta quand son dos heurta le mur bleu de la cabine des maîtres nageurs sauveteurs. Collée contre le bois, elle n'avait nulle part où aller. J'approchai mon visage du sien et respirai son odeur. Un mélange d'iode, de sueur et de son parfum sucré si singulier qui me rendait fou. J'avais envie d'enfouir le nez dans ses cheveux décoiffés par le vent et de ne plus jamais respirer quoi que ce soit d'autre. Et j'avais envie de l'embrasser, ce qui était complètement dingue, parce que je n'avais jamais envie d'embrasser personne.

Je posai la paume sur sa joue. Sa peau était froide. Elle tremblait comme une feuille. Je portais un T-shirt à manches longues, mais elle n'avait rien d'autre que son bikini. Je baissai les yeux, comme le connard que j'étais. Ses tétons durcis étaient tendus vers moi. Ma main descendit lentement de sa joue à son cou. Elle ne s'écarta pas, ne détourna pas le regard. Je caressai sa peau douce et fis courir mes doigts jusqu'à son épaule, avant de caresser la pointe d'un de ses seins à travers son maillot. Je la dévisageai en silence, trop brûlant pour sentir la honte qui accompagnait le fait de tripoter une adolescente.

Une flamme de peur et de désir brûlait dans ses yeux. J'avais envie de me noyer dans ses pupilles sans fond.

— Encore, dit-elle dans un souffle.

Je sentis son pouls s'accélérer, son corps bouger tout près du mien, même si nous ne nous touchions pas. Et c'était une très mauvaise nouvelle pour ma bite.

Sans détacher mon regard du sien, je recommençai. Elle grogna et leva les mains pour me toucher à son tour.

Je reculai d'un pas et fis claquer la langue en signe de désapprobation.

— Ce n'est pas juste que tu sois le seul à t'amuser.

La frustration était perceptible dans sa voix, et son corps était toujours tendu vers le mien.

Je haussai les sourcils.

— Tu crois que ça va être drôle de dormir sur la béquille, cette nuit ?

— Tu n'es pas obligé.

— Malheureusement, si.

— Tant pis pour toi.

— Les choses que j'ai envie de te faire…

Je m'interrompis et exhalai mon souffle chaud sur sa peau glacée.

— Ça causera ta perte.

Elle ferma les yeux et secoua la tête.

— Encore.

J'allais finir en enfer pour ça, mais je passai quand même le pouce sur son téton droit pour la troisième fois. Elle remua les hanches, en quête de quelque chose qui n'était pas là. Je n'étais pas assez près pour qu'elle se frotte contre moi. Si nous nous rapprochions, je perdrais le contrôle. Je ne pouvais pas. Je ne devais pas. Pas quand l'enjeu était si important.

— Encore, gémit-elle.

Je recommençai.

— Encore… et encore et encore et encore…

J'utilisai mon pouce et mon index pour lui titiller le téton à travers son maillot. Elle bascula la tête en arrière, la bouche entrouverte sous l'effet du plaisir. Je m'approchai sans le vouloir, de quelques centimètres à peine. Puis j'avançai encore. La pointe de son sein était dure et sensible, et je ne résistai pas à l'envie de la tordre légèrement pour amplifier son plaisir. J'avais tellement envie de la faire jouir, mais, d'une certaine façon, poser les deux mains sur elle et la posséder semblait trop définitif. Comme un point de non-retour.

— Comment ça peut être si bon ? protesta-t-elle presque, en tendant la main pour me toucher à nouveau.

Je m'écartai aussitôt, sans cesser de jouer avec elle.

— Parce que c'est différent quand tu es entre les mains d'un homme.

— Montre-moi.

Je ne répondis pas.

— S'il te plaît, ronronna-t-elle.

Cette fois, elle parvint à frotter son bikini contre mon short. J'ignorais si c'était elle ou l'océan, mais elle était mouillée.

Et là… je perdis les pédales.

Je me collai à elle et la laissai se frotter librement contre moi, comme si j'étais une putain de barre verticale. Je jouais toujours avec ses seins tandis que mon sexe devenait incroyablement dur. Déjà, la douleur était presque insupportable. Je n'étais pas fan des préliminaires en général mais là, je chauffais doucement mais sûrement, guidé par ma bite vers quelque chose qui ne se matérialiserait pas.

— Je vais jouir, annonça-t-elle en resserrant les jambes autour de ma cuisse.

Mon sexe toucha l'intérieur de sa cuisse, et elle s'en rendit compte, car elle se mit à se frotter plus encore contre moi. La friction était telle que l'extrémité de mon sexe s'humidifia et colla à mon caleçon. Ça partait vraiment en sucette !

— Dis-moi pourquoi tu as besoin de douze mille dollars par mois, et je te laisse faire, sifflai-je contre sa bouche en prenant soin d'être assez loin pour qu'elle ne puisse pas m'embrasser.

Les yeux fermés, elle geignit, s'agitant contre ma cuisse comme si elle était en plein rodéo. Je la sentais complètement partie, dans une bulle qu'elle ne voulait pas que je fasse exploser.

— Réponds-moi.

— Trent…

— À cause de qui tu as des problèmes ?

Qui est le connard à qui je vais devoir régler son compte ?

— Pourquoi tu as besoin d'une telle somme ?

Pas de réponse.

Elle se rapprocha. Ses cuisses tremblaient, et je savais à présent que ce n'était pas l'océan. C'était elle.

— Accouche.

— Non.

— Edie.

— Non.

Je reculai d'un coup. Elle s'affala dans le sable, excitée et à bout de souffle. Ses cheveux lui tombaient dans les yeux, et ses tétons étaient si durs qu'ils semblaient sur le point de transpercer son haut de maillot de bain.

— Je te donne une dernière chance, Edie !

Mais elle savait aussi bien que moi que la bulle avait éclaté. Je ne pouvais plus la toucher. Pas après avoir brisé la magie de l'instant. Mon sexe était toujours furieusement dressé vers elle, en quête de son attention, mais mon esprit commençait à redescendre sur Terre.

— Va te faire mettre ! dit-elle sur le même ton que lorsque je l'avais surprise en train de voler.

— Pas par toi.

— La prochaine fois, peut-être.

Elle rit, se mit debout et alla récupérer ses écouteurs, son sac à dos, son sweat et son short.

Un sourire aux lèvres, je lui tournai le dos et lançai d'une voix forte et claire :

— Accroche-toi bien au souvenir de ta petite séance de frotti-frotta, Van Der Zee, parce que ça s'arrête là !

Chapitre 16

Edie

Avant même d'ouvrir les yeux, ce matin-là, j'eus le sentiment que quelque chose n'allait pas. Mon intuition se révéla exacte lorsque j'entrai dans la cuisine et que je trouvai ma mère à quatre pattes, en train de ramasser… quoi exactement ? Qu'est-ce qu'elle avait dans les mains ? Ça glissait entre ses doigts, comme de l'or fondu.

Des cheveux.

Ses cheveux. Mes yeux allaient du sol à elle et inversement.

Elle avait tout coupé.

Tout. Quelques patchs blonds clairsemés, de longueur inégale, étaient encore accrochés à son crâne. Elle avait les yeux rouges. Et ses beaux cheveux blonds dont elle était si fière étaient éparpillés partout autour d'elle.

— Il faut que je les récupère.

Elle releva brusquement la tête pour me regarder.

— Mon Dieu, Edie, qu'est-ce que j'ai fait ? Il ne voudra plus jamais de moi, maintenant. Il faut juste que je… je dois réparer ça.

Je lui préparai du thé. Je lui fis prendre ses médicaments. Je lui assurai qu'on allait tout arranger, même si on savait toutes les deux que je ne pouvais rien y faire.

Puis ce fut le moment pour moi de faire face aux conséquences. Et à Jordan.

J'allai me planter à la porte d'entrée. Mon père était dehors, et le moteur de son Range Rover monstrueux tournait déjà. Il passa la tête par la fenêtre, visiblement agacé que son chauffeur soit malade et qu'il doive couvrir la distance qui séparait Todos Santos de Los Angeles en utilisant ses mains délicates et ses pieds sacrés. Ma voiture était toujours au garage, alors ça semblait logique d'opter pour le covoiturage, même si l'idée de passer du temps avec lui dans un espace aussi confiné me faisait frissonner des pieds à la tête. Et ce n'était pas de l'impatience ou de l'excitation…

— Allez, Edie, c'est l'heure ! aboya-t-il.

— Maman, appelai-je.

Je me sentis perdre l'équilibre et j'agrippai l'encadrement de la porte.

— Est-ce que tu veux que je reste à la maison, aujourd'hui ? Réponds-moi franchement, s'il te plaît. Si tu veux, je reste avec toi.

Son état empirait. Il empirait même très sérieusement. Mais elle n'en était pas au point qu'elle avait atteint lorsqu'elle avait été hospitalisée pendant un an, après avoir complètement pété les plombs et essayé de s'ouvrir les veines. Elle n'avait pas coupé trop profondément, heureusement, et c'était ce qui m'avait évité de me retrouver orpheline à douze ans. Mais je me souviens encore de ce que mon père lui avait dit, deux mois après son retour du centre de réadaptation.

— Même pas capable de réussir à te suicider, pas vrai, Lydia ?

Il était en train de boucler sa valise, sans doute sur le point d'aller retrouver une de ses maîtresses.

— La prochaine fois, dis-moi si tu as besoin d'aide.

Je ne savais pas exactement quand il avait commencé à la mépriser, mais c'était lié au fait qu'il ne pouvait pas la quitter à cause de son état de santé mentale. En tout cas, pas s'il ambitionnait de se lancer dans la politique un jour. Ce qui me paraissait encore plus incompréhensible, c'était l'amour que ma mère éprouvait toujours pour lui. L'amour, ou l'habitude, ou la peur paralysante d'être seule.

La voix de ma mère me ramena sur Terre.

— Non, je n'ai pas besoin de toi, Edie.

— Tu es sûre ? insistai-je.

Je savais qu'elle ferait comme si je n'existais pas, si jamais je décidais de rester sans sa permission.

— Edie, on va être en retard ! J'ai une réunion à 10 heures. Ramène tes fesses immédiatement sinon, tu iras à pied ! explosa mon père derrière moi.

Je l'ignorai.

— Absolument sûre. Vas-y. Ton père t'attend.

Je ne lui demandai même pas où en étaient ses projets de vacances et de rétablissement. Elle avait probablement arrêté de prendre ses médicaments et elle était à présent entrée dans une sale spirale descendante, dans laquelle elle allait perdre pied jusqu'à toucher le fond.

— D'accord. Je garde mon portable avec moi, dis-je en agitant mon téléphone.

— Merci, ma chérie. Quand tu rentreras à la maison, tu… tu voudras bien m'aider avec mes cheveux ?

Je hochai la tête.

— Bien sûr.

— Garde un œil sur ton père.

Ce n'était pas la peine qu'elle développe. Je savais ce qu'elle voulait dire.

— Je t'aime, maman.

— Je t'aime, ma puce.

Et je la crus, parce que Lydia Van Der Zee n'était pas une mauvaise femme.

C'était juste une mauvaise mère.

Liste de choses à faire : récupérer la clé USB.

Je ne pouvais pas laisser Jordan envoyer Theo quelque part sur la côte Est. Je ne pouvais pas.

C'était cette pensée qui me motivait, ce lundi matin, tandis que j'apportais les cafés, que je passais chez le teinturier, que je faisais les devoirs d'été des enfants d'autres personnes, que je tenais un tableau blanc en équilibre pendant vingt minutes pendant que le mec de l'entretien essayait de comprendre pourquoi il s'était décroché du mur d'une des salles de réunion, et que je collectais le courrier de Jordan.

La salle du courrier était mon endroit préféré.

Elle se trouvait au quatorzième étage et elle était toujours déserte. Normalement, les secrétaires venaient chercher le courrier à 16 heures. Le reste du temps, il n'y avait que les enveloppes et moi. Et même s'il y avait des caméras de surveillance (Fiscal Heights Holdings gérait des contrats et des informations sensibles), j'avais quand même l'impression d'être seule.

Ce n'était pas l'océan, mais ça faisait l'affaire.

Appuyée contre l'imprimante industrielle, je tuais le temps en échangeant des textos avec Bane. Personne n'avait besoin de moi pour l'heure à venir, et je ne supportais pas le défilé constant de costumes et de jupes crayon au quinzième étage. Tous croyaient que ce qu'ils faisaient était tellement important… N'importe quoi ! Ils ne sauvaient pas des vies. Ils n'apprenaient pas à lire à des enfants. Ils ne construisaient pas des maisons, ne réparaient pas des voitures, ne produisaient pas de nourriture, ou d'électricité, ou d'eau potable, ou de vie. Ils permettaient juste à des gens riches de devenir encore plus riches, ou moins riches s'ils faisaient mal leur boulot. Ils rendaient des sociétés plus fortes ou plus faibles. C'était la version adulte du pays des jouets et ça m'ennuyait à mourir.

Bane avait envie de me voir.

Alors, quand est-ce que tu comptes ramener ton cul à la plage ?

C'est un peu la folie, en ce moment. J'essaie juste de garder la tête hors de l'eau, à vrai dire.

C'est le principe du surf, petite maligne.

Quoi de neuf ?

J'ai acheté une péniche.

Sans déconner ?!

¯_(ツ)_/¯

Est-ce que ça veut dire que tu vas enfin laisser les gens te rendre visite ? Je ne suis jamais allée chez toi. Tu es toujours tellement mystérieux.

Ouais, ça veut dire qu'à partir de maintenant j'ai un endroit où je peux te sauter en privé. Les joies d'être propriétaire d'un bateau.

*
* *

À ce sujet…

J'aurais sans doute dû lui annoncer qu'on ne recoucherait pas ensemble tout de suite. Voire jamais. Ce n'était pas à cause de Trent. J'étais sérieuse quand je lui avais dit que je n'avais pas d'ordre à recevoir de lui. Malheureusement, ça ne signifiait pas que je comptais continuer à coucher avec Bane pour autant.

Trent occupait mes pensées. Il envahissait mon cerveau et prenait de plus en plus de place, écartant sur son passage toutes les choses qui m'habitaient d'habitude jusqu'à la folie. Je jouais avec le col de la robe noire que j'avais prise dans la penderie de ma mère en réfléchissant à ce que j'allais lui répondre, quand le bruit d'une porte me fit sursauter. Je tournai la tête et aperçus Trent, appuyé contre le mur.

Mains dans les poches. Costume bleu marine. Regard de prédateur. *Délicieux.*

Notre rencontre de la veille m'avait donné envie de plus, mais ça m'avait aussi embrouillé l'esprit au maximum. Je me demandais maintenant ce que je pouvais l'amener à faire avec moi. La main agrippée à mon portable, je haussai les sourcils.

— Vous me suivez, monsieur Rexroth ?

— Ça vous dérange, mademoiselle Van Der Zee ?

Au contraire… Mais je ne suis pas sûre que je sortirai de là vivante quand tu comprendras à quel point je vais te faire du mal.

— Je n'ai pas encore décidé. Ça dépend de toi. Est-ce que tu as décidé d'être un connard aujourd'hui ?

Je fis semblant d'examiner mes ongles. En réalité, mon cœur battait si fort et si vite que je redoutais qu'il brise ma cage thoracique. Trent avait l'allure, la démarche, le phrasé et les mouvements d'un démon aussi tentateur que dangereux. Ça me faisait peur et ça m'excitait à la fois.

Il avança jusqu'à se placer juste à côté de moi. Dans ces moments-là, plus rien n'existait à part nous ; nous étions seuls au monde. Ma respiration était irrégulière, et ça devenait douloureusement difficile de le regarder sans fermer les yeux et m'abandonner à son parfum puissant.

— J'adore quand tu portes du noir.

Il leva la main pour dégager une mèche de cheveux de mon visage. Je me demandai s'il était bien conscient de ce qu'il venait de dire. Il semblait le penser sincèrement, en tout cas.

— Qu'est-ce que tu fais ici ? Rina est déjà venue chercher ton courrier, dis-je doucement en regardant ses pectoraux et pas ses yeux.

— Je t'ai vue grâce à la caméra de surveillance.

— Et ?

— Et je voulais t'avoir pour moi tout seul.

— Pourquoi ?

Je m'humectai les lèvres. Pourquoi est-ce qu'il me voulait pour lui tout seul ? Il n'était qu'impolitesse et arrogance avec moi, sauf quand Luna était présente. J'attrapai mon coquillage en pendentif comme je l'aurais fait avec un collier de perles hors de prix. Son regard suivit ma main. Il desserra mes doigts et prit le coquillage dans sa main pour l'examiner.

— Pourquoi me vouloir pour toi tout seul ? Tu dis que tu ne peux pas toucher, mais tu passes ton temps à me frôler. Hier soir, tu as perdu le contrôle. Et demain, ça recommencera, parce qu'on ne peut pas arrêter ça. Peu importe ce que c'est, c'est en train d'arriver. Tu me dis que je ne peux coucher avec personne, mais tu ne me donnes pas ce dont j'ai besoin. Donne-le-moi, Trent, où j'irai le chercher ailleurs.

Je n'arrivais pas à croire que ces mots venaient réellement de sortir de ma bouche. En même temps, je me sentis soulagée. Il pressa sa cuisse contre la mienne. Mon dos était collé à l'imprimante, à présent. Il lâcha mon collier et effleura du pouce ma clavicule.

— Je dois te prévenir, Edie. Je ne suis pas le prince, dans ce conte de fées. Je suis le méchant. La pomme empoisonnée, le monstre qui crache des flammes.

— Tant mieux. J'ai toujours préféré ces personnages-là. La pomme avait toujours l'air plus brillante parce que je savais qu'elle pouvait me détruire. Le méchant était juste abîmé et incompris, et le monstre…

Je me dressai sur la pointe des pieds pour lui mordiller le lobe de l'oreille. J'arrivais à peine à atteindre la hauteur suffisante.

— Quand j'étais petite, je laissais toujours la porte de mon armoire entrouverte pour m'assurer qu'il puisse sortir, au cas où il aurait eu envie de jouer.

Son souffle caressa mon cou, brûlant et chargé de désir.

— Le monstre a envie de jouer.

— Et je n'ai pas peur du noir, ajoutai-je. Alors, qu'est-ce qu'on attend ?

— Honnêtement ? Que tu sois majeure.

— J'ai eu dix-huit ans en janvier.

Pause. Tic-tac d'une pendule au-dessus de nos têtes. Un bruit de déglutition (lui ou moi ?). Puis…

— Il y aura des règles, m'informa-t-il en reculant pour poser la main sur ma joue et me regarder dans les yeux. Si tu ne les respectes pas, ce sera très lourd de conséquences. C'est clair ?

Je le défiai du regard pour qu'il continue. Je n'allais pas lui donner la satisfaction de lui répondre.

Soudain, il tourna les talons et sortit de la pièce. Je restai plantée là, à attendre, à espérer, à supplier. Je ne tardai pas à voir les points rouges des caméras s'éteindre, un à un. Puis j'entendis à nouveau la porte, et Trent réapparut. On pouvait donc contrôler les caméras d'ici ?

— Je n'embrasse pas. Je déteste ça. Une relation à proprement parler, ça ne m'intéresse pas. Ma vie ne me le permet pas à l'heure actuelle. Et je n'aime pas que les gens essaient de me poignarder dans le dos.

Je ne pus retenir un sourire de satisfaction, quand il reprit sa position initiale, presque au-dessus de moi.

— Compris, *Pretty Woman*. Pas de baisers. Pas de fleurs. Pas de coups de poignard. Moi aussi, j'ai des règles.

— Sans blague, ironisa-t-il en me caressant le cou. Vas-y, je t'écoute.

J'enroulai la jambe autour de sa cuisse et m'adossai contre l'imprimante. Je sentis son érection contre mon estomac et gémis ma réponse :

— Règle n° 1 : c'est juste du sexe, rien d'autre, alors tu ne me donnes pas d'ordre concernant ce que je fais en dehors. Règle n° 2 : jamais les samedis. C'est non négociable. Je dois m'absenter ce jour-là. Règle n° 3…

Celle-ci était un peu plus créative que les autres. Je n'en avais que deux en tête au départ, mais ça me donnait une excuse pour exiger quelque chose qui me tenait réellement à cœur.

— … Je veux que tu ailles aux cours de langue des signes avec Luna.

— J'ai déjà réservé un cours particulier pour demain soir.

Il remonta ma jambe. Son self-control ne tenait plus qu'à un fil.

— Il y a une quatrième règle, m'informa-t-il.

Je me frottai contre lui tandis qu'il glissait la main sous ma robe.

— D'accord, mais c'est la dernière.

— Je vais te donner douze mille dollars par mois, sans poser de question. En échange, tu arrêtes de piquer mes affaires et de fouiner dans ma vie.

Je me figeai. Il savait pour l'iPad. Il était au courant pour ma mission. Pourquoi n'avoir rien dit jusqu'à maintenant ? Cela dit, il ne faisait qu'insinuer. Et je préférais qu'il en soit ainsi. Moins j'en savais, plus je pourrais me dédouaner, plus tard, quand le boomerang me reviendrait en pleine face. Il fallait absolument que je donne des infos à Jordan. Ça n'avait rien de personnel contre le superbe démon qui se tenait devant moi. Il s'agissait uniquement de sauver la seule personne qui m'ait jamais aimée.

— Il est hors de question que tu paies pour…

Il m'interrompit, plaquant son bassin contre le mien. J'arquai le dos et j'écartai les jambes pour m'enrouler autour de lui, agrippée à sa taille comme une liane. Je n'en pouvais plus. Je voulais qu'il prenne possession de moi.

— Tais-toi. J'ai dit que c'était non négociable. C'est une des règles, un point c'est tout.

Je déglutis péniblement, sans trouver le courage de le regarder dans les yeux.

— Je préfère être claire dès maintenant : je ne vais pas m'arrêter là. Je ferai tout ce que Jordan me dira de faire. Pas parce que je l'aime. Pas parce que j'ai peur de lui. Mais parce qu'il a quelque chose dont j'ai besoin. Je lui obéirai toujours, Trent. Toujours.

L'espace d'un instant, je crus qu'il allait reculer. Tout dans sa posture le laissait présager. Il arrêta de faire courir sa main le long de ma cuisse, de m'envahir, de remonter ma robe, et il s'écarta, me privant de sa chaleur.

Je m'éclaircis la gorge.

— Tu sais ce que ça veut dire, pas vrai ?

J'étais peut-être une voleuse et une menteuse, mais je n'étais pas une garce. Il fallait qu'il sache. Qu'il ait conscience de ce qu'on était. Sa main reprit son ascension vers l'intérieur de ma cuisse, son sexe gonflé pressé contre moi.

— Ça veut dire…

Ses dents effleurèrent mon cou.

— … qu'on représente un sacrifice potentiel l'un pour l'autre. Tant que tu sais que je n'hésiterai pas à te sortir de ma vie si tu contraries mes plans, c'est bon pour moi.

— C'est bon pour moi aussi.

— On peut s'amuser un peu, alors.

Ce furent les seuls préliminaires qu'il m'offrit avant de fourrer sa main dans ma culotte. Ses doigts chauds et puissants me caressèrent délicatement, comme pour m'apaiser et me préparer au sort qu'il me réservait.

— Une dernière chose…

Il s'interrompit pour me lécher le cou. Sentir sa langue sur moi pour la première fois me fit violemment frissonner.

— Je ne baise pas gentiment.

Il glissa un doigt en moi, et je me tendis comme un arc, le souffle coupé par cette pénétration si soudaine.

— La gorge profonde n'est pas une option, c'est une condition nécessaire.

Un autre doigt rejoignit le premier.

— Et je suis sur le point de te ruiner pour tous les autres hommes qui passeront après moi. Alors, quand viendra le moment où tu te rendras compte que personne ne soutient la comparaison, souviens-toi d'une chose : c'est toi qui l'as voulu.

Troisième doigt.

Quatrième.

Bon sang, il avait quatre doigts en moi et il était en train d'aller et venir. Son pouce caressait mon clitoris (qu'il avait trouvé en un temps record), pendant qu'il jouait avec moi, sans s'inquiéter du fait que c'était la première fois qu'on se touchait réellement et qu'on ne s'était même pas embrassés. Je passai un bras autour de son cou et pressai mon sexe contre sa main. Des gémissements s'échappaient de mes lèvres implacablement. Ma bouche me donnait l'impression d'être nue, à l'opposé de la sensation de plénitude entre mes jambes. J'étais en train de me frotter contre sa main effrontément, les yeux rivés aux siens. Mon ventre se contracta, annonçant un orgasme plus rapide que tout ce que j'avais connu jusqu'alors. Je voulais glisser la main dans son pantalon, mais je savais qu'il ne me laisserait pas faire.

— Mon Dieu, je vais jouir, dis-je entre deux respirations entrecoupées.

Je m'exprimais comme une starlette de porno de bas étage, mais ça m'était égal. C'était… qu'est-ce que c'était ? Jamais un homme ne m'avait prise avec une telle brusquerie et une telle audace, et on n'était même pas en train de coucher ensemble. Il se comportait comme s'il connaissait déjà mon corps, comme s'il le possédait. Le pire, c'était que je ne pouvais pas dire le contraire. D'habitude, je mettais très longtemps à jouir. J'étais trempée, et il avait réussi à me faire gémir et à me rendre accro à ses mains en moins de deux minutes.

Il eut un petit sourire suffisant.

— Regarde-moi ça. Trempée.

Il retira un doigt… puis un autre. À quoi il jouait ? La sensation de manque s'empara aussitôt de moi. Mais c'était avant de me rendre compte qu'il n'était pas en train de ralentir. Il était en train de me mettre le feu.

— Bonjour, point G d'Edie, me murmura-t-il à l'oreille, tout en sollicitant furieusement le point en question.

Je grognai bruyamment quand il recroquevilla ses doigts en moi pour atteindre mon point le plus sensible. J'eus un mini-orgasme rien qu'en sentant qu'il était en train de me faire ça.

— Quelque chose me dit qu'on va se voir souvent, toi et moi.

Je lui répondis par un gémissement à la limite du cri. Puis je le mordis dans le cou, goûtant la douce amertume de son parfum sur ma langue.

— C'est dingue, dis-je dans un souffle.

— Pourquoi est-ce qu'il t'appelle Gidget ? demanda Trent.

Il faisait vibrer la moindre terminaison nerveuse de mon corps comme un violoniste. Une vague brûlante de plaisir montait en moi, prête à me submerger. Je sentis mes orteils se recroqueviller dans mes chaussures.

— Quoi ?

— Bane. Il t'appelle Gidget. Pourquoi ?

— Pourquoi est-ce qu'on parle de lui ?

Mon agacement était presque perceptible dans ma voix. Presque. Je connaissais Trent. C'était un connard, et un connard têtu. Il n'allait pas faire marche arrière. Il n'hésiterait pas à me priver d'un autre orgasme et, cette fois, je le tuerais s'il faisait ça. Personne au monde, à l'exception de Jésus en personne, ne pouvait m'en priver. Et surtout pas un riche abruti en costume. Une personne que je m'étais promis de ne jamais fréquenter pour commencer.

— Gidget est un mot qui sert à désigner les surfeuses de petite taille, répondis-je, alors qu'il stimulait mon point G de plus en plus brutalement.

Il était impitoyable. Certes, il ne m'embrassait pas, mais tout son corps m'embrassait. Il était collé au mien, et je le sentais partout. L'orgasme s'empara de moi comme une tornade, partant du bas et faisant se dresser jusqu'au dernier poil sur mes bras. Je m'accrochai à ses larges épaules et resserrai les jambes autour de sa taille, momentanément aveuglée par l'intensité de mon plaisir.

Mais il n'avait pas terminé.

Il plaça les mains derrière mes cuisses et me souleva pour me poser sur l'imprimante, le dos appuyé contre un tas de feuilles tièdes. Il m'ouvrit les jambes, les plaça sur ses épaules, et écarta ma culotte, sans même prendre la peine de me la retirer.

— Qu'est-ce que tu fais ? murmurai-je, horrifiée.

J'étais encore en train de redescendre, et il m'était difficile de reprendre mes esprits, alors que tout mon corps tentait de se remettre de ce qui était sûrement l'orgasme le plus violent que j'avais jamais ressenti.

Il ne me répondit pas. Il resta là, à fixer intensément mon sexe dénudé, enfonçant lentement son index en moi. Il le ressortit ensuite et le suça avidement, les yeux toujours rivés sur mon sexe.

— Je me pose cette putain de question chaque fois que je te touche, grommela-t-il davantage pour lui-même que pour moi.

Il n'avait pas l'air excité. Ou content. Ou satisfait. Il avait l'air perturbé.

Je sentis mes joues déjà rouges devenir cramoisies. Cinq minutes plus tôt, il avait fourré sa main tout entière ou presque en moi, après avoir enfreint allègrement le règlement de la société sans broncher, et c'était ça qui le dérangeait ?

— Tu viens de doigter une adolescente jusqu'à l'orgasme.

Je me léchai les lèvres et repoussai sa main. Enfin, je reprenais le contrôle. Je remis ma culotte en place et sautai par terre. Mon sous-vêtement était trempé et son contact désagréable.

Il m'emboîta le pas, tandis que je me dirigeais vers la porte. Avant de partir, il réactiva les caméras, puis s'empara de son portable.

— Joe ? Trent Rexroth à l'appareil. Je pense que le système de vidéo surveillance du quatorzième est en panne. Je viens de passer devant l'écran et rien ne s'affiche. Vous pouvez vérifier ?

Mon Dieu. Un véritable sociopathe ! Et moi, j'étais dans de sales draps.

On se rendit ensemble jusqu'à l'ascenseur.

— Toi d'abord, ordonna-t-il en glissant son portable dans sa poche.

Il arborait de nouveau son ton froid et son air de « allez tous vous faire foutre ».

— Où est-ce que tu vas ? demandai-je en entrant dans la cabine.

— Me branler jusqu'à ce que ma bite se détache, lâcha-t-il alors que les portes commençaient à se refermer. Avec ton odeur dans la tête, sur mes doigts et sur mes lèvres, Edie. Adolescente ou non, je peux t'assurer que tu vas faire un tas de trucs d'adulte avec moi.

Chapitre 17

Edie

Sept jours s'étaient écoulés depuis l'incident de la salle du courrier. Une semaine entière sans les mains de Trent autour de ma taille, dans mes cheveux, entre mes jambes, ses mains qui prenaient possession de moi de façons que je n'aurais jamais crues possibles. Après ce lundi-là, j'avais passé le mardi avec Camila et Luna. Jordan semblait heureux de cet arrangement, car cela lui donnait l'impression de faire partie d'un complot. On avait fait les boutiques pour Luna, et si Camila n'était pas enchantée par ses goûts de garçon manqué, j'avais de mon côté été impressionnée par son individualisme. Je l'avais encouragée à essayer les Converse argentées qu'elle dévorait des yeux, ou le petit jean noir déchiré aux genoux. Trent n'avait pu se joindre à nous (même pour déjeuner), car il assistait à des réunions à l'extérieur toute la journée.

L'idée de m'introduire dans son bureau après ma journée avec Camila et Luna me traversa l'esprit, mais j'y renonçai aussitôt, car je savais désormais la pièce infestée de caméras. Mais ce n'était pas la seule raison. Il y avait aussi la culpabilité. Une culpabilité tenace et horrible qui me disait qu'il devait y avoir une séparation entre les moments que je passais avec son adorable petite fille, ceux où je le laissais me doigter jusqu'à l'extase… et ceux où je volais ses affaires pour les apporter à mon père.

La semaine avait été interminable. Trent n'avait pas desserré les dents, pas même pour me dire bonjour quand il me croisait dans les couloirs. Il m'ignorait royalement et s'appliquait à faire comme si je n'existais pas.

Ma mère n'était sortie de son lit que deux fois, et cela incluait le week-end. Je lui apportais tous ses repas à l'étage. Nous n'avions plus de cuisinière depuis des années car ma mère en avait un jour accusée une d'essayer de l'empoisonner. À partir de là, il avait été décidé qu'embaucher une autre personne ne servait à rien. Jordan mangeait à l'extérieur, ma mère passait généralement ses journées au lit (et mangeait à peine), et je n'étais pas difficile niveau nourriture. J'avais essayé à plusieurs reprises de la convaincre de voir le Dr Knaus, mais elle avait obstinément rejeté cette idée, jusqu'à ce que j'appelle mon père pour le supplier de la raisonner. Il m'avait aboyé après en me disant qu'il avait mieux à faire que gérer mes mélodrames et qu'il était en route pour l'aéroport de Los Angeles, afin de prendre l'avion pour Londres cette fois.

Ma voiture était toujours au garage. Il fallait remplacer la culasse et quand le mécano m'avait indiqué le prix, j'avais failli m'évanouir. Je ne pouvais pas dépenser une telle somme (pas ce mois-ci, du moins), alors je lui avais demandé de garder la voiture jusqu'à ce que je reçoive ma paye. Tout l'argent que Trent m'avait donné était parti dans ce dans quoi il était censé partir. Et je ne pouvais rien attendre de mes parents (ni leur argent, ni leur aide, ni leur amour), en grande partie parce qu'ils ne m'avaient jamais offert ces choses-là.

La seule bonne nouvelle, compte tenu de l'absence de mon père, était que je pouvais arriver au bureau à 9 heures comme une employée ordinaire, ce qui me donnait le temps de surfer.

Ce matin-là, j'étais sur ma planche, allongée sur le dos au milieu de l'eau, à regarder le ciel qui s'éclaircissait de seconde en seconde. Les tonalités rose et orange laissaient peu à peu la place à des nuances de blanc et de bleu. Je flottais, je regardais, je rêvais, le goût de l'océan sur les lèvres. J'avais un goût prononcé pour le sel. J'aimais différemment, aussi. Plus violemment. Pour tout. C'était ce qui m'avait causé autant de problèmes, à la base. L'obsession que j'avais pour tout ce à quoi je tenais.

— Tu sors, Gidget ? J'ai de la bière, dit Bane à côté de moi.

Il était près, mais pas assez pour briser ma communion avec la nature. Je battis des paupières face au soleil levant.

— Non, merci, répondis-je.

J'entendis d'abord le bruit de l'eau, avant de l'apercevoir à côté de moi. Il était à califourchon sur sa planche noire, les jambes pendant dans l'eau.

— Alors, comme ça, Rexroth et toi, hein ?

Sa voix n'avait pas d'intonation particulière. Il n'avait pas l'air fâché, agacé ou même surpris. Je refusai de le regarder, encore envoûtée par le lever du soleil.

— Comment tu connais son nom ? murmurai-je.

— Comment je connais le nom de Trent Rexroth ? Tu es sûre d'être allée au même lycée que moi ? C'était un *quarterback* légendaire, capitaine de l'équipe de football, bla bla bla. Dès que je l'ai vu au réservoir, j'ai su que c'était lui. Et toi, est-ce que tu sais ce qu'il est ?

Quelque chose me disait qu'il n'allait pas attendre ma réponse pour cracher sa Valda.

— Il est vieux. Pire que vieux, c'est un putain de dinosaure ! Vous niquez ?

Je sentis un petit sourire naître sur mes lèvres.

— Non.

Le demi-mensonge sortit tout naturellement. L'idée de dire toute la vérité à Bane ne me passa même pas par la tête. Avec moi qui n'avais pas le temps de surfer ni de temps à lui consacrer, et lui qui vivait sa vie de célibataire sur sa péniche, c'était fini entre nous, ça ne faisait aucun doute. De toute façon, nous n'avions jamais été amoureux l'un de l'autre. C'était à peine si on se plaisait. Simplement… on s'ennuyait. Et on était sexuellement compatibles. Enfin, je crois.

Il soupira.

— Écoute, c'est ta vie. Non seulement tu es assez grande pour prendre tes décisions, mais tu es aussi une nana super forte. Alors, je vais juste te dire une chose, après, je ne l'ouvrirai plus jamais sur le sujet. Trent Rexroth est un mec à embrouilles. Il n'hésitera pas à te jeter comme une merde, s'il le faut. Assure-toi que ça n'arrive jamais, parce que tout le monde en ville les connaît, ses copains et lui. Ce n'est pas pour rien qu'ils restent entre eux. Personne ne veut s'approcher trop près.

Il partit peu après. Je m'attardai encore et je souris en repensant à ce que ma mère m'avait dit un jour. « *Arrête de passer autant de temps dehors. Tu as plein de taches de rousseur qui sortent. Tu vas être ridée avant l'âge. Quel homme voudra épouser une fille de vingt-cinq ans qui a la peau d'une femme de quarante-cinq ans ?* »

Je ne voulais pas me marier.

Je ne voulais pas fuir le soleil.

Je voulais juste… exister.

En sortant de l'eau, ma planche coincée sous mon bras, je me dirigeai droit vers mon sac à dos. Sans prendre la peine de me sécher, je gagnai ensuite la promenade, les pieds couverts de sable, pour récupérer la voiture de Bane et aller prendre une douche rapide à la maison, avant de me rendre au bureau. Bane aimait garer sa Ford Ranger 2008 en haut d'une petite dune où il ne risquait pas de prendre un PV pour ne pas avoir mis d'argent dans le parcmètre. Je fouillais dans mon sac à la recherche du double de clé qu'il m'avait donné, quand une main se posa lourdement sur mon épaule. Trempée et effrayée, je tentai de pivoter pour voir de qui il s'agissait, mais l'inconnu me plaqua contre la voiture et pressa son corps contre le mien. Fort, grand, musclé, terrifiant. Puis son parfum envahit mes narines, et je sentis mes cuisses frémir.

— Je croyais qu'on était d'accord. Plus de Bane, siffla-t-il à mon oreille.

Sa main glissa sur mon ventre, jusqu'à l'intérieur de ma jambe. La dune était loin de tout, et j'avais un besoin urgent et incontrôlable d'écarter les cuisses pour lui.

— Non pas que ça te regarde, mais on ne couche pas ensemble. Il me prête juste sa voiture jusqu'à ce que la mienne soit réparée.

— Hors de question ! Je te prêterai mon autre auto.

Il referma les doigts autour de ma cuisse et lécha le sel dans mon cou.

— Non merci, monsieur Papa Gâteau. J'ai déjà vu le film. Je le vois tous les jours. Je refuse de devenir comme ma mère et de dépendre de toi, que ce soit pour ta voiture ou ton argent.

Ma réponse le fit rire. Il retira sa main et me fit faire volte-face. Dès que mes yeux se posèrent sur lui, j'eus le souffle coupé. Non seulement il était beau à mourir, uniquement vêtu d'un short de sport, mais son regard indiquait clairement qu'il allait tuer quelqu'un, si ses ordres n'étaient pas respectés.

Ses abdos étaient si parfaits qu'ils auraient mérité d'apparaître sur l'un des écrans publicitaires de Time Square.

— Tu crois que c'est de ça qu'il s'agit ?

Il eut un petit sourire en coin et fit entendre un claquement de langue désapprobateur.

— Oh mais je ne suis pas ton petit ami, chérie.

— Qu'est-ce que tu es, alors ?

Il s'approcha et murmura au creux de mon épaule :

— Celui qui va causer ta perte.

Puis, avant que j'aie le temps de comprendre ce qui se passait, il ouvrit la portière arrière et me précipita sur la banquette, sur le dos, avant de grimper sur moi. Il prenait toute la place, laissant juste assez d'espace pour le désir et le péché. Il se frotta contre moi, et je sentis son énorme érection. J'écartai les cuisses autant que la voiture me le permettait, et pris son visage dans mes mains pour l'attirer vers moi.

Je gémis et griffai son dos nu et en sueur, tandis que son sexe pressait mon ventre. Je me tortillai maladroitement pour me coller davantage à lui. Il était en train de se livrer à une séance de frotti-frotta bestial dans la voiture de mon ex, et ce n'était pas un hasard. C'était ainsi qu'il opérait. Il prenait possession de son jouet, s'amusait avec et, au bout d'un moment… il le détruisait.

— Pourquoi tu fais ça ? demandai-je alors que la friction entre nous provoquait un incendie sur ma peau.

Mon corps voulait désespérément que les barrières entre nous disparaissent. J'avais besoin de le sentir en moi.

— Pourquoi je fais quoi ?

— Pourquoi la voiture de Bane ? Tu m'as suivie jusqu'ici, c'est évident. Est-ce que tu le fais tous les matins ?

— Oui, répondit-il honnêtement.

Il baissa mon bas de bikini et observa à nouveau mon

sexe, comme s'il lui avait manqué. Il examina également mon tatouage, le frottant distraitement avec son pouce.

— Mais ce n'était jamais le bon moment. On ne peut pas prendre le risque d'être vus.

— Je sais. Ça n'arrivera pas.

On avait trop à perdre, tous les deux. Moi plus que lui, d'ailleurs, mais il n'avait pas besoin de le savoir. J'adorais être avec lui, mais je n'avais aucune confiance en lui. Je ne voulais pas lui fournir des munitions contre moi.

Il plaça mes jambes sur ses épaules et se pencha en avant. L'instant d'après, je sentis sa langue glisser contre mon anus, jusqu'à mon sexe. Je frémis violemment, les yeux écarquillés par le choc et le plaisir. Personne ne m'avait jamais touchée à cet endroit. Derrière. Et Trent… il n'avait même pas demandé la permission.

— Tellement délicieuse, grogna-t-il contre ma peau, avant d'aspirer mon clitoris.

Je gémis et lui empoignais les cheveux, avant de lever les hanches pour en demander encore.

— Tellement à moi.

— Délicieuse ? Peut-être. À toi ? Certainement pas, dis-je dans un souffle.

Je me frottai sans retenue ni vergogne contre son visage, tandis qu'il prenait tout son temps pour lécher paresseusement mon clitoris. Ses doigts effleuraient l'entrée de mon vagin, sans me pénétrer vraiment. Il jouait avec mon excitation et l'utilisait pour me lubrifier, comme s'il me préparait à l'étape suivante.

— Tu veux parier ?

Il me mordit, et je resserrai mon étreinte, tout en laissant basculer ma tête en arrière. J'avais les yeux clos et je salivai de plaisir. Qu'est-ce qui m'arrivait ?

— D'accord, parvins-je à peine à articuler.

Il fit glisser son doigt humide sur mon sexe en direction de mes fesses. Je me contractai aussitôt, mais je ne voulais pas non plus être la poule mouillée qui battait en retraite, alors qu'il n'avait encore rien tenté. De plus, sa bouche qui me dévorait était la chose la plus incroyable qui soit jamais arrivée à mon corps, à l'exception du surf.

— Tu as déjà testé le sexe anal ? demanda-t-il.

Son doigt fit pression à cet endroit en même temps, puis il se mit à décrire des cercles paresseux. La sensation était… bizarre, mais pas désagréable. Ça chatouillait et c'était étrangement excitant. Je déglutis et secouai la tête, les paupières toujours closes.

— Ce sera le cas, quand j'en aurai fini avec toi. On t'a déjà mis des claques sur la chatte ?

Il glissa l'extrémité de son doigt dans mon orifice étroit et fourra sa langue en moi en même temps, et j'en rugis de désir, les jambes tremblantes.

— Non, admis-je.

— Ça aussi, ça va arriver. Déjà joué avec des glaçons ?

— Oui ! criai-je, alors que sa langue allait et venait en moi.

La façon dont il me pénétrait me semblait plus brutale que s'il l'avait fait avec son sexe. J'étais trempée, et pas parce que je venais de sortir de l'eau. Je poussai sur sa tête pour qu'il vienne plus profondément entre mes cuisses, sans m'inquiéter des conséquences. En retour, il enfonça tout son doigt en moi et le recroquevilla vers le haut. Je sentais son sourire contre ma peau, qui me brûlait comme si de la lave coulait dans mes veines. Mon orgasme dévasta la moindre fibre de mon être, si lent et si intense que je claquais des dents. Mon Dieu. Mon Dieu. Jamais je n'aurais imaginé que ça pouvait être si puissant. Si fou. J'étais… rassasiée.

— Bien sûr que tu as déjà essayé les glaçons, murmura-t-il contre mon sexe dans un petit rire diabolique. Je parie que c'est pour ça que Bane a dit que tu n'étais pas coincée. Sauf que tu es une petite joueuse. Répète après moi : sage, sensée et consensuelle, Edie.

La jouissance menaçait de me briser en mille morceaux. Il me fallut un moment pour me rendre compte que j'étais en train de faire l'expérience de l'orgasme multiple pour la première fois de ma vie. Ils étaient tous aussi intenses les uns que les autres. Je commençais sérieusement à me demander ce que Trent pouvait bien avoir qui me mettait dans cet état.

Bane était bon au lit. Excellent, même. Mais il ne m'embrasait pas pour ensuite me tourner le dos, tandis que les flammes étaient en train de me dévorer. Il n'allumait pas en moi ce feu qui me donnait envie de faire et dire des choses complètement folles.

— Dis-le.

Trent releva la tête et me dévisagea intensément, les lèvres brillantes. Mes yeux passèrent de son visage à son avant-bras musclé, qui disparaissait entre mes jambes. Son doigt était toujours enfoncé dans mon anus.

— Sage, sensée et consensuelle, Edie, répétai-je avec insolence.

— Tu vois ? C'est pour ça.

Il se plaça au-dessus de moi. Ses lèvres touchaient presque les miennes. D'un coup, il était tout près. Trop près. De mon visage. De mon corps. De mon cœur. Il retira son doigt avec une lenteur provocante, et un dernier frisson parcourut mon corps, qui devenait aussi mou qu'une poupée de chiffon.

— C'est pour ça que je sais que tu es à moi, Edie. Ton corps l'est déjà. Ta chatte m'appartient, tes fesses sont bien parties pour, et le reste…

Il sourit. Le désir qui illuminait ses iris lui donnait un air diaboliquement sinistre.

— Le reste, je n'en ai rien à foutre.

Ses yeux se posèrent sur ma bouche. Mes lèvres étaient serrées, scellées et interdites d'accès. Il avait raison. Embrasser ne faisait pas partie du contrat. Pas à cause d'un film à la con, mais parce qu'il n'y avait rien d'intime dans ce que nous étions. En fait, quand il s'agissait de nos cœurs et nos esprits, on gardait le plus de distance possible.

Il écarta les lèvres et, pendant quelques instants, je crus qu'il allait ajouter quelque chose. Ou, pire encore, qu'il allait m'embrasser. Sa bouche charnue faillit toucher la mienne avant qu'il ne se lève et sorte de l'habitacle. Il me tourna le dos, et j'en profitai pour remettre mon bas de bikini.

Il attrapa ma planche de surf, qui était appuyée contre la voiture.

— Je te ramène chez toi, annonça-t-il en s'éloignant.

Je ricanai.

— Quoi ? Tu es malade ? On ne peut pas nous voir ensemble.

— J'ai des vitres teintées, et ton père est en voyage. Tant que tu n'attaches pas ta planche sur le toit, ça devrait aller. Il faut qu'on parle.

On gagna son immeuble en silence. Il porta ma planche tout le long du trajet puis la mit dans sa voiture, et je dus faire un effort pour me rappeler qu'il n'était pas un gentleman.

Dans la voiture, il posa une main sur ma cuisse nue et la serra, sans quitter la route des yeux. J'adorais être là avec lui. Tout avait son odeur. Propre, hors de prix, avec une note d'interdit. Ou de quelque chose de sale et de sexy. Derrière nous, seul le siège auto de Luna attestait qu'il était père de famille. Tout le reste donnait l'impression qu'il était un célibataire irresponsable. Un célibataire qui voulait me détruire.

— Qu'est-ce qui se passe avec la mère de Luna ? sondai-je.

Ce n'était pas sa situation à lui qui m'intéressait. Je savais qu'il était sur le marché. Ce que je voulais savoir, c'était comment on pouvait laisser son enfant derrière soi sans se retourner. Je voulais comprendre.

— Je n'ai pas envie d'en parler, répondit-il d'une voix glaciale.

— Dommage, Rexroth, parce que tu ne contrôles pas tous les aspects de cette relation.

Je faisais semblant de regarder le paysage par la vitre, alors qu'en réalité je tentai de l'observer à la dérobée du coin de l'œil.

— Elle nous a laissés en plan quand Luna avait un an. Je la cherche depuis.

Il en parlait avec le détachement d'un homme d'affaires. J'aimais cet aspect de sa personnalité. Cette part de lui qui me donnait quelque chose sans se sentir blessé dans son ego.

— Pourquoi ?

— Pourquoi quoi ?

— Pourquoi tu la cherches ? Elle n'a pas envie qu'on la trouve, de toute évidence.

Il secoua la tête. Il m'était difficile de me concentrer avec sa main qui me caressait la cuisse. J'avais déjà du mal à déchiffrer les mots qui sortaient de sa bouche quand il se contentait d'être un concentré de masculinité, avec ses muscles et son air impertinent, alors quand il me touchait... Mais j'étais trop excitée pour l'arrêter.

— C'est compliqué.

— Pourquoi ? insistai-je.

— Tout le monde a besoin d'une mère.

— Ça dépend de la mère, rétorquai-je d'un air absent.

— Pas vraiment.

— Si, je t'assure. Tu peux me faire confiance sur ce point.

Je ris doucement et détournai le regard, pour de vrai cette fois.

Au bout de quelques instants, il reprit la parole.

— Dis-moi pourquoi tu as besoin d'autant d'argent, Edie, et pourquoi ton père fait toujours en sorte que tu sois fauchée. Pourquoi tu détestes le fric comme s'il t'avait fait du mal.

Comment pouvais-je lui répondre sans essayer de justifier, d'une certaine manière, le fait que je vivais encore chez mes parents ? J'aurais dû déménager depuis longtemps. Je ne voulais pas vivre dans la rue et je ne connaissais personne d'assez dingue pour me laisser vivre sous son toit (car ça aurait sacrément mis en pétard Jordan Van Der Zee). Enfin, personne à part Trent Rexroth. Lui dire la vérité signifiait admettre que j'étais totalement sous la coupe de mon père.

— Je n'ai pas envie d'en parler, répondis-je en reprenant ses mots.

— Dommage, Van Der Zee, parce que tu ne contrôles pas tous les aspects de notre relation.

J'eus un sourire amer. Sa main remonta le long de mes cuisses, partiellement couvertes par mon short, et il se mit à me masser à travers le tissu. Aussitôt, je me contractai dans un grognement.

J'inspirai bruyamment, tremblante et encore perturbée par les orgasmes que j'avais eus un peu plus tôt.

— D'accord. En résumé, Jordan a quelque chose qui lui donne énormément de pouvoir sur ma vie.

— C'est quelque chose de compromettant ? Quelque chose que tu as fait ?

— Non, répondis-je en toute objectivité.

— Ça peut changer ?

— En théorie, oui. Mais, en pratique, il a trop de pouvoir pour perdre ce genre de bataille juridique. En plus, il y a des soucis à la maison. Ma mère…

Je ne savais pas pourquoi je me confiais à lui. Peut-être parce que je n'avais personne d'autre à qui parler.

— Elle a des soucis de santé. Mentale. Couper les ponts avec Jordan voudrait dire couper les ponts avec elle, et elle est trop faible. Elle a besoin de moi.

— Si je comprends bien, tu élèves un de tes parents en essayant de ne pas te laisser détruire par l'autre, résuma-t-il d'un ton dénué d'émotion.

Je me crispai intérieurement. Heureusement, sa main entre mes cuisses rendait son constat un peu moins déprimant qu'il ne l'était en réalité.

— C'est ça.

Il s'arrêta à une station-service et attrapa son portefeuille.

— Je vais me chercher un café. Tu en veux un ?

Je secouai la tête.

— Non, merci. Je veux bien de l'eau de coco, par contre.

Il leva les yeux au ciel en ricanant.

— Espèce de sale hippie friquée !

À la seconde où sa main ne fut plus sur mon clitoris et où il sortit de la voiture, mon cerveau se mit à tourner à mille à l'heure. Qu'est-ce qui me prenait de lui parler de trucs aussi personnels ? Et qu'est-ce que je fabriquais, à me rapprocher de lui, alors que j'aurais dû l'utiliser ?

Hébétée et confuse, j'ouvris la boîte à gants aux allures bioniques de sa Tesla. Il fallait que je rapporte quelque chose à mon père la semaine suivante, n'importe quoi. La clé USB exigerait davantage de temps, mais je pouvais quand même faire preuve d'assiduité.

Je m'emparai d'un vieux portable (le genre de vieux Nokia sur lequel les gens jouaient au Snake) et d'une poignée de cartes de visite que je ne pris même pas la peine de lire. Certaines ne manqueraient pas d'être utiles à Jordan. Je fourrai mes trésors dans mon sac à dos. La sueur perlait sur ma nuque, et la honte me brûlait de l'intérieur. J'allais aller en enfer. Mais je préférais ça un million de fois, plutôt que de vivre cette vie sans Theo.

Trent revint avec un café et une bouteille d'eau de coco. Il me la tendit, boucla sa ceinture et se remit en route, l'air parfaitement décontracté. Je fus incapable de le regarder pendant le reste du trajet, et il dut sentir que mon humeur avait changé, car il ne reposa pas la main sur ma cuisse.

Après s'être garé devant chez moi, il tourna la tête vers moi. Le regarder dans les yeux, c'était comme jouer à la roulette russe avec cinq balles dans le barillet.

— À partir d'aujourd'hui, tu passes tes mardis avec Luna et Camila et tes dimanches avec moi.

— Et Luna ?

— Elle fait partie du package. On passe la journée avec elle et, lorsqu'elle va au lit, on en fait autant.

Je me mordis la lèvre inférieure. J'étais en train de me laisser prendre au piège. Il fallait que j'arrête. Je le savais.

— D'accord.

Idiote. Avec ta bouche idiote et ton désir idiot.

— Je vais télécharger l'application Uber sur ton portable et la relier à ma carte de crédit. Ce sera ton moyen de transport jusqu'à ce que ta voiture soit réparée. Bane, c'est terminé.

— Non, je…

Il m'attrapa par le menton et me fit incliner la tête de sorte que nos nez se touchaient presque.

— Est-ce que tu as entendu un point d'interrogation à la

fin de ma phrase ? Je ne crois pas. Epargne-moi tes excuses à la con avec ton père et ta mère. Tu n'es pas comme eux. Et il est hors de question que tu te promènes au volant d'un tas de ferraille. Tu prendras des Uber. Fin de l'histoire.

Je souris, car je savais qu'il ne gagnerait pas. Ni aujourd'hui, ni jamais. À moins qu'il ne s'agisse de Theo, je n'étais pas du genre à me laisser marcher dessus.

J'ouvris la portière, sortis de la voiture et m'adossai contre, comme je l'avais fait au réservoir. Il avait déjà ses lunettes de soleil sur le nez.

— Trent ?

— Quoi ? grogna-t-il presque.

— Les dimanches, c'est moi qui décide ce qu'on fait avec Luna.

— Hors de question ! On ne peut pas être vus ensemble, Edie.

— Je ferai en sorte qu'on soit discrets.

— Non.

— Est-ce que tu as entendu un point d'interrogation à la fin de ma phrase ?

Impossible de m'en empêcher. J'adorais qu'on se renvoie les mots de l'autre à la figure comme un boomerang.

— C'est moi qui décide des activités.

Il soupira et passa la première.

— Quelle emmerdeuse !

— Sois prudent sur la route. Sage, sensé et consensuel.

Je tapai du plat de la main sur le toit de la voiture avant de m'éloigner. Je crus l'entendre rire derrière moi, mais je ne me retournai pas pour vérifier.

Au lieu de ça, je fermai les yeux et imaginai que sa voix était une vague.

Je surfai dessus, jusqu'à ce qu'un sourire naisse sur mes lèvres.

Chapitre 18

Trent

— Quelque chose ne va pas ? s'enquit Sonya.

Le cabinet demeurait accueillant et chaleureux, mais pour l'ambiance, c'était une autre histoire… J'avais les doigts croisés sur son bureau et j'arborais mon plus bel air dans la catégorie « ne me fais pas chier ». Luna était dehors, en train de jouer avec Sydney. Sonya l'avait fait sortir, et je savais exactement pourquoi. Luna et moi venions de supporter une autre séance inutile (mais on pouvait s'y attendre), au cours de laquelle j'avais raconté à Sonya que nous avions commencé le cours de langue des signes et appris des signes pratiques comme : jai faim, je veux rentrer à la maison, et je suis mal à l'aise. Luna avait déjà utilisé celui-ci plusieurs fois, et je réussissais à lire, même si j'étais désespérément lent.

Le problème de Sonya, c'était que j'étais resté deux semaines sans l'appeler. Mon appétit sexuel n'était pas satisfait, loin de là. C'était même tout le contraire. Je n'avais jamais autant dormi sur la béquille de ma vie. Mais qu'est-ce que je pouvais lui dire ? Que je n'avais plus envie de la sauter, parce que j'étais trop occupé à lécher et doigter quelqu'un qui avait à peine plus de la moitié de mon âge, et qui avait récemment ajouté à la liste des objets qu'elle m'avait piqués un vieux portable et tous les papiers à la con que je gardais dans ma boîte à gants ?

— Tout va bien.

— Je ne te crois pas.

— Luna a l'air de bien réagir au cours de langue des signes, et elle passe davantage de temps avec la fille du bureau.

Sonya était au courant pour Edie. Du moins, elle savait que la personne qui nous avait surpris en train de baiser était en train de devenir la grande amie de Luna. Elle était favorable à cette relation, mais recommandait la prudence. Elle aimait l'idée que Luna apprécie la compagnie de quelqu'un d'autre, mais craignait qu'Edie ne mesure pas les conséquences, si elle décidait d'ignorer Luna quand elle partirait à la fac, se trouverait un nouveau petit ami ou allez savoir quoi d'autre. Heureusement, j'avais solutionné le problème du petit ami. Elle n'était pas près de sortir avec qui que ce soit.

Sonya se laissa aller contre le dossier de sa chaise et fit la moue. Les mauvaises ondes qui émanaient d'elle étaient palpables.

— Ça fait un moment que tu ne m'as pas invitée à venir chez toi.

Amanda aurait pu en dire autant. Son portable ne sonnait pas non plus, ces derniers temps. Comme pour tout ce que je faisais dans la vie, ça n'avait rien de personnel. Simplement, il n'y avait qu'une seule personne que j'avais envie de mettre dans mon lit en ce moment, et ce n'était ni l'une, ni l'autre.

— Il y a eu du changement.

— C'est-à-dire ?

Je fis une bulle avec mon chewing-gum en affichant un mélange de froideur et d'ennui.

— Je vois quelqu'un.

C'était faux, mais les mensonges faisaient tourner le monde. Je ne voyais pas Edie. Je regardais à peine son visage éperdu de désir quand je la léchai, tout en doigtant ses jolies petites fesses. N'empêche... À cause d'elle, je n'avais plus besoin de Sonya, et le moment était venu de couper court. Notre relation sans attaches avait atteint sa date de péremption. C'était l'heure de passer à autre chose.

— Oh.

Elle se redressa et haussa tellement les sourcils qu'ils faillirent atteindre la racine de ses cheveux.

— Je la connais ?

— Comment tu la connaîtrais ? la contrai-je sèchement.

Bon. D'accord. J'étais un tantinet sur la défensive, parce que Edie était à peine majeure et que je n'étais pas tout à fait à l'aise à l'idée de les prendre au berceau. Je me mordis l'intérieur de la joue en pensant à quel point notre relation était déplacée, qu'on la voie de l'intérieur ou de l'extérieur. Le grand métisse musclé et l'ado blondinette menue.

— Je t'en prie, Trent. Tu sors à peine de chez toi, et je suis prête à parier toutes mes économies que tu n'as pas Tinder sur ton téléphone. Comment tu l'as rencontrée ?

— Au travail.

— Elle est dans la finance ?

Elle était on ne peut plus loin du compte ! Je penchai la tête sur le côté et tentai d'adopter une intonation courtoise où ne perçait pas mon agacement.

— Quelque chose comme ça. Je suppose que ça ne change rien à ton engagement vis-à-vis de Luna ?

Elle fronça les sourcils et se pencha par-dessus son bureau en désordre pour me tapoter la main.

— Absolument rien. Je suis à cent pour cent impliquée avec elle, et à quatre-vingts pour cent contente pour toi.

Je haussai les sourcils.

— Quatre-vingts pour cent ?

— Les vingt pour cent restants sont surtout jaloux et aigris.

Elle rit, et je faillis sourire.

Après la séance, j'installai Luna dans son siège auto et je conduisis au hasard pendant un moment. Il était trop tôt pour rentrer à la maison et commencer notre rituel pré-dodo, et Luna aimait bien être en voiture, car elle affectionnait les endroits confinés où elle pouvait observer sans être vue. Moi, j'aimais bien être en voiture car ça me donnait le temps de réfléchir.

Je ne savais pas ce que c'était, mais quelque chose chez Edie m'exaspérait. Peut-être parce que notre première discussion avait eu lieu alors qu'elle essayait de voler son sac à ma mère. Peut-être parce que son père était raciste et que je pensais (ou espérais même, car ça aurait rendu les choses plus faciles) qu'elle l'était aussi. Ou alors parce que je savais qu'elle faisait des recherches sur moi. Sur mes affaires, mes secrets, ma vie ?

La situation partait complètement en vrille.

Et je ne faisais rien pour arrêter ça.

J'aurais dû. Mais je ne bougeais pas.

Elle avait dix-huit ans. C'était une bonne chose. Au moins, elle était majeure.

Mais c'en était aussi une mauvaise. Elle était trop jeune pour comprendre ce que tout cela impliquait.

Si ma fille avait rencontré un homme deux fois plus âgé qu'elle et qu'elle avait décidé d'entamer une relation avec lui, j'aurais totalement pété les plombs et offert au type un remake de *Gran Torino* sans sourciller.

Heureusement pour moi, Edie n'avait pas un père aimant. Edie avait Jordan Van Der Zee.

Luna donna un coup de pied dans mon siège. Je regardai dans le rétro en fronçant les sourcils.

— Qu'est-ce qui se passe ?

Elle monta quelque chose par la vitre, et je tournai la tête pour voir ce qu'elle désignait.

— Le marchand de glaces ? Certainement pas !

Deux coups de pied. Et un troisième pour la route.

— Pas de cochonneries, gamine. Tu connais les règles.

J'étais doué pour les trucs techniques. Je lui imposais un régime équilibré, je m'assurais qu'elle dormait assez, et qu'elle était suffisamment et correctement stimulée d'un point de vue intellectuel. C'était pour les trucs personnels que j'étais nul.

Elle agita ses petites mains comme si elle criait pour bien se faire comprendre. Je songeai alors qu'elle n'avait jamais essayé de communiquer avec moi de cette façon auparavant. Activement. Une bouffée d'euphorie monta en moi. Ce n'était peut-être pas une révolution, mais c'était l'impression que ça me faisait. Je me surpris à tapoter le volant du bout des doigts pour tenter de contenir mon excitation. En revanche, j'étais incapable de dissimuler entièrement mon sourire.

— Tu as faim ou tu as juste envie de manger un truc sucré ? demandai-je, les yeux rivés au rétroviseur.

Elle souffla et leva les mains en me regardant comme si j'étais le dernier des idiots.

— Bec sucré, donc. Si tu avais faim, tu aurais donné des coups de pied jusqu'à me casser le dos.

Son sourire était à peine perceptible, mais il était là. C'était grisant.

J'avais envie de lui écrire quelque chose. Quelque chose de joli. Quelque chose dont Sonya aurait été fière.

Luna, Luna, Luna.

Mon labyrinthe enchevêtré.

Montre-moi le chemin de ton début et de ta fin.

Le chemin de la sortie.

Le chemin de ta petite âme pure.

— J'ai une suggestion, si tu permets.

Elle secoua la tête avec un sourire en coin. Cette fois, je fus incapable de me retenir. Je ris. En plus d'être intelligente, ma fille avait le sens de l'humour !

— Sale gamine. C'était une façon de parler, je n'étais pas vraiment en train de te demander la permission. Il y a un stand de churros à côté de la maison. Ils vendent aussi des bretzels à la cannelle. Tu n'as jamais mangé de churros, si ?

Elle secoua la tête.

— Bon. Je pense qu'il faut qu'on remédie à ça. Autrement, les services sociaux vont me retirer ta garde à force de te refuser toutes les bonnes choses qui existent dans ce bas monde. Par contre, si tu manges des churros aujourd'hui, ça veut dire pas de cochonneries jusqu'à la semaine prochaine. Et ça inclut le dimanche avec Edie. Elle va venir passer la journée avec nous, et je ne sais pas ce qu'elle a prévu comme programme.

Ses yeux. Ses yeux, bordel ! Ils ressemblaient aux miens et s'illuminaient comme des lucioles à la nuit tombée. Ils ressemblaient à des yeux d'enfant de quatre ans. Pleins d'espoir. Elle se remit à donner des coups de pied, à un rythme rapide et régulier.

— C'est pour les churros ou pour Edie ?

Un coup.

— Cogne une fois si c'est pour les churros, deux fois si c'est pour Edie.

Un coup. Puis un autre. Je me laissai aller contre le dossier et caressai le volant. J'avais le sentiment d'être calme pour la première fois depuis des années.

— Dis-moi… Rappelle-moi pourquoi elle t'appelle Microbes ?

Je voulais qu'elle essaie de me l'expliquer elle-même.

Un air perplexe apparut sur son visage. Ça faisait longtemps que j'avais arrêté de lui poser des questions exigeant qu'elle parle. Ma mère disait que j'étais trop gentil et que je ne lui rendais pas service en la laissant s'en tirer aussi facilement. En général, je lui répondais que le reste du monde la faisait déjà suffisamment chier avec ses questions sans que j'en rajoute une couche, moi aussi.

Je pouvais voir le cerveau de Luna fonctionner à mille à l'heure. D'habitude, elle m'ignorait et passait à autre chose. Mais là, elle essayait de trouver un moyen de communiquer avec moi. Pour la première fois, elle voulait me parler. Quelqu'un klaxonna derrière nous. J'étais tellement absorbé par ce qui se passait dans la voiture que je n'avais pas vu que le feu était passé au vert. Rien à foutre. La voiture bondit et nous contourna, alors que Luna ouvrait les paumes et les agitait.

— Tu as… dansé ?

Elle secoua la tête, visiblement agacée, puis amena les mains près de son visage et poussa un cri de dégoût.

— Tu es sale ? tentai-je à nouveau en faisant comme si Edie ne m'avait rien dit, le soir où elle avait gardé Luna.

Elle secoua la tête à nouveau, violemment, les sourcils froncés. Elle montra du doigt sa paume ouverte et se pinça le nez comme si quelque chose sentait mauvais. Ses grands yeux me suppliaient de comprendre.

Dis-le.

— Elle sent mauvais ? Tu sens mauvais ? Tu avais

quelque chose sur la main ? Elle t'a donné quelque chose qui sentait mauvais ?

Le pire moment de ma semaine arriva alors : Luna jeta l'éponge et abandonna la conversation. Ses épaules s'affaissèrent, elle soupira et se mit à regarder par la fenêtre, les bras croisés sur la poitrine. Elle m'ignorait à nouveau.

On ne communiqua plus pendant le reste du trajet, jusqu'à ce qu'on arrive à la maison et que je lui demande si elle voulait des churros. Elle m'ignora pour la millième fois de la journée. Comme elle le faisait tous les jours.

Rien n'avait changé.

Vivement que dimanche arrive…

Edie Van Der Zee était sans doute la personne la plus blanche que j'avais jamais rencontrée.

Je songeais à ça, alors qu'elle était assise près de moi, en train de s'extasier devant un chien qui se léchait les boules. Nous étions en train de pique-niquer dans un parc d'Anaheim. Jamais personne n'aurait eu l'idée de nous chercher ici. C'était aussi là que se trouvait Disneyland, et là que nous avions emmené Luna.

Luna portait des oreilles de Minnie trop grandes pour elle et était en train de manger un des sandwichs qu'Edie avait préparés avant de partir. Beurre de cacahuète, confiture, et une tranche de cheddar au milieu.

— La vue qui accompagne ton déjeuner te plaît ? ironisai-je.

Assis au bord de la table de pique-nique, je n'avais pas touché à ma nourriture. Je n'avais pas spécialement faim, et ce n'était pas seulement parce que Mlle Van Der Zee avait inventé le sandwich le plus répugnant que la Terre ait jamais porté. C'était aussi parce que j'étais un connard jaloux : Edie avait réussi à provoquer des réactions et des expressions chez ma fille dont j'ignorais jusqu'à l'existence.

Toutes deux ne faisaient pas attention à moi. Leurs têtes se touchaient presque tandis qu'Edie expliquait à Luna que la croûte du pain était terriblement sous-estimée, et qu'elle aimait la faire griller et la grignoter comme un gressin.

— Trent, tu aimes manger la croûte ? me demanda Edie en relevant brusquement la tête vers moi.

Je grattai ma barbe de trois jours pour éviter de glisser dans ma réponse un sous-entendu sexuel crasse devant ma fille. Edie s'était comportée comme la nounou parfaite depuis le début de la journée. En gros, elle m'avait ignoré royalement, elle avait sans arrêt donné la main à Luna et elle n'avait pas sourcillé quand deux jeunes mères m'avaient dragué pendant que je nous achetais des granitas.

— Je ne mange pas de pain.

— Pourquoi ?

— Je n'aime pas ça.

— Tout le monde aime le pain.

— Pas les gens qui aiment leurs abdos, rétorquai-je, laissant libre cours au connard arrogant en moi.

Luna se tourna vers Edie, visiblement inquiète. Celle-ci posa une main sur son épaule.

— Ne t'en fais pas, Luna. On n'a pas besoin d'abdos. La vie est trop courte pour se priver de pain. Et de beurre de cacahuète, et de confiture et de cheddar.

C'était une chose d'être un sale con avec Edie, mais je ne pouvais pas agir de la sorte avec ma fille. Je me penchai et tapotai les oreilles de Minnie.

— Je peux goûter ? demandai-je sur un ton d'excuse.

Elle me tendit son sandwich. Je mordis dedans, et un sourire illumina son visage.

Ça valait la peine.

*
* *

Lorsqu'on arriva à la maison, il était déjà 18 heures. Et quand Luna eut pris son bain, dîné et que je lui eus lu une histoire (Edie sauta sur l'occasion pour se précipiter dans l'une des salles de bains pour prendre une douche), il était 20 heures passées.

Puis il n'y eut plus qu'Edie et moi et nos sombres pensées.

Je me dis qu'entrer dans la salle de bains pendant qu'elle se douchait serait sans doute un peu glauque, surtout que j'avais déjà poussé le bouchon beaucoup trop loin pour ce qui était de la suivre partout.

Alors, je l'attendis sur le canapé devant un film d'action que je regardais sans le voir, occupé à me demander ce qu'elle pouvait bien fabriquer.

Je savais pertinemment qu'elle en avait encore après moi.

Pourtant, je ne pouvais pas arrêter. Impossible.

Est-ce que j'avais des sentiments pour elle ? A priori, non. Mais j'aimais sa présence. J'aimais qu'elle fasse sourire ma fille. J'aimais la sensation de son corps de surfeuse contre le mien. La façon dont elle répondait à mes caresses de la même façon qu'on répondait à un premier baiser. Avec une âpreté incontrôlée. Elle était comme de l'argile. Je pouvais faire tout ce que je voulais avec elle. Et je voulais tout lui faire. Jusqu'au fantasme le plus sordide qui sommeillait dans un coin de ma tête.

Comme pour confirmer mes dires, elle arriva dans le salon pieds nus, ses longs cheveux blonds encore mouillés et emmêlés. Elle avait remis les mêmes vêtements que ceux qu'elle avait portés à Disneyland (un short turquoise et un débardeur Rip Curl aux couleurs de l'arc-en-ciel). On aurait dit un cadeau qui attendait d'être déballé, et je me pardonnai de ne pas l'avoir interrogée à propos du téléphone volé en me rappelant que ça n'avait pas d'importance. Les seules informations compromettantes que je possédais sur Jordan se trouvaient sur ma clé USB, actuellement dans mon coffre-fort, à l'abri de ses sales pattes. Jamais elle ne parviendrait à mettre la main dessus

Elle n'avait accès qu'à des trucs inutiles, et nous ne faisions que passer du bon temps, ce qui ne faisait de mal à personne. Aucun de nous n'avait menti sur ses intentions. Ce n'était pas comme si elle m'avait poignardé dans le dos.

Je tapotai ma cuisse et laissai aller ma tête contre le tas de coussins derrière moi.

— Viens ici.

Elle me dévisagea, et un voile de timidité recouvrit son visage pendant un très bref instant. Je me demandai si c'était à cause de ce que nous nous apprêtions à faire, ou de ce qu'elle croyait qui allait se passer. Bane avait affirmé qu'elle n'était pas coincée, mais ce qu'il voulait vraiment dire, c'est qu'elle n'était pas coincée pour lui. Moi, c'était une autre histoire. Un animal sauvage, sombre et affamé vivait en moi. Quand je le laissais sortir (et je le laissais toujours sortir au lit), il resplendissait. La liberté le grisait. Voilà pourquoi je me laissais un peu emporter, parfois.

Mais je ne pouvais pas perdre le contrôle avec Edie. Pas avec elle.

Elle me rejoignit et s'assit sur moi à califourchon, comme une stripteaseuse hésitant sur ce qu'elle devait faire pour sa première fois. C'était gênant, car nous n'étions pas un couple. Nous n'étions pas proches. Nous n'étions même pas amis. Mais je ne fis aucun commentaire, car les confidences n'étaient pas envisageables. Avec qui que ce soit. Encore moins avec elle.

Au lieu de ça, je fis remonter mes mains de ses cuisses à la courbe de ses fesses, nos regards captivés par le contraste entre sa peau claire et ma peau sombre. Le désir n'avait pas de couleur, mais il avait un visage. Et ce visage était en train de me fixer, avec des yeux dont les paupières battaient rapidement, au rythme des martèlements de son cœur.

— J'aime bien Luna, dit-elle tout bas.

Elle passa les bras autour de mon cou. Ses doigts essayaient d'attraper mes cheveux courts. Pendant une seconde, j'eus envie de l'embrasser pour avoir dit ça.

Je n'en fis rien, lui palpai les fesses et plaquai son corps contre le mien, pour qu'elle sente mon érection à travers mon jean et son short.

— Elle t'aime bien aussi.

— Je ne peux pas en dire autant de toi, continua-t-elle en se frottant effrontément contre moi.

Depuis quand je m'adonnais à la troisième base aussi souvent ? J'aurais pu coucher avec Edie à maintes reprises, mais je n'y arrivais pas. Je n'arrivais pas à prendre cette fille (si différente des femmes matures et pulpeuses auxquelles j'étais habitué) et à lui faire des trucs d'adulte.

J'avais envie de lui mordre la lèvre et de la voir saigner.

Au lieu de ça, au lieu de ça, bordel, je serrai les dents ! Je sentis ma pomme d'Adam monter et descendre, tandis que j'avalais difficilement ma salive. Une main toujours sur ses fesses, j'attrapai de l'autre un joint posé sur la table basse. Je le glissai entre mes lèvres et l'allumai.

— Pareil, répondis-je nonchalamment en refermant mon Zippo et en le reposant sur la table en inox.

— Mais j'aime comment je me sens avec toi.

Elle se frottait toujours à moi, et le désir douloureux que j'éprouvais pour elle montait lentement. C'était de la torture. Une torture qui me rappelait pourquoi le sexe, à l'adolescence, était tellement plus excitant que passés trente ans. Ma bite tressaillait sous l'effet de l'impatience.

— Je me sens sauvage. Intrépide. Comme si j'étais vraiment quelqu'un. Quelqu'un de fort.

Elle fit courir ses lèvres brûlantes et douces dans mon cou.

J'exhalai un nuage de fumée et plaquai la bouche contre son épaule.

— Pourquoi est-ce que le pouvoir te fascine autant ?

Je lui caressai le bras, puis jouai avec l'ourlet de son débardeur. Je mourais d'envie de le lui retirer. Ses tétons étaient durs sous le tissu. Ils suppliaient d'être léchés, sucés, mordus. Ils étaient si petits qu'à l'idée de les pétrir avec mes grandes mains, je sentis mes couilles se contracter. Parce qu'il n'y en avait pas assez et que je savais que j'aurais encore faim après. Faim d'elle.

— Ce n'est pas vraiment le pouvoir. C'est plutôt une histoire de force. Pourquoi est-ce que je ne voudrais pas être forte ? Tout le monde veut l'être, non ?

Elle pencha la tête sur le côté et s'empara du joint pour tirer dessus. Je la laissai faire. Je laissai la fille de dix-huit ans qui frottait son entrejambe mouillé contre mon jean Diesel fumer un joint avec moi. Ça faisait des années que je n'avais pas fait attention à une femme. Et je n'avais jamais fait quoi que ce soit d'illégal avec une nana à la limite entre à peine majeure et tellement bonne qu'elle valait le coup que je me dégoûte.

Mais Edie n'était pas juste une nana.

Edie était ma perte.

Elle me souffla la fumée en plein visage, et je saisis l'opportunité de lui prendre le joint et de le poser dans le cendrier. Je lui retirai son haut d'un geste brusque et le lançai par terre pour admirer sa poitrine pour la toute première fois. Ses tétons étaient comme deux pièces roses. Elle frémit de plaisir quand je pris l'un de ses seins en coupe pour caresser sa peau douce, tout en la dévisageant comme un chien de chasse affamé.

— Si tu veux être forte, alors il te suffit de l'être.

— C'est facile à dire pour toi.

Elle plaqua mon visage contre ses seins, visiblement incapable de faire preuve du moindre self-control. Je la repoussai et caressai ses côtes du bout des doigts, avant de prendre la pointe de son sein dans ma bouche. Je le suçai avec voracité avant de le mordre. Elle tenta de reculer, tout en se frottant plus fort contre mon sexe. J'arrêtai quand je sentis son téton se couvrir de chair de poule et me mis à le lécher pour atténuer la douleur. Elle gémit plus fort.

C'est ça, ma belle. Douleur et plaisir. On joue, mais on ne joue pas gentiment.

— C'est vrai que j'ai de la chance, ironisai-je en caressant sa chair sensible avec mon pouce. Aller au lycée avec les gamins les plus riches de l'État alors que je ne pouvais pas me payer un équipement de foot. Cumuler deux petits boulots après les cours juste pour pouvoir acheter mes fournitures pour l'année suivante. Être le play-boy, le mec avec qui on baisait, mais avec qui aucune fille ne voulait sortir, parce que j'étais métisse, parce que j'étais pauvre, parce que j'étais le stéréotype du mec dont on voulait bien comme ami mais pas dans sa famille. Tu as raison, l'adversité, je ne connais pas.

Je lui donnai une tape sur le sein, pas trop fort, mais pas vraiment doucement non plus. Elle fit la grimace et attira à nouveau ma tête contre sa poitrine. C'était comme si nos corps fusionnaient l'un avec l'autre. C'était dangereux de faire ça dans le salon, avec Luna qui pouvait arriver n'importe quand. Je tirai une dernière fois sur le joint avant de l'éteindre et de le glisser dans ma poche avec le briquet. Je soulevai Edie et la portai jusqu'à ma chambre, mes lèvres et mes dents autour de son autre téton. Je l'embrassais, la caressais, la léchais, j'embrasais sa peau. Je ne la mordais pas, car elle s'y attendait. C'était plus drôle quand la fessée ou la morsure prenait l'autre par surprise. Elle allait apprendre. J'allais lui apprendre.

J'avais une gaule telle que j'avais l'impression d'être sur le point de jouir dans mon froc comme un ado.

— Tu es à moi, dis-je en faisant courir ma bouche de ses seins à ses côtes, avant de remonter vers son cou.

Tout chez elle était doux, bronzé et doré par le soleil. J'ouvris la porte de ma chambre d'un geste brusque et l'allongeai sur mon lit king-size. Elle écarta les jambes de son plein gré, mais son cœur restait impénétrable, et c'était peut-être pour ça qu'elle m'excitait autant et me faisait oublier toutes les autres.

— Tout chez toi m'appartient. Ta respiration est à moi.

Je lui serrai la gorge et glissai au-dessus d'elle pour explorer avec ma langue l'espace entre ses seins. Puis ma bouche descendit droit vers son nombril.

— Ton esprit est à moi.

Je lui tirai les cheveux sans même lever les yeux et l'entendis gémir. Elle poussa ma tête vers le bas à deux mains.

— Ton corps est définitivement à moi.

Je glissai la main dans sa culotte et pris son sexe en coupe.

— Avoue-le, Edie. Tu es en train de te noyer. Tu es pire que mouillée.

Je laissai le mot rouler sur ma langue tout en glissant deux doigts en elle, pour jouer avec son excitation. Elle était trempée, et j'allais la sauter ce soir, même si ça me plaçait tout en haut de la liste des personnes à qui Dieu botterait sérieusement le cul.

— Tu es à moi et tu détestes ça. Tu es à moi, et je ne

suis pas une putain de vague sur laquelle surfer. Je suis l'océan. Et chaque jour qui passe où tu fais des conneries du genre voler mon iPad ou un vieux portable ou les merdes que je garde dans ma boîte à gants, tu t'enfonces un peu plus. Dis-moi, Van Der Zee, est-ce que tu as du mal à respirer quand je suis là ?

Ma bouche était tout près de sa culotte. Son short était par terre. Je relevai la tête vers elle : elle avait l'air sur le point de pleurer. Ça aurait été superbe. Ses larmes coulant sur son visage parfait de porcelaine. Comme une poupée cassée. Ma poupée cassée.

— Oui.

Elle inspira bruyamment tout en me regardant faire glisser sa culotte le long de ses cuisses. Mon cœur battait n'importe comment de la voir nue (entièrement nue) pour la première fois. Pas dans une position compromettante contre une imprimante, pas sur une banquette arrière de voiture, encore vêtue de son T-shirt, mais complètement nue dans mon lit. J'étais tout habillé, pourtant, ça ne me donnait pas l'impression d'être moins exposé à son regard. J'étais mal à l'aise. Mais pas assez pour arrêter.

— Je n'arrive pas à respirer quand je pense à toutes les choses que j'ai envie de te faire et je respire trop vite quand je pense à toutes les choses que j'ai envie que, toi, tu me fasses, avoua-t-elle.

— Dis-moi, murmurai-je dans le creux entre sa cuisse et son sexe.

Je ne l'avais pas encore touchée, pourtant, elle frémissait déjà.

— Qu'est-ce que tu veux que je te fasse ?

— Tout, murmura-t-elle. Absolument tout.

Je léchai l'intérieur de ses cuisses, son sexe, dedans, dehors, avide de sentir son désir pour moi sur ma langue.

Puis je me levai et attrapai un préservatif dans ma table de nuit. Elle me retira ma chemise avec impatience, tandis que je déboutonnais mon jean, la capote serrée entre mes dents.

— Une dernière chose, Edie. Tout ce qui se passe ici, on l'emporte avec nous dans la tombe.

— Dans la tombe, répéta-t-elle. Mon père prendra tout ce à quoi je tiens s'il l'apprend.

Pareil pour moi, songeai-je avec amertume. La seule différence était que je comptais rendre coup pour coup jusqu'à le mettre au tapis. Tandis qu'elle, non. Elle ne pourrait pas. Ou ne voudrait pas. C'était du pareil au même.

Je glissai le préservatif sur mon sexe et ressentis le frémissement de plaisir habituel. Je m'agenouillai ensuite entre ses jambes et commençai à me masturber brutalement pendant que je la doigtais. Elle me regardait en geignant.

— J'aime quand tu me mords les seins, dit-elle.

Je l'ignorai et continuai à faire aller et venir mes doigts en elle.

— J'ai tellement envie de toi que j'ai l'impression d'être cinglée, ajouta-t-elle entre deux gémissements.

Pile à cet instant, je lui donnai une claque sur le sexe pour la première fois. Elle sursauta, trembla, et laissa échapper un petit cri que j'étouffais en fourrant mes doigts mouillés dans sa bouche.

— Chuuut. Tu as dit que tu aimais ça. Montre-moi à quel point.

Elle lécha soigneusement mes doigts, et je l'attrapai par la nuque pour l'approcher de moi en même temps que je me glissais en elle sans prévenir. Elle était comme toutes les femmes avec qui j'avais couché avant. Exactement pareille, me convainquais-je. Exactement pareille, bordel.

Elle mouillait tellement.

Je m'enfonçai en elle une fois. Deux fois. Trois fois. Sans la moindre considération, sans lui demander si ça allait. Comme je le faisais avec toutes les autres.

Et pourtant… Si elle avait su à quel point la sensation était différente…

Elle se mit à bouger sous moi, doucement d'abord, avant de calquer son rythme sur le mien. Elle grognait quand je la pénétrais. Je mis un de ses mollets sur mon épaule pour la prendre plus profondément, et elle me griffa le dos. Elle était petite, étroite, mais son sourire me montrait qu'elle se délectait autant que moi de cette agonie.

Chaque fois que je sentais cette montée dans ma poitrine, je la prenais plus vite, plus fort, plus violemment, pour essayer de me débarrasser du sentiment qui accompagnait les picotements que je ressentais partout. En retour, elle me griffait plus fort, jusqu'au sang, criant mon nom dans l'oreiller qu'elle maintenait plaqué sur son visage.

Je la possédais.

Mais elle me possédait aussi.

— Je viens, je viens, je viens, finit-elle par scander.

C'était exactement le signe que j'attendais pour la mettre sur le ventre, presser sa tête contre l'oreiller et la prendre par-derrière.

— J'ai envie de te faire mal, dis-je.

Parce que c'était ce que je faisais toujours. Parce que c'était ce que je ressentais toujours. Mais pas là. J'étais en pilotage automatique. Comme ces gens qui disaient qu'ils avaient faim à midi pile, juste pour sortir du bureau et prendre leur pause déjeuner.

— Vas-y, gémit-elle dans l'oreiller, docile et malléable à merci.

Elle jouit à ce moment-là. Je la sentis se contracter

autour de moi, et elle se mit à trembler comme si elle faisait une crise d'épilepsie.

— Fais-moi mal, Trent. J'adore sentir ta colère sur ma peau.

J'enroulai ses longs cheveux autour de mon poing et je tirai d'un coup sec, la forçant à arquer le dos, alors qu'elle était à quatre pattes. Puis je me mis à frapper ses fesses rondes qui portaient la marque de son maillot de bain. Doucement d'abord, pour voir. Puis, lorsqu'elle gémit et se contracta au point de m'empêcher d'aller et venir en elle, plus fort.

Mais je ne le sentais pas. Je ne sentais pas le besoin de lui faire mal.

— Plus fort, grogna-t-elle.

Je m'exécutai. Le bruit resta suspendu dans l'air. Une marque rouge apparut sur sa fesse droite. Ça m'enchanta. Et je détestai que ça m'enchante. Qu'est-ce qui clochait chez moi, bordel ?

— Plus fort, cria-t-elle.

Je m'exécutai. Je détestai le sentiment d'être sur le point d'exploser en entendant les gémissements de douleur qui sortaient de sa bouche. Elle m'embrouillait. Je ne m'étais jamais senti coupable de mes envies. Mais à présent, si.

— Plus fort.

— Non.

— Trent.

— J'ai dit non.

— J'en ai besoin.

— Tu en as eu assez pour aujourd'hui. Je peux te lécher, si tu tiens tant que ça à avoir un autre orgasme.

Est-ce que j'étais vraiment en train de marchander avec elle en pleine partie de jambes en l'air ? C'était une première. Et ce serait aussi la dernière fois. Ce n'était pas elle qui menait la danse, peu importait à quel point j'avais envie qu'elle me fasse jouir.

— Si tu ne veux pas, je suis sûre que Bane sera d'accord, lui.

Même si je ne pouvais pas voir son visage, j'entendis le sourire dans sa voix. De la merde. Elle l'avait cherché.

Clac.

On jouit ensemble comme un ouragan. Son étreinte autour de mon sexe se resserra, tandis que mes allées et venues devenaient frénétiques, jusqu'à ce que je tressaille enfin. J'avais l'impression de ne jamais avoir éjaculé autant. Et, bon sang, ça faisait du bien.

Je me retirai immédiatement, roulai sur le côté et me rendis à la salle de bains pour me débarrasser du préservatif. Je ne me tournai pas vers elle pendant que je me rinçai dans le lavabo. Si elle surprenait mon expression dans le miroir, elle m'offrirait un sourire de victoire.

Je notai dans un coin de ma tête de ne jamais sortir la clé USB de mon coffre-fort.

Elle commençait sérieusement à me faire l'effet d'une addiction. Encore quelques parties de baise comme celle-ci, et le désaxé que j'étais pourrait bien la lui apporter sur un plateau.

Chapitre 19

Edie

J'avais six ans la première fois que je me rendis compte que quelque chose clochait sérieusement chez mon père. Bien avant toute l'histoire avec Theo. C'était un des rares après-midi où il était rentré à l'heure. Ma mère était en train de préparer le dîner dans la cuisine. Du moins, c'était ainsi qu'elle appelait le fait de descendre une bouteille de vin blanc, tout en regardant notre repas tourner sur lui-même dans le four micro-ondes.

Tout semblait étrange, de travers et dangereux. Casser la routine me faisait peur, mais l'idée de vivre avec un homme que je connaissais à peine et dont j'étais trop terrifiée pour lui demander de me border le soir m'effrayait encore plus, alors je m'étais assise sagement à côté de lui sur le canapé pendant qu'il regardait distraitement une émission financière sur CNN, tout en parcourant ses e-mails. Une publicité était apparue à l'écran pour une organisation à but non lucratif qui venait en aide aux animaux maltraités. Dans la pub, on voyait des chiots tristes et des chatons défigurés qui fixaient la caméra comme pour supplier qu'on leur vienne en aide. Un des chiens était allongé dans une flaque de boue. Il avait la peau sur les os et il était plein de puces. Il avait perdu ses deux yeux et n'avait plus de dents. J'avais poussé un cri d'horreur et agrippé le tissu du canapé hors de prix avec mes petits doigts.

— Edie, arrête de faire ça. C'est du daim. C'est une matière très délicate.

Il m'avait donné une tape sur le poignet, mais pas trop fort. Il ne tapait jamais trop fort.

J'avais aussitôt relâché mon emprise et rentré la tête dans les épaules.

— On peut faire un don ? avais-je osé demander, en me tournant vers lui.

— Je fais assez de dons au travail.

Je m'étais redressée, prise d'un besoin désespéré de me raccrocher à quelque chose de positif chez lui.

— Vraiment ? À des refuges ?

Se faire une image des gens qu'on connaissait était un mécanisme qui, je l'apprendrais plus tard, pouvait se retourner contre nous. Je voulais absolument croire que mon père était gentil et que ma mère allait bien. Dans mon esprit, il était attentionné et généreux. Pas calculateur et indifférent. Il m'avait lancé un regard en coin, puis était retourné à son écran et sa pile de courrier.

— Non. Je donne à quiconque a besoin de mon aide dans la communauté.

— La pub… Elle m'a rendue triste, papa, avais-je avoué en détournant le regard, tandis que la voix off expliquait toutes les horreurs que ces animaux avaient traversées.

Je l'appelais encore papa à l'époque.

— C'est la vie, Edie.

— Je ne peux pas regarder. C'est trop triste.

Je secouais la tête d'avant en arrière, les genoux repliés sous le menton.

— C'est trop triste.

— La vie est triste, alors tu ferais mieux de t'habituer.

Je ne savais pas grand-chose de la vie, à ce moment-là. C'était sans doute pour ça que je me raccrochais encore à mon optimisme. Ce que je savais, c'était qu'il me mettait mal à l'aise. Parce que, pour la première fois, un sourire satisfait était apparu sur ses lèvres fines, tandis qu'il continuait à lire sa correspondance.

J'avais pensé : *pourquoi ici, pourquoi maintenant, pourquoi est-ce qu'il a l'air aussi content ?*

Le lendemain, il était venu me chercher à l'école. Ça m'avait choquée, c'était le moins qu'on puisse dire. Normalement, c'était notre chauffeur qui me conduisait partout. Il m'emmenait à l'école, à mes activités de l'après-midi, jouer chez mes camarades de classe. Ce n'étaient jamais mes parents. Je m'étais sentie flattée et anxieuse à la fois en montant à l'arrière de sa voiture. Appliquée à être aussi sage que possible, je m'étais demandé où on allait, étant donné qu'il était parti dans la direction opposée de la maison. Mais je n'avais pas posé de question pour ne pas l'énerver. Jusqu'à ce que j'aperçoive la forêt et le lac Saint Angelo, à la sortie de la ville.

— Où est-ce qu'on va ?

Il avait juste souri dans le rétro, comme un prédateur, avant de mettre le clignotant et de prendre un virage serré sur la droite.

Il m'avait emmenée dans un refuge. J'étais sortie de la voiture en traînant les pieds. En franchissant le portail rouillé qui menait aux chenils, j'avais eu l'impression de confier mon âme à quelqu'un en qui je n'avais pas confiance.

— Parfois, Edie, il faut regarder la cruauté dans les yeux et ne rien faire. Pour réussir dans la vie, tu dois laisser la logique et la raison dicter ton comportement, pas les émotions. Tu sais que tu es allergique aux chiens et aux chats, pas vrai ?

Je me souviens avoir acquiescé, nerveuse. Je ne pouvais pas avoir de chien ou de chat, c'était un fait, mais je n'en avais jamais demandé non plus. Tout ce que je voulais, c'était donner de l'argent à l'association que j'avais vue à la télé. Ils en avaient tellement besoin, et on en avait tellement ! Le bruit perçant des aboiements avait résonné dans mes oreilles, et j'avais voulu tourner les talons, partir en courant. Si je ne l'avais pas fait, c'était uniquement parce que je savais qu'il ne m'aurait pas rattrapée. Il m'aurait laissée me perdre dans les bois sans sourciller.

Il s'était accroupi pour se mettre à mon niveau.

— Tu sais donc qu'on ne peut adopter aucun de ces animaux. Maintenant, je veux que tu ailles les voir, que tu les regardes dans les yeux, puis que tu leur tournes le dos. Tu peux faire ça pour moi, Edie ?

Il souriait. Derrière lui, une bénévole observait la scène, vêtue d'un T-shirt vert flanqué du nom du refuge. Le sourire sur ses lèvres était trop large pour être honnête.

Non.

— Euh… oui.

On avait passé presque une heure et demie à écumer les allées du chenil et à regarder des chats et des chiens qui poussaient des cris de détresse suppliants. J'avais dû les regarder dans les yeux un par un, avant de passer à la cage suivante. La bénévole qui nous avait accompagnés pendant notre visite avait trouvé ça bizarre, étant donné que mon père n'avait jamais indiqué que nous cherchions un animal de compagnie. Elle n'avait pas compris ce que moi, j'avais très bien compris. Il n'avait pas l'intention d'adopter, mais voulait mater un animal. Il voulait faire de moi sa marionnette apprivoisée et bien dressée.

Et ce qui me tuait, c'était de me dire que, dans une certaine mesure, il avait réussi.

Ce jour-là m'avait brisée et, chaque jour depuis, Jordan n'avait cessé d'agrandir la faille dans mon cœur.

Je n'avais pas le droit de donner de l'argent ou de la nourriture aux sans-abri dans la rue. « *Ne les encourage pas, Edie. La vie est une question de décisions. Et de toute évidence, ces gens n'ont pas pris les bonnes.* »

Je n'avais pas le droit de parler à des étrangers, ni même de papoter avec les adultes de mon entourage. « *Les Van Der Zee n'aiment pas bavarder. Nous sommes bien trop occupés pour perdre du temps avec ça.* » On s'attendait à ce que je me comporte comme la parfaite petite princesse des glaces. Je m'étais rebellée, au début. Puis Theo était arrivé, et mon père était devenu plus que le père de famille qui faisait bouillir la marmite. Il était devenu le maître qui tirait les fils invisibles de sa marionnette. Moi.

Douze ans après m'avoir montré la cruauté en cassant ma routine, il avait recommencé.

J'étais à la maison, en train de déballer des perruques que j'avais commandées pour ma mère dans une boutique juive orthodoxe de Brooklyn, quand il entra dans ma chambre. Il ne prit pas la peine de frapper à la porte et, en dépit de ma surprise, je ne pris pas la peine de lui demander pourquoi il était à la maison (il n'était jamais là et n'entrait jamais dans ma chambre), car je marchais sur des œufs avec lui, ces derniers temps. Il semblait encore plus bizarre et égocentrique que d'habitude depuis quelques semaines.

— Je peux t'aider ? demandai-je.

Il s'appuya contre l'encadrement de la porte et me couva d'un regard de dédain. J'étais en train d'arranger une perruque en cheveux blonds naturels, tout en me demandant laquelle ma mère préférerait.

Je me demandai s'il le sentait. S'il sentait que j'étais différente. Parce que coucher avec Trent Rexroth m'avait définitivement changée, et je ne parlais pas seulement des marques sur mon corps. Mes tétons irrités et rougis, et les traces roses et boursouflées sur mes fesses et l'intérieur de mes cuisses n'étaient que de la déco extérieure. Quand il avait joui en moi, il avait laissé autre chose. Il m'avait laissé un peu de sa force.

— Assieds-toi, Edie.

— Donne-moi une bonne raison de t'obéir, répliquai-je.

J'attrapai une autre perruque que je démêlai avec mon peigne en bambou. Je n'étais pas d'humeur pour qu'on me fasse la morale et, si c'était la clé USB qu'il voulait, il allait devoir m'accorder davantage de temps. Trent m'avait à l'œil.

— Parce que je suis ton père et que tu ne me réponds pas de la sorte si tu veux une vie tranquille et paisible. Alors, assieds-toi.

Il avança dans ma chambre, ses yeux bleus sévères remplis de dédain. Je m'assis au bord de mon lit sans me presser et levai la tête pour planter mon regard dans le sien. Mon silence était assourdissant. J'espérais qu'il entendait tous les mots qu'il contenait.

— Edie, je crains que les choses ne tardent pas à changer dans cette maison, et c'est mon devoir de te l'annoncer, étant donné que c'est toi l'adulte responsable ici.

J'ignorai son commentaire (il était mal parti pour remporter le prix du meilleur parent de Todos Santos) et croisai les bras sur la poitrine en attendant qu'il continue.

— Je vais partir.

Il l'annonça tout simplement, comme si les mots ne me faisaient pas l'effet d'une gifle. Comme si des points noirs ne dansaient pas devant mes yeux.

— Pourquoi ? demandai-je.

Je me fichais qu'il parte. Les premiers mots me venant à l'esprit étaient plutôt bon débarras. Je le détestais. Mais ma mère ne le détestait pas. Ma mère était dépendante de lui, et j'en avais assez de ramasser les pots cassés qu'il laissait derrière lui, et d'essayer de recoller les morceaux.

Ce qui me tuait, ce n'était pas de faire le ménage sur son passage. C'étaient les éclats d'elle qu'il laissait dans son sillage et qui me rentraient dans la peau. Parce que, quand il brisait ma mère, on saignait toutes les deux.

— Il faut regarder la vérité en face, ça fait très longtemps que ta mère ne va pas bien et qu'elle refuse de demander l'aide dont elle a besoin. Tout le monde ne peut pas être sauvé, et je ne peux pas lui venir en aide, si elle ne fait pas d'effort. Malheureusement, je ne me vois pas rester là en attendant que ça arrive.

Elle ne va pas bien à cause de toi. Et si elle refuse les cures, c'est parce qu'elle a peur que tu te barres avec une autre. Ce que tu ferais probablement.

Les mots tourbillonnaient dans ma tête et dansaient sur le bout de ma langue, mais je me la mordis. C'était lui qui avait dit que les Van Der Zee devaient être rusés et calculateurs. Je laissai tomber la perruque sur mon lit et fixai le plafond en soupirant.

— Et ça ne va pas anéantir tes aspirations politiques ?

Il haussa les épaules et avança encore. Il ferma la porte derrière lui pour que ma mère ne nous entende pas. Non pas qu'elle quittait sa chambre, ces jours-ci.

— Si. Mais j'ai décidé de ne pas me présenter aux élections municipales. Je suis allé à la mairie, hier, pour retirer ma candidature. La campagne est annulée.

Mes battements de paupière rapides trahirent ma surprise. Je me redressai sur mon lit et me frottai l'arrière du crâne. Tout me faisait mal. Absolument tout. Mes cuisses, mes fesses, mon ventre étaient encore courbaturés après la nuit passée avec Trent. L'aveu de mon père me donnait le tournis ; mon cœur sombrait dans la tristesse et l'autoapitoiement quand je songeais à ce que ça impliquait pour moi.

Jordan Van Der Zee planifiait toujours tout minutieusement. Il savait où il voulait être dans cinq ans et il y travaillait discrètement, avec une détermination sans faille. Alors entendre ça… ça me déséquilibrait complètement.

Il secoua la tête et attrapa l'une des perruques qu'il peigna avec les doigts en fronçant les sourcils.

— Je vais me concentrer sur l'expansion de Fiscal Heights Holdings, faire virer Rexroth du conseil d'administration et mener une vie tranquille, annonça-t-il en reposant la perruque comme si elle le brûlait. Et je ne vais pas rester avec ta mère. Quant à toi, tu dois te concentrer sur ton avenir. Alors, j'ai un conseil pour toi, Edie : inscris-toi dans une bonne université, loin d'ici, et fais quelque chose de ta vie. Arrête de fumer des pétards. Arrête de fréquenter des losers, et arrête de t'occuper de ta mère, alors qu'elle ne s'occupe absolument pas de toi.

Et toi ? Tu t'occupes de moi ?

Mais, là encore, je me tus. J'avais trop à perdre. Les mots de Trent résonnaient faiblement dans ma tête, tels un écho lointain. « *Si tu veux être forte, alors il te suffit de l'être.* »

Je secouai la tête.

— Tu ne peux pas faire ça maintenant. Il faut d'abord qu'elle aille mieux.

Il leva la tête et caressa le lustre doré qui pendait au plafond en souriant au souvenir de celle que j'étais censée être.

— Elle n'ira jamais mieux. Il faut que je le fasse, et je vais le faire vite.

— J'ai besoin de plus de temps, insistai-je.

— Je ne te dois rien.

J'avais l'impression que tout m'échappait.

Je me levai pour me planter devant lui. Il ressemblait à l'homme blanc froid qui se rendait dans le village de Pocahontas. Le destructeur. Il avait l'air d'un personnage de Harry Potter capable d'aspirer votre âme.

— Quand est-ce que tu vas le lui dire ?

— Cette semaine. Ou la semaine prochaine. Ça n'a pas d'importance. Tu crois vraiment qu'il y a un bon moment pour ces choses-là ?

— Comme tu as fait le vœu de l'aimer dans la santé et dans la maladie, je dirais jamais. Elle a besoin de toi.

— Il n'y a pas à discuter. Tout ça n'est ni sain ni constructif pour quelqu'un de ton âge, déclara-t-il en montrant les perruques sur mon lit. Tu devrais te concentrer sur tes études et te construire un avenir.

— Mon avenir, c'est prendre soin de ma famille, répliquai-je en haussant le menton. Mon avenir, c'est surfer tous les matins.

Il observa ma chambre couleur corail d'un air absent, comme si elle représentait tous les rêves et tous les espoirs que j'avais brisés au fil des années en étant moi-même. En préférant les Dr Martens aux Louboutin. En préférant la plage aux échecs. En préférant des types comme Bane à tous les petits BCBG d'All Saints High.

Il haussa les épaules.

— Tant pis pour toi.

Tremblante, les poings serrés, le regard qui transpirait la haine, je posai la question qui me brûlait les lèvres :

— Et lui ?

— Theodore ?

Non. Le pape.

— Oui.

— Notre marché tient toujours. Il reste là tant que tu me fournis les informations dont j'ai besoin concernant Rexroth. Maintenant que mes projets ont changé, il est vital pour moi de garder un contrôle absolu sur Fiscal Heights Holdings, annonça-t-il sèchement.

Il passa la main sur la coiffeuse que je n'avais jamais utilisée. Une fine couche de poussière recouvrit sa paume.

J'avalai difficilement ma salive en espérant qu'il ne le remarque pas.

— Et si j'échoue ?

— Tu n'échoueras pas. Échouer entraînerait le départ de Theodore pour une institution de la côte Est. Il y en a une excellente près de la filiale new-yorkaise de Fiscal Heights Holdings.

— C'est difficile de trouver des infos sur lui. Il n'est pas stupide.

Je butai sur les derniers mots. Je me détestai d'avoir bafouillé. Cette fille, ce n'était pas moi. Je n'étais pas une fille.

— Il est intelligent, mais tu l'es plus que lui. C'est moi qui t'ai faite, après tout.

Je crus que j'allais lui gerber dessus. Comment pouvais-je répondre à ça sans cracher ma haine ? Je décidai de changer de sujet.

— Tu as quelqu'un d'autre ? Tu quittes maman pour une maîtresse ?

Les mots me laissaient un horrible goût dans la bouche. J'avais envie de prendre une douche et de me cacher sous ma couette. Surtout, je n'avais plus envie de me sentir aussi terriblement fatiguée par cette guerre froide sans fin. C'était exactement comme ça que ma mère avait commencé sa liaison tumultueuse avec les antidépresseurs.

En restant au lit.

À longueur de journée.

Jordan m'observait d'un air totalement dénué d'émotions. Il recula d'un pas, me signifiant que la discussion était close, et essuya sa main poussiéreuse sur mon sweat à capuche noir, posé sur le dossier de ma chaise.

— Ne fais pas l'enfant, Edie.

— J'ai rencontré pas mal de tes conquêtes, au cours des années. Je me demande juste si l'une d'entre elles a enfin réussi là où toutes les autres ont échoué. C'est qui ? Tracey ? Holly ? Cadence, peut-être ? égrenai-je en faisant la moue.

J'étais en train de perdre les pédales et je n'en avais plus rien à faire. J'étais vindicative et enragée. Une boule de feu qui voyait rouge. J'avais faim de ce pouvoir qu'il me volait chaque fois qu'il était dans la pièce.

Il secoua la tête.

— Aussi folle que ta mère !

Je fis un pas vers lui et vis la confusion lui déformer le visage. Je n'avais jamais envahi son espace avant. Mais là mon nez était dangereusement proche du sien, et je voyais tout dans son regard bleu clair. Je me reconnaissais dans ses traits, dans sa mâchoire serrée, dans la courbe de son nez, la blancheur de son teint (même si mon visage était jeune, bronzé et parsemé de taches de rousseur et que le sien était ridé et d'une pâleur terne). Et pour la première fois, je me rendis compte que j'étais peut-être comme lui. Le produit de quelque chose d'horrible, qui allait donner naissance à des choses encore plus affreuses.

— Je me fiche que tu la quittes pour une autre. Je sais que je ne peux pas te convaincre de rester et, même si je le pouvais, une partie de moi est convaincue que c'est ta faute si elle est dans cet état. Mais laisse-moi te dire une chose : si tu décides de parader en ville avec ton nouveau jouet et d'humilier ma mère, il y aura des conséquences. Pour ce qui est de Theo (pas Theodore, Theo) et de Trent Rexroth, j'en ai plus qu'assez de t'obéir comme un parfait petit pantin. Tu auras ta foutue clé USB, papa chéri, mais en échange, tu vas signer les papiers que j'ai dans cette foutue coiffeuse que tu m'as achetée quand j'avais douze ans, et nous rendre notre liberté, à Theo et moi. Soit tu dis oui, Jordan, soit il n'y a plus de marché. Et avant que tu me répondes, laisse-moi te donner un conseil : ne sous-estime jamais quelqu'un de brisé. On est imprévisibles. Parce que, une fois qu'on est cassés, une brèche de plus ou de moins, qu'est-ce que ça peut bien faire ?

Les mots étaient sortis de ma bouche comme un ouragan. À la fin de ma tirade, j'étais essoufflée et ressentais la froideur de ma trahison envers Luna et de ma déloyauté envers Trent jusque dans la moelle de mes os. Savoir ce que ça engendrerait pour Camila me donnait la nausée. Mais tout ça devenait trop compliqué. Il fallait que je prenne Theo sous mon bras et que je disparaisse. Il n'y avait pas que la Californie du Sud qui avait des bonnes plages. On pouvait s'installer ailleurs. Construire une nouvelle vie. S'asseoir sous un porche qu'on ne connaissait pas, regarder le coucher du soleil, manger de la glace à la pistache et rire. Nous créer des bons souvenirs et les garder en mémoire. C'était possible.

— Edie…

Je le regardai, puis regardai derrière lui. Il savait que j'étais sérieuse. Et quelque chose me disait qu'il en avait fini avec moi, de toute façon. Avec moi, avec ma mère, avec Theo. En obtenant la clé USB et en me faisant sortir de sa vie, il faisait d'une pierre, deux coups. Il allait dire oui, c'était certain.

— Rapporte-moi cette clé, souffla-t-il en collant sa joue contre la mienne, et tu tiens ton avenir avec Theodore.

— Et toi, garde tes maîtresses dans l'ombre, là où les péchés ont leur place, lui rappelai-je.

Cette fois, c'était moi qui lui tenais le poignet. Même si je n'avais pas les doigts refermés autour de sa chair semblable à la peau d'un serpent mort, je le tenais. La tension de sa mâchoire parlait pour lui.

— Une vraie Van Der Zee, grogna-t-il.

Puis il me repoussa comme si j'étais un chat errant trempé sous la pluie battante.

À cet instant, j'étais l'enfant qui avait regardé le chien mourant sans détourner les yeux.

À cet instant, j'étais impitoyable.

À cet instant, j'étais la Van Der Zee que je n'aurais jamais cru devenir.

Je détestais cette personne. Mais elle détestait Jordan davantage qu'elle le craignait.

Mon estomac gargouilla pour la énième fois de la matinée, suffisamment fort pour être entendu par-dessus le bruit des vagues.

— Bon sang, Gidget, c'est quoi, ce bordel ? Mange donc une foutue barre de céréales !

Bane fouilla dans son sac et m'en lança une, les sourcils froncés. Son air maussade ne l'abandonna pas lorsque je remis la barre dans son sac, que j'enfilai mes tongs et que je calai ma planche sur ma tête pour remonter vers la promenade. Si je ne mangeais pas, ce n'était pas pour l'énerver. Simplement, j'étais incapable d'avaler quoi que ce soit. J'avais l'estomac retourné par une nausée permanente et un goût acide dans la gorge.

Depuis que j'avais dit à mon père que je lui rapporterais

cette clé avec Dieu seul savait quoi dessus, je me sentais mal. Pas seulement physiquement, mentalement aussi. Je n'étais pas entièrement sûre de ce que j'éprouvais pour Trent, mais j'étais certaine que personne au monde ne méritait ce que j'étais sur le point de lui faire.

Bane attrapa son poste de radio qui traînait dans le sable et crachait *Pacific Coast Highway* de Kavinsky à plein volume. Il attrapa ma planche et la glissa sous son bras. Je le suivis, les jambes tremblantes, ce goût de bile amère toujours dans la bouche.

Quand on arriva sur la promenade, il dit bonjours au SDF qui vivaient dans des abris de fortune en carton sur les étendues de gazon près des boutiques. Il connaissait tout le monde sur cette plage. Le moindre artiste raté qui glissait de force son CD dans les mains des passants, le dernier vendeur en date dans les magasins de weed, de surf et de vélos. Il était toujours torse et pieds nus quand il m'accompagna à ma voiture. Un généreux donateur pas si secret avait payé ma facture au garage, et ils m'avaient rendu mon Audi avec une nouvelle culasse.

Lorsqu'on atteignit ma voiture, il s'appuya à la portière côté passager, et croisa les bras sur le dragon en colère qui ornait sa poitrine. Ses yeux vert jade embrumés me scannèrent avec un désintérêt amusé, et il pencha la tête sur le côté, comme si j'étais une drôle de créature mystique.

— Viens à la maison. Je veux que tu rencontres ma mère, lâcha-t-il comme un cheveu sur la soupe.

Le rire monta dans ma gorge endolorie. Ce n'était pas un rire joyeux, mais un mélange de gêne et d'anxiété. Je me frottai les mains pour réchauffer mes paumes et les plaquai sur mes joues pour qu'il ne voie pas que j'étais en train de rougir.

— Je ne savais pas que c'était aussi sérieux entre nous.

Et tu me dis ça, alors que tu as refusé de m'emmener au bal de promo, à l'époque où on sortait vraiment ensemble ?

Il leva les yeux au ciel avant de poser un regard sérieux sur moi.

— Ça craint, le bal de promo, et on n'a jamais vraiment été ensemble. On baisait juste de manière exclusive, jusqu'à ce que tes problèmes avec ton papa remontent à la surface. Bref. Je pense que ma mère pourrait t'aider.

Je dus me retenir pour ne pas ricaner.

— M'aider ? Mais encore ?

Personne ne pouvait m'aider. J'étais sur le point de baiser deux personnes pour en sauver une que j'aimais.

— Avec ta situation familiale.

Bane ne savait pas tout, mais il en savait suffisamment. C'était tentant de faire appel à l'assistance d'une personne extérieure, mais je n'avais jamais rencontré sa mère et, même si je savais que c'était quelqu'un d'important, avec un tas de contacts, je ne faisais pas confiance aux adultes. Aux vrais adultes. Ceux qui dominaient le monde dans lequel je vivais.

— Merci pour la proposition, mais je gère.

J'ouvris la portière côté conducteur et m'installai au volant. L'odeur de l'ancien propriétaire (Vicious) flottait encore dans l'habitacle, et me fit penser à Trent. À sa stature impressionnante et à son formidable froncement de sourcils. Bane vint se planter près de ma vitre et tapa sur le toit en souriant.

— C'est pour ça que tu as oublié d'attacher ta planche sur le toit ? Penses-y, au moins, Gidget. Ça vaut ce que ça vaut, mais je pense que tu ne gères pas, au contraire. Et si tu as besoin d'un coup de main, la mienne est là, et pas juste pour mettre des doigts.

— Tu me dégoûtes, mais merci.

J'attachai ma planche et je partis. Je ne me donnai pas la peine de passer chez moi pour prendre une douche et me changer. Il fallait que je réfléchisse à ce que j'allais faire avec ma mère. Il me fallait aussi un plan pour la clé USB. Mais surtout… il fallait que j'arrête de penser à Trent comme s'il n'était pas un ennemi.

Chapitre 20

Trent

Atlanta, putain. En Géorgie.

— Tu es sûre ?

Je tapotais mon bureau du bout des doigts, l'autre main sous mon menton, dévisageant Amanda comme si elle venait de me présenter un bébé mort-né, au lieu de la putain d'information que j'attendais depuis des années. D'une certaine façon, c'était le cas. Cette info était inutile et futile. Un poids mort. Amanda était assise en face de moi, incarnant à la perfection le détective privé professionnel. Avec son chemisier blanc et son pantalon cigarette, elle était élégante mais pas trop sophistiquée.

Elle hocha la tête et posa une chemise en papier sur mon bureau.

— Absolument sûre. Elle vit dans un bel immeuble de Buckhead, l'un des quartiers chics de la ville. Elle a un chihuahua. Pas de mari. Pas d'enfant. Autant que je sache, elle ne travaille pas. J'ignore quelles sont ses sources de revenus. Je peux creuser, bien sûr, mais ça voudrait dire me rendre à Atlanta. Il te faudrait payer le billet d'avion, l'hôtel, en plus de mes honoraires. Sinon, je peux te mettre en contact avec un collègue de confiance sur place. Il te trouvera les infos dont tu as besoin.

S'il y avait eu un guide expliquant ce qu'il fallait ressentir, vis-à-vis de Val mais aussi en général, je l'aurais acheté direct, et en un paquet d'exemplaires. Pour la première fois depuis des années, les choses semblaient s'améliorer. Mes parents et moi emmenions Luna à son cours de langue des signes toutes les semaines. Nous nous y étions tous mis, et elle avait commencé à communiquer avec nous. Elle avait Camila, qu'elle aimait beaucoup, Sonya, qu'elle adorait. Et quelque part entre les deux, Edie Van Der Zee réussissait à la faire sourire, à la faire rire, à l'emmener dans les boutiques et à Disneyland. J'avais l'impression d'être sur le point d'effectuer une percée, et déranger cet équilibre me donnait le sentiment de parier ma vie à Las Vegas.

Quand j'avais commencé ma quête de Val, la situation était différente. J'étais seul à Chicago avec un bébé d'un an sur les bras. Je me rappelais encore le moment où j'avais décidé de décrocher le téléphone pour appeler Dean, mon meilleur ami. Les yeux fixés sur la ville en contrebas de mon penthouse, Luna qui me mordillait le bras avec ses petites dents pointues toutes neuves, réclamant sa maman entre deux cris, je lui avais demandé si son père avocat pouvait me recommander un détective privé digne de confiance.

À l'époque, j'étais en colère.

J'étais hors de moi.

J'étais désespéré.

J'étais revanchard.

Mais plus maintenant.

Ou peut-être que je l'étais encore, mais pas assez pour foutre en l'air ce j'avais accompli au cours des derniers mois. Luna passait en priorité, et sa mère n'avait pas l'air de vouloir la récupérer. Elle semblait plutôt avoir trouvé un nouveau portefeuille bien garni qu'elle pouvait presser comme un citron.

— Laisse tomber, dis-je en agitant la main.

Je me levai pour m'approcher de la fenêtre et regarder la ville. Los Angeles était la luxure incarnée. Laide, sale et crue, et en même temps absolument irrésistible. Il lui manquait tout ce que les gens aimaient : structure, sophistication, beauté… Pourtant, elle attirait tout et tout le monde. Elle mâchait et recrachait les gens avec des poches pleines de rêves et d'argent. C'était pour ça que j'avais décidé de rester à Todos Santos, même si un célibataire métis n'était pas le candidat idéal pour vivre dans cet endroit ultrablanc et odieusement huppé. Je ne voulais pas que Luna connaisse la laideur. Elle méritait mieux que ce que la vie lui avait offert jusqu'alors.

— Tu en es certain ? demanda Amanda, son accent jamaïcain légèrement plus prononcé.

Ça lui arrivait lorsqu'elle était déstabilisée, et ma réponse la prenait par surprise. Je hochai la tête et pivotai sur moi-même, les mains jointes dans le dos.

— Luna est équilibrée, et je ne veux pas la perturber. Je préfère me concentrer sur elle et m'assurer qu'elle va mieux.

M'assurer qu'elle parle.

— Si tout se passe comme prévu, je pourrai contacter Val discrètement et lui faire signer les papiers pour qu'elle abandonne ses droits.

Amanda acquiesça et attrapa son sac. C'était la fin d'une ère. J'avais travaillé avec elle pendant trop longtemps, je l'avais baisée pendant des mois ; à présent c'était terminé. Elle se leva, et je la rejoignis, en proie à un besoin de faire quelque chose de civilisé. Je n'étais pas un salaud, la plupart du temps en tout cas. Surtout pas avec les gens qui n'étaient pas salauds avec moi.

— Merci, dis-je en lui étreignant le bras. Merci pour tout. Pour m'avoir aidé avec Luna et pour ce qui est sur cette clé USB.

Elle me rendit mon étreinte et s'approcha plus près.

— Si tu as besoin de quoi que ce soit d'autre, tu sais où me trouver.

Ses lèvres effleurèrent mon oreille. Je reculai, l'attrapai par le menton et caressai sa lèvre inférieure en secouant la tête.

— Plus maintenant, dis-je doucement.

Elle haussa les sourcils.

— Elle a de la chance.

— Au contraire. Crois-moi.

Elle s'écarta et reprit son air le plus professionnel.

— Est-ce que je continue à travailler sur le dossier Van Der Zee, ou est-ce que je t'envoie ce que j'ai ?

Je n'eus pas besoin de réfléchir à la réponse.

— Tu continues. Et tu ne t'arrêtes pas tant que je n'ai pas la tête de cet enfoiré au bout d'une pique.

Edie

Le lundi, le mardi, le mercredi et le jeudi me semblèrent aussi interminables qu'ennuyeux. Les seules choses dignes d'être remarquées étaient que mon père n'était pas au bureau (il était sûrement en vacances avec l'une de ses maîtresses, ou en train d'échafauder la prochaine étape de son plan pour conquérir le monde), et que j'étais incapable d'avaler quoi que ce soit ou de regarder ma mère dans les yeux. Elle ne savait toujours pas que son mari prévoyait de la quitter. Elle passait ses journées à se regarder dans le miroir de la salle de bains, attendant que ses cheveux poussent miraculeusement de vingt centimètres d'un coup. Je lui préparais ses repas, et elle mangeait sans protester. Trent n'était pas là, et pas de Trent signifiait pas d'espoir. Je parcourais les couloirs du quinzième étage le cœur serré, gros, malade, infecté.

Le mardi, j'avais passé la journée à aider Luna à chercher des photos d'hippocampes sur Internet pour les peindre ensuite dans des couleurs pastel. Je lui avais donné le collier que j'avais fait pour elle avec un coquillage ; il ressemblait exactement au mien sans être tout à fait le même.

Le sien était ébréché. Cassé. Imparfait.

J'avais utilisé le lacet qui me restait pour le faire, alors c'était un peu comme un de ces bracelets d'amitié. Je n'en avais jamais fait pour qui que ce soit. Quand je le lui avais dit, ses yeux avaient scintillé de joie et de surprise. Elle ne me comprenait pas. Moi non plus.

J'errais sans but dans l'espoir futile d'apercevoir Trent. Il me fallait absolument mettre la main sur cette clé.

Enfin, le vendredi, mon rêve devint réalité.

J'étais installée à mon bureau (une version plus petite et plus triste de celui, en chêne, de Max). J'avais le nez plongé dans les pages d'un magazine de surf que j'avais apporté, quand quelqu'un me jeta quelque chose. Ou plutôt deux choses. Un Snickers et une barre de céréales. Je relevai la tête, les sourcils froncés. Trent se tenait devant moi. Grand, élégant, irrésistible. Comme il ne disait rien, je m'emparai d'un des deux snacks sans regarder, ouvris l'emballage et pris une bouchée. La faim accumulée pendant la semaine me tomba dessus d'un coup, comme si j'avais attendu de voir son visage pour m'autoriser à manger de nouveau.

— Ça fait longtemps qu'on n'a pas joué à ce petit jeu, fis-je remarquer.

Il haussa les épaules.

— J'ai trouvé des jeux plus sympas auxquels jouer avec toi, dit-il assez bas pour que personne n'entende.

Mon âme était comme un ballon qui se dégonflait à toute vitesse. J'avais éprouvé une envie irrépressible de le voir mais, pour lui, ce n'était qu'une rencontre spontanée parmi tant d'autres. Peut-être que l'entuber était un mal pour un bien. Il n'y aurait plus rien pour nous rattacher, une fois que j'aurais tout détruit. Quand il était là, mon esprit vagabondait et s'éloignait de mon objectif. Visiblement, il ne partageait pas ce sentiment.

— Dans mon bureau, ordonna-t-il en tournant la tête vers le couloir. Dans vingt minutes, pour ne pas éveiller les soupçons.

Le fait qu'on ne se soit pas encore fait prendre démontrait que les gens étaient vraiment des connards égocentriques. Parce qu'on ne pouvait pas dire que j'étais discrète. Certes, on ne se parlait pas, on ne passait pas de temps ensemble et on ne se roulait pas des pelles dans le couloir. Mais mon regard ne laissait pas place au doute. Quand je le voyais, la faim se lisait dans mes yeux.

Il disparut, et j'attendis. Heureusement que j'avais vingt minutes pour me remettre les idées à l'endroit.

Quand ce fut l'heure, je m'attachai les cheveux en un chignon flou et allai le rejoindre.

— Entrez, dit-il quand je frappai à la porte.

Je m'exécutai et refermai derrière moi, avant de m'appuyer contre le bois, les mains dans le dos. Je gravitai autour de lui comme les planètes autour du soleil. Il était un superbe chef-d'œuvre de la nature qui pouvait vous tuer, si vous vous approchiez de trop près. Lui me regardait comme si j'étais la lune. Pâle, solitaire et si lointaine…

— Pourquoi tout le monde t'appelle le muet ? demandai-je.

Pas trop tôt. Ça faisait une éternité que j'avais envie

de poser la question, mais je n'avais jamais trouvé le bon moment. Il avait l'air de bonne humeur, aujourd'hui, alors autant en profiter tant qu'on s'adressait encore la parole.

Il se laissa aller contre le dossier de son fauteuil, l'air sévère et puissant.

— Ça me paraît pourtant évident. Je ne desserre presque jamais les dents, Edie.

Il n'avait pourtant pas de problème pour me parler.

— D'accord, mais tu as toujours été comme ça, ou…

— Ou c'est arrivé après le départ de la mère de Luna ? Non, j'ai toujours été du genre silencieux.

— Pourquoi ?

— Je n'aime pas les banalités, ni les ragots, ni tout ce qu'il y a entre les deux. Quand je parle, c'est parce que j'ai quelque chose à dire. Est-ce que cette conversation a une utilité quelconque, ou est-ce que tu as fini de me faire perdre mon temps ?

Je fronçai les sourcils.

— Je te signale que c'est toi qui m'as demandé de venir dans ton bureau. Tu es encore dans une de tes humeurs, apparemment.

— Non. J'ai quelque chose à te demander. Assieds-toi.

Il désigna un fauteuil en face de lui d'un hochement de menton. Je le fixai un instant avant de me décider à obéir. Je croisai les mains sur mes genoux pour m'empêcher de me ronger les ongles.

— Laisse-moi d'abord te dire que je sais que tes samedis t'appartiennent, et je respecte ça. Crois-moi, tu as été très claire à ce sujet. Mais j'ai un service à te demander. Vicious organise son barbecue annuel (enfin, c'est Emilia qui organise), et je suis invité avec Luna. Elle déteste ce genre de réunion où les enfants essaient de lui parler et de jouer avec elle. En temps normal, j'aurais demandé à mes parents de lui tenir compagnie pendant que j'aide à la cuisine et au barbecue, mais ils sont absents. Je ne te solliciterais pas, si j'avais une autre solution. Tu le sais, n'est-ce pas ?

J'étais tellement habituée à ses manières austères qu'il me fallut un moment pour comprendre ce qu'il me demandait.

Samedi.

Barbecue.

Theo.

Non.

Je déglutis avec peine.

— Écoute, je…

— Le point de rupture. Tout le monde en a un. Et ce genre de situation, c'est le point de rupture de ma fille, Edie.

Il me lança un regard que j'eus du mal à déchiffrer. Ce n'était pas vraiment de la détresse, mais on était loin du sang-froid et de l'indifférence habituels.

— Je ne connais pas ton histoire, mais tu comprends ce que Luna ressent. Elle va se retrouver toute seule, parce que je ne pourrai pas être avec elle à chaque instant. Des enfants vont l'aborder. Elle va être mal à l'aise, effrayée, stressée. Je ne veux pas de ça pour elle, mais je ne peux pas décliner toutes les putains d'invitations qu'on m'envoie et nous enfermer dans mon penthouse jusqu'à la fin des temps. Ce qui est pourtant ce que je suis obligé de faire la moitié du temps.

Ça faisait mal. Son discours résonnait profondément en moi, parce qu'il avait vu juste. La paria. Je savais ce que c'était. Moi aussi, j'avais ça en moi, même si je ne ressemblais pas à l'idée qu'on se faisait d'une personne asociale. Je secouai la tête, les larmes aux yeux. Quelle que soit ma décision, j'allais sortir de ce bureau le cœur lourd. Depuis que Theo était au centre, je lui avais toujours rendu visite le samedi. Je n'en avais jamais raté un seul. Pas même si j'étais malade. Est-ce que j'allais vraiment briser la tradition pour Trent et Luna ?

Pendant combien de temps encore allais-je être dans la vie de Luna ? L'idée de dire au revoir à cette jolie petite fille silencieuse qui me faisait tellement penser à moi me laissait sans voix.

— C'est d'accord. Mais juste pour cette fois, m'entendis-je répondre. S'il te plaît, ne me redemande pas ça et ne me force pas à dire non à Luna. Je me détesterais, et te détesterais de m'avoir mise dans cette position. Mes samedis sont à moi.

Il hocha brièvement la tête. Même s'il tentait de cacher sa joie, je vis ses épaules se détendre.

— C'est la première et la dernière fois. Je ne sais pas qui c'est, mais il a de la chance de t'avoir.

Mon côté parano se réveilla aussitôt, et je sentis tout en moi se crisper.

— Qui te dit que c'est un « il » ?

— Je ne suis pas stupide, Edie. Est-ce qu'il est en prison ? Tu envisages d'être avec lui, quand il sortira ? De vous construire un nid, de payer ses dettes ?

Ça aurait presque été risible, si ce n'était pas aussi tragique. S'il avait su à quel point il avait raison et tort à la fois ! Je me levai et attrapai la poignée de la porte en soupirant. Je sentais son regard fixé sur moi : il attendait une réponse. Les bruits typiques d'un bureau débordant d'activité me parvenaient depuis le couloir.

— On se voit samedi.

— Tu ne quitteras pas ce bureau avant de m'avoir répondu.

— On peut savoir en quel honneur ?

— Parce que je suis ton patron.

— Un patron qui me fournit en beuh et en bite. C'est très pro, en effet.

Il ne répondit pas. Son regard me fit l'effet d'une aiguille qu'il m'enfonçait dans le cœur pour me rappeler le pouvoir qu'il avait sur moi.

— C'est la première et la dernière fois que je fais ça pour toi, insistai-je. Je ne plaisante pas.

— Edie, gronda-t-il.

Quoi ? J'étais juste une nana qu'il utilisait pour prendre son pied et aider sa fille à communiquer avec le monde extérieur. Et j'étais suffisamment idiote pour le laisser faire, parce que j'adorais Camila et Luna, et que j'aimais la sensation de ses mains sur moi. Même si, honnêtement, moi aussi j'avais quelque chose à y gagner. Sa clé USB. Ma clé vers la liberté.

— Merci d'avoir payé la facture du garage, au fait, c'est très gentil. Mais je te l'ai déjà dit, je n'ai pas besoin d'un papa gâteau, lançai-je en continuant de lui tourner le dos.

— Tant mieux, parce que, si tu m'appelles comme ça encore une fois, je défonce ta voiture jusqu'à ce qu'elle soit dans le même état qu'avant les réparations. Ce n'est pas ce qu'on est, Edie. Tu m'utilises autant que je t'utilise.

Je voulais le croire, mais ce n'était pas vrai.

La clé USB ne nous mettrait pas à égalité. Loin de là.

J'ouvris la porte et sortis sans prendre la peine de la fermer derrière moi. Ça ne servait à rien que j'essaie de me dissimuler à son regard.

Il me trouverait. Il me trouvait toujours.

Chapitre 21

Edie

Plus tard, ce jour-là, je me retrouvai dans une allée entre le bâtiment Oracle et un grand parking, en train de manger mes ramen. Il y avait une odeur désagréable de pisse, mais l'endroit était si désert, froid et silencieux que je ne pouvais pas résister. Ce qui était ironique, car c'était exactement comme ça que j'aurais décrit Trent. L'odeur de pisse en moins, naturellement.

J'aspirai les dernières nouilles et jetai le bol en plastique dans la poubelle derrière moi. J'avais l'estomac plein mais le cœur vide.

En tournant les talons, je m'encastrai dans un truc dur comme du béton mais trop chaud pour être un mur.

Trent.

— Quoi ? aboyai-je.

Je n'étais pas d'humeur pour ses jeux. Il ne s'agissait pas seulement de samedi, de Theo et de ses questions. Je n'avais pas envie d'être en présence d'un type qui exerçait un tel pouvoir sur moi. Il commençait à trop me rappeler Jordan. Il me fit reculer jusqu'à ce que mon dos soit collé aux portes en métal froides de l'ascenseur extérieur de notre bâtiment. Il mit sa main dans sa poche et en ressortit une carte magnétique, qu'il inséra quelque part derrière moi. L'ascenseur émit un *ding* de contentement. Les portes s'ouvrirent, et j'entrai dans la cabine, les jambes tremblantes. Il me poussa à nouveau jusqu'à ce que mon dos heurte la paroi. Les portes se refermèrent. Il appuya sur un bouton, puis se tourna vers moi.

— Qu'est-ce qui se passe, Trent ? Je t'ai donné ce que tu voulais, alors qu'est-ce que tu fais ici ?

Il avait l'air aussi sérieux qu'une crise cardiaque.

— C'est plus facile comme ça, dit-il en enroulant mes cheveux autour de son poing.

Il tira, et j'arquai le dos comme un automate. Il fit courir ses lèvres sur mon cou ainsi offert, éveillant un frisson d'excitation le long de mes cuisses.

— Qu'est-ce qui est plus facile ?

— De ne pas parler. C'est pour ça que je suis le muet. Quand on ne parle pas, les gens croient qu'on n'écoute pas, et ils arrêtent de poser des questions à la con. Ils commencent à faire moins attention. Ils aiment le son des voix. La leur, celle des autres. C'est pour ça qu'ils aiment la musique. Pas moi. Je n'aime ni la musique ni les gens. Alors je la boucle. Mais je n'aurais jamais imaginé que ce serait comme ça avec Luna.

Son aveu candide me prit par surprise. À tel point que je sentis à peine qu'il était déjà en train de déboutonner mon pantalon. Trent était comme une épice. Je pouvais le goûter partout, même si nos lèvres ne s'étaient jamais touchées. Et elles ne se toucheraient probablement jamais. Mais ça ne l'empêchait pas de m'aveugler et de me mettre l'eau à la bouche.

— J'ai besoin de te sauter, grogna-t-il dans mon cou, en me plaquant contre le mur. Je ne pense qu'à ça, Edie. À toi qui te contractes autour de ma bite. J'en ai besoin, et ça fout le bordel. Dans ma vie, dans ma tête, dans mes priorités.

— Alors fais-le, gémis-je.

Je glissai la main dans son pantalon et serrai son sexe. Son érection était tellement impressionnante que je geignis. Moi aussi, j'avais besoin de le sentir en moi. Besoin qu'il me fasse oublier. Oublier ma mère, le départ de Jordan et ce que je devais faire pour protéger Theo. Oublier que la vie était principalement une suite de déceptions qui liaient des tragédies les unes aux autres.

Trent fit volte-face et appuya sur un bouton. L'ascenseur s'arrêta brutalement. Il me souleva ensuite, et j'enroulai les jambes autour de lui. Alors, il m'embrassa le visage pour la toute première fois. Pas la bouche. Juste le cou, la mâchoire et mes paupières closes. Il laissa ses dents courir sur ma peau et sa langue provocante me goûter. J'avais envie de mourir dans ses bras. Je commençai à le caresser à travers son caleçon et sentis son sexe durcir encore. Ma culotte était tellement trempée que le tissu collait à ma peau.

— S'il te plaît, dis-je dans un souffle.

— S'il te plaît quoi ?

— S'il te plaît, baise-moi, suppliai-je d'une voix étranglée.

Je ne suppliais jamais. Je n'avais jamais eu à le faire. Je n'avais eu que très peu de partenaires, et ils avaient toujours été ravis de se déshabiller, avant même que j'aie le temps d'ouvrir la bouche. Pas Trent. Avec lui, il y avait toujours une avancée. Puis une résistance. Puis une explosion, quelque part au milieu. C'était là qu'on se trouvait, lui et moi.

— Je n'ai pas de préservatif, dit-il en tirant maladroitement sur mon pantalon.

J'avais les jambes écartées, et il commença à me caresser à travers le tissu de ma culotte. J'avais son sexe dans ma main, il avait le mien dans la sienne, mais ça ne suffisait pas. J'en voulais plus. Je voulais tout.

— J'ai besoin de te sentir en moi.

— Ça peut s'arranger, répondit-il avec un sourire.

Il recula d'un pas, et je m'agenouillai dans un bruit sourd. Il sortit son sexe large, dur et gonflé de son caleçon Armani blanc, m'attrapa les cheveux et approcha mon visage du monstre qu'il avait entre les jambes. J'achevai de baisser son pantalon d'une main et refermai mon autre main à la base de son sexe avant d'en embrasser l'extrémité.

— À part ça, on ne peut pas s'embrasser, lâchai-je d'un air pince-sans-rire.

Son rire se réverbéra dans tout son corps puissant et musclé. Le désir que j'éprouvais pour lui était si bestial que je ne ressentais pas la moindre honte à l'idée de ce que j'avais envie de lui faire. Je le pris aussi loin que possible dans ma bouche et le recouvris d'abord de salive, avant de le sucer comme une sucette. Ma main allait et venait autour de sa base, tandis que j'émettais des bruits dont j'étais sûre qu'ils le rendaient fou.

— Putain, murmura-t-il en me tirant les cheveux plus fort.

J'avais toujours le dos collé au mur, alors qu'il était debout devant moi, à aller et venir dans ma bouche. Il perdit l'équilibre et appuya une main contre la paroi pour se rattraper.

— Pourquoi est-ce que je reviens toujours ? Qu'est-ce qui te rend aussi irrésistible, bordel ?

Bien décidée à ne pas lui répondre, je me mis à le sucer plus vite et plus fort. Lorsque je pressai la langue contre son extrémité, le goût salé que je sentis sur mes papilles faillit me faire m'évanouir de plaisir.

— Touche-toi, ordonna-t-il, visiblement frustré par mon silence.

Je m'exécutai, curieuse de savoir où ce petit jeu allait nous mener.

Trois coups retentirent soudain au-dessus de notre tête.

— Oh ! Il y a quelqu'un ? C'est Clint, de l'entretien !

— Foutu Clint, grommela Trent.

Il m'attrapa par le cou et se mit littéralement à me baiser la bouche. Des larmes me montèrent aux yeux, tandis que les assauts répétés de son sexe jusqu'au fond de ma gorge me donnaient des haut-le-cœur.

— Doigte-toi. Lâche ma bite et caresse-toi. Je vais bientôt jouir.

J'obéis. En l'entendant gémir au-dessus de moi, un frisson me parcourut des pieds à la tête. On pouvait se faire prendre. On allait se faire prendre. Clint était obligé de rédiger un compte rendu. Je le savais, parce que je passais mes journées à imprimer et à classer les comptes rendus de tout le personnel d'entretien du bâtiment. Et ce que Clint écrirait dans le sien allait causer notre perte.

— Putain de merde, Edie, ne t'arrête pas !

Je ne m'arrêtai pas. Des larmes roulaient sur mes joues tandis que je le prenais tout entier dans ma bouche, que je le sentais tressaillir contre ma langue.

— Je vais jouir dans ta bouche.

C'était une déclaration. Pas une question. Je hochai la tête.

— Il y a quelqu'un ? appela à nouveau Clint.

Trent donna un coup de poing dans le mur.

— Trent Rexroth et Edie Van Der Zee, du quinzième. Vous ne pouvez pas nous envoyer de l'aide, au lieu de taper dans la porte ? rugit-il.

Il y eut un bref silence. Je ne savais pas si Clint était parti chercher quelqu'un, ou s'il était en train d'essayer de résoudre le problème lui-même.

— Edie, répéta Trent en posant une main sur ma joue. Je vais jouir.

Quelques secondes plus tard, je sentis un liquide chaud et épais se déverser dans ma bouche, une saveur salée et masculine à la fois. J'avais déjà fait ça avant et j'avais toujours avalé aussi vite que possible pour ne pas laisser le temps au goût de percuter pleinement mes papilles. Mais pas cette fois. Cette fois, je le savourai comme un grand cru, sans cesser de me caresser.

— Nom de Dieu, gémit-il en m'attrapant par les cheveux pour me faire me mettre debout.

J'avais compris. Le temps était compté. Mais j'avais quand même envie d'atteindre l'orgasme. Je me relevai, tremblante, ma main toujours entre mes cuisses. Il me plaqua contre le mur.

— Je veux tes fesses, chuchota-t-il à mon oreille. Dis-moi que tu me les donneras dimanche, et je te ferai jouir avant que Clint débarque.

— Non, répondis-je d'une voix rauque. Je suis loin d'être assez excitée, et maintenant que je sais qu'il va venir…

— Clint ne vient pas, chérie, m'interrompit-il en recouvrant mon sexe de sa main et en serrant. C'est toi qui vas venir. À condition de me promettre que ton petit cul sera à moi ce week-end.

— Je n'ai jamais essayé le sexe anal.

— Encore mieux. Je veux te prendre par tous les trous, Van Der Zee. Je veux même en créer des nouveaux au passage.

Je faillis rire, mais il mit ses doigts sur les miens pour me guider. J'écartai les jambes autant que possible et sentis son majeur me caresser entre les fesses.

— Tu ne dis pas grand-chose, aujourd'hui, fit-il remarquer dans un souffle.

— Je pensais que tu aimerais ça. Tu n'aimes pas parler aux gens, pas vrai ?

Je relevai une jambe, et il glissa en moi son majeur, qui rejoignit mes propres doigts. Puis il le ressortit et le glissa lentement dans mon anus.

— Je déteste quand les gens parlent. Mais quand c'est toi, j'aime bien. Tu n'es pas comme les autres. Tu as toujours quelque chose d'intéressant à dire. Tu méprises cette merde autant que moi. Tout ce cirque de riches hypocrites.

— Arrête, tu adores ça, rétorquai-je tout en sentant les prémices de l'orgasme.

— Non. Je ne fais que jouer le jeu, ma petite marée.

— Je rêve ou tu viens de me donner un surnom ?

Mes muscles se décontractaient progressivement autour de son doigt. Ça faisait un peu mal, mais c'était plus étrange que douloureux. Et pas étrange dans le mauvais sens. Plutôt le genre de choses auxquelles on doit s'habituer pour pouvoir les apprécier. La façon dont il remuait les doigts par-dessus les miens… c'était un pur délice.

— C'est toujours mieux que Gidget, répliqua-t-il en me mordant le menton.

— J'aime bien Gidget.

— Tu préfères petite marée.

— Non.

— C'est sur le point de changer.

Il enfonça son majeur plus profondément, et je criai en m'agrippant à ses épaules. Il me mordit le lobe de l'oreille, et j'explosai autour de nos doigts. Je volai en éclats comme jamais auparavant, d'une façon qui me fit me demander si je parviendrais un jour à recoller les morceaux. Les frissons qui me parcouraient étaient si violents, si profonds que j'avais l'impression que j'allais me briser.

Des coups retentirent à l'extérieur.

— Monsieur Rexroth ? C'est Clint. Je suis là avec Steve, le réparateur. Nous allons venir vous chercher. Restez calmes.

Trent me regarda en souriant. J'avais les joues écarlates (ma peau me brûlait) et nos doigts étaient trempés. Il retira son doigt, et je remarquai alors que tout mon corps était détendu pour la première fois depuis des jours.

— Tu es calme, là ?

Sa voix et son souffle caressaient le dessus de ma tête.

— Physiquement, oui. Mais on entre sur un terrain dangereux. Je ne me suis jamais aventurée dans des eaux aussi profondes.

Je fermai les yeux, soudain effrayée à l'idée d'en dire trop en étant aussi franche.

— Moi non plus, mais je suis un bon nageur. Et toi, Edie… tu es une excellente surfeuse.

Chapitre 22

Trent

— Bon Dieu, tu as couché avec elle ?

Dean ferma les yeux, bascula la tête en arrière et se frotta le visage. Nous étions réunis autour du barbecue, Vicious aux commandes : il retournait les steaks et les steaks hachés, pendant que Jaime déballait les pommes de terre au four pour les enfants, et mettait assez de salade de chou avec pour étouffer une girafe. De mon côté, je glissais les steaks hachés entre les tranches de pain burger, avant de les aligner méthodiquement le long du plan de travail en porcelaine qui trônait dans ce jardin de six mille mètres carrés. Et je les ignorais royalement.

Ils ne pouvaient pas savoir.

Pas avec le seul et unique coup d'œil que j'avais lancé dans sa direction, alors que personne ne me regardait.

— Accouche, enfoiré. On veut savoir, dit Jaime en riant, avant de prendre une gorgée de sa Bud Light.

Derrière lui, Daria, sa fille de six ans, était en train de jouer avec Vaughn et Knight, les enfants de Vicious et Dean. Lev et Bailey, les bébés, étaient dans leur parc, à l'autre bout du jardin. Rosie et Mel étaient avec eux, les surveillant, tout en buvant du thé glacé. Emilia, la femme de Vicious, était en train de s'affairer dans la cuisine.

Quant à Luna et Edie, elles demeuraient sur leur petite planète, allongées sur le dos dans l'herbe, regardant le ciel les bras repliés sous la tête. Edie était en train de parler, et Luna souriait un peu et acquiesçait beaucoup. Je mourais d'envie de les rejoindre, d'être avec elles, de leur demander de quoi elles discutaient. Mais partager ce moment serait revenu à plonger dans les eaux profondes dont Edie avait parlé.

Dean passa à côté de moi avec un plat rempli de pommes de terre, et me donna un coup de coude dans les côtes.

— Alors ? Tu as mis ta bite dans une ado, oui ou non ?

Je levai le nez des hamburgers et clignai lentement des paupières. Parfois, être surnommé le muet avait des avantages.

— Je sais que tu veux qu'on te foute la paix, mais on a juste envie de savoir. On est tes meilleurs amis, me rappela Jaime, tout en sortant un joint de sa poche pour illustrer son propos.

Dean leva les yeux au ciel, mais il arrêta ce qu'il était en train de faire, comme les autres.

— Donne-moi ça, petit con. Je n'ai pas fumé depuis une éternité.

Sans blague. Sa femme avait une maladie pulmonaire. Il avait fait un nombre incalculable de sacrifices pour sa famille, sacrifices qui faisaient que je le respectais davantage que dans le passé. Rosie avait l'air d'aller bien. Elle avait l'air normale. Elle était jolie. Mais elle était quand même malade. Alors, chaque fois qu'il arrivait à fumer un joint, cela nous rappelait à quel point sa vie n'était pas si normale que ça. Cet enfoiré avait le cœur sur la main et il avait épousé de son plein gré ce que je peinais à accepter : une situation où il devait prendre soin de quelqu'un d'autre.

Il alluma le joint, me le passa et s'appuya contre le plan de travail.

— Allez, dit-il en recrachant la fumée. Parle.

Ils n'allaient pas lâcher le morceau, alors je décidai de leur jeter un os pour qu'ils la bouclent.

— Disons qu'on se voit, admis-je tout bas, en évitant leur regard.

Je tirai longuement sur le joint et le passai à Vicious. Il me dévisagea d'un air interrogateur, avant de le porter à ses lèvres. Face à leur silence obstiné, je me résolus à leur jeter un nouvel os.

— Il n'y a rien de sérieux. Elle passe beaucoup de temps avec Luna, mais elle a ses propres merdes à gérer, et j'ai les miennes. C'est pour passer le temps, rien de plus.

C'était l'euphémisme de l'année ! Edie n'était pas un passe-temps. Elle ne l'avait jamais été. Mais c'eût été de la folie de l'avouer.

— Est-il nécessaire que je te rappelle que Jordan Van Der Zee est notre associé et qu'il t'a dans le collimateur ? demanda Jaime en prenant le joint de la main de Vicious.

Dean prit une autre bière dans un seau rempli de glace et se mit à rire.

— On se demande bien pourquoi ! Trent est le seul parmi nous qui se plie vraiment en quatre au boulot.

Les autres acquiescèrent.

— Peut-être qu'il est vraiment raciste, suggéra Jaime.

— Nan. Si c'était le cas, il essaierait de le cacher, contra Vicious. C'est plus profond que ça. Tout ce que je sais, c'est que Jord veut te virer du conseil d'administration, Trent. Je vois bien comment il te regarde. Je ne sais pas ce qu'il a sur toi, mais c'est du lourd. Il veut te dégager de Fiscal Heights et de sa vie. Sa fille est l'excuse parfaite pour ça.

— Personne ne sait et personne ne saura, grommelai-je en piquant le joint à Jaime. On fait attention.

Ce n'était pas vrai. Deux jours plus tôt, je l'avais doigtée dans l'ascenseur alors qu'elle venait de me sucer. Il fallait qu'on soit plus prudents, et je devais arrêter d'être attiré par la chatte la plus dangereuse des environs. Elle n'était pas digne de confiance. Elle voulait donner à son père les informations dont il avait besoin me concernant. Elle pouvait signer mon arrêt de mort, pourtant, j'étais là, à en redemander. J'étais aussi accro qu'un camé au crack.

— Tu couches avec elle pour te venger du fait que son père veut te virer ? demanda Jaime.

— Bien sûr que non !

— Tu as des sentiments pour elle, alors ? s'enquit Dean.

Je levai les yeux au ciel et me tournai vers Vicious.

— Tu veux bien leur dire de la fermer ?

Il haussa les épaules.

— Tu me prends pour qui, ton assistant ? Tu es tout à fait capable de t'occuper de tes affaires tout seul.

J'étais sur le point de leur annoncer que, dans très peu de temps, Jordan ne serait plus un problème, quand j'entendis un cri derrière Dean. Je laissai tomber le joint dans le gazon et courus en direction du bruit que je ne connaissais que trop bien.

Luna criait.

— Je ne lui ai rien fait, je le jure ! s'exclama Daria d'une voix suraiguë.

Elle était vêtue du tutu de danse qu'elle portait constamment. Sa mère, une ancienne ballerine, en était sacrément fière. Mais Daria n'était pas juste un petit rat en herbe. Ces derniers temps, elle commençait aussi à se comporter et à parler comme une sale gamine.

— Oh ! non ! Luna, ma chérie, qu'est-ce qui ne va pas ?

Mel s'était précipitée vers les filles en même temps que moi. À genoux dans l'herbe, Edie serrait Luna contre elle. Luna avait le visage enfoui dans son cou, et Edie jetait à Daria des regards d'une froideur glacée que je n'avais jamais vus chez elle.

— C'était vraiment nul. Tu es contente ? Ça t'a fait plaisir de lui faire du mal ?

Lui faire du mal ? Pour la première fois de ma vie, j'étais à deux doigts de hurler après un enfant. J'avais envie de crier sur Daria jusqu'à m'en briser les cordes vocales.

— Qu'est-ce qui se passe, ici ? C'est quoi, ce cirque ?

Mel me regarda d'un air désespéré. Nous ne nous étions pas parlé depuis que j'avais saboté le rencard qu'elle avait organisé pour moi. Elle n'avait plus évoqué la possibilité de me présenter à quelqu'un. Je considérais ça comme une victoire.

Edie prit la parole sans laisser à Daria le temps de s'expliquer.

— Je suis allée nous chercher de la limonade. Quand je suis revenue, Daria avait l'hippocampe de Luna dans les mains, et elle était en train d'en arracher le rembourrage.

Luna se mit à pleurer plus fort, et Edie resserra son étreinte. Elle se leva, et Luna s'accrocha à elle comme si c'était sa mère.

Ça me brisait le cœur.

Ça me rendait heureux.

Et triste.

Et ça me mettait dans une merde noire.

Je me tournai vers Daria, et Mel m'imita. Elle était furieuse, elle aussi, et le constater me calma un peu. Au moins, elle ne prenait pas l'incident à la rigolade.

Elle s'accroupit devant sa fille et l'attrapa par les épaules.

— Pourquoi tu as fait ça, Daria ? Tu peux me le dire ?

Sa voix était douce, mais la colère se lisait dans ses yeux. Ce n'était pas la première fois que Daria était méchante avec Luna.

Daria haussa les épaules. Elle fixait ses pieds en faisant la moue.

— Luna est toujours gentille avec toi, lui fit remarquer Mel.

Personne ne posait de questions à ma fille, car nous savions tous qu'elles resteraient sans réponse. Elle était toujours dans les bras d'Edie quand Daria releva lentement la tête et montra du doigt le bout du jardin. On suivit la direction qu'elle indiquait : Knight et Vaughn étaient assis à une table de pique-nique, en train de manger les hamburgers que je leur avais préparés.

— Quoi ? demanda Mel.

Son irritation était palpable.

— Knight est toujours de son côté.

Merde ! Les garçons retournaient déjà le cerveau de sa gamine, et elle n'avait que six ans. Les quinze années à venir allaient être longues pour Jaime.

— Qu'est-ce que tu veux dire, ma chérie ? Personne n'est du côté de personne. Luna n'est pas ton ennemie, lui expliqua Mel.

Je fus obligé de détourner le regard et de me concentrer sur mes femmes pour calmer ma rage. Luna avait la tête appuyée contre l'épaule d'Edie qui paraissait contrariée.

Est-ce que je venais vraiment de penser « mes femmes » ? Apparemment, oui. J'avais appliqué ce terme à Edie, alors qu'elle ne serait jamais à moi. Mais ici et maintenant c'était tout comme. J'avais le sentiment qu'elle m'appartenait, et pas seulement parce que j'avais envie de coucher avec elle. Elle était faite pour moi. Pour. Moi.

— Knight veut toujours jouer avec elle, même quand

on joue à un autre jeu avec Vaughn. Et Luna ne joue même pas, en plus. C'est nul. Elle reste là comme une débile.

J'avançai d'un pas, mais ce ne fut pas la peine. En une fraction de seconde, Edie fondit sur Daria. Son expression était… indescriptible. Elle avait le potentiel d'être aussi intimidante que son père. Simplement, elle le refusait.

— Ça suffit, Daria ! Ce que tu ressens, c'est de la jalousie. Ce n'est pas grave, ça arrive à tout le monde. Mais ce qui est grave, c'est ce que tu as fait parce que tu étais jalouse. Tu t'es vengée sur Luna et son jouet préféré, et ça, c'est très méchant. Je pense que tu lui dois des excuses, tu ne crois pas ?

Le silence régna pendant quelques instants. Daria avait l'air horriblement gênée et tirait sur son tutu rose sans rien dire. Luna la regardait timidement, les bras toujours autour du cou d'Edie.

— Elle a raison, finit par déclarer Mel.

Elle soupira et me regarda d'un air qui semblait vouloir dire « je ne sais pas quoi faire ». Je haussai les épaules. L'éducation de sa gamine n'était pas mon problème.

Emilia sortit de la cuisine pour la première fois depuis que nous étions arrivés, un saladier rempli de salade de fruits dans les mains.

— Qu'est-ce qui se passe ?

Mel lui résuma la situation. Daria finit par s'excuser, et Luna daigna enfin lâcher Edie pour aller se débarbouiller avec Emilia. Je ne les suivis pas. J'avais totalement confiance en la femme de Vicious. Rosie et elle avaient cette faculté de vous faire vous sentir chez vous, même quand vous ne l'étiez clairement pas.

On resta là, Mel, Edie et moi, en petit cercle. La chaleur accablante du soleil accentuait tout et, entre ma colère et la gêne évidente de Mel, je savais que nous étions susceptibles d'exploser à n'importe quel moment.

— Je vais chercher de la limonade, annonça Edie.

Elle tourna les talons et s'éloigna vers la maison. Mel me fixa avec scepticisme et, pour la millionième fois de l'année, je remerciai Dieu d'être le muet. Car ça signifiait qu'elle n'attendait pas vraiment de réponse.

Je me dirigeai vers la maison à mon tour pour aller chercher Luna et Emilia.

Les deux salles de bains du premier étaient vides. J'étais sur le point d'aller à l'étage du dessus, quand je m'arrêtai sur le palier. Edie était dans la salle de jeux de Vaughn. La pièce était remplie de jouets. Des camions, des Lego… Edie se tenait près d'un toboggan qui sortait d'un château géant, et elle tripotait quelque chose dans sa main. Je plissai les yeux pour voir. C'était un petit soldat.

Elle avait l'air… triste. Pour la première fois, je lus l'accablement sur son visage. Le désespoir. Elle paraissait anéantie, et j'avais toujours été trop occupé pour m'en rendre compte, parce que cette âme brisée avait aussi un cul incroyable, une superbe paire de seins et un père que je détestais.

Et merde.

Il n'y avait aucune excuse pour ce que je m'apprêtais à faire. Pour entrer dans la pièce et refermer la porte sur nous. Pour me diriger vers elle à grands pas, tandis que le chaos régnait dans ma poitrine.

Elle détacha son regard du jouet pour lire dans le mien.

J'aurais pu dire que c'était parce qu'elle avait protégé ma fille, mais ce n'était pas vrai.

J'aurais pu dire que c'était parce que je voyais qui elle était vraiment, ce petit soldat dans la main mais, ça aussi, c'était un mensonge.

Je le fis parce qu'il le fallait. Parce que je me foutais des conséquences et de Jordan Van Der Zee et de tout ce qui se dressait entre nous. Pour la première fois depuis cinq ans, je posai mes lèvres sur celles d'une autre personne et je l'embrassai. Passionnément.

Ma bouche sur la sienne… c'était comme faire du vélo. Les gestes me venaient instinctivement et, en même temps, ils étaient si différents que j'avais le sentiment d'être sur le point de m'étrangler. Je posai la main sur sa joue, je l'attirai plus près et, de ma langue, lui fit ouvrir la bouche. Elle gémit et empauma mon visage comme si elle avait eu envie de faire ça depuis le jour où on s'était rencontrés. J'en fis autant et l'embrassai plus profondément. Je me laissai peu à peu submerger. C'était tellement intime… J'avais envie de la dévorer.

— La marée, dis-je dans un souffle.

Je pris sa lèvre inférieure entre mes dents et la mordis jusqu'à entendre son petit gémissement de plaisir familier.

— Tu es une putain de marée incontrôlable.

— Hippocampe, rétorqua-t-elle.

— Si seulement c'était vrai.

— Ça l'est.

— Peut-être.

Pour la première fois depuis longtemps, ma voix manquait d'assurance.

— Je ne suis pas ta marée, Trent.

Ses mots étaient chargés de tristesse. Elle avait raison. Elle voulait ma peau. À tout prix.

— Non. Tu es ma Dalila, et je suis ton Samson. Tu veux me ruiner, me détruire, me déposséder de mon pouvoir et me trahir. Je devrais garder mes distances, mais j'ai trop envie de toi. Quand tout sera fini, quand il ne restera rien d'autre de nous que nos corps en sueur, nos âmes brisées et nos cœurs déchirés, tu te souviendras de moi comme de l'homme qui t'a fait pleurer, et je me souviendrai de toi comme de la fille que j'ai dû briser pour me maintenir la tête hors de l'eau.

On se dévisagea en souriant presque. Pour une fois que j'enfreignais les règles, il fallait que je le fasse avec une fille qui était à ma merci mais aussi sur le point de me trahir. Je lui caressai les joues et plaquai à nouveau ma bouche contre la sienne pour l'embrasser avec abandon, passion, regret. Je l'embrassai avec tout ce que j'avais et qui valait la peine d'être donné. Avec l'énergie du désespoir, car nous savions qu'il n'y aurait probablement pas d'autres baisers. Je fis ce que j'avais eu envie de faire la première fois que je l'avais vue dans le jardin de Dean, alors qu'elle regardait le monde qui l'entourait comme si elle était prête à lui déclarer la guerre.

Je m'ouvrais à quelqu'un qui n'était ni mes parents ni mes trois meilleurs amis et je sentais les murs de quelque chose de désastreux se refermer sur moi.

Nos lèvres étaient gonflées et nos regards sombres quand on se fit surprendre, en plein milieu de la salle de jeux colorée, appuyés à un château en plastique avec un toboggan. La porte s'ouvrit, et Vicious s'appuya contre l'encadrement. Les mains dans les poches, il nous fixa avec un air d'ennui. Knight et Vaughn se tenaient près de lui, chacun agrippé à l'une de ses cuisses, et ils nous regardaient sans vraiment comprendre ce qu'ils voyaient.

— Tu as dit que vous faisiez attention. Qu'il n'y avait aucune chance de vous faire prendre, me lança-t-il d'un ton moqueur.

Mon envie de tout nier était annihilée par celle de montrer qu'Edie était à moi. Je retirai les mains de son visage, mais uniquement pour pouvoir me tourner vers lui.

— Il faut que tu partes.

— Et toi, il faut que tu trouves un plan, avant que son père ne te bute, rétorqua-t-il calmement.

Je baissai les yeux et fis un effort surhumain pour ne pas jurer devant les enfants.

— Ce qu'il me faut, c'est ta coopération. Avant que je m'énerve.

Vicious recula d'un pas.

— Je crois que c'est l'heure d'aller faire du pop-corn, les enfants, dit-il avant de refermer la porte. Ces deux-là vont nous offrir le meilleur spectacle de toute la ville.

Chapitre 23

Edie

Rosie était ma préférée.

Elles étaient toutes adorables, mais seule Rosie me comprenait vraiment. Vêtue d'un T-shirt Queens of the Stone Age et d'un jean noir troué, elle hocha la tête à mon attention tout en berçant son fils Lev.

— Oui, c'est du Daria tout craché.

— Je ne veux pas être méchante, mais cette gamine est vraiment cruelle ! Je ne sais pas où on peut trouver le même hippocampe pour Luna.

J'attrapai du raisin dans un saladier sur la table. Rosie inspira aussi profondément que ses poumons le lui permettaient. Ses voies respiratoires semblaient bloquées. Après nous avoir surpris dans la salle de jeux de son fils, Vicious nous avait demandé d'essayer de ne pas nous grimper dessus sous son toit. Loin de se laisser impressionner, Trent lui avait répondu d'un regard assassin. On était sortis de la pièce ensemble. L'espace d'une seconde, nos mains avaient paru sur le point de se toucher.

Mais non.

Le bourdonnement de ce baiser résonnait encore dans tout mon être. Je le sentais sur mes lèvres gonflées et douloureuses. Elles pulsaient, vibraient comme si elles prenaient vie. Comme si elles constituaient une entité séparée du reste de mon corps.

Rosie se pencha sur la table pour s'approcher de moi.

— Qu'est-ce qui se passe entre Trent et toi ? Il m'a toujours paru mystérieux, discret et un peu dangereux aussi, dit-elle, en agitant les sourcils.

— Est-ce qu'Emilia le connaît bien ? demandai-je en partie pour esquiver la question, en partie parce que j'avais envie d'en savoir plus sur lui.

Emilia et Melody arrivèrent dans la cuisine, des bouteilles de vin dans les mains. Je savais qu'elles ne m'en offriraient pas, et ce simple détail me rappela à quel point j'étais inférieure à ces gens, ne serait-ce qu'à cause de mon âge.

Rosie secoua la tête tout en m'adressant un regard qui voulait dire que je ne m'en sortirais pas aussi facilement.

— Je doute que quiconque le connaisse bien, y compris ses amis.

— Connaisse qui ? s'enquit Emilia.

Elle s'assit à côté de moi et me pressa l'épaule en me souriant.

— Merci de t'être jointe à nous aujourd'hui, Edie. Luna t'adore. Ça me fait tellement plaisir de la voir aussi heureuse !

Mon Dieu, elle était parfaite, même avec sa robe vintage bleu ciel *Alice au pays des merveilles* et son gilet jaune. Pas étonnant que Vicious soit à ce point entiché d'elle.

— On était en train de parler de Trent, expliqua Rosie.

Elle embrassa la tête blonde de son fils. Aussitôt, il s'étira et se mit en quête de son sein pour téter.

— Tel père, tel fils, dit Rosie en levant les yeux au ciel.

Elle remonta son T-shirt pour découvrir un de ses seins, et je détournai le regard. Il n'y avait rien de plus normal et naturel qu'une mère qui nourrissait son enfant, mais j'avais l'impression d'être une ado stupide et immature.

— Et donc, Trent ? intervint Mel en s'installant à table avec nous.

Luna était avec lui à l'autre bout du jardin. D'un coup, la scène ressemblait à la version banlieusarde huppée de *Sex and the City*. Mel ouvrit une bouteille de vin et remplit deux verres, un pour elle et un pour Millie.

— Tu allaites, connasse, fit remarquer Rosie en fronçant les sourcils.

Voyant Millie hausser les sourcils, elle ajouta :

— Quoi ? Lev ne comprend pas encore ce qu'on dit. J'ai prévu d'arrêter de jurer avant son premier anniversaire.

— Tu parles ! commenta Mel en levant les yeux au ciel.

Elle prit une longue gorgée de vin. Elle aussi avait un enfant en bas âge. Bailey était plus jeune que Lev.

— Je n'allaite pas, je pompe mon lait et je le jette. Bailey est au lait en poudre. La puéricultrice dit qu'elle ne prend pas bien le sein. Ce qui est surprenant, quand on voit les talents de son père dans ce domaine.

— Merci. Répugnant, dit Rosie en souriant.

— Et donc, Trent ? répéta Mel. J'ai essayé de le brancher avec une amie. Un désastre ! Il a fait exprès de faire foirer le rencard.

Palpitations. Papillons dans le ventre. Sourire qui menaçait d'apparaître.

J'en étais sûre !

— Il n'avait pas envie d'y aller, le défendit Emilia. Je pense que c'est à cause de Val. Il n'a jamais eu de relation avant et j'imagine qu'après ce qui s'est passé avec elle il a renoncé à cette idée. C'est triste.

Mel haussa les épaules en se resservant du vin.

— Elle pourrait très bien revenir.

— Mais bien sûr, ironisa Rosie.

— Eh bien, moi, j'espère qu'elle va revenir. Luna a besoin d'une mère, déclara Emilia.

— Si elle revenait, je parie qu'il ferait tout pour que ça marche. Il aurait dû lui donner sa chance, quand elle lui a annoncé qu'elle était enceinte. Jaime dit qu'il s'en veut encore, parfois. Il a toujours été un bon père, mais n'a jamais laissé à Val l'opportunité d'être autre chose pour lui que la mère de Luna. Je ne dis pas que je suis du côté de Val et je ne suis pas en train de justifier ce qu'elle a fait. Mais si elle revenait, je pense qu'il essaierait vraiment de faire en sorte que ça fonctionne entre eux. Vous ne croyez pas ?

— Non, lâcha simplement Rosie, en dépit de l'exposé pragmatique de Mel.

— Pareil, dit Emilia. Trent est en colère.

— Et blessé, ajouta Rosie.

— Raison de plus pour attendre la femme qui a mis son monde sens dessus dessous, et tenter de recoller les morceaux avec elle, insista Mel en se servant un troisième verre.

Je tentai de me convaincre qu'elle était soûle, qu'elle avait tort et racontait n'importe quoi. Sauf qu'elle avait mis le doigt sur l'une de mes plus grandes peurs. Trent avait été son élève, au lycée. Elle le connaissait. Sans doute mieux que quiconque assis à cette table, moi y compris.

Je regrettais de ne pas être avec Theo, loin d'ici, quelque part où les hommes n'avaient pas d'importance. La bouche encore brûlante après notre baiser, je pris un glaçon dans mon verre de limonade et le passai sur mes lèvres, tandis que j'essayais de réfléchir posément.

J'avais bien plus qu'un petit faible pour Trent Rexroth. Et il finirait par m'affaiblir jusqu'à m'anéantir, si je ne faisais pas attention.

*
* *

Souvent, quand un drame se prépare, les gens disent qu'ils le sentent. Jusqu'alors, je n'avais jamais cru ceux ou celles qui prétendaient savoir qu'un truc grave allait arriver avant même qu'il ne se produise. Je compris que j'avais tort à la seconde où j'ouvris la porte de chez moi, le samedi soir. Un mauvais pressentiment me prit aussitôt aux tripes. La calamité a une odeur. Dans ce cas précis, un mélange d'alcool, de tabac froid et de Chanel N°5.

Je fixai le sol comme si je remontai le couloir de la mort. À chaque pas que je faisais vers la cuisine, la peur grandissait, sans que je comprenne pourquoi. Tout était comme d'habitude, pourtant. Les murs étaient toujours du même ton gris clair, les meubles français toujours aussi imposants, les canapés en soie crème coûtaient toujours cent plaques pièce, et les tableaux accrochés au mur valaient toujours plus que ce que beaucoup de gens rêvent d'avoir sur leur compte en banque.

Un gargouillis me parvint, et je me crispai.

Ce n'est rien. Tu n'as rien entendu. Avance.

Un autre pas, puis encore un autre. J'avais envie d'être lâche. De monter dans ma chambre et de ne pas m'en occuper. Pas encore… Ça ne pouvait pas arriver à nouveau. C'était grave à quel point que je croie ma mère en danger, et que j'aie juste envie d'enfoncer la tête dans un oreiller et de me repasser les événements de la journée, notamment la partie où Trent avait enfreint toutes ses règles et m'avait embrassée comme si j'étais le plat le plus délicieux au menu ? Je connaissais la réponse. C'était inacceptable. Impardonnable, même.

Les gargouillis continuaient. Ce n'était pas une canalisation. Ce n'était pas mon imagination. Je laissai tomber mon sac à dos et me précipitai dans la cuisine, mes cheveux me tombant sur les yeux, comme pour me protéger. Je les écartai de mon visage et répétai le même mot en boucle, à bout de souffle.

Non, non, non.

Ma mère était allongée par terre (pourquoi est-ce qu'elle faisait toujours ça dans la cuisine ? Pourquoi pas dans sa salle de bains ? Pourquoi avait-elle toujours besoin d'un public ?) et de la salive lui sortait de la bouche. Des dizaines de boîtes de cachets vides traînaient sur la table à côté d'elle, et des pilules de toutes les couleurs étaient éparpillées comme les aigrettes tristes d'un pissenlit. Il y avait aussi une pile de documents. Les papiers du divorce, déjà signés par mon père.

— Merde, soufflai-je en courant jusqu'à elle.

Nom de Dieu. Il était venu à la maison. Il lui avait dit.

Je la fis rouler sur le côté et pris son visage dans mes mains. Ses yeux étaient vitreux.

— Tu en as pris combien ?

Elle secoua la tête sans répondre. J'étais presque sûre que si elle ne répondait pas, ce n'était pas pour faire la tête de mule, mais parce qu'elle était déjà à moitié partie. Je sortis mon portable de ma poche d'une main tremblante.

J'oubliai la petite fille adorable qui m'avait donné son cœur et son père qui m'avait remerciée avec des baisers cachés. J'oubliai les rires avec Rosie et Emilia, les froncements de sourcils face à une Mel soûle mais inoffensive. Ce que j'avais sous les yeux… c'était ça, ma vraie vie. Et je n'aurais jamais dû m'autoriser à l'oublier, même si c'était juste le temps d'un barbecue.

Ma mère se pencha brusquement en avant et eut un haut-le-cœur. Rien ne sortit de sa bouche à part de l'écume.

— Vomis, vomis, vomis, l'implorai-je sombrement.

La dernière fois que j'avais mis un doigt dans sa gorge,

je n'avais que douze ans. Et j'avais espéré que ça ne se reproduirait pas. Ses yeux roulèrent dans leurs orbites. Je détestais à nouveau la planète entière. Mon portable coincé entre mon épaule et mon oreille, je la fis s'agenouiller et j'enfonçai mon index dans sa gorge. Rien.

— Il y a combien de temps ? demandai-je.

Mais je savais que ça ne servait à rien. Elle ne pouvait pas répondre. Elle n'était même pas consciente. Pas comme la dernière fois.

Bon Dieu, maman.

— S'il te plaît... S'il te plaît, essaie de vomir. S'il te plaît.

Je ne savais pas ce qui tremblait le plus entre ma voix et mes mains. Je n'arrivais à contrôler ni l'une ni les autres. J'étais en train de perdre les pédales.

Elle ne m'aimait pas, alors ?

Elle n'en avait rien à faire de moi ?

J'enfonçai mon doigt une fois encore, puis une autre, mais elle se contentait de frémir comme une feuille agitée par le vent, comme si elle faisait une crise d'épilepsie. Enfin, un opérateur décrocha.

— Les urgences, que puis-je faire pour vous ?

J'éclatai en sanglots. La personne nota notre adresse et envoya une ambulance. Même les urgences avaient hâte de se débarrasser d'elle.

Chapitre 24

Trent

« Ma mère a essayé de se suicider. »

Ces mots me hantaient, tandis que je traversais Todos Santos à toute vitesse en direction de l'hôpital Saint John. Je n'étais pas idiot. Je savais très bien pourquoi je volais à son secours. Son père serait sans doute là (il avait même intérêt, cet enfoiré !), mais j'étais la première personne qu'elle avait appelée et je n'avais pas réfléchi. Juste après avoir raccroché, j'avais déposé Luna chez Camila (je ne voulais pas qu'elles dorment chez moi au cas où Edie voudrait venir à l'appartement), en prétextant un problème personnel urgent à régler et en lui disant que je l'appellerais dès que j'aurais terminé.

Pauvre Edie !

Pendant que la mère de mon enfant essayait à tout prix de fuir ses responsabilités, Edie essayait de prendre soin de toutes les personnes qui l'entouraient, tout en voyant sa jeunesse lui filer entre les doigts. Je me détestais d'avoir imaginé le pire à son propos. D'avoir cru qu'elle n'était qu'une sale petite peste pourrie gâtée qui volait pour la montée d'adrénaline, ou pour faire chier le monde. Elle n'était pas comme ça. Elle s'occupait de sa mère très malade et, apparemment, son père lui faisait du chantage.

Je me garai précipitamment sur le parking de l'hôpital et je l'appelai. Elle répondit à la troisième sonnerie, et je crus que mon cœur allait exploser dans ma poitrine. C'était ironique de songer que j'avais profité de ses faiblesses quand nous nous étions rencontrés alors qu'à présent je voulais désespérément qu'elle s'accroche à sa force pour survivre.

— Quatrième étage, chambre 412, murmura-t-elle comme si elle avait peur de déranger quelqu'un.

J'eus l'impression de mettre une éternité à la rejoindre. Les murs bleus à la peinture passée, les regards rassurants du personnel hospitalier… tout cela me renvoyait en pleine face des souvenirs que je voulais oublier.

« Vous avez la jambe cassée et votre bourse d'études pour l'université… on ne peut plus vous l'accorder, Trent. »

« Félicitations, c'est une fille. La mère va bientôt signer le certificat de naissance. Espérons qu'elle donne votre nom de famille au bébé, hein ! »

« Elle va bien. Il n'y a aucun problème au niveau de ses cordes vocales. Simplement, elle… bref, je peux vous donner le nom d'une excellente pédopsychiatre. »

Arrivé devant la porte de la chambre, j'appuyai la main contre le bois et je fermai les yeux. Je n'en avais plus rien à faire de Jordan à ce stade. S'il était là et qu'il posait des questions, je serais honnête. Je frappai tout doucement, trois fois, et je me mis à faire les cent pas dans le couloir.

Quelques secondes plus tard, Edie sortit de la chambre. Elle portait le même débardeur à fleurs et le même petit short moulant qui avaient fait saliver tous les hommes présents au barbecue. Mais elle ne ressemblait plus à Edie. Elle ressemblait à quelqu'un qui avait dix ans de plus. Ironiquement, quelqu'un avec qui j'aurais pu coucher sans avoir l'impression d'être un pervers.

— Salut, dis-je tout bas.

Je ne savais pas quoi faire de mes mains ni de moi-même, alors je m'approchai d'elle pour la serrer maladroitement dans mes bras. Heureusement, elle me rendit mon étreinte. On resta là, dans les bras l'un de l'autre. Je fixais la porte de la chambre, tandis qu'elle fixait une peinture quelconque derrière moi, probablement offerte à l'hôpital par un riche connard. Pour la première fois, son corps semblait fragile contre le mien, sans doute le reflet de son état d'esprit. Le temps paraissait suspendu, aussi immobile que nous.

Au bout d'un long moment, elle finit par s'écarter de moi, la tête basse.

— Comment va-t-elle ?

Est-ce que c'était mal que ça me soit égal, dans le fond ? Edie était la seule personne qui m'intéressait à cet instant, et j'ignorais s'il valait mieux pour elle que sa mère s'en remette ou qu'elle ne se rétablisse pas. Elle écarta une mèche de cheveux de son visage et examina le couloir presque vide derrière nous. Une infirmière était appuyée contre le bureau ovale de l'accueil. Des téléphones sonnaient. Un médecin était en train d'écrire quelque chose sur un tableau blanc. Elle attendait quelqu'un. Son connard de père, sûrement.

— Je ne sais pas. Elle est stable, mais…

Elle passa ses mains sur son visage fatigué et secoua la tête. J'avais envie d'aspirer sa douleur et de souffrir à sa place.

— Elle est dans le coma. Ses organes vitaux fonctionnent, seulement, elle est inconsciente.

Son menton tremblait, et ses yeux étaient pleins de larmes.

— Je ne sais pas quoi faire. Je ne sais pas si je dois le prévenir ou…

— Tu ne l'as pas encore dit à ton père ?

Je cédai à l'envie irrépressible de la serrer contre moi. Je lui caressai simplement le bras en espérant que mon contact la rassure et je l'encourageai à s'appuyer contre moi. Elle secoua la tête, jeta un autre coup d'œil autour de nous et renifla.

— On peut aller ailleurs pour discuter ? La nuit va être longue, je ferais bien de boire quelque chose.

— Café ?

— Eau de coco, répondit-elle en souriant presque.

On se rendit à la cafétéria qui se trouvait au même étage. J'achetai de l'eau de coco pour elle et un café pour moi, puis on s'installa devant une fenêtre avec vue sur notre scandaleuse petite ville. Edie avait les yeux fixés sur sa boisson, qu'elle remuait avec une paille.

— J'ai averti mon père qu'elle était à l'hôpital, mais il devait s'en douter. Tout est sa faute. Pendant qu'on était au barbecue, il est passé à la maison à l'improviste et a décidé de lui annoncer qu'il voulait divorcer. Ma mère… ce n'est pas la première fois qu'elle fait une tentative de suicide… Bref, j'ai envoyé un texto à Jordan pour le prévenir qu'elle était ici. Il ne m'a pas encore répondu, et je ne compte pas trop sur sa venue, à vrai dire. C'est déjà moi qui suis restée avec elle, il y a six ans, quand elle a essayé de s'ouvrir les veines, alors ça m'étonnerait que ça change maintenant qu'il l'a quittée.

Sale enfoiré ! C'était tout à fait son genre. Quitter une femme malade, et laisser sa propre fille ramasser les morceaux. Je déglutis péniblement.

— Je suis désolé.

— Ça ne fait rien. Vraiment. Je ne suis même pas déçue, à ce stade. Pas par lui, en tout cas. Par contre, j'aurais apprécié qu'elle me passe un coup de fil avant de passer à l'acte. Ma mère n'est pas une mauvaise personne. Elle est juste perturbée. J'ai quand même besoin d'elle. Tout le monde a besoin d'une mère.

Je dus faire la grimace sans m'en rendre compte, car elle se mordit la lèvre et plaqua la main sur la bouche.

— Excuse-moi. C'était complètement stupide de dire ça.

— Ne t'excuse pas. Tu as raison. Tout le monde a besoin d'une mère. Même ma fille. Surtout ma fille, si ça se trouve.

Mais je n'avais pas envie de parler de Luna. Un besoin soudain de toucher Edie m'envahit. Je fis passer ma main de ma cuisse à son genou et je le pressai doucement. Pas pour la séduire, mais pour la réconforter.

— Donc, quand tu as dit que tu ne savais pas si tu devais le prévenir… tu ne parlais pas de Jordan ?

Elle fit lentement pivoter ma main et entrelaça ses doigts aux miens. On les regarda, comme s'ils étaient magiques. Mes grands doigts métis autour de ses petits doigts blancs. La lumière diminuait dehors, tout comme mon envie de ne pas prendre notre relation au sérieux.

C'était du sérieux.

Ça l'avait toujours été.

C'était un putain de désastre, et il fallait que j'y mette un terme avant que ça m'achève, mais comment pouvais-je faire une chose pareille, alors que sa mère était dans le coma et qu'elle me tenait la main comme si j'étais son ami. Son petit ami. Son amant.

Je levai les yeux vers elle. Elle ne pleurait plus. Elle avait la mâchoire serrée, et la haine se lisait sur son visage.

— Theo, dit-elle.

— Theo ? répétai-je.

J'avais le sentiment d'avoir déjà entendu ce nom, mais je ne savais plus où ni quand. Naturellement, il y avait des tonnes de Theo. Mais quelque chose me disait que je connaissais le Theo dont elle parlait. Ou que j'en avais entendu parler, du moins.

— Mon frère. Il est né quand j'avais six ans. Il a douze ans maintenant. Il y a eu des… des complications à la naissance. Ils ont dû déclencher l'accouchement deux fois. Le cordon ombilical était enroulé autour de son cou, et le travail était déjà trop avancé pour qu'ils puissent faire une césarienne. Il a été privé d'oxygène pendant… longtemps.

Elle s'éclaircit la gorge et fronça les sourcils, plongeant dans ses souvenirs.

— Bien avant qu'on sache exactement ce qui n'allait pas, je me rappelle avoir demandé à ma mère pourquoi il avait une tête aussi bizarre. Mon père a pété les plombs. Il était cadre supérieur dans je ne sais plus quelle société à la con et il travaillait dur pour se construire une image. Rien ne devait entacher sa précieuse carrière ni sa famille parfaite. Alors, quand on lui a proposé d'ouvrir une filiale en Hollande, il a accepté, par ambition, mais aussi et surtout pour cacher Theo. Il est autiste, épileptique et handicapé moteur. Il est… différent. Très différent.

Son regard se fit plus doux. Comme si ça l'apaisait de parler de lui.

— Mais il est aussi intelligent. Et gentil. Et très, très courageux. Il est patient, tolérant, et quand je lui rends visite, il me sourit toujours comme si j'étais le truc le plus chouette au monde. Il ne se plaint jamais du fait que mes parents ne vont jamais le voir. Il ne pleure pas, il ne s'apitoie pas sur sa maladie, ni sur la vie qu'il mène. Alors, je le soutiens. Je le soutiens tout le temps.

Ma main était moite dans la sienne, mais je ne voulais pas la retirer. Je voulais qu'elle m'en dise plus.

— Où est-il, en ce moment ?

— Dans une institution spécialisée à San Diego. C'est

un endroit génial qui coûte cependant une tonne. Mon père voulait l'envoyer plus loin, quelque part sur la côte Est, pour pouvoir échapper plus facilement à ses obligations. Le personnel encourage fortement les familles à rendre très souvent visite aux pensionnaires et à s'impliquer autant que possible, et Jordan n'aime pas ça. Je pense que ça fait des années qu'il ne l'a pas vu. Ma mère y va à chaque Noël pour lui dire bonjour et lui apporter un cadeau, c'est tout. Bref, pour que Theo puisse rester ici, Jordan et moi avons passé un accord. Je paye la moitié des frais mensuels. Sinon, il l'envoie dans un autre État.

— Ça doit coûter une fortune.

— Douze mille dollars.

— Pourquoi est-ce qu'il fait ça ? Il a assez d'argent pour déclarer la guerre au Canada ! Et pour la gagner, sûrement.

— Pour me mettre des bâtons dans les roues. Pour me voir échouer. Appelle ça comme tu voudras. Depuis qu'il a compris que je n'allais pas abandonner mon frère et que je continuerais à lui rendre visite toutes les semaines et à l'impliquer dans notre vie de famille, il s'acharne sur moi. Il ne capte pas pourquoi j'insiste pour rester ici, au lieu d'aller dans une bonne université.

— Et ta mère ?

— Elle est trop faible pour gérer Jordan, et trop fragile pour s'occuper de Theo et répondre à ses besoins. La première fois qu'elle a essayé de se suicider…

Elle marqua une pause, le temps d'appuyer ses coudes sur ses genoux et de se prendre la tête dans les mains.

— C'était juste après le placement de Theo. Elle voulait le garder près d'elle. Elle voulait s'occuper de lui. Mais ça avait un effet désastreux sur elle. Elle voulait être une bonne mère. Simplement, elle n'y arrivait pas.

L'espace d'un instant, je me demandai si c'était la même

chose pour Val. Peut-être qu'elle avait voulu s'améliorer pour Luna, mais qu'elle n'avait pas réussi, alors elle avait décidé de prendre la tangente. Je portai sa main à mes lèvres et déposai un baiser dans sa paume. Elle ferma les yeux et se laissa aller un moment.

J'étais déjà cassé tandis qu'elle… elle était en train de se briser. Et ça faisait encore plus mal.

— C'est pour ça que tu en as après moi ? Ton père te menace de changer Theo de centre ?

Elle hocha la tête et retira sa main. Ses yeux se remplirent à nouveau de larmes ; elle ne les laissa pas couler, et je l'admirai pour ça.

— Il a dit que si je n'arrivais pas à mettre la main sur ta clé USB, il enverrait Theo à New York.

— Je peux te la donner sans les infos qu'il cherche, offris-je sans réfléchir.

Qu'est-ce que j'en avais à foutre que Jordan mette la main sur quelques contrats et une liste de contacts à laquelle il avait déjà accès ? Ça n'avait aucune importance. Et c'était quasiment tout ce qu'il y avait sur ma clé. Des merdes faciles à trouver dans les archives de la société en effectuant une recherche dans la base de données. Seul un fichier menait à quelques autres documents qui, eux, contenaient les informations qu'il voulait vraiment.

— Il sait, Trent. Peu importe ce que tu es en train de manigancer, il n'est pas stupide. Il a compris que tout ce que tu as sur lui se trouve sur cette clé, alors il s'attend à trouver des éléments.

Elle marquait un point. Je me levai pour me dégourdir les jambes.

— Il me laisse voir Theo le samedi seulement. C'est pour ça que mes samedis sont sacrés. Si je tentais d'y aller demain, on ne me laisserait pas entrer. Je pense que mon père verse des pots-de-vin à quelqu'un, là-bas, ou quelque chose comme ça.

— C'est pour ça que tu détestes autant les riches.

Je me frottai la tête en arpentant l'espace autour de nous. C'était logique, quand on y réfléchissait. Son père avait choisi sa carrière et l'argent au détriment de sa famille. Par conséquent, elle détestait l'argent et son père, les deux choses qui lui avaient gâché la vie.

— Oui. L'argent fait faire n'importe quoi aux gens. Ça annihile tout sens moral et ça fait perdre de vue ce qui est vraiment important.

— Pas toujours, protestai-je.

Du moins, je n'avais pas l'impression que c'était mon cas. Peut-être parce que je venais d'une famille pauvre et que je savais qu'on pouvait et qu'on devait être capable de survivre sans argent. Néanmoins, j'aimais ma vie d'homme riche. Simplement, je ne l'aimais pas assez pour sacrifier les choses qui me faisaient me sentir vivant. Ma fille, mes parents, mes amis. J'aurais dépensé jusqu'à mon dernier dollar sans l'ombre d'une hésitation, si ça avait pu rendre sa voix à Luna.

Elle leva la tête vers moi et m'offrit un sourire fatigué.

— Tu es quelqu'un de bien, Trent.

Je n'en étais pas si sûr, mais quelque chose me criait que je devais l'être, au moins pour elle.

On resta là pendant une demi-heure encore, puis je sortis nous acheter des sandwichs. On s'assit sur l'un des bancs mouillés par la rosée devant l'hôpital, avant de retourner dans la salle d'attente du quatrième. Edie mordillait le col de son débardeur comme une enfant et regardait par la fenêtre. Depuis mon arrivée, elle avait tenté d'appeler son père à deux reprises, sans succès.

— Tu ferais mieux de rentrer. Il est tard, et Luna va

s'inquiéter. En plus, je risque d'être là pendant encore un moment, alors…

— Je reste.

Pas parce que c'était ce que dictait la bienséance (la bienséance pouvait aller se faire foutre), mais parce qu'elle était là, toute seule, et que, égoïstement, j'avais envie qu'elle soit avec moi. Peu importait où ou comment. Y compris comme ça.

Elle cessa de mâchouiller son col, leva la tête vers moi, et riva ses yeux aux miens.

— Tu n'es vraiment pas obligé.

— Je sais.

Elle posa la tête sur mon épaule pour pleurer, et je la laissai faire.

Même quand elle s'endormit contre moi, je ne bougeai pas. J'attendis qu'elle dorme profondément, puis je la portai jusqu'à la chambre de sa mère. Je la bordai sur le canapé près du lit. La lumière était encore allumée, mais Edie était tellement épuisée que ça ne la réveilla pas. Mon regard passa de l'une à l'autre. Elles étaient si semblables et si différentes à la fois.

Cette nuit-là, je regardai Edie beaucoup trop longtemps.

Cette nuit-là, je changeai.

Cette nuit-là, je ne lui pris rien. Pour la première fois depuis des années, je donnais quelque chose de moi. Quelque chose que je ne serais jamais en mesure de récupérer.

C'était à elle.

Pour toujours.

Chapitre 25

Edie

Le groupe A Great Big World avait cette chanson, *Say Something*. C'était une chanson d'amour mais, pour moi, ce serait toujours la chanson que j'avais écoutée en pleurant dans le bus de San Diego pour Todos Santos, mes écouteurs enfoncés dans mes oreilles pour m'isoler du monde, après avoir pris un coup de poing.

Theo ne l'avait pas fait exprès. Ça devait être horrible d'être enfermé dans sa tête comme il l'était. Les choses simples et naturelles pour moi étaient compliquées et étranges pour lui. Et il était hors de question de l'abandonner, juste parce qu'il ne pouvait pas dire ce qu'il ressentait.

Je ne l'abandonnerai pas maintenant.

Le dimanche ne se passa pas comme Trent et moi l'avions prévu.

Après notre nuit à sommeiller à l'hôpital, lui dans la salle d'attente, moi dans la chambre de ma mère, Trent était rentré chez lui pour prendre une douche, aller récupérer Luna chez Camila, puis la déposer chez ses parents qui étaient rentrés de Las Vegas.

J'en avais profité pour passer à la maison me doucher et manger un morceau. Ma mère avait repris conscience au milieu de la nuit. Elle était réveillée, mais à peine cohérente.

On avait discuté pendant que Trent m'attendait dehors. Elle m'avait dit que mon père était arrivé en fin d'après-midi et qu'il lui avait annoncé la nouvelle comme s'il avait lu la notice nécrologique d'une parente éloignée. Il avait assisté indifférent à ses larmes, quand il lui avait présenté les papiers du divorce.

Je pris une longue douche brûlante, enfilai une robe d'été jaune, puis petit-déjeunai à la table de la cuisine. Du muesli, du yaourt et de l'eau de coco.

La maison se trouvait au sein d'un lotissement sécurisé dans un quartier huppé de Todos Santos appelé La Vista. Il fallait un code pour entrer, ou connaître les gardiens à l'entrée. C'est pour ça qu'au début je ne fis pas attention aux coups de klaxon dehors. Je crus qu'il s'agissait d'un copain d'Adrian, l'ado qui vivait de l'autre côté de la rue, et l'insultai silencieusement de faire un boucan pareil, un dimanche matin.

Tut, tut. Tuuuuut.

Je détestais les ados et tant pis si, techniquement, j'en étais une. Je posai mon bol sale dans l'évier. Je faillis le laisser là sans le laver, puis je me ravisai. J'aurais pu laisser la femme de ménage s'en charger, sauf que ça n'avait jamais été mon genre, même si mes parents trouvaient que ça allait de soi.

Je commençai à rincer le bol, avec l'impression de porter tout le poids du monde sur mes épaules.

Tut, tuuuuut, tuuuuuuuut.

Où était Adrian, bordel ? En temps normal, il sautait presque de la fenêtre de sa chambre pour rejoindre ses copains. Je continuai à m'énerver dans mon coin en essuyant mon bol et mon verre, puis je me dirigeai vers la porte d'entrée.

Tut, tut, tut, tut, tuuuuuuuut, tuuuuuuuuuut.

À bout de nerfs, j'ouvris en grand, les yeux plissés et déjà en train de crier :

— On est dimanche matin, et c'est un quartier tranquille, ici. C'est possible de faire moins de bruit ?

— Et puis quoi, encore ? Il faut que je sois à la hauteur de ma réputation.

Je battis des paupières de surprise. Trent était là, au volant de sa Tesla noire, vêtu d'un T-shirt blanc, un bonnet sur la tête ce qui, compte tenu du froid glacial venu du désert, était loin de détonner avec le reste de son look. Il était superbe.

— Qu'est-ce que tu fais là ?

Il sortit de sa voiture, se dirigea vers moi et me prit la main. Ça semblait étrange et dangereux de le voir faire ça. Tellement naturel et imprudent à la fois. Mon père pouvait débarquer n'importe quand pour venir chercher quelque chose à la maison. Sans parler de mes voisins qui ne savaient pas tenir leur langue, et du fait qu'il avait ameuté tout le quartier avec ses coups de klaxon. S'il se sentait d'humeur à enfreindre les règles, alors il allait devoir m'en parler d'abord. Parce que j'avais encore tout à perdre.

Je reculai d'un pas et fronçai les sourcils.

— Qu'est-ce qui se passe ? Tu ne devrais pas être ici.

— En effet, et pourtant, me voilà. Viens avec moi.

— Je ne crois pas que ce soit une bonne idée. Je dois rester avec ma mère.

— C'est une excellente idée, au contraire. Ta mère est stable et elle va probablement passer la matinée à dormir. J'ai une surprise.

Une surprise ? Mon cœur me sembla à la fois plus léger et alourdi par la culpabilité. Il essayait d'être gentil avec moi, alors que je lui avais plus ou moins avoué que je l'entuberais dès que j'en aurais l'occasion. J'étais vraiment sa Dalila.

Le pire, c'était qu'au final, Samson gagnait. Parce que les gens sournois et louches finissaient toujours par perdre la guerre, même s'ils remportaient les petites batailles.

— Trent…

— Je t'ai obtenu un droit de visite pour Theo, m'interrompit-il.

Je le dévisageai, perplexe. Je ne l'avais jamais vu comme ça. On aurait dit un gamin plein d'enthousiasme.

— Mais… comment ?

— Ton père n'est pas le seul à avoir des contacts.

— Il va falloir que tu développes.

— Sonya…

Sonya. Je le regardai aussitôt de travers, et reculai encore d'un pas. Il leva les yeux au ciel et m'attrapa par le bras pour m'entraîner vers sa voiture. Heureusement que j'avais mes Dr Martens aux pieds, sinon, il m'aurait sans doute embarquée pieds nus.

— Détends-toi, marée. C'est la psy de Luna. Elle connaît des gens qui connaissent des gens qui font bouger les choses. Et elle a un très grand cœur.

— Et de très gros seins, ne pus-je m'empêcher de répliquer.

— C'est vrai, répondit-il en riant.

Il me fit monter sur le siège passager, referma la portière sur moi et contourna l'auto pour s'installer au volant.

Il prit la route de San Diego, ce qui signifiait qu'il comptait m'accompagner. Je n'avais même pas mon sac avec moi. Juste mes clés et mon portable. La ville défilait devant mes yeux. On garda tous les deux le silence pendant un moment, avant que je me décide à ouvrir la bouche.

— Tu la vois encore ?

Il sourit sans quitter la route des yeux, comme si ça

l'amusait de me voir ramer. Il prit délibérément son temps avant de répondre :

— Qu'est-ce que ça peut te faire ?

— Tu m'as demandé de ne plus coucher avec Bane. Je me demande juste à quel point tu es hypocrite, expliquai-je en toute honnêteté.

— Je suis le roi des hypocrites, Edie. Si je voulais baiser avec d'autres pendant que je couche avec toi, je le ferais.

Sa phrase me fit l'effet d'une gifle, même s'il ajouta ensuite :

— Mais ce n'est pas le cas. Tu es la seule que je veux en ce moment, et je suis plus qu'occupé avec toi, alors ne t'en fais pas pour ça.

— C'est le compliment le plus vache que j'aie reçu !

— On sait tous les deux que tu ne mérites pas mieux.

C'était la vérité.

On passa le reste du trajet dans le silence que je méritais et qu'il aimait tellement offrir aux autres.

— Tu n'es vraiment pas obligé de venir avec moi, grommelai-je, alors que nous arrivions à l'accueil de Big Heart Village.

C'était un bâtiment en bois accueillant aux allures de cabine, sauf que c'était cinq cents fois plus grand. Samantha, la réceptionniste, était une femme voluptueuse d'à peine plus de cinquante ans, avec des cheveux roux bouclés et des lunettes motif panthère. Elle avait un style vestimentaire ahurissant, des vêtements qui ressemblaient à des tentes colorées. J'étais fan.

— Edie ! s'exclama-t-elle en me voyant.

Elle se leva de son fauteuil et me serra dans ses bras par-dessus le comptoir. Je lui rendis son étreinte et sentis mes épaules se détendre aussitôt. Trent se tenait derrière moi. Il ne m'avait pas encore dit s'il comptait m'attendre ici pendant ma visite. J'avais envie qu'il se joigne à nous. Je n'avais pas honte de mon frère, au contraire. En y réfléchissant, c'était même le seul membre de ma famille dont j'étais fière.

— Qu'est-ce qui s'est passé, hier ? s'enquit Samantha en remontant ses lunettes sur son nez.

Elle ouvrit un paquet de chips qu'elle me tendit, mais je refusai d'un signe. J'inspirai profondément avant de répondre.

— Mon ami était invité à un barbecue hier, commençai-je en montrant Trent du doigt.

Debout derrière moi, il venait de retirer son bonnet et regardait nonchalamment autour de lui.

— Il avait besoin d'une baby-sitter pour sa fille et...

Je butais sur les mots, horriblement mal à l'aise. Samantha examina Trent des pieds à la tête et vit ce que je voyais. Ce que toutes les femmes du monde pouvaient voir.

— Ton ami a l'air d'être un nid à problèmes, dit-elle avec un petit sourire en coin.

Il fit un pas en avant et posa son bonnet de créateur sur le bureau, un sourire aux lèvres.

Il se pencha vers elle, et son bras musclé effleura le mien. Une décharge électrique me traversa aussitôt le bas-ventre, et je souris, en dépit de mes efforts pour me retenir.

— Vous n'avez pas idée ! Mon amie Sonya m'a dit que nous pouvions rendre une petite visite à Theodore. Comme Edie n'a pas pu venir hier...

— Aucun problème. Nous avons des consignes de la part de M. Van Der Zee, qui stipulent qu'il ne peut recevoir des visites que le samedi mais, étant donné que son dossier n'a pas été mis à jour depuis deux ans et que M. Van Der Zee n'est jamais venu voir son fils au cours de cette période, les services sociaux ont décidé d'ouvrir une enquête à la demande de Sonya. En vérité, je suis vous très reconnaissante, monsieur… ?

— Rexroth, compléta-t-il en lui offrant un sourire de couverture de magazine.

— Oui. Sa sœur est la seule personne qui semble s'intéresser à cet enfant. Ici, notre règle d'or est que la santé physique et mentale des résidents passe en premier. Je connais bien Sonya et je suis heureuse qu'elle ait pu tirer quelques ficelles. Vous allez pouvoir le voir en présence d'un infirmier. Asseyez-vous, je vous prie, Gustav ne va pas tarder à venir vous chercher.

Nous allâmes nous installer sur les canapés jaunes. Trent consultait son portable, tandis que j'essayais de ne pas pleurer en voyant ce qu'il avait fait pour moi. Comment était-il possible d'être si cruel et si compatissant à la fois ?

— Merci.

— Tu as été là pour Luna, répondit-il sans quitter son portable des yeux. C'est normal que je sois là pour Theo.

— Tu n'es pas obligé de rester. C'est mon bordel, pas le tien.

— C'est là que tu te trompes.

— Comment ça ?

Cette fois, il leva les yeux. Un éclat de colère glacée brillait dans son regard.

— J'aimerais tellement que tu ne sois pas mon bordel, Van Der Zee. Que tu ne sois rien d'autre qu'un minable plan cul.

— Edie ? appela une voix au-dessus de nos têtes.

C'était Gustav, l'adorable infirmier suédois chargé de s'occuper de Theo. Il était de l'autre côté de l'accueil, près de la porte qui menait à la zone de pique-nique, et me faisait signe.

— Il vous attend. Venez.

La seule chose qui m'inquiétait, c'était que Trent ne parvienne pas à comprendre Theo. Son élocution était lente, et il avait des difficultés à articuler, alors il fallait vraiment se concentrer lorsqu'il parlait, mais Trent et Theo s'entendirent à merveille dès le début.

Trent se comportait comme si Theo était juste un enfant de douze ans comme les autres. On était assis autour d'une table de pique-nique, avec Gustav qui faisait comme si nous n'étions pas là, tandis qu'il coloriait un album Harry Potter. Theo portait une casquette de base-ball des Chicago Bears et un T-shirt Ren et Stimpy, et il souriait de toutes ses dents.

Penché sur la table, Trent parlait avec lui avec animation.

— Non, mec, tu ne peux pas être supporter des Chicago Bears en vivant en Californie. C'est juste inacceptable.

— S-s-si, je peux. M-m-mike G-g-glennon est le meilleur.

Pour ponctuer sa phrase, Theo tapa sur la table du plat de la main, un peu trop vigoureusement. Gustav et moi étions habitués, alors on ne réagit pas. Là où Trent fut génial, c'est qu'il ne broncha pas non plus. Il agita juste la main d'un air impatient et leva les yeux au ciel, au lieu de regarder Theo avec l'air condescendant qu'affichaient normalement les gens.

— Mon Dieu, au secours ! Où est-ce que tu as pêché un truc pareil ? Encore un peu et tu vas me dire que tu es fan de Tom Brady.

Theo rit. J'avais beau l'aimer de tout mon cœur, je n'aurais pas pu lui parler base-ball si ma vie en dépendait. Le surf ne l'intéressait pas, parce qu'il n'avait presque jamais vu l'océan. Alors pouvoir parler de trucs de garçon avec Trent… il rayonnait.

— J-j-j'adore T-t-tom B-brady ! s'exclama-t-il.

— Je vous laisse, je vais vomir et je reviens. Quelqu'un peut m'indiquer où sont les toilettes ?

Trent fit semblant de regarder frénétiquement autour de lui, sa main en visière sur le front pour se protéger du soleil. Il avait pris soin de retirer ses Wayfarer pour parler à mon frère, afin de lui offrir un contact visuel. Il était parfait.

Gustav indiqua l'une des petites cabines près de la zone de pique-nique. Un tas de familles était installées autour des différentes tables, avec de la nourriture et des sodas. Tout le monde mangeait, riait et, pour la première fois depuis des années, on ressemblait à l'une de ces familles. Ce n'était pas juste Theo et moi. Il y avait quelqu'un d'autre avec nous. Ça me ramenait à la vie et ça me tuait en même temps.

Quand Trent s'éloigna, le sourire de Theo s'élargit.

— Q-qui c'est ?

Je lui lançai un sale regard en coin. Handicapé ou pas, il restait mon petit frère, ce qui voulait dire que, comme n'importe quel petit frère, il pouvait être une vraie plaie.

— Il travaille avec Jordan. Je garde sa fille, parfois. Elle s'appelle Luna, et elle est vraiment cool. Ça va, toi, sinon ?

Il haussa les épaules.

— Ç-ç-ça va. T-tu n-n'es pas venue hier.

La culpabilité me prit à la gorge. J'avais honte de lui avouer pourquoi, mais il était impossible de mentir à certaines personnes. Theo méritait mieux que les demi-vérités dont j'abreuvais mon père.

— Trent avait besoin que je l'aide avec Luna. Elle ne parle pas, alors parfois, elle a besoin de quelqu'un pour la rassurer, quand elle va à certains endroits.

— T-t-toujours à sauver le m-monde, dit-il sans se départir de son sourire.

Avec ses cheveux blonds et ses yeux bleus, il me

rappelait ma mère et ses traits de reine des glaces. Je me demandais souvent comment elle avait pu tourner le dos à un enfant qui était sa copie conforme. Theo était un peu grassouillet, car il manquait d'exercice (il détestait le sport) mais, à part ça, c'était le portrait miniature craché de Lydia Van Der Zee.

Trent revint dix minutes plus tard et posa une montagne de cochonneries sur la table.

— Je meurs de faim ! C'est tout ce qu'ils avaient à la cafétéria. Sans vouloir te vexer, Theo, la nourriture a des airs de châtiment médiéval, ici.

— Tant pis. J'ai tellement faim que je pourrais manger n'importe quoi, renchéris-je.

Trent nous distribua des sandwichs à Gustav, Theo et moi, puis ouvrit tous les paquets de chips.

Après le déjeuner, ils parlèrent encore un peu de sport, puis tous deux firent des bras de fer. Trent le laissa gagner une des manches, ce qui me donna envie de l'embrasser passionnément devant tout le monde. Theo eut une petite crise de larmes quand Gustav lui dit que Trent et moi devions partir, mais il parvint à se calmer assez rapidement et à nous dire au revoir.

En me dirigeant vers la voiture, je me sentais à la fois épuisée émotionnellement et débordante d'une énergie nouvelle.

On n'échangea pas un mot jusqu'à ce qu'il s'arrête à un feu tricolore, dans une rue qui menait au centre de San Diego. Il avait remis ses Wayfarer et semblait l'incarnation de la coolitude.

— Saint John ? s'enquit-il, confirmant que l'hôpital était notre prochaine destination.

Je ne comprenais pas. Pourquoi est-ce qu'il faisait tout

ça ? Il restait près de moi comme s'il avait quelque chose à y gagner.

— Oui, s'il te plaît. Mais avant… est-ce qu'on peut faire un stop quelque part ?

— Où ça ?

Je plissai le nez et baissai les yeux pour regarder mes cuisses.

— N'importe où.

La seule excuse pour ce que j'avais en tête, c'était que j'étais encore une ado et que Trent était l'homme le plus sexy que j'aie jamais vu. Avec son air détendu, sa posture blasée et son bras sur le volant, on aurait dit une version métisse de James Dean.

— Pourquoi ?

L'amusement dans sa voix m'agaça, tout en me donnant encore plus envie de lui. Je frottai mes cuisses l'une contre l'autre sous ma robe. Ma culotte était déjà mouillée rien que d'y penser.

— Tu sais très bien pourquoi.

— Il va falloir que tu me rafraîchisses la mémoire. Je suis vieux et je n'ai pas eu mon apport en Oméga-3, aujourd'hui.

Je m'humectai les lèvres et me tournai vers lui.

— On avait dit qu'aujourd'hui, on… euh…

Je ris en imaginant à quel point je devais avoir l'air ridicule.

— Ce n'est pas une phrase, Van Der Zee. Finis ce que tu as commencé.

Mon Dieu. Il allait vraiment me forcer à le dire ? D'accord. Aucune importance.

— Tu étais censé me prendre par-derrière, expliquai-je en rougissant.

Il freina dans un crissement de pneu comique.

Où étions-nous ? Je regardai par la vitre. On se trouvait en bordure d'un vignoble, entre Big Heart Village et San

Diego. À part les oiseaux qui chantaient et les montagnes, il n'y avait rien d'autre que des ceps et de grosses grappes de raisin. J'aurais aimé lui dire que je voulais qu'il me prenne par-derrière pour le récompenser de la façon dont il s'était comporté avec Theo mais, la vérité, c'était que j'avais désespérément envie de lui, tout simplement. De la même façon qu'on avait désespérément envie de boire au milieu du désert.

— Qu'est-ce que tu fais ?

— Je fous en l'air une voiture à cent mille balles, probablement.

Il regarda par-dessus son épaule, fit marche arrière et entra dans le vignoble. Sur un chemin plein de sable, de poussière et de tous les trucs sur lesquels une Tesla n'était pas supposée rouler.

Il s'arrêta juste à côté d'un arbre et sortit de la voiture.

— Où est-ce qu'on va ? demandai-je en lui emboîtant le pas.

Je savais ce qu'il regardait au loin et sentis ma nuque se couvrir de sueur à cette idée. Il y avait une cabane, au fond du vignoble. Sans doute vide étant donné que les vitres étaient brisées et la porte grande ouverte. Mais ça appartenait tout de même à quelqu'un, et ce quelqu'un n'était pas nous. Je le tirai en arrière, mais au lieu de résister, il me souleva et me cala sur son épaule, avant de se mettre à avancer vers la cabane d'une démarche assurée.

— Tu es cinglé ! Il pourrait y avoir quelqu'un. On pourrait se faire prendre.

Mes cheveux me tombaient sur les yeux, et ma robe remontait, ce qui faisait qu'on voyait ma culotte. Il me mordit la fesse en guise d'avertissement. Je sentais son souffle chaud sur ma peau et son pouls rapide contre ma jambe.

— Je ne voulais pas dire qu'il fallait le faire à la seconde ! dis-je en riant.

— Ta culotte n'est pas de cet avis. Et tu te frottes contre mon épaule comme si tu n'avais jamais eu une bite dans la chatte. Mais on sait tous les deux que c'est faux, pas vrai, Edie ?

— Exact, répondis-je en lui griffant le dos.

Il avait la chair de poule.

— Bane m'a baisée aussi, le provoquai-je.

Il répondit comme je l'espérais. Avec une claque sonore sur mes fesses. Je gémis sous l'effet du frisson familier que seul lui était capable de me procurer, et j'écartai légèrement les jambes.

— Il ne t'a jamais baisée comme moi, on le sait tous les deux.

C'était la stricte vérité.

Lorsqu'il entra dans la cabane et qu'il me balança sur un tas de foin comme une poupée de chiffon avant de grimper au-dessus de moi, je priai pour qu'il m'embrasse encore comme il l'avait fait chez Vicious. Comme si nous étions seuls au monde. Pour me rappeler que nous étions beaux et vivants.

— Embrasse-moi, dis-je dans un souffle.

Je le suppliai du regard. *S'il te plaît. Maintenant.*

Il s'agenouilla devant moi, m'attrapa par le cou et amena mon visage tout près du sien, avant de presser sa bouche sur la mienne. C'était comme si ce qu'on faisait avait un sens. Comme si ça n'allait pas nous exploser à la figure à la seconde où il déclarerait la guerre à mon père, ou à la minute où celui-ci découvrirait qu'on avait couché ensemble.

Il glissa sa langue entre mes lèvres pour me faire ouvrir la bouche. Je m'exécutai aussitôt, les mains pressées sur ses joues. Il vibrait sous mes doigts. Je l'embrassai plus profondément, plus passionnément. Je laissai un bout de mon âme dans ce baiser, pour m'assurer qu'il ne m'oublierait jamais.

Il referma les doigts autour de mon cou et serra doucement, tandis que sa langue caressait la mienne. Il se mit à la sucer avidement, et je sentis tous mes muscles se contracter.

— Je devrais me débarrasser de toi, Van Der Zee. On a déjà dépassé le point de non-retour.

— Vas-y. Ce n'est pas moi qui te supplierai de me reprendre.

Je déglutis contre la pression de sa main, les yeux rivés aux siens. Je l'aperçus néanmoins sortir son sexe de son pantalon en périphérie de mon champ de vision. Je savais déjà qu'on allait le faire comme on l'aimait, tous les deux. Comme des animaux. Tout habillés, de la paille collée à nos corps en sueur, nos peaux s'entrechoquant bruyamment pour nous rappeler que le désir qu'on éprouvait l'un pour l'autre n'était ni joli ni élégant. On allait coucher ensemble comme la nature l'exigeait. Sans dignité, sans fierté, sans honte. On n'allait pas faire l'amour. On allait batailler, comme pour tout ce qu'on faisait ensemble.

— Tu ne supplieras pas, répéta-t-il.

Un sourire de plus en plus rayonnant ornait ses lèvres. Il me provoquait en pressant son sexe contre le mien, toujours dissimulé par ma culotte. Il décrivait des cercles délicieux autour de mes lèvres avec son extrémité, et j'avais l'impression de devenir folle.

— Je ne supplierai pas.

— Tu ne supplieras pas, dit-il encore, en me pénétrant à travers ma culotte.

Le tissu entra douloureusement dans la chair de l'intérieur de mes cuisses, et je rejetai la tête en arrière en grimaçant.

J'en voulais encore.

Je voulais qu'il y aille plus fort.

Je voulais tout.

Je gémis et glissai les mains dans son pantalon pour lui agripper les fesses.

— Qu'est-ce qu'on est en train de faire ? demandai-je en écartant davantage les jambes.

— Exactement ce que je m'étais promis de ne jamais refaire. Baiser sans capote.

Il rit et déposa un baiser sur mes lèvres, puis ma joue, puis mon front.

— Souviens-toi, Edie, me rappela-t-il, tout près de mon oreille. Ne supplie pas.

Je savais que ce seraient ses derniers mots avant un long moment.

Il me retourna, et je me retrouvai sur le ventre, les fesses en l'air, si rapidement que je n'eus même pas le temps de me rendre compte qu'il était aussi en train de m'arracher ma culotte. Le tissu se déchira sur le côté, et je poussai un cri de douleur en agrippant une poignée de foin. Je me tordis le cou pour voir ce qu'il faisait, mais il m'attrapa la mâchoire et me fit tourner la tête pour que je regarde par terre.

Puis il mit un, deux… trois doigts en moi, l'un après l'autre. Il recroquevilla ensuite le majeur et atteignit immédiatement mon point G. Il appuya dessus impitoyablement, et je me tortillai. Tout en moi me criait de m'enfuir.

Ne supplie pas. N'en demande pas plus.

J'en voulais déjà trop.

Ma colonne vertébrale était semblable à la mèche d'une bougie. Elle fondait lentement. Mon premier orgasme fut aussi sauvage qu'étrange. Comme si mes coutures étaient en train de craquer. Comme si mon corps était enfermé dans un corset trop serré. Muscles tendus, ventre contracté, orteils recroquevillés... La chaleur était insupportable. C'était à la fois trop et pas assez. J'allais exploser dans un feu d'artifice de petits atomes et de cellules minuscules. Et le pire, c'était que je savais que Trent ne me recollerait pas après.

Je jouis autour de ses doigts en tremblant, comme si mon corps ne m'appartenait plus. Et de fait, il lui appartenait. Il retira ses doigts et prit son sexe dans sa main pour le lubrifier avec mes fluides.

En un seul mouvement, il me fit me mettre à quatre pattes et plaqua son sexe entre mes fesses. Je tressaillis à ce simple contact.

— Tu me rends fou.

— Tu me détraques, répondis-je en souriant, la joue pressée contre le foin.

En sentant le bout de son sexe à l'entrée de mon anus, je me contractai par réflexe. Il se mit à me caresser doucement avec son doigt.

— Sale pervers.

— Détends-toi, Edie.

Je sentis à nouveau son extrémité et tentai de ne pas me crisper. Pendant les premières secondes, l'intrusion fut plus que supportable, mais d'un coup, une pression déferla dans le bas de mon dos. Je me mordis la lèvre en attendant la partie où c'était agréable.

— Tu m'as détruite, murmurai-je.

Il me pénétra un peu plus profondément, puis poussa encore. Ça me brûlait. Je n'aimais pas ça. La sensation était horrible. Comme s'il allait me déchiqueter.

— Tu m'as bien foutu en l'air aussi, rétorqua-t-il en me pénétrant entièrement.

Je mordis le foin. Un goût amer envahit ma bouche, et j'agrippai la paille poussiéreuse entre mes doigts.

Il embrassa mon oreille et lécha la larme de douleur qui roulait sur ma joue.

— La prochaine fois que tu fais une blague sur les mecs qui t'ont baisée avant moi, rappelle-toi que tous tes orifices m'appartiennent, y compris le trou que je laisserai dans ton cœur quand j'en aurai fini avec toi.

Quand il commença à bouger, je crus qu'il était en train de verser de l'essence en moi avant de jeter une allumette. Mais après six ou sept va-et-vient, je commençai à me détendre et à m'habituer à sa présence en moi. Il choisit ce moment pour pincer doucement mon clitoris.

Je poussai un gémissement d'extase et fermai les yeux, perdue dans ses caresses.

Il me fit écarter davantage les jambes. Je me détendis encore et m'ouvris plus, et ses coups de rein s'intensifièrent, sans qu'il cesse de titiller mon clitoris. Mes coudes tremblaient. Oui. C'était tellement plus intense, intime et dingue que tout ce que j'avais fait jusque-là.

— Edie, je vais jouir.

C'était étrangement rassurant de le sentir en moi de cette façon. Surtout quand une de ses mains se consacrait à mon autre orifice et qu'il agrippait ma taille si fort que j'avais l'impression que j'allais tomber tant mes jambes flageolaient.

— Putain, Edie !

— Viens. S'il te plaît, gémis-je.

Je sentis un sourire naître sur mes lèvres. Il me tira les cheveux, me faisant arquer le dos. Mes épaules rencontrèrent son torse, et il mordit le haut de mon oreille.

— Je savais que tu supplierais. Je suis ton point faible, Edie. Tu es foutue.

— Vas-y, sifflai-je.

Il jouit en moi, et je jouis sur sa main…

Le trajet jusqu'à l'hôpital s'effectua en silence. Je changeais sans cesse de position pour essayer d'apaiser mes courbatures. Le seul geste affectueux qu'eut Trent avant que je descende de sa Tesla fut de me presser la cuisse, avec une main encore imprégnée de mon odeur.

Il m'adressa un hochement de tête assuré, et je plissai le nez, parce que c'était ma marque de fabrique.

— Il faut qu'on arrête.

— Alors arrête, répondit-il avec un haussement d'épaules.

— C'est prévu, lui répondis-je en sortant de sa voiture.

Je l'entendis rire derrière moi. Et son rire continua à résonner dans l'air longtemps après son départ.

Chapitre 26

Trent

Une semaine plus tard

— Oui. Palm Springs. Je sais. Un chauffeur les attendra en bas.

Je pointai l'index et le majeur vers ma tempe, levai les yeux au ciel et mimai le geste de me tirer une balle. Dean, assis dans le fauteuil en face de moi, riait, tout en roulant un joint. Hors de question. Je n'allais certainement pas fumer en bas de l'immeuble avec lui. Ni sur la terrasse de mon bureau. J'avais beaucoup trop de trucs à faire.

Je marquai une pause pour écouter la personne à l'autre bout du fil.

— C'est un programme d'un mois, répondis-je. Menottez-la à son putain de lit s'il le faut, laissez-la pisser et chier dans un seau, je n'en ai rien à foutre. Il est hors de question qu'elle parte, cette fois. Il faut absolument qu'elle se soigne.

Pour qu'Edie puisse être heureuse, me retins-je d'ajouter.

Je raccrochai, inspirai longuement et desserrai le nœud de ma cravate. Dean inclina la tête et coinça le joint derrière son oreille, comme un abruti de surfeur. Cela dit, tout me tapait sur les nerfs, ces jours-ci. Je voulais clore le dossier Jordan Van Der Zee, parce qu'il devenait évident que j'étais incapable d'arrêter de voir sa fille. Ça ne manquait pas d'ironie : j'essayais de faire décrocher sa mère de toutes les merdes qu'elle prenait, alors qu'Edie devenait mon addiction.

— Luna a commencé jeune. Personnellement, je leur interdis la drogue avant l'âge de dix ans, plaisanta Dean.

— Attention, tête de bite, ton sens de l'humour est tombé de ta poche, regarde. La cure est pour Lydia Van Der Zee. Son mari est trop occupé pour l'aider, et je ne peux pas vraiment demander à Rina de s'en occuper, car ça générerait beaucoup trop de questions, expliquai-je.

— Des questions dont les réponses sont : oui, je saute sa fille, pourquoi, eh bien je suis ravi que tu poses la question, oui, on l'a fait au bureau aussi et, bien sûr, je veux qu'on me tire une balle dans la tête. C'est d'ailleurs pour ça que je l'ai fait, à la base.

Il se tapota le menton, comme s'il attendait que je lui mette mon poing sur la tronche pour faire disparaître son air narquois.

Je me levai, me dirigeai vers le bar près de la fenêtre et attrapai deux bouteilles d'eau.

— Content de voir que tu es de bonne humeur, lançai-je froidement.

— Je suis d'excellente humeur, tu veux dire. Tu as enfin une copine.

— Erreur. Et même si c'était le cas, ça ne peut pas sortir d'ici, répondis-je précipitamment, avant de descendre presque toute ma bouteille d'un trait.

— Si tu n'es pas son mec, tu peux m'expliquer pourquoi c'est toi qui t'occupes de l'admission de sa mère en cure de désintox ? Tu te prends tout à coup pour le fils spirituel de mère Teresa ?

Je consultai ma montre en me demandant si Edie allait enfin revenir au bureau et m'épargner l'agonie de marcher dans les couloirs sans voir son petit cul dans une des tenues un peu trop grandes qu'elle piquait à sa mère. Même si elle ne s'en rendait pas compte, je la regardais tout le temps. C'était ma source d'énergie pour la journée. C'était elle qui me faisait tenir.

— Hum ? marmonnai-je à l'attention de Dean, toujours pas décidé à lui répondre.

Il se pencha en avant et s'empara du joint qu'il avait derrière l'oreille.

— Qu'est-ce qu'elle est pour toi, mec ? Pourquoi tu fais tout ça pour elle ?

— Parce qu'elle a besoin d'aide, et parce que son père ne l'aidera jamais.

Jordan ne s'était pas absenté du bureau un seul jour, pendant la semaine que Lydia avait passée à l'hôpital. Il était même resté tard le soir. Notre relation avait évolué jusqu'au point où je ne dissimulais plus le fait qu'il me donnait envie de vomir, et où il arrêtait de feindre l'indifférence à mon égard. Nous éprouvions l'un pour l'autre une haine qui suintait du moindre regard que nous échangions, du moindre mot que nous nous adressions.

Je fermai mon bureau à clé tous les soirs. La poubelle commençait à sentir la boisson protéinée et le café mais, au moins, cet enfoiré n'avait pas accès à mes affaires quand je n'étais pas là.

— En parlant de Jordan…

Dean se leva et se dirigea vers la porte. Il avait tellement de style dans son costume bleu sur mesure qu'on aurait cru Conor McGregor.

— Je préfère te prévenir : il a commencé à prendre la température pour acheter l'un de nous et il est prêt à passer au tiroir-caisse. Il veut que tu dégages, mec. Tu penses qu'il est au courant pour Edie et toi ?

Allez savoir ? De toute façon, il voulait déjà se débarrasser de moi bien avant que je prenne sa fille par tous les trous. J'enfonçai les mains dans mes poches.

— Ça m'étonnerait. Autrement, il aurait sauté sur l'occasion de faire un scandale ou de se venger sur elle.

La main sur la poignée de la porte, Dean me lança un dernier regard.

— Surveille tes arrières.

— Comme toujours.

Je passai le reste de l'après-midi à ronger mon frein. Je savais pertinemment qu'aucun de mes amis ne vendrait ses parts à Jordan, et il devait s'en douter également. Le fait qu'il tente quand même le coup indiquait qu'il devait vraiment être désespéré. Ce qui me ramenait toujours à la même question : pourquoi ? Qu'est-ce que j'avais bien pu faire, pour qu'il me déteste autant ?

Ce jour-là, je n'étais pas le muet. J'étais le connard et je brandissais fièrement ma torche. Même Vicious ne me supportait pas. Je criai après Rina lorsqu'elle m'apporta le mauvais sandwich pour mon déjeuner (ça faisait six mois qu'elle travaillait pour moi, ce n'était pas compliqué de se souvenir d'une variété de sandwich, bordel !), et je virai une stagiaire qui avait envoyé le mauvais contrat à un client. Je la renvoyai sans ménagement, sans lui donner une chance de s'expliquer, et sans même lui laisser le temps de rassembler ses affaires. J'entrepris ensuite de patrouiller dans les couloirs et de crier des ordres ridicules à tout le monde. Mais ça n'apaisa en rien ma colère.

Edie était encore à l'hôpital avec sa mère. Elle avait dit qu'elle passerait peut-être au bureau, juste pour me voir, mais elle ne l'avait pas fait.

Au début, ça m'avait fait chier. Mais là, je voyais le bon côté : elle absente, je pouvais enfin me confronter à son connard de père.

Je devais abattre soigneusement mes cartes. Je ne pouvais pas juste entrer dans son bureau et lui faire un deuxième trou du cul. Alors j'attendis.

À 17 heures, toute l'équipe administrative partit.

À 18 heures, les courtiers en firent autant.

À 18 h 30, Jaime, Vicious et Dean se réunirent dans le couloir qui longeait nos bureaux respectifs.

Vicious frappa deux fois à ma porte (qui était ouverte) avant de passer la tête à l'intérieur.

— Face de cul, tu viens ou quoi ?

— Non, j'ai quelques merdes à régler, répondis-je en montrant mon ordinateur éteint.

Il haussa les sourcils. Il ne pouvait pas voir mon écran noir de là où il était, mais il reniflait mes prétextes foireux à des kilomètres.

— Si tu as prévu d'assassiner Van Der Zee, rappelle-toi que je ne pratique pas le droit pénal et que je ne serai pas en mesure de t'aider sur le plan légal. Par contre, si tu as besoin de quelqu'un pour enterrer le corps, je suis ton homme.

— Merci, c'est adorable, répondis-je sèchement.

Il haussa les épaules et donna une tape sur le bois de la porte.

— De rien, Rexroth. De rien, dit-il en tournant les talons.

18 h 30.

18 h 35.

18 h 45.

À 19 heures, l'équipe de nettoyage arriva dans un joyeux brouhaha de conversations mêlées. Je me planquai derrière mon écran (qu'est-ce qu'il y avait chez les Van Der Zee qui réveillait le sociopathe en moi ?) en voyant le personnel d'entretien se diriger à l'autre bout de l'étage. Puis je me levai et me dirigeai d'un pas assuré vers le bureau qui faisait le coin près du mien. Vers la pièce la plus grande et la plus luxueuse de tout le bâtiment. Vers l'endroit où l'homme qui avait terriblement blessé Edie et son frère, et qui essayait d'en faire autant avec moi, était en train de travailler. Je m'attendais à le trouver en train de taper furieusement sur son clavier, comme il le faisait toujours, mais son fauteuil était vide. Ça n'avait pas de sens. Il ne partait presque jamais du bureau avant 20 heures. Le travail (et l'argent), c'était toute sa vie. Je tournai la tête vers l'accueil et eus à peine le temps de l'apercevoir qui entrait dans l'ascenseur.

C'est là que je sus qu'il avait une longueur d'avance sur moi.

Il avait compris que je voulais le coincer et avait pris la fuite. Mais j'avais plus d'un tour dans mon sac.

Je gagnai l'escalier de secours et me mis à dévaler les marches à toute vitesse. Si je me dépêchais, j'atteindrais le parking avant lui. L'ascenseur s'arrêtait à tous les étages en descendant, parce que les gens qui travaillaient à la compta et aux RH restaient beaucoup plus tard que les branleurs de notre étage.

Quand j'arrivai sur le parking, j'avais la peau couverte d'une fine couche de sueur. Animé d'un calme presque trop olympien, je me dirigeai vers son Range Rover noir. Mon cœur ne battait pas aussi vite qu'il aurait dû. Je m'adossai contre la portière du conducteur, les mains dans les poches, et j'attendis.

Quand la sonnerie de l'ascenseur retentit et que les portes s'ouvrirent, le froncement de sourcils qu'arborait Jordan se transforma en une grimace de panique. Il retrouva une contenance juste avant que je me mette à rire.

Je lui adressai un sourire de victoire.

— Alors, Jordi, on se fait désirer ? Ce n'est pourtant pas après vos fesses que j'en ai.

Il recula d'un pas et leva la main vers les boutons. Je fis claquer ma langue d'un air désapprobateur, en secouant la tête.

— Allez, Van Der Zee, l'encourageai-je en le toisant. M'ignorer ne me fera pas disparaître. En revanche, ça risque de me foutre sacrément en rogne.

Il fit un pas en avant, à contrecœur manifestement, tout en desserrant le nœud de sa cravate en soie rouge. L'ascenseur se referma derrière lui, comme pour se moquer de lui, et on se retrouva seuls. Plusieurs mètres nous séparaient, mais l'atmosphère n'en était pas moins suffocante. Du moins pour lui.

— Qu'est-ce que vous comptez faire ? Me casser la gueule ? Me tuer ?

Je laissai échapper un petit rire moqueur. La haine se lisait dans ses yeux, et la peur était une vieille ennemie à laquelle je ne laissais aucune place dans ma vie. À l'exception de mes trois amis, tout le monde, au bureau, tremblait presque dès que Jordan ouvrait la bouche. Personnellement, sa suffisance m'amusait.

— Ce n'est pas parce que je n'ai pas la peau blanche que je suis un gangster.

— Vous avez pourtant fait un certain nombre d'erreurs qui me font dire que la maîtrise de soi n'est pas votre point fort, rétorqua-t-il en avançant vers moi.

Nous étions à présent dangereusement proches. Trop proches pour qu'il me sorte ce genre de conneries.

— On peut savoir de quoi vous parlez ?

— De votre fille.

Je mis la main devant la bouche pour m'empêcher de rire.

— Dans le cadre de ma carrière, j'ai toujours fait preuve du plus grand professionnalisme. Ce qui se passe dans ma vie privée ne regarde que moi.

Il se redressa, raide comme un piquet.

— La façon dont une personne se comporte à l'extérieur du bureau est le reflet direct de ce qu'elle est dans son métier.

— Ne jouez pas à ça avec moi, Jordi. On ne peut pas dire que vous soyez un saint, et vos péchés sont loin de se limiter au fait de baiser la mauvaise personne au mauvais moment.

Je m'abstins d'en dire plus. Je ne voulais pas qu'il sache qu'Edie s'était confiée à moi (jamais je n'aurais dévoilé ses secrets). En même temps, je voulais qu'il se rende bien compte que moi aussi, j'avais mené ma petite enquête sur son compte.

Nos regards restaient rivés l'un à l'autre, engagés dans une bataille sanglante et impitoyable.

— C'est quoi, votre problème ? Pourquoi est-ce que vous tenez tellement à me rayer de la carte ?

Il me surprit en faisant un autre pas vers moi. À présent, on était presque front contre front, bien plus proches que je ne l'avais jamais été avec aucun de mes amis.

Un sourire machiavélique apparut sur son visage flétri.

— Vous le saurez bien assez tôt. Mais dites-moi plutôt, Trent, vous avez un plan pour vous débarrasser de moi ?

Je ne répondis pas. Je n'en avais pas besoin. Il connaissait la réponse. Autrement, il n'aurait pas tenu à mettre à tout prix la main sur ma foutue clé USB. Le fait qu'il connaisse son existence n'était pas un hasard. Je racontais toujours aux gens en qui je n'avais pas confiance les secrets que je voulais faire circuler. Et pour ça, j'avais trouvé la cible idéale en la personne de Max, son secrétaire. Nous étions allés boire quelques verres après le travail à l'occasion de l'anniversaire d'une nana des RH. À un moment, j'avais mentionné ma clé USB, en sachant que ça enverrait un message très clair à Jordan : « Surveille tes arrières. Tu n'es pas le seul à avoir plus d'un tour dans ton sac. »

— Parce que laissez-moi vous dire une chose, Rexroth : moi, j'ai un plan pour me débarrasser de vous, et ça va appuyer partout où ça fait mal. Partout où vous m'avez fait mal.

— Qu'est-ce que ça veut dire ?

— Vous le saurez bien assez tôt.

Je lui répondis avec un sourire confiant. Encore un peu et il n'allait pas tarder à poster des statuts Facebook sur moi comme une gamine de douze ans en pleine crise d'ado. Il avait un problème avec moi, c'était clair. Mais au lieu de jouer franc jeu et de le dire, il préférait tourner autour du pot comme une mauviette.

Je lui ouvris sa portière sans cesser de sourire.

— Tous les coups sont permis, mon vieux.

Confus, il monta en voiture en me jetant un regard soupçonneux, tandis que je jouais les valets de pied consciencieux. Je tapotai sur sa vitre et lui fis un clin d'œil.

— Que le meilleur gagne !

— Qu'est-ce que vous avez sur moi qui vous rend si sûr de vous, Rexroth ?

— Ce n'est pas comme ça que ça marche, Van Der Zee. Si je gâche la surprise, ça perd tout son intérêt. Soyez prudent sur la route.

Je venais de lui resservir les mots que j'avais crachés à sa fille lors de notre première rencontre. Sauf qu'avec lui je ne les pensais pas vraiment. Je regagnai l'ascenseur, appuyai sur le bouton et entrai dans la cabine.

Ce soir-là, j'appelai Edie pour lui demander si elle comptait venir au bureau le lendemain. Elle me répondit que oui.

Le lendemain matin, je posai ma clé USB bien en évidence sur mon bureau, laissai la porte ouverte et sortis de la pièce.

— Je m'absente pour le reste de la journée, avertis-je Rina en déposant une pile de papiers devant elle. Mon bureau est ouvert. Mlle Van Der Zee, Dean, Vicious et Jaime peuvent y entrer. Toute autre personne est interdite d'accès.

C'était un appât, et j'espérais de tout mon cœur que ma proie ne mordrait pas à l'hameçon.

En réalité, c'était moi, l'appât. L'appât qui mettait sa vie en jeu pour sauver la sienne.

Je ne savais pas pourquoi je faisais ça. Pourquoi je risquais mon avenir et celui de ma fille pour cette gamine. De toute façon, ma décision était prise. Elle avait besoin de la clé, alors je la lui donnais.

Ce soir-là, Edie vint chez moi après le travail. Elle prépara des spaghettis et des hot-dogs pour Luna, et je les laissai manger leurs cochonneries sans protester. Plus tard, on baisa comme des bêtes. Le lendemain, on baisa doucement.

Je ne lui parlai pas de mon échange avec son père, ni du fait que j'avais laissé la clé sur mon bureau, et elle n'en parla pas non plus.

J'arrivai à FHH avant elle, car elle restait des heures sous la douche.

Quand j'entrai dans mon bureau, la gorge et le cœur serrés, je vis que la clé n'était plus là.

Chapitre 27

Edie

La première chose que je fis quand Trent partit de l'appartement, emmenant Camila et Luna avec lui (on était mardi), ce fut de courir à la salle de bains pour vomir.

J'avais le tournis, et des points blancs dansaient devant mes yeux. J'agrippai la lunette des toilettes pour m'aider à me relever et me traînai jusqu'au lavabo comme un vieux chien. Je me lavai les mains et le visage en évitant à tout prix mon reflet dans le miroir. Si je me regardais dans la glace, j'étais bonne pour vomir à nouveau.

Traîtresse. Imposteur. Judas. Vendue. Salope.

Titubant, je traversai le couloir en m'appuyant aux murs pour me soutenir. J'offrais un spectacle beaucoup trop dramatique à mon goût, mais je n'arrivais pas à contrôler mes réactions. C'était comme si le monde s'écroulait sur moi et m'écrasait, jusqu'à me transformer en poussière. Je ne savais pas comment j'avais survécu aux dernières vingt-quatre heures.

La veille, quand j'étais arrivée chez lui, Camila n'était plus là. Trent l'avait renvoyée chez elle en lui disant qu'il n'avait pas besoin d'elle, ce soir-là. J'avais préparé à dîner pour Luna en pilotage automatique. Je m'étais brûlée deux fois sur la gazinière et j'avais dû aller aux toilettes un nombre incalculable de fois pour me rafraîchir le visage et reprendre mon souffle.

Le dîner s'était bien passé. J'avais comblé le silence en parlant de surf avec Luna et en lui racontant les dernières choses que j'avais lues sur les hippocampes. Je lui avais parlé de mon frère aussi, en lui disant que j'espérais pouvoir l'emmener à la plage un jour. Elle avait eu l'air de comprendre.

Plus tard, je m'étais glissée dans le lit de Trent pour voler ce dont je n'étais plus digne. Ses baisers, ses caresses, son corps contre le mien. Sa chaleur, le goût de sa langue, ses coups de reins. Son désir. J'avais aimé ressentir la douleur que je méritais, et prendre du plaisir que je ne méritais pas. Et ce matin, j'avais voulu un dernier round, parfaitement consciente qu'après avoir donné sa clé à mon père tout serait fini entre nous.

— Cette fois, je veux qu'on y aille doucement.

J'étais sous lui, sous mon chevalier noir à l'armure ébréchée. Il m'avait laissée me faufiler dans les failles de sa carapace et m'installer, même s'il savait qui j'étais. Le cheval de Troie.

— Pourquoi doucement ?

— Pour que je me souvienne.

— Pourquoi est-ce que tu oublierais ?

Silence. Il avait embrassé mes larmes, sachant très bien ce que je ne disais pas, sans toutefois vouloir y croire. Il avait fait ce sacrifice pour moi. Il m'avait laissé le briser. Sans sourciller, sans hésiter, sans même prendre le temps d'y réfléchir.

Il avait bougé au-dessus de moi comme si j'étais l'océan, envahissant mon corps, mon cœur et mon âme. Caressant mes joues, embrassant mes paupières.

— Mon obsession, ma marée.

Ça résonnait comme un au revoir, et mes pleurs avaient redoublé. Je m'étais accrochée à lui comme une ancre. Il savait et, à 6 heures du matin, une demi-heure avant le réveil de Luna, on fit ce qui ressemblait à l'amour, en sachant qu'à la fin de la journée, l'amour se transformerait en haine.

La porte du bureau de mon père était ouverte.

Ça rendait l'issue encore plus inéluctable. Si je passais devant, il m'appellerait. Il me demanderait où j'en étais avec la clé. Je devrais la lui donner, et tout serait fini.

Luna.

Trent.

Les hippocampes.

La marée.

L'océan était agité ce jour-là. Bane m'avait envoyé un texto à 6 h 30 du matin, alors que Trent était sous la douche.

Ne prends même pas la peine de descendre.

Drapeau noir.

Il ne savait pas que je pouvais voir le drapeau flotter dans le vent, depuis là où j'étais. À la fenêtre de Trent, nue, la main pressée contre la vitre. Les vagues se brisaient sauvagement sur le rivage, et le vent hurlait. C'était un temps complètement improbable en Californie pour un mois d'août mais, en tant que surfeuse, je n'étais pas étonnée.

L'océan savait.

Au bureau, j'avais traîné à la réception pour retarder au maximum le moment où je devrais aller m'asseoir à mon bureau, près de la porte de celui de mon père.

À 11 heures, je ne pouvais plus reculer. J'étais en train de préparer la douzième cafetière de la matinée (pour qui, je l'ignorais), quand Max était entré dans la cuisine. Il avait l'air d'une fouine en costume trois-pièces et il empestait le désinfectant au pin, comme d'habitude. À croire qu'il se douchait à l'après-rasage.

— Ton père veut te voir, annonça-t-il de son ton glacé habituel, avant de tourner les talons.

La clé brûlait l'intérieur de ma poche. Je laissai le café que je n'avais jamais envisagé de boire derrière moi et me dirigeai vers l'espace détente. Je passai devant le bureau de Trent. La porte était ouverte. Je savais qu'il savait. Je savais que c'était un test, entre autres. Je savais que j'avais échoué. Je m'arrêtai un instant. La tête baissée, il était en train de signer des documents. Je m'éclaircis la gorge. J'avais une drôle de sensation dans tout le corps, comme s'il ne m'appartenait pas.

— Est-ce que c'est un piège ? demandai-je d'une voix rauque.

Je voulais, je rêvais, je priais pour que ce ne soit qu'une pièce d'un plus grand puzzle qu'on pouvait assembler ensemble. Il ne quitta pas les papiers des yeux. Comme s'il ne m'avait pas tenue dans ses bras quelques heures plus tôt.

Il ne secoua pas la tête. Il ne bougea même pas. Il répondit simplement :

— Non.

— Alors, toutes les informations sont…

Il releva brusquement la tête, et je m'interrompis. Son visage était totalement dénué d'expression. Taillé dans le titane.

— Tout y est, Edie. Les fichiers, les plans, les contrats. Tu as fait ton choix. Si tu veux être forte, il te suffit de l'être. Maintenant, sors.

Je voulais le contredire. Je voulais que cette discussion se transforme en une véritable dispute faite de colère et de cris, qu'il me convainque qu'il existait un autre moyen de sauver Theo. Mais je savais aussi que tout ça ne ferait que confirmer que j'étais encore une ado incapable de se décider, et qu'il était l'homme plus âgé qui m'avait séduite. Or, ce n'était pas ce que nous étions. Nous étions bien plus que ça.

Mes jambes me portèrent tant bien que mal jusqu'au bureau de mon père, sans que je sache trop comment j'y étais parvenue, mais je me souviens du bruit de la porte qui se referma derrière moi, avec un écho grave et final.

Un océan de vide et de non-dits se dressait entre nous, fait d'autant de vagues d'amertume toxique. Et ça m'allait très bien. Avec lui, je préférais rester au sec et en sécurité.

Il se laissa aller contre le dossier de son fauteuil et haussa les sourcils avec scepticisme.

— Alors ?

Pendant la semaine que j'avais passée à dormir, manger et vivre à l'hôpital avec ma mère, il ne m'avait pas demandé une seule fois comment elle allait. Si l'on ajoutait à ça ce qu'il m'avait obligée à faire et le champ de ruines qu'était ma vie, il y avait de quoi justifier la vague de colère me submergea. J'avais la bouche sèche, et tous mes muscles étaient tendus par une envie à peine contrôlable de me jeter sur lui.

Les mots sortirent sans que je sache comment, et sans que je sois capable de les retenir.

— Je peux te poser une question ?

Il soupira et me fit signe de continuer.

— Maintenant que tu sais ce qui est arrivé à maman, est-ce que tu regrettes de ne pas avoir attendu ? Est-ce que tu regrettes de l'avoir poussé à faire ce qu'elle a fait ?

Une partie de moi savait que c'était irrationnel (et peut-être même pathétique) d'essayer de le raisonner. De chercher en lui une personne avec un cœur. Après tout, s'il était un monstre, pourquoi ne pas en être un, moi aussi ? Mais s'il restait un semblant d'humanité en lui, peut-être que je pouvais négocier avec lui et sauver Trent.

Il consulta sa montre, soupira comme si ma simple présence était un dérangement, et se frotta le menton.

— Je n'ai poussé ta mère à rien du tout, Edie. Nous sommes tous responsables de nos vies. Seuls les faibles rejettent la faute sur les autres.

Il recommençait avec ses jeux de pouvoir. Tout lui était égal. J'en venais à me demander si tout ce bordel ne lui procurait pas un certain plaisir. C'était moi qui rattrapais toujours ma mère de justesse, tandis qu'il la poussait et la regardait tomber, en attendant que je lâche prise. Je devais briser ce cercle vicieux pour l'empêcher de continuer à lui faire du mal.

J'inspirai profondément et ravalai une bordée de jurons. Ma décision était prise.

— J'ai la clé USB, annonçai-je soudain.

La délectation se lut aussitôt sur son visage, en plus d'un sourire confiant et insolent.

— Qu'est-ce que tu attends, un faire-part ? Donne-la-moi.

— Pas avant que tu m'aies dit pourquoi tu le détestes.

— Ça ne te regarde absolument pas, dit-il en faisant rouler son stylo Cartier entre ses doigts.

Alors… Alors…

« Si tu veux être forte, il te suffit de l'être. »

Je croisai les bras sur la poitrine et plantai le regard dans le sien.

— Justement si, étant donné que je suis amoureuse de lui.

Un silence dense et lourd s'abattit dans la pièce. Il écarquilla les yeux, ses narines frémirent, et sa bouche se tordit dans une grimace que je ne lui avais jamais vue auparavant. À croire qu'il venait d'inventer une nouvelle expression rien que pour moi. Mais il était trop tard pour retirer ce que je venais de dire. Je ne voulais rien retirer de toute façon.

J'avançai encore. Je savais ce que je faisais. Je jouais le tout pour le tout. Ma relation avec Theo. Ma relation avec Trent. Avec Luna. Avec ma mère. Mais j'en avais marre de marcher sur des œufs avec lui. Peut-être que je perdrais tout le monde, mais peut-être que je me trouverais enfin moi-même.

S'il fallait que j'appuie sur le bouton d'autodestruction pour couper les liens qui nous unissaient, qu'il en soit ainsi. Je voulais avoir le sentiment de pouvoir inspirer de l'oxygène à pleins poumons, sans craindre que le monde s'écroule autour de moi.

— Je suis amoureuse de Trent Rexroth, Jordan. Si aveuglément amoureuse de lui que je ne sais pas si je vois autre chose que lui, quand il est là. Je donnerais ma vie pour lui et je suis prête à tout pour le protéger. C'est quelqu'un de formidable, qui a souffert et qui fait tout ce qu'il peut pour réussir là où tu as misérablement échoué : être un bon père. Un parent digne de ce nom. Quelqu'un sur qui sa fille peut compter. Il fait les bons choix, peu importe le prix. Il prend soin de ce qui est fragile, même s'il est impitoyable. Et il le fait avec intégrité, sans piétiner qui que ce soit. Alors dis-moi, pourquoi est-ce que tu détestes autant mon petit ami ?

Il se leva lentement. Son visage était écarlate. La veine qui courait le long de sa tempe semblait sur le point d'exploser. J'espérais presque que ce soit le cas. Il serrait les poings, et tout son corps frémissait sous l'effet d'une rage contenue.

— Donne-moi la clé USB.

— Non, dis-je en me redressant. Qu'est-ce qu'il t'a fait ?

— Il m'a tout pris.

— Comment ça, tout ?

— Tout. Maintenant, donne-moi cette clé ou tu vas le regretter.

Il tendit sa paume ouverte au-dessus du bureau, certain que j'allais obéir. Mais il se mettait le doigt dans l'œil. Je fis un grand pas en arrière. La clé dans ma poche semblait peser une tonne.

— Jamais !

Avant que j'aie eu le temps de réagir, il se précipita sur moi pour prendre ce qu'il voulait sans demander la permission. Ça n'aurait pas dû m'étonner. Toutes les fois où il m'avait malmenée n'avaient fait que prouver qu'il n'avait aucun respect pour moi.

Je m'écartai tout en tendant la main par réflexe, ongles dehors.

— Petite salope !

Il porta la main à sa joue en chancelant et caressa la marque rouge que j'avais laissée sur son visage. Il avait beau être grand, il était inapte à se battre contre qui que ce soit. Même moi. Il avait passé sa vie enfermé dans son bureau, comme un hamster dans une cage.

— Je t'interdis de me toucher !

Ma voix tremblait, mais pas moi. J'étais plus forte que jamais.

— Je veux que tu fasses tes sacs et que tu dégages de la maison de ta mère.

Il me montra la porte du doigt, la respiration entrecoupée par la fureur. Il écumait comme un chien enragé.

— Tu as dix-huit ans, des opinions et du caractère,

visiblement. Tu crois que tu connais tout sur tout, pas vrai, petite traînée ?

Le dernier mot me fit l'effet d'une gifle qui me coupa le souffle.

— Je suis certain que Trent sera ravi de t'accueillir. C'est une MST sur pattes, comme le reste de ses copains. Légalement, je n'ai plus l'obligation de mettre un toit au-dessus de ta tête, alors tu t'en vas, Edie. Et tant que tu y es, prends aussi les affaires que tu as ici, parce que tu es renvoyée.

Au lieu de faire tout ce que j'aurais cru faire (pleurer, supplier, avoir peur de l'avenir), je tournai les talons et me dirigeai vers la porte. Il m'assena le coup fatal alors que je lui tournai le dos.

— C'est dommage que tu n'aies pas eu le temps de dire au revoir à ton frère. Je le fais transférer cette semaine.

Je fis volte-face, en souriant pour une fois, car je savais quelque chose qu'il ignorait.

— Tu ne peux pas faire ça.

— Et pourquoi ça, petite traînée ? cracha-t-il pour me rappeler que c'était tout ce que j'étais à ses yeux.

Sa petite fille chérie qui avait écarté les cuisses pour le grand méchant loup.

— Parce que les services sociaux ont ouvert une enquête. De plus, il est impossible de transférer un mineur d'une structure à une autre aussi rapidement. J'ai vérifié. Tu te crois si omnipotent, père, que tu oublies qu'il y a d'autres forces autour de toi. Même les plus grosses vagues finissent par se briser, et tu es sur le point de t'écraser sur le sable. J'espère que tu aimes le goût de la poussière !

Chapitre 28

Edie

Je passai le reste de la journée seule à la plage.

Je n'avais pas eu le temps de dire à Trent ce qui s'était passé avant de quitter le bureau et je ne l'avais pas appelé ensuite. C'était une conversation que je voulais avoir face à face. J'étais encore en pleine montée d'adrénaline, sous l'effet du danger de ce que j'avais fait. Alors, après avoir appelé la clinique où ma mère était entrée en cure la veille, j'étais partie à la plage pour passer un peu de temps avec l'océan déchaîné. On se comprenait. J'étais assise face au soleil couchant, les orteils dans le sable, les bras serrés autour des genoux, concentrée sur le bruit des vagues et des mouettes.

Je ne remarquais même pas la température qui baissait. Je restai là jusqu'à 20 heures, jusqu'à être sûre que Trent et Luna seraient chez eux. Jamais auparavant je n'avais envisagé de débarquer chez lui sans prévenir, mais il fallait à tout prix que je lui parle et, encore une fois, ce n'était pas le genre de conversation qu'on avait au téléphone.

Alors que je me dirigeais vers son immeuble, je tentai de me convaincre qu'il n'y avait aucune inquiétude à avoir. Après tout, je n'avais pas obéi à mon père. Je n'étais pas allée jusqu'au bout. Je ne lui avais pas livré les secrets de Trent.

Je remerciai le liel qu'il n'y ait pas de concierge, autrement, ce dernier aurait dû appeler Trent pour le prévenir de mon arrivée, et je n'aurais pas supporté que celui-ci réponde qu'il ne voulait pas me voir. Les choses pouvaient très mal se passer.

Mes pieds semblaient peser des tonnes sur le sol en marbre qui m'emmenait à son penthouse. Un pas après l'autre.

Mon océan. Mon secret. Ma faiblesse.

Je frappai à la porte trois fois et tendis l'oreille. J'entendis Luna qui riait doucement. Ce n'était pas vraiment un rire (elle ne riait jamais), plutôt le bruit qu'elle faisait quand elle était contente. Ça me fit sourire avant même que la porte s'ouvre.

Mais quand elle s'ouvrit…

Camila m'adressa un sourire confus en me voyant. Derrière elle se tenait une femme que je ne connaissais pas, mais que je reconnus à la seconde. Elle était bronzée, elle avait de longs cheveux d'ébène et les yeux clairs. Elle avait l'air d'un mannequin (genre Adriana Lima), et portait une robe rose moulante qui accentuait la moindre de ses courbes.

Accroupie, les fesses sur les talons et les pieds chaussés de talons aiguilles Prada, elle était en train d'admirer l'hippocampe en peluche que Luna avait dans les mains. Un hippocampe identique à celui que Daria avait mis en pièces.

Une nausée violente s'empara de moi, et je vacillai. Ma gorge se serra, et je sentis un nœud se former à l'intérieur.

Ne pleure pas.

— Qu'est-ce que tu fais ici, Edie ? demanda Camila d'un ton qui trahissait sa surprise.

— Il y a une autre nounou ? Mon Dieu… Carmella, c'est ça ? Ne la laissez pas plantée là, faites-la entrer.

Elle se leva, ajusta sa robe et ondula jusqu'à la porte. Le

sourire qu'elle arborait indiquait qu'elle avait déjà gagné. Il transpirait l'élégance et le calcul.

C'est Camila, pas Carmella, espèce de cruche !

Elle avait déserté des années plus tôt, et il avait fallu qu'elle revienne aujourd'hui. L'univers était en train de m'envoyer une sorte de signe pour me montrer que Trent et Luna étaient plus heureux sans moi. Qu'ils avaient quelqu'un qui valait mieux que la fille de mon père. Celle qui avait tenté de faire virer Trent du conseil d'administration. Je ne les méritais pas.

C'était la mère de Luna.

Je ne pouvais pas rivaliser avec elle.

Je ne voulais même pas essayer.

— Qu'est-ce qui se passe, Edie ? Tu as des problèmes ? insista Camila au moment où Val la rejoignait et posait une main sur son épaule.

— Si elle veut garder la petite, ce n'est pas un problème. On a beaucoup de choses à se dire, Trent et moi, et on aimerait bien être seuls. Vous pouvez peut-être aller manger un morceau à la marina.

Je ne tenais plus. J'avais tellement envie de m'enfuir pour échapper à cette situation que j'envisageai de me jeter de la terrasse de l'appartement. L'ascenseur ou l'escalier n'étaient pas assez rapides. La seule chose qui me dissuada de passer à l'acte, c'était que je ne voulais pas traumatiser Luna à vie.

Je tournai les talons et partis en courant. Je poussai la porte de l'escalier et descendis les marches quatre à quatre. Mes jambes bougeaient à toute allure, comme quand je volais les gens. Mais ce n'était pas la même adrénaline que d'habitude. Celle-ci était suffocante.

Un étage, puis un autre. Mon sang battait dans mes tempes. Loin derrière moi, j'entendis la porte grincer et la voix de Trent qui demandait qui était là. Il semblait… détendu. Comme un homme qui venait de retrouver la mère de sa fille et était probablement soulagé qu'elle soit revenue dans leurs vies.

Seule. J'étais seule.

Sans mère. Sans père. Sans amis. Sans Trent.

Je courus longtemps. Je dépassai ma voiture garée sur la promenade qui bordait la plage, ainsi que tous les magasins, les passants, et toutes les choses que j'aimais avant, mais que je ne pouvais plus regarder. Toute la rue était peuplée de souvenirs avec Trent. L'océan aussi. Comme la première fois qu'il avait joué avec moi, avec mes seins, avec mon cœur, alors que je venais de surfer. J'avais l'impression que tous mes neurones étaient en train de griller. Est-ce que je parviendrais à revenir ici un jour ? À surfer ? À respirer ?

La seule bonne nouvelle, c'était que Jordan ne pouvait pas me voir dans cet état. Autrement, il m'aurait dit que je récoltais ce que j'avais semé. Il m'aurait rappelé que je n'étais rien d'autre qu'une traînée idiote qui avait servi de joujou à un homme qui n'avait jamais cessé de chercher une autre femme pendant toutes ces années. Je n'avais été qu'une diversion, un passe-temps.

Les ampoules que j'avais aux pieds commençaient à gonfler. La nuit tombait. J'étais à l'autre bout de la ville, près de la marina où les bateaux étaient amarrés. Je dus retirer mes boots et faire le reste du trajet pieds nus, en boitillant. Le bois froid apaisait ma peau meurtrie.

Je m'arrêtai devant un petit bateau blanc rouillé qui flottait doucement près du ponton, comme s'il n'avait pas le moindre souci, exactement comme son propriétaire.

Je me rendis compte que je ne l'avais pas appelé avant de venir. J'avais fait la même erreur qu'avec Trent.

Mais Bane n'était pas comme Trent. Bane était un ami.

Je montai sur le pont et frappai à la porte de la cabine. Il ouvrit, torse nu. Un mec et une nana qui étaient aussi à moitié nus étaient assis sur son lit. Ses cheveux blonds étaient ébouriffés, et il avait les yeux rouges d'avoir fumé.

— J'ai besoin de toi, gémis-je en sentant mes yeux se remplir de larmes à nouveau.

Il hocha gravement la tête et ordonna aussitôt :

— Craigh, Shea, vous dégagez !

Je m'effondrai dans ses bras. Il me tint contre lui sans me serrer, comme les épingles de mon sac à dos.

Puis mon seul ami m'étreignit contre sa poitrine et me murmura à l'oreille :

— Je te l'avais dit.

Chapitre 29

Trent

Dire que je n'avais pas envie que Val soit là était l'euphémisme de la décennie.

Le problème, c'était que je n'avais pas le choix.

J'étais rentré à la maison à 18 heures, avec l'intention d'aller à la salle de sport. J'avais besoin de me défouler après avoir vu Edie entrer dans le bureau de son père avec ma clé USB et toutes mes munitions. Sauf qu'une surprise m'attendait devant ma porte : Valenciana Vasquez, véritable incarnation de la bombe sexuelle sur talons aiguilles. Et ça ne me faisait ni chaud ni froid.

En me voyant, elle battit des paupières comme une sirène venimeuse.

— Trent. Ça fait longtemps.

Ma mâchoire se contracta malgré moi. Je la dépassai et mis la clé dans la serrure.

— Je ne m'en plains pas. Qu'est-ce qui me vaut ce plaisir ? m'enquis-je platement.

Elle se rattrapa discrètement contre le mur, sans doute décontenancée par mon absence de réaction. Si elle s'attendait à des larmes, des cris et des banderoles affichant « on t'attendait », elle se mettait le doigt dans l'œil ! Luna était à moi. C'était à moi de l'aimer, de l'élever, de la réparer. À mes yeux, Val n'était qu'une simple complication, dont j'allais me débarrasser en la tuant dans l'œuf avant qu'elle ait le temps de dire ouf.

— Je suis là pour ma fille, bien sûr.

Elle ondula dans ma direction et fit mine d'entrer dans l'appartement.

— Qu'est-ce que tu fous, au juste ? demandai-je d'un ton glacial, en lui bloquant l'accès au penthouse.

Une expression choquée passa sur son visage. Lorsqu'elle avait appris qu'elle était enceinte de Luna, elle m'avait demandé cinq cent mille dollars pour avorter. J'avais presque trouvé ça mignon qu'elle pense pouvoir me faire du chantage. Ma réponse avait été : « *Vas-y, chérie. N'interromps pas la grossesse.* » L'argent n'était pas un problème, je pouvais payer sans que ça ait le moindre impact sur mon mode de vie. Si elle m'avait annoncé qu'elle voulait avorter, je lui aurais spontanément offert de prendre tous les frais à ma charge. Mais utiliser ça pour se faire du fric sur mon dos, c'était hors de question.

Alors elle avait eu Luna. Puis elle nous avait abandonnés.

Et, à présent, elle revenait.

Si elle croyait qu'elle pouvait se passer d'explication et rester silencieuse sur ses intentions, elle allait avoir une sacrée surprise.

— J'essaie d'entrer pour qu'on puisse parler.

— Luna va rentrer de son cours de danse d'une seconde à l'autre. Il ne faut pas qu'elle te voie.

Les mots sortaient de ma bouche comme autant de piques glacées. Je ne fus pas étonné de la voir frissonner.

— Qui l'a emmenée ?

Elle fait de la danse ? Elle est comment ? Est-ce qu'elle a d'autres hobbies ? Elle aurait pu poser tellement de questions ! Mais pour ça, il aurait fallu que Luna l'intéresse un minimum.

— Ça ne te regarde pas. Si tu veux parler de ma fille, alors on fait ça ailleurs. À mon bureau, dans un café, dans un autre putain d'État s'il le faut. Mais il est hors de question que tu l'approches avant de m'avoir dit ce que tu voulais. Maintenant, tu t'en vas d'ici.

Elle s'approcha de moi et posa les mains sur mon torse.

— Trent…

Je la repoussai et lui décochai d'un regard assassin. Elle déglutit en battant des cils.

— Je suis venue de Géorgie, murmura-t-elle.

Je me mis à rire. Elle voulait quoi, une médaille ? J'étais sur le point de lui dire ma façon de penser quand l'ascenseur s'ouvrit sur Camila et Luna. Camila portait le sac à dos de Luna, tandis que ma fille avançait en sautillant (elle avait commencé à faire ça depuis qu'Edie était entrée dans nos vies). Elle m'offrit un sourire qui se dissipa rapidement quand elle vit que je n'étais pas seul.

— Oh mon Dieu, Luna ! Regarde-toi ! Comme tu es jolie ! Tu sais qui je suis ?

Merde. Non. J'avançai pour prendre Luna dans mes bras, mais la grande gueule de Val me devança.

— Je suis ta maman ! s'exclama-t-elle en écartant les bras dans un geste théâtral. Je suis venue te voir ! Je suis tellement excitée, ma chérie !

Luna écarquilla les yeux, incrédule, avant de chercher mon regard. Je me forçai à garder la bouche fermée, car je n'étais pas sûr de ce qui risquait de sortir, si je m'autorisais à répondre. Jamais de ma vie je n'avais envisagé la possibilité de frapper une femme. Mais Val me donnait furieusement envie de la cogner.

Camila fut la première à sortir de sa torpeur.

— Entrons, je vais nous faire du thé, lança-t-elle d'une voix tendue.

Son regard alternait entre Val et moi, et quelque chose dans son intonation me disait que je ne pouvais pas envoyer Val se faire foutre comme je l'aurais fait en temps normal. Que je ne pouvais pas laisser la bombe tomber sur ma fille, virer Val, puis simplement dire : « C'était bizarre, hein ? Enfin, maintenant que j'ai mis ta mère à la porte, si on regardait ce qu'il y a à la télé ? »

On rentra tous dans l'appartement. Val balaya le penthouse du regard, sans doute pour en faire l'inventaire et calculer combien elle pouvait tirer de la situation.

Soudain, elle sortit un hippocampe en peluche de son sac de créateur et le tendit à Luna.

— On m'a dit que tu aimais bien les hippocampes, alors je t'ai apporté ça.

Mon cœur s'arrêta. Le temps s'arrêta. Et je sentis la calamité s'infiltrer dans tous les recoins de la pièce pour nous empoisonner, tel un gaz invisible.

Clic, clic, clic. Les pièces du puzzle s'emboîtaient.

Val n'avait aucun point de contact avec qui que ce soit qui nous connaissait, Luna et moi. Sa mère vivait à Chicago et n'avait jamais cherché à tisser de lien avec sa petite-fille. Elle était trop occupée avec son ex petit-ami devenu taulard pour skyper avec elle. Par conséquent, Val avait une taupe dans mon entourage proche. Je n'avais plus qu'à découvrir qui.

Les yeux de Luna pétillèrent de surprise et de plaisir. Elle attrapa l'hippocampe et le serra contre son cœur, puis elle sourit à Val. Mon âme se brisa en mille morceaux qui s'éparpillèrent dans la pièce. Parce que tout venait de devenir un million de fois plus compliqué. Je détestais Val d'être aussi irréfléchie. D'avoir dit à Luna qui elle était. Je la détestais d'autant plus qu'elle n'avait pas fait ça par hasard. Elle voulait obtenir quelque chose, et ce n'était certainement pas la petite fille pleine d'espoir qui se tenait devant elle, avec son justaucorps noir et son regard curieux.

— Luna ? Papa doit appeler un ami. Tu restes ici avec Camila et Val, d'accord ? dis-je en montrant ma chambre.

Je fis exprès d'utiliser le prénom de Valenciana. Elle n'avait rien fait pour mériter le titre de maman. Je fixai Camila pour m'assurer qu'elle savait que Val ne devait sous aucun prétexte se retrouver seule avec Luna. Elle hocha la tête, et je me glissai dans ma chambre pour appeler Vicious et lui résumer la situation. Il me dit qu'il allait aussitôt appeler Eli Cole (il était avocat en droit de la famille, en plus d'être le père de Dean) et qu'ils se mettaient en route pour mon appartement dès que possible.

Quand je ressortis, Camila était sur le point de refermer la porte d'entrée.

— C'était qui ?

— Aucune importance, dit Val en m'offrant un sourire mielleux.

Elle tapota le sommet de la tête de Luna et se mit à lui expliquer quelque chose de totalement inexact sur les hippocampes. Camila me fit signe de la suivre dans la cuisine. Ses traits étaient déformés par la colère. Je regardai Val et Luna. Je ne pouvais pas les laisser seules, même si ce n'était qu'à quelques mètres de moi dans le salon. Val ne mit pas longtemps à capter le problème.

— Je vais aller à la salle de bains pour me rafraîchir un peu.

Elle se redressa et prit la direction du couloir avec une démarche assurée, comme si elle était chez elle.

Je me forçai à sourire à ma fille.

— Microbes, tu peux me rendre service et aller dans ta chambre quelques minutes ? Papa et Camila doivent discuter d'un truc de grands.

Oui. Je l'appelais Microbes.

Quand la voie fut libre, Camila se tourna vers moi avec des yeux qui lançaient des éclairs. Elle soupira bruyamment et se frotta le front.

— Edie vient de partir.

— Je ne vous suis pas.

Je suivais tout à fait, au contraire. J'essayais surtout de gagner du temps.

Qu'est-ce que c'était que ce bordel ?

— Elle a eu l'air contrariée en voyant Val. Qu'est-ce qu'elle fabriquait ici ? Qu'est-ce qui se passe ?

J'affrontai son regard et lui répondis ce qu'elle n'avait pas envie d'entendre. Ça ne faisait aucune différence qu'elle soit au courant ou pas, de toute façon. Ce n'était pas comme si elle côtoyait Jordan ou qu'elle risquait de le lui dire.

— Pour l'amour du ciel, Trent, ce n'est qu'une enfant !

Je secouai la tête, fatigué d'entendre toujours les mêmes conneries.

— Elle est plus femme que la garce qui vient de débarquer chez moi et d'annoncer à ma fille qu'elle était sa mère.

— Eh bien, votre prétendue femme est partie d'ici en pleurs, en ressemblant furieusement à l'adolescente qu'elle est.

Nouvel uppercut. Ça n'arrêtait pas, aujourd'hui. J'eus envie d'attraper mes clés et de me lancer à la poursuite d'Edie mais, naturellement, c'était hors de question. Pas tant que Val était ici. Je n'en avais plus rien à foutre de ma clé USB, à ce stade. Tout ce qui m'intéressait, c'était de sauver Edie et Luna. Et si j'étais encore en un seul morceau après tout ça… alors ce serait un bonus appréciable.

J'entendis grincer la porte de la salle de bains. Je pivotai sur moi-même avec la ferme intention d'aller dans le salon et de mettre fin à ce bordel. Mais la sonnette retentit à nouveau.

Edie.

Je pris le chemin de l'entrée pour ouvrir, mais Val me devança, agissant encore une fois comme si elle était la maîtresse des lieux. Lorsqu'elle ouvrit la porte, la dernière pièce manquante vint compléter le puzzle.

Jordan Van Der Zee.

Camila et Luna partirent aussitôt au McDonald's (vous savez que c'est l'apocalypse, quand vous laissez votre fille manger un McDo à 20 h 30 un soir de semaine), me laissant le soin de gérer le merdier innommable qui avait fait irruption dans ma vie l'après-midi même où une gamine de dix-huit ans avait décidé de me briser le cœur.

Connard Van Der Zee se précipita sur Val, déposa un baiser possessif sur sa tempe et l'attrapa par la taille pour l'attirer contre lui.

— Ça fait longtemps, ma belle.

— Ça ne fait qu'une semaine.

Le sourire qui étirait ses lèvres rouges et charnues exultait la confiance. Elle faisait partie du plan que Van Der Zee avait mis en place. Je les regardai, tout en additionnant deux et deux. Je ramassais les indices de cette énigme tordue et les assemblais pour trouver la solution.

— Vous n'alliez pas à Zurich.

Je basculai la tête en arrière et ris avec amertume.

— SwissTech n'a pas besoin que vous alliez les voir aussi régulièrement. On a renouvelé leur contrat il y a des semaines. On pensait que vous sautiez une nana quelque part en Europe, et que vous faisiez passer ça en notes de frais.

— Vous aviez tort.

Jordan poussa un soupir de contentement et s'assit sur mon canapé avec un immense sourire satisfait.

— La Géorgie est plus près, et beaucoup plus tentante avec cette femme à mes côtés.

Il tira sur le bras de Val, et elle tomba sur ses genoux en gloussant à en perdre haleine, comme une danseuse de music-hall des années 50.

— Soyez un gentil valet et allez nous chercher à boire pour qu'on puisse discuter un peu.

Jordan accompagna sa phrase d'un clin d'œil. Je ne l'avais jamais vu aussi sympathique et accessible. Je restai planté devant eux, une épaule contre le mur qui séparait le salon de la cuisine. Je les fixai d'un regard perçant, prêt à leur foncer dessus.

— Je vous conseille d'éviter ce genre de blagues. Autrement, vous risquez de vous nourrir de liquide exclusivement, parce que je n'hésiterai pas à vous péter les dents une par une.

— Nous y voilà. Le voyou se montre sous son vrai jour. Vous faites honneur à la réputation de votre race.

— Au contraire. Je commence à comprendre que ma couleur de peau n'a jamais posé problème. Le problème, c'était Val.

— C'est Luna et vous, mon problème.

Il me fixait d'un regard assassin, sans même essayer de dissimuler la haine que je lui inspirais.

— Vous êtes entrés dans ma vie et vous avez tout mis sens dessus dessous sans même en avoir conscience. À votre avis, Rexroth, pourquoi est-ce que j'ai acquis la moitié de votre société à la con, dirigée par une petite bande de trous du cul pourris gâtés ?

— Parce que vous ne savez rien faire d'autre qu'acheter des entreprises à l'activité florissante ? Toutes les sociétés que vous avez créées vous-même se sont cassé la gueule en moins de cinq ans. J'ai lu entre les lignes de vos interviews à la con pour *Forbes*, rétorquai-je sans ciller.

— Non. J'ai fait ça pour m'assurer que vous ne seriez jamais avec Valenciana.

— Vous voulez bien m'expliquer la logique là-dedans, Van Der Abruti ? Les noirs ont un cerveau plus petit, vous savez bien, dis-je en me tapotant la tempe d'un air sarcastique.

Jordan sourit et attrapa sa mallette. Val quitta ses genoux pour s'asseoir sur le canapé. Elle sortit un paquet de Marlboro Rouges de son sac et alluma une cigarette. Alors qu'elle recrachait la fumée de sa première bouchée, je m'emparai de la cigarette et la cassai en deux.

— Tu as déjà abandonné ta fille, je pense que tu peux lui épargner le tabagisme passif.

Elle fit la moue et me lança un de ses regards de Lolita, comme s'ils avaient le moindre effet sur moi. Comme s'ils pouvaient toucher ce qu'Edie avait réussi à attraper et dévaster si violemment que mes organes internes semblaient ne plus m'appartenir.

— Ce que tu peux être chiant ! râla Val.

— Tu n'as pas idée. Je suis sur le point de chier sur ta vie tout entière, chérie. Comment tu as su, pour l'hippocampe ?

Val décroisa ses longues jambes et se redressa pendant que Jordan parcourait des dossiers.

— Ta petite copine voulait lui en commander un sur Internet. Jordan a accès à l'historique de recherche de son portable et le consulte tous les jours. J'ai juste été plus rapide qu'elle. Désolée, Trent. Voilà ce qui arrive quand on sort avec quelqu'un qui vit encore aux crochets de son papa.

Tu parles. C'est toi qui vis aux crochets de son papa.

— Tu es le diable incarné, dis-moi, ironisai-je.

— J'aurais pu être ton petit diable.

— Tu ne devrais jamais être le démon de personne. C'est impossible d'aimer les gens qui n'ont pas d'âme.

Là-dessus, je me rendis dans la cuisine, à la recherche de quelque chose pour me calmer. Je descendis une bouteille d'eau et revins dans le salon. Jordan était en train d'organiser des piles de documents sur ma table basse. Ça ressemblait à un plan. Un plan qui n'allait pas me plaire.

— Allons droit au but, si ça ne vous dérange pas.

Il remonta les manches de sa chemise impeccablement repassée et lécha le bout de son index, avant de commencer à parcourir les pages.

— Il y a cinq ans, j'avais une société qui s'appelait SilverStar, Inc. Le siège était à…

— Chicago, complétai-je à sa place.

Un petit rire lui secoua les épaules.

— Bonne réponse, mon garçon. C'est au cours d'un de mes séjours à Chicago que j'ai rencontré Valenciana et que nous avons commencé à nous fréquenter.

Je faillis lui rappeler que dire « j'ai commencé à tromper ma femme » aurait été plus exact, mais la sémantique n'était pas vraiment la priorité du moment.

Il attrapa un document au-dessus d'une pile.

— Elle a tout de suite attiré mon attention. Regardez-la, en même temps. C'est impossible de ne pas la remarquer ! Nous nous voyions chaque fois que j'étais en ville. Autant dire, très souvent. Je dois admettre que j'étais sous le charme. Ce qui n'était pas le cas de Val, cependant. Elle a continué à avoir des aventures. J'ai laissé faire car, pour être honnête, elle n'était pas ma seule maîtresse non plus.

Il me tendit un papier. Je m'en emparai et vis rouge en comprenant de quoi il s'agissait. C'était un rapport, rédigé par Barry Guilfoyle, un détective privé. Le compte rendu listait toutes les fois où j'avais été absent au lieu d'être à la maison avec Luna. On pouvait y lire que je travaillais tard et que j'étais souvent en déplacements, laissant ma fille à la garde de Camila ou de mes parents.

— Je savais que notre lien deviendrait plus fort avec le temps. Lorsqu'elle est tombée enceinte, je lui ai suggéré d'avorter. L'identité du père n'avait pas d'importance. Je n'aimais pas l'idée d'être fiscalement attaché à une stripteaseuse.

Il marqua une pause pour me passer d'autres papiers.

— Mais Val m'a expliqué que le père était un trop gros poisson pour ne pas sauter sur l'opportunité. Je ne lui ai pas offert d'argent pour mettre un terme à sa grossesse, car j'ai cru que vous alliez passer à la caisse. Certaines de mes maîtresses sont tombées enceintes, et je n'ai jamais eu de mal à les convaincre d'avorter en échange d'un gros chèque. Mais vous avez décidé de ne pas payer et, au moment où j'étais suffisamment calmé pour la revoir, Val était déjà enceinte de cinq mois. C'était trop tard pour se débarrasser du bébé.

Se débarrasser du bébé.

Je serrai les poings, les dents, les fesses, pour me retenir de ne pas le crever. Il me tendit plusieurs photos de mauvaise qualité. Elles montraient Camila qui regardait Luna en fronçant les sourcils. Ça ne voulait rien dire. Une autre photo me montrait en train de faire des couettes à Luna. Elle aimait que ses couettes soient bien serrées, sans un cheveu qui dépassait. Alors, sur la photo, j'avais l'air d'être en train de lui faire mal, mais ce n'était pas le cas. Sur une autre, elle était debout entre mes jambes dans un café, les bras appuyés sur mes cuisses, le regard perdu dans le lointain. Les photos déformaient complètement ce qui n'était rien que des situations innocentes. En même temps, pourquoi prendre le risque ?

— Attention à ce que vous dites, l'avertis-je. Ou vous allez le regretter.

Jordan rit avant de soupirer.

— Nous avons tout de même fait un test et, quand j'ai eu la confirmation absolue que le bébé n'était pas de moi, je suis parti. Mais j'ai fini par revenir avec Val. Entre le moment où Luna est née et son premier anniversaire, Val a essayé de vous attendrir. De vous séduire. D'être avec vous. Je comprends. Vous êtes plus jeune, plus beau… Mais vous n'êtes pas plus intelligent, Trent. Vous n'êtes qu'un pauvre idiot ayant eu la chance d'avoir des amis généreux qui lui ont laissé une part du gâteau. Vous n'auriez jamais dû avoir cette part. Ce gâteau n'est pas pour vous.

Je continuais à serrer les dents en assimilant ce qui se passait. Les photos. Les rapports. Le dossier que Jordan avait monté contre moi depuis des années. Ma plus grande peur (que Val revienne pour me prendre Luna) était en train de se matérialiser sous mes yeux, avec une cerise sur le gâteau : Jordan qui complotait contre moi. Je savais exactement l'approche que Val allait adopter.

Nous avions pris de la cocaïne ensemble, le soir où je l'avais mise enceinte. Elle pouvait raconter au tribunal que j'avais un problème de drogue.

Elle pouvait même rendre ça crédible.

Notre cas empestait les années de procès à plein nez.

Je fis un pas vers Jordan qui tressaillit presque.

— Pourquoi vous donner tout ce mal ?

— Parce que je ne perds jamais, pauvre péquenaud. Surtout pas face à un ancien pauvre comme vous.

Un ancien pauvre. J'aurais dû savoir qu'il était comme moi. Le fardeau ne nous quittait jamais. La différence était que j'avais le mien dans la peau. Le sien le rongeait jusqu'à la moelle.

Tous mes muscles me suppliaient de lui casser la gueule et de le mettre en pièce. Mon cerveau, lui, me disait d'attendre l'occasion de cogner plus fort qu'avec les poings.

— J'ai récupéré Val, mais ça n'a pas été une partie de plaisir. Pendant qu'elle était à Atlanta, elle me suppliait de la laisser contacter Luna. Naturellement, je lui ai dit que c'était hors de question. J'ai acheté votre société pour être près de vous. Je voulais vous étudier, voir comment vous fonctionniez, parce que le but du jeu…

Il se leva, ramassa les papiers sur la table basse et les empila.

—… Le but, c'était de vous exterminer.

Le moment de l'illumination me donna l'impression d'être comme Samson, quand Dieu lui octroie suffisamment de force pour écarter les colonnes du palais et le faire s'effondrer. Samson y laisse la vie au passage, mais il élimine les Philistins. Je savais que j'en ferais autant s'il le fallait.

Jordan avait acheté ma société parce qu'il voulait me détruire, sur le plan personnel et professionnel. Pour me punir d'une chose dont je ne connaissais même pas l'existence.

Il avait promis à Val une fin heureuse dans laquelle elle récupérait sa fille.

Il voulait me coincer, me ruiner et prendre ce qui m'appartenait. La femme dont je ne voulais pas et la fille pour qui j'étais prêt à tout.

Il laissa tomber les papiers qui s'éparpillèrent sur le sol et tira Val par le bras pour qu'elle se lève.

— Et avec Luna qui refuse de parler… Ça ne fera pas très bonne impression devant un tribunal, Rexroth. Vous l'avez traumatisée avec votre mode de vie, à tel point qu'elle est trop terrifiée pour émettre le moindre son. Pensez-y.

Je vous conseille de me présenter votre démission à la première heure demain matin, de me vendre vos parts de la société et de venir nous voir ce week-end pour discuter de la garde partagée avec Val. Elle veut être impliquée dans la vie de Luna et souhaite que vous lui payiez son loyer. Ça me paraît raisonnable.

Je souris en regardant les papiers qui jonchaient le sol. Ce que Val voulait, c'était mon argent, afin de vivre dans une ville bling de la Californie du Sud, près de son amant multimilliardaire. Qui, au passage, était assez intelligent pour ne pas l'épouser.

Jordan passa à côté de moi au pas de charge. Son épaule effleura la mienne.

— Gardez les copies, Rexroth. Je vous les offre.

J'étais toujours planté au même endroit, le cœur au bord des lèvres et mon âme serrée dans mon poing, quand Jordan et Val atteignirent la porte. Elle avait l'air coupable et confuse. Il avait l'air du diable incarné.

— Trent Rexroth qui est muet. Quelle surprise !

— Vous voulez que je parle ?

Je fis un pas vers lui, un grand sourire aux lèvres.

— Voilà qui devrait vous faire plaisir : merci de m'avoir présenté votre plan étape par étape. Maintenant, ouvrez l'œil.

Je les poussai sur le palier.

— Parce que c'est mon tour.

Puis je leur claquai la porte au nez.

Chapitre 30

Edie

— Je n'arrive pas à croire que tu me fasses faire ça, râlai-je en donnant un coup d'épaule à Bane.

Des lunettes de soleil masquaient mes yeux gonflés gros comme des citrouilles. Je portais un de ses T-shirts et un short, parce que je n'avais pas eu le temps de prendre quoi que ce soit chez mes parents. Mon père avait fait changer les serrures, sans me laisser l'opportunité de récupérer mes affaires.

Bane et moi étions sous le porche de sa mère. Le bois rustique et le jardin plein de fleurs colorées étaient étrangement rassurants. Une personne qui vivait dans un endroit si chaleureux et accueillant ne pouvait pas me faire de mal, si ?

— On aurait dû le faire il y a longtemps. Et maintenant que Rexroth est occupé à jouer au papa et à la maman avec son ex…

Bane ramena ses longs cheveux blonds en chignon et frappa bruyamment à la porte. Je trouvai bizarre qu'il n'entre pas directement, mais il était maître dans l'art des relations bizarres. Compte tenu du fait qu'il avait quitté le foyer familial à dix-huit ans, alors que rien ne l'y obligeait, j'en avais conclu que c'était parce qu'il aimait avoir son espace, tout comme sa mère, sans doute.

Je reniflai et frottai mes yeux fatigués par-dessous mes lunettes.

— Ce n'est pas son ex, et rien ne prouve qu'ils sont ensemble.

Voir Val chez Trent m'avait anéantie, mais j'essayais de me dire que c'était mieux pour Luna. Quant à lui… s'il voulait se remettre avec elle, je ne pouvais pas lui en vouloir. Je n'y connaissais rien en relations, ni en matière de maternité, et presque rien à ce qu'il fallait faire pour garder une famille unie.

La porte s'ouvrit. En découvrant qui se tenait de l'autre côté, mes poumons se vidèrent de leur oxygène.

Bane entra sans se rendre compte de rien.

— Gidget, je te présente ma mère, Sonya. Maman, je te présente Gidget, également connue sous le nom d'Edie Van Der Zee.

Sonya !

La rousse avec qui Trent était en train de batifoler quand j'étais entrée dans son bureau. Pour se venger de moi parce que j'avais soi-disant couché avec Bane. Son fils. Je ne savais pas si je devais rire ou pleurer. Sonya avait l'air de partager mon ressenti, car elle recula d'un pas, bouche bée.

— Oh ! souffla-t-elle d'une voix à peine audible.

Je croyais Trent quand il disait qu'il ne la voyait plus, mais je ne me sentais pas plus à l'aise pour autant. Je me demandai si elle était au courant pour lui et moi. Si elle m'en voulait. Si elle accepterait même de m'aider.

— Qu'est-ce que tu attends, Gidget ? Qu'on te déroule le tapis rouge ? Entre ! grogna Bane.

Il emprunta un couloir qui menait à la cuisine américaine. Il attrapa deux bières dans le réfrigérateur, comme si nous n'avions pas dix-huit ans et que la loi ne nous interdisait pas de consommer de l'alcool, et se rendit dans le salon. Je restai sur le palier, incapable de bouger. J'avais juste réussi à retirer mes lunettes de soleil.

— Edie, murmura Sonya en ouvrant plus grand la porte. Tout va bien. Tu peux me faire confiance. Ça fait plus de quinze ans que j'exerce comme pédopsychiatre. Oublie ce que tu as vu ce jour-là. Ça n'aura pas le moindre impact sur ton frère.

Mon frère. Exact. Après tout, c'était grâce à elle que je l'avais vu ce fameux dimanche.

J'entrai à pas prudents. Bane était déjà sur le canapé (violet et un peu défraîchi, dans le genre de celui du café dans *Friends*), en train d'ouvrir les bières. *Lonely Boy* des Black Keys retentissait dans les haut-parleurs. Sonya se dirigea vers le canapé, raide comme un piquet. Je l'imitai et toussai pour essayer de me débarrasser de la boule de honte et de jalousie qui me nouait la gorge.

— Bois un coup, dit Bane en allongeant ses longues jambes sur une ottomane voisine.

Je m'assis et me tournai vers Sonya qui m'offrit un sourire poli.

— J'ai cru comprendre que la semaine avait été longue.

Je descendis ma bière en deux longues gorgées et laissai reposer ma tête sur l'un des coussins en fermant les yeux un instant.

Merci.

Sonya prit place en face de moi. Elle était tirée à quatre épingles, et des sentiments contradictoires m'animaient. J'avais envie de ne pas l'aimer, mais comment le pouvais-je, quand elle voulait absolument m'aider et qu'elle était aussi gentille ?

— Elle était bonne, cette bière ? demanda-t-elle en souriant.

Je hochai la tête. Au lieu de poser la canette vide sur la table basse, je la gardai à la main. Mon père m'aurait tuée si j'avais osé faire la moindre auréole sur sa précieuse table en chêne italien.

— Tu savais qu'en Europe c'est légal de boire à partir de dix-huit ans ? J'ai toujours préféré le style russe.

Son sourire était si grand qu'il ressemblait presque à un clin d'œil.

Roman « Bane » Protsenko avait une mère intéressante. Elle avait fui la Russie avec lui, lui offrant ainsi la liberté. En échange, il profitait de la vie au maximum.

Et elle était heureuse pour lui. Contente.

Incompréhensible.

Elle croisa les jambes et entrelaça ses doigts sur ses genoux.

— Maintenant, dis-moi tout sur ton frère et les menaces qu'a proférées ton père à son égard. Je veux que tu me racontes tout depuis le début. Depuis la première fois où ton père l'a placé dans une institution.

Elle attrapa un verre qui contenait ce qui ressemblait à de la vodka pour boire une gorgée.

Et je racontai.

Je vidai mon sac. Je lui parlai de Theo, du fait qu'aucun de nos parents ne l'avait jamais aimé, ou pas vraiment. Je lui racontai comment Jordan s'était soustrait à ses devoirs de père en versant des pots-de-vin. En prenant des raccourcis, en plaçant Theo dans des centres spécialisés et en nous emmenant loin durant les vacances, pour qu'on ne puisse pas lui rendre visite.

Je ne savais pas ce qui était le plus horrible. Faire le récit de toutes les années où Theo avait été négligé, me rendre compte, en l'énonçant, à quel point c'était grave, ou voir leur expression, tandis qu'ils écoutaient mon histoire. Sonya semblait sur le point de pleurer ; Bane baissa la musique à un moment et me dévisagea comme si son univers s'était assombri.

Quand j'eus terminé, Sonya s'éclaircit la gorge, les yeux rivés sur ses mains.

— Roman, laisse-nous seules, s'il te plaît.

Bane en fut peut-être choqué, mais il n'en laissa rien paraître. Il prit sa bière et se dirigea vers la porte.

— Si vous me cherchez, je serai sous le porche, en train de fumer un énorme joint pour oublier cette histoire complètement déprimante.

Lorsqu'il referma la porte derrière lui, Sonya releva la tête vers moi.

— Trent n'a pas proposé de t'aider ?

— Je…

Je réfléchis à ma réponse, tout en me tapotant les lèvres du bout des doigts. Qu'est-ce qu'elle savait ? Et qu'est-ce que je voulais qu'elle sache ?

En même temps, on n'était pas là pour parler de mon aventure avec un mec plus âgé. On était là pour Theo.

— On s'est fréquentés pendant quelque temps, et il m'a aidé à payer les frais du centre de Theo, mais c'est tout. Et je doute qu'il veuille encore m'aider. On ne… on ne se voit plus.

Sonya décroisa les jambes et prit une autre gorgée de vodka, avant de presser son verre sur sa joue. Son regard était voilé et, l'espace d'un instant, j'y lus la même expression que lorsque Trent était en train de la pénétrer. Ivre. Un frisson me parcourut.

— Pourquoi ? demanda-t-elle doucement.

— Pourquoi quoi ?

— Pourquoi tu l'as quitté ?

— Pourquoi vous partez du principe que c'est moi qui l'ai quitté ?

J'avais envie de me lever et de faire quelque chose, n'importe quoi, mais le besoin de découvrir si elle savait quelque chose que j'ignorais me clouait sur place.

Elle posa son verre sur la table et me sourit tristement.

— Parce que lui ne t'aurait jamais quittée.

— Comment vous le savez ?

Je me détestais de poser la question. Ça aurait dû m'être égal. Il devait se concentrer sur sa famille.

Elle plongea son regard dans le mien.

— Parce qu'il est amoureux de toi, Edie.

Chapitre 31

Trent

Luna était ma priorité. Il ne fallait pas que je perde ça de vue.

La première chose à faire, c'était de la mettre à l'abri. Avec moi.

Néanmoins, le besoin d'affronter Edie était féroce, presque indomptable. J'avais envie de lui hurler après pour avoir donné ma clé à Jordan. Je voulais crier, jurer, gueuler, et coucher avec elle, en dépit de toute cette merde. Lui montrer que rien n'était fini entre nous, que ce n'était que le début, qu'elle me rendait complètement taré. Je voulais lui montrer que j'aimais son corps à la folie et que je détestais les conventions selon lesquelles nous n'aurions pas dû être ensemble. Je détestais le fait que c'était mal, profondément répréhensible et absolument dingue.

En résumé, il fallait que je prenne du recul.

Juste après le départ de Jordan et Val, je sautai dans ma voiture et je traversai la ville en quête de la seule femme qui pouvait m'aider et qui ne me trahirait pas. J'appelai Dean sur le trajet.

— Il faut que tu ailles voir Edie Van Der Zee et que tu récupères des trucs pour moi.

— Tu ne peux pas le faire toi-même ?

— Non. Parce qu'elle m'a balancé à son père. Qu'elle m'a entubé. Et que si j'ai sa tronche de menteuse en face de moi, je vais détruire tout ce qui compte à mes yeux. Pour faire court.

Je m'éclaircis la gorge, les yeux fixés sur la route. Les gens se promenaient, riaient, vivaient leur vie, totalement indifférents au fait que tout se cassait la gueule dans la mienne.

Personne ne me prendrait ma fille. Personne !

— Je suppose que tu m'expliqueras plus tard. Qu'est-ce que je dois faire ?

Je lui expliquai ce que j'attendais de lui et ajoutai :

— Quoi qu'il arrive, ne lui dis pas ce qui s'est passé avec Jordan et Val. Sa loyauté est réservée à une seule personne : son frère. Et elle est prête à tout pour lui. Compris ?

— Compris. Au fait, Trent ?

— Oui ?

— Luna est ta fille et elle va le rester. Fais-nous confiance.

La vie nous offre très peu de certitudes.

Nous allons tous mourir un jour. Il faut payer ses impôts tous les ans. Si une personne vous déteste avant même que vous ayez ouvert la bouche : gardez un œil sur elle. Je n'avais pas encore serré la main de Jordan Van Der Zee qu'il voulait déjà ma mort.

Il s'avéra que Val n'avait pas eu besoin d'une nouvelle identité : elle avait Jordan. Il la logeait, il la laissait utiliser ses cartes de crédit et il avait du fric en abondance. Il lui passait tous ses caprices pour la rendre heureuse. Et il lui promettait qu'un jour, quand le moment serait venu, il lui donnerait la vie dont elle avait toujours rêvé. Le genre de luxe que seuls Todos Santos et le sud de la France pouvaient offrir.

Ça ne la dérangeait pas d'attendre, car elle n'avait rien à perdre. Luna et moi n'avions jamais vraiment compté pour elle. Elle aimait tout ce qui était matériel (tout ce qu'Edie détestait tant), et elle savait que même si Jordan l'aimait, il finirait par la remplacer par un nouveau modèle un jour, exactement comme il l'avait fait avec Lydia. Revenir ici lui garantissait une sécurité financière pour les quatorze années à venir (*quatorze ans, putain*), ce qui lui laissait bien assez de temps pour voir venir et se trouver un autre idiot qui lui confierait sa carte de crédit. Elle avait tout prévu.

Du moins, c'était ce qu'elle croyait.

De mon côté, je comprenais enfin pourquoi Jordan me détestait ainsi. J'avais touché à ce qui lui appartenait et j'avais enchaîné le destin de Val au mien. Jordan ne l'aimait pas, néanmoins. Il le croyait, mais ce n'était pas le cas. Elle était sa chose.

Ce n'était pas son genre de perdre.

Or, il avait perdu face à moi. Et il détestait ça.

Val était revenue parce qu'elle voulait le beurre et l'argent du beurre. Elle voulait vivre avec Jordan à Todos Santos, tandis que je lui verserais une pension alimentaire. Comme ça, quand il la quitterait (pas si, quand), elle aurait un filet de sécurité. Luna n'était plus un bébé. Elle était relativement indépendante. Elle pouvait l'habiller et l'exhiber comme un accessoire de mode.

Jordan et elle étaient persuadés de m'avoir coincé. Je l'avais vu à la façon dont ils s'étaient comportés chez moi. Ils pensaient que c'était dans la poche. Ils étaient très loin du compte. Je me demandais ce qui avait bien pu leur faire croire que j'étais du genre à me laisser marcher sur les pieds. Les faits parlaient pour moi, pourtant.

Val avait passé les dernières années à se cacher, parce qu'elle savait que j'étais en colère.

Jordan possédait quatre fois plus de parts que moi dans Fiscal Heights Holdings, pourtant il ne pouvait pas faire un geste sans m'avoir sur le dos.

La mission principale d'Amanda n'avait pas été de retrouver Val. Ce qu'elle m'avait donné (ce que je gardais en sécurité sur ma clé USB), c'était un tas d'infos très, très compromettantes sur Jordan Van Der Zee. Et j'étais prêt.

J'étais donc tout à fait à l'aise, tôt le lendemain matin, tandis que je l'attendais, installé dans son fauteuil, dans ma position fétiche : les jambes croisées sur son bureau et les mains derrière la tête.

Il arriva à 8 heures comme si de rien n'était. Comme si sa mission sur Terre n'était pas de me détruire. Comme si ses associés ne savaient pas qu'il n'était qu'un menteur et un sale pourri. Il s'arrêta sur le seuil et me dévisagea d'un air absent. Sa mauvaise surprise (moi) le fixait avec assez de haine pour l'aveugler.

Il porta la main à la poche intérieure de sa veste, sans doute pour attraper son portable et appeler les vigiles. Il laissa son geste en suspens en me voyant rire et allumer un joint. Il avança d'un pas.

— Où est-ce que vous vous croyez ? demanda-t-il à travers ses dents serrées.

Je me tapotai le menton comme si je réfléchissais.

— Je m'installe, étant donné que ce bureau ne va pas tarder à devenir ma deuxième maison.

— C'est illégal de fumer ici, fit-il remarquer sans répondre à ma pique.

— C'est drôle que vous disiez ça, Jordan. L'illégalité a pourtant l'air d'être votre truc.

Je me levai de son fauteuil et lui offris le sourire le plus malfaisant que j'avais en réserve.

— De quoi vous parlez, Rexroth ?

Un semblant de panique se décelait dans sa voix, que son irritation palpable réussissait presque à masquer mais pas tout à fait.

Il y a du progrès, pensai-je, *mais ce n'est pas encore ça.* Je voulais la voir sur son visage. La terreur. L'incapacité de respirer, jusqu'à en avoir mal. Parce que c'était ce que je ressentais à l'idée de perdre Luna.

Quand nos torses se touchèrent presque, je m'immobilisai. J'étais plus grand que lui de quelques centimètres.

— Vous feriez mieux de vous asseoir, monsieur Van Der Zee.

— Ne me dites pas ce que j'ai à faire ! cracha-t-il.

Néanmoins, il s'exécuta. C'était le genre de victoire que je préférais. Celle où j'obtenais ce que je voulais en regardant mon adversaire traîner les pieds. Il était sur le point de s'installer dans son fauteuil, quand je fis claquer ma langue dans ma bouche.

— Laissez tomber, Jordi. Là où vous allez aller, non seulement il n'y a pas de fauteuil pour cadre supérieur mais, en plus, j'ai entendu dire que la literie était vraiment merdique.

Je tournai la tête vers l'ottomane près de son bar en chêne. Il me fixa sans bouger. Puis, quand il comprit que je ne plaisantais pas, il se dirigea lentement vers le divan en grognant. Il obéissait sûrement parce qu'il était impatient de savoir ce que je savais. La réponse était simple.

Je savais tout.

Amanda m'avait aidé à accumuler les preuves lentement, l'une après l'autre. Des preuves suffisamment graves pour savoir que je ne pouvais pas les utiliser quand Edie et moi étions ensemble.

Mais la veille, tout avait changé. J'avais mis le monde

sens dessus dessous. J'avais affronté les vagues. Je n'avais pas coulé.

Je ne coulerais jamais. Pas quand je devais maintenir ma fille à la surface.

Je nouai les mains derrière mon dos et me mis à arpenter le bureau d'un pas tranquille, tout en continuant à fumer.

— Vous savez ce que je n'ai jamais compris, Jordi ? Comment vous avez pu réussir de la sorte, alors que toutes les sociétés que vous avez intégrées avant 1997 ont misérablement fait faillite. À croire que vous étiez un vrai poison fiscal. Tout ce que vous touchiez se transformait en merde. Le premier avertissement a été la liste croissante de sociétés que vous avez fondées puis dont vous avez déposé le bilan pour Chapter 11. La sonnette d'alarme aurait dû retentir, mais comme votre bilan, à partir de 2003, était irréprochable, mes amis ont décidé de fermer les yeux.

Je haussai les épaules, pris une latte et recrachai la fumée en souriant.

— Pas moi.

Au début, je croyais que je ne trouverais que les conneries habituelles (blanchiment d'argent et peut-être un peu d'évasion fiscale). Même ses aventures extra-conjugales n'avaient pas l'air très intéressantes. D'ailleurs, il n'essayait pas de s'en cacher. Mais j'avais trouvé plus. Beaucoup, beaucoup plus.

Il serra les dents si fort que je les entendis crisser depuis l'autre bout de la pièce. Néanmoins, son visage, bien que tendu, restait impassible, sans doute pour sauver ce qui lui restait de dignité.

— J'ai contacté un détective privé et je lui ai demandé de me trouver tout ce qu'il y avait à trouver derrière l'incroyable success-story qu'était Jordan Van Der Zee. La première chose que j'ai alors découverte, c'est que vous êtes peut-être allé à Harvard grâce à une bourse, mais que cette bourse n'était pas très catholique, pas vrai ? Quelqu'un a payé tous vos frais de scolarité, après la première année. Vous, le pauvre gosse néerlandais qui ne pouvait même pas se permettre d'acheter du pain et du beurre, pour vous citer. Je me suis demandé qui pouvait bien vous fournir de telles sommes et, en creusant, je suis tombé sur un nom. Un escroc vivant dans les îles Vierges britanniques, un certain Kaine Caulfield. Un nom très particulier. Très *L'attrape-cœurs.* D'aucuns diraient même un nom de personnage de fiction. J'ai donc décidé de creuser encore, d'autant plus que vous n'aviez aucune raison de connaître quelqu'un habitant dans les îles Vierges britanniques. À moins que…

Je sortis un document de ma poche arrière et le lui jetai au visage.

— Blanchiment d'argent.

— C'est grotesque, grommela-t-il.

Il voulut se lever, mais je le poussai du bout du pied pour l'en empêcher.

— Restez assis, ordonnai-je. Alors, comme ça, on vendait des pilules ?

— Je ne sais pas de quoi vous parlez, dit-il en agitant les bras.

Il tremblait. Ses nerfs étaient en train de lâcher, et c'était le meilleur spectacle auquel j'avais jamais assisté.

Je secouai la tête en riant.

— Je suppose que ça explique comment vous êtes arrivé si loin dans la première société où vous avez travaillé. Ou l'origine de l'apport que vous avez dû fournir, lorsque vous avez ouvert votre propre cabinet, trois ans après avoir reçu votre diplôme.

— Simples ouï-dire. Et si vous continuez vos insinuations, j'appelle mon avocat !

Il se leva ; je le forçai de nouveau à se rasseoir, sans même lui jeter un regard.

— On est enfin d'accord sur une chose, dis-je en me dirigeant vers le bar. Vous devriez en effet appeler votre avocat. Mais pas encore. Vous gâcheriez la surprise.

Je me servis trois doigts de scotch, que je bus debout devant sa baie vitrée. J'éprouvais un contentement étrange en foutant sa vie en l'air. Edie était la seule personne dont les sentiments m'importaient, et elle était sur le point de couper les ponts avec lui. De toute façon, elle n'avait pas besoin de lui, et j'allais lui rendre service en l'envoyant sous les verrous.

J'allais lui donner Theo.

— Vous savez quoi ? Je pense que c'est moi qui vais récupérer votre bureau. Il est vraiment spacieux. Luna aura de la place pour jouer, quand elle me rend visite les mardis, songeai-je tout haut, alors que j'effleurai la peinture accrochée au mur.

C'était l'œuvre d'un artiste hollandais. Un autre Van Der Machin. Des vagues qui se brisaient sur le rivage.

Edie.

— Vous quittez la société, Rexroth, le contra-t-il.

Mais le cœur n'y était pas. Pas vraiment. Ça s'entendait dans sa voix fatiguée et ça se voyait dans ses yeux. La défaite. La défaite avait une couleur, une odeur et un goût, aussi. C'était partout sur son visage, et partout dans la pièce.

— Épargnez-moi vos conneries. Nous savons tous les deux que le temps, c'est de l'argent.

Je finis mon scotch et plaçai ce qui restait du joint dans le verre en cristal.

— Je disais donc, les pilules. Ce qui vous a permis de

finir vos études à l'université. Tant mieux pour vous. Quand mon détective m'a parlé de drogues, j'ai été surpris, c'est le moins qu'on puisse dire. Un homme comme vous, qui aime tellement le bling et le glamour, ne traiterait pas avec des camés ou des trafiquants. En effet, vous êtes plus classe que ça, Jordi. C'est pour ça que vous avez conclu un marché avec les laboratoires MNE. Ça fait vingt ans qu'ils vous fournissent en médicaments. Oxycodone. Zolpidem. Vicodin. Xanax. Valium. Codéine. Je pourrais continuer, mais je pense que vous avez compris. Vous receviez les médicaments. Vous les vendiez par le biais d'un réseau de centaines de vendeurs que vous aviez soigneusement ciblés et formés. Vous blanchissiez l'argent grâce à des sociétés *offshore*, et c'est comme ça que vous avez réussi à investir dans de nouvelles sociétés et à devenir le magnat que vous êtes aujourd'hui. Mais ça ne suffisait pas de foutre en l'air la vie de parfaits inconnus, pas vrai, Jordan ?

Il était si pâle qu'il semblait sur le point de s'évanouir. Je ne lui vins pas en aide quand ses jambes le lâchèrent et qu'il s'écroula au sol. La seule chose qu'il pouvait voir, à présent, c'étaient mes chaussures.

— J'ai creusé encore plus, continuai-je.

— Arrêtez. Arrêtez, s'étrangla-t-il en postillonnant.

Je choisis ce moment pour balayer d'un revers de main tous les documents que j'avais préparés en avance sur son bureau. Les rapports, les photos de lui avec le PDG de MNE, ou de lui en train d'inspecter le chargement d'énormes poids lourds tombèrent en pluie autour de lui.

— Je me suis également posé des questions sur votre charmante femme, continuai-je d'une voix de velours. Edie tient sa beauté de quelqu'un et, de toute évidence, ce n'est pas de vous. Mon détective m'a dit que votre moitié ne quittait presque plus jamais la maison, ce qui m'a paru très triste, mais aussi plutôt louche. Oh ! et tellement pratique, bien sûr.

Il se mit à genoux (à genoux, bordel) et entreprit de ramper vers moi. Ça dégénérait si vite que j'avais du mal à garder mon sérieux. En même temps, je ne pouvais pas vraiment lui rire au nez. Ce n'était pas une blague.

— Non. Non. Non. Vous n'avez aucune preuve.

Il voulut s'agripper à mes jambes, mais je reculai répugné par son attitude.

— Au contraire.

Du bout de ma chaussure derby, je poussai une photo vers lui. On l'y voyait près d'un camion, sur la jetée.

— Vous n'êtes pas le seul à savoir utiliser une imprimante.

— Lydia n'a pas… elle n'a jamais…

— Vous la droguiez. Vous changiez son traitement, pas vrai ? demandai-je sèchement.

Il secoua la tête. *Menteur.* Je le regardai, prosterné devant moi, et, pour la première fois, je le vis sans que la haine ne brouille ma vision. Je vis le garçon qui voulait aller loin sans savoir comment faire. Puis je vis l'avidité. La cupidité. Tout ce qui avait gâché la vie d'Edie. Je compris, sans l'ombre d'un doute, que peu importait ce que nous étions (ou ce que nous n'étions pas), je devais la protéger de son père et de sa maîtresse destructrice. Surtout, je voulais les faire sortir de nos vies. Pour de bon.

— Son thé ! Nom de Dieu, Jordi, vous êtes vraiment un grand malade.

— Je ne peux pas aller en prison. Je ne peux pas, répéta-t-il dans un sanglot. Je ne…

— Vous croyez ? Attention, *spoiler* : les flics attendent au rez-de-chaussée. Merde. J'ai dit les flics ? Je voulais dire le FBI. Non, attendez, je me trompe. En fait, les deux sont là. Mais avant de partir vous allez signer trois documents :

un premier dans lequel vous nous cédez Fiscal Heights Holdings dans son intégralité, un deuxième où vous renoncez à vos droits parentaux sur Theo, et un troisième où vous vous engagez à détruire tout ce que vous avez sur Luna et moi. Pour ce qui est de Val, je m'occuperai de son cas séparément. Reprenez-vous, et essuyez vos larmes de crocodile. Ce n'est que le début. Maintenant, sortez de mon bureau

Je le regardai se faire escorter jusqu'aux véhicules garés devant l'immeuble. Jusqu'aux hommes aux regards masqués par des lunettes de soleil. Jusqu'à l'agent qui lui lut ses droits.

Dans une harmonie parfaite, il baissa la tête pour entrer dans la voiture de police, les mains menottées dans le dos, pile au moment où Val sortait d'un taxi derrière eux. Elle eut à peine le temps d'ajuster sa robe rouge tape-à-l'œil et d'accrocher sur ses lèvres un sourire de film noir, avant que je la rejoigne.

Elle agrippa ma manche et leva la tête vers moi.

— Qu'est-ce qui se passe ? bredouilla-t-elle.

Je reconnus Luna dans son expression, ce qui ne facilita pas les choses. En même temps, Val n'était qu'une gamine. Elle l'avait prouvé à maintes reprises en essayant de se trouver un mec riche comme baby-sitter.

C'était comique que les gens voient Edie comme une enfant à cause de son âge, alors qu'elle n'avait cessé de se battre comme une lionne tout au long de sa courte vie.

— Ton petit copain vient de se faire embarquer, expliquai-je en m'éloignant, pour ne plus voir Luna dans son regard suppliant.

Elle me suivit. Ses talons aiguilles faisaient un raffut incroyable.

— Pour quelle raison ?

— À toi de me le dire. Suis-moi.

J'entrai dans le bâtiment à pas rapides, tandis qu'elle trottait derrière moi.

— Pourquoi faire ?

— Pour signer les papiers qui m'accordent la garde exclusive de Luna.

Elle tenta de rire. Sans succès.

— Pourquoi est-ce que j'accepterais de te la donner ?

Je m'immobilisai et lui fis face.

— Tu te souviens de notre première rencontre ? Tu étais complètement défoncée à la coke. Juste après l'annonce de ta grossesse, j'ai dû t'envoyer en désintox pour que tu te soignes et que tu ne donnes pas naissance à un bébé à deux têtes, à force de t'enfiler toute la came qui te passait sous le nez. Et ça, c'était avant que j'apprenne que ton petit ami était un baron du trafic de médicaments. Val chérie, tu veux bien pisser dans un flacon, pour me faire plaisir ?

Son visage passa du rouge cramoisi à une pâleur cadavérique. Doucement mais sûrement, je vis la peur s'emparer d'elle. Elle se droguait. Jordan la fournissait. Elle déglutit avec peine. Je fis un pas de côté et lui fis signe d'entrer dans l'ascenseur.

— Je t'en prie.

Elle pénétra dans la cabine, en sachant pertinemment ce qui allait se passer, dès qu'on serait dans mon bureau.

— Les camées d'abord.

Chapitre 32

Trent

— J'adore quand on est vicieux, dit Dean en allumant un joint.

Vautré sur le canapé face à la piscine olympique de Vicious, il jeta l'allumette en direction de ce dernier.

— Sans jeu de mot, connard.

— Ha, ha. Très drôle.

Vicious goba un grain de raisin, allongé sur une chaise longue comme un roi fou, avant de reprendre :

— L'expression de Val, quand elle a signé les papiers... ça n'avait pas de prix ! J'aurais presque eu de la peine pour elle si elle avait fait la moindre allusion à Luna, mais là... Je parie qu'après ça elle a couru jusqu'au bar le plus proche pour essayer de choper un vieil homme d'affaires avant la fin du *happy hour*.

Il parcourut les documents que nous avions examinés plus tôt dans la semaine avec Eli Cole. Les deux jours précédents avaient été plus que mouvementés. Nous avions tous couru dans tous les sens comme des dératés pour déjouer les plans machiavéliques que Jordan Van Der Zee avait échafaudés contre moi. Heureusement, mes amis étaient là et s'étaient transformés en une meute assoiffée de sang.

— Ton ex t'a sauvé le cul. Heureusement qu'elle n'est plus mineure et qu'elle peut balancer tous les méfaits de son cher papa.

Mon estomac se tordit et je me mordis la lèvre, l'air de rien. Assis sur le bord de la table basse, j'essayais de faire comme si mon cœur ne s'était pas transformé en cendres à la seconde où j'avais entendu son nom. Quand j'avais envoyé Dean, Vicious et Jaime auprès d'elle, j'avais été très clair : interdiction de lui dire quoi que ce soit sur Jordan et Val. Je ne voulais pas de sa pitié et je ne voulais pas qu'elle vienne frapper à ma porte avec des larmes de crocodile dans les yeux.

Même si j'avais envie d'aller frapper à la sienne à chaque instant.

Luna était chez mes parents. Il était minuit passé. Ma fille était en sécurité et elle était à moi. Pourtant, la faim était toujours là. Il y avait toujours ce trou béant dans mon estomac, qui aspirait mes sentiments et les recrachait sous la forme d'une boule d'indifférence.

— Edie a parlé ?

Dean se mit à rire.

— Parlé ? C'était un vrai moulin à paroles, oui ! Elle a donné une quantité énorme d'informations sur Jordan. Bien plus que ce dont on avait besoin. Pourquoi tu crois qu'Amanda t'a fourni un dossier en béton armé ? Parce que Edie nous a parlé des abus, des négligences, des bleus, de la violence morale dont il faisait preuve envers son frère et elle. Ensuite, elle a mentionné le fait qu'il préparait tout le temps du thé à sa mère. Ça a inspiré le camé en moi, et j'ai fait le rapprochement. Il droguait Lydia. Elle ne s'en était pas rendu compte, tout simplement.

Le thé. Toutes les infos que j'avais obtenues étaient

passées par Amanda. Mais une grande partie provenait de bribes obtenues auprès de mes amis et d'Edie.

— Edie nous a aussi mis en contact avec la personne qui l'aide pour le dossier de son frère. Ta copine Sonya.

Un sourire entendu naquit sur les lèvres de Dean. J'eus le sentiment qu'on venait de retirer un poids énorme de mes épaules et que je pouvais recommencer à respirer. J'en avais tellement perdu l'habitude que je toussai, les poumons pleins de fumée rance.

— Comment Edie a eu les coordonnées de Sonya ? demandai-je entre mes dents serrées.

— Sonya est la mère de son meilleur ami, expliqua Vicious.

— Bane ?

— Cinq points pour le monsieur avec la bite de quarante centimètres, dit Dean en tapant dans les mains.

— Quel petit con, celui-là, s'esclaffa Jaime. Tu aurais dû voir la manière dont ils se dévisageaient, Vicious et lui. Vicious lui a demandé direct s'il était une contrefaçon de lui fabriquée en Chine.

On se mit à rire, jusqu'à ce que Vicious se tourne vers moi et hausse les sourcils.

— Hé, connard ?

— Quoi ?

— Elle te manque ?

Il n'était pas le genre de mec à faire des confidences. Ni à sa femme, ni à ses amis. Alors, je savais que s'il posait la question, c'était qu'il avait une raison. Le mensonge dansait sur le bout de ma langue. Peu importe à quel point vous étiez grand, fort, mature et riche, quand on vous parlait de la fille qui vous avait brisé le cœur, vous redeveniez un gamin de treize ans qui ne savait pas quoi faire avec sa bite en érection et ses hormones en pleine révolution.

Je haussai les épaules.

— Réponds avec des mots, muet, insista-t-il.

Tous les regards étaient rivés sur moi. Moi, je fixai la piscine, les yeux plissés.

— Je l'ai dans la peau, admis-je.

Vicious se leva et fourra la main dans sa poche.

— Tiens !

Il me jeta quelque chose que j'attrapai au vol. Puis je desserrai le poing et fixai l'objet dans ma paume, sans y croire.

Je levai les yeux sur lui. Il secoua la tête.

— Elle ne l'a jamais donné à Jordan. Elle n'a pas pu.

Dean se pencha vers moi et me donna un coup d'épaule.

— Tu as entendu ça, tête de nœud ? Tu as enfin trouvé quelqu'un qui aime ta sale tronche. Si j'étais toi, je ne perdrais pas de temps, parce qu'elle est encore jeune et assez naïve pour être amoureuse de toi.

Je serrai la clé dans mon poing. J'aurais pu jurer qu'elle avait son odeur.

Plus tard, cette nuit-là, je fixai la clé, assis dans ma voiture. Ça pourrait être tellement simple. Je pourrais l'ignorer et continuer à vivre ma vie. Nous n'aurions pas à affronter le fait que j'avais envoyé son père en prison, les regards désapprobateurs, les questions gênantes et les putains de ragots.

Nous étions séparés, et nous survivions très bien comme ça.

La clé USB s'enfonça dans ma paume jusqu'au sang. Enfin, je démarrai et je me mis en route.

Chapitre 33

Edie

Le pire, c'était la nuit.

Allongée sur le canapé de Bane, sans pouvoir sentir son corps contre le mien.

Son souvenir était une arme contre moi. Ses lèvres qui effleuraient ma nuque, comme un lion enfoncerait les crocs dans la nuque de sa femelle pour la prendre sauvagement. Ses mains qui caressaient mes bras comme s'il me retirait mes complexes, mes peurs et mes sombres pensées. Son souffle lent et chaud contre ma bouche. Son pouls qui battait contre le mien.

Est-ce que la vie valait d'être vécue sans ce genre de moment ?

Chaque fois que cette question me venait, je l'ignorai et me retournai sur le canapé. Soit j'avais le nez contre le tissu jaune qui grattait, soit je me prenais la lumière de l'écran télé en pleine figure. Bane avait été génial : il m'avait offert un toit sans me demander quand j'allais trouver autre chose, ni de participer aux courses. Avec ma mère en désintox et mon père en prison, je n'avais nulle part où aller. L'avocat de ma mère m'avait proposé de me louer une chambre d'hôtel, mais je ne pouvais pas me le permettre. De plus, qui aurait voulu être seul dans ma situation ? J'avais besoin de distraction. De contact humain.

Dans le même temps, Bane ne changeait absolument rien à son style de vie. Non pas que je m'y attendais. Il baisait dans sa chambre comme s'il essayait d'établir un nouveau record du monde.

Il n'y avait pas de porte qui séparait sa chambre du petit espace servant de pièce à vivre, et ils étaient bruyants et obscènes.

Mais si j'envisageais de faire mon sac et de loger à l'hôtel, je songeais que toutes les incertitudes que j'avais concernant Theo et toutes les certitudes dévastatrices concernant Trent allaient me hanter et je changeais d'avis.

Cette nuit était donc une autre nuit sur le canapé.

Tic, tac. Tic, tac.

Si seulement Bane avait pu se débarrasser de cette fichue pendule, quand il avait emménagé sur le bateau ! Elle semblait être là pour me rappeler que ça faisait des jours que je n'avais pas vu Trent et Theo.

Et Luna. Elle me manquait bien plus que je ne l'avais imaginé. Les petits bruits qu'elle faisait, quand elle était amusée ou impatiente. Chaque fois que je la faisais sourire, j'avais l'impression de recevoir un trophée.

Au loin, j'entendais les pêcheurs marcher, parler et cracher. Le bois craquait sous leur poids, sous leurs pieds chaussés de bottes en plastique. C'était sûrement l'aube. Ils arrivaient toujours avant le lever du soleil. C'est drôle, les choses qui rythment le quotidien, lorsque vous commencez à vivre dans un nouvel endroit. Les bruits, les sons, les habitudes, les gens, les odeurs…

Le bateau craqua.

Quand vous vivez sur un bateau, votre monde est toujours instable. Bane adorait ça. Vivre sur la brèche en permanence. Moi, je rêvais de stabilité. Je voulais avoir le sentiment d'être enracinée dans la terre, pas de flotter au vent.

Quelqu'un fit tomber quelque chose sur le ponton, dehors. Quelque chose de léger. Je tournai la tête pour regarder à travers la petite fenêtre de la porte. Le plastique était sale mais j'aperçus quelque chose. Quelqu'un. Quelqu'un qui n'aurait pas dû être là.

Je me levai prudemment et marchai sur la pointe des pieds jusqu'à la cuisine de fortune. Un pot de beurre de cacahuète était ouvert sur le comptoir, et un couteau à moitié léché traînait sur le bord de l'évier.

Je l'attrapai. Pour une fois, j'étais contente que Bane ait tendance à utiliser un couteau à steak pour tout et n'importe quoi, même pour faire des sandwichs au beurre de cacahuète et à la confiture.

En passant devant sa chambre, je me demandai si je devais le réveiller. Probablement pas. C'était sûrement l'un de ses potes bourrés endormi sur le pont, ou en train de pisser dans le seau qu'il utilisait pour aller à la pêche.

J'enfilai mes Dr Martens, j'entrouvris la porte et je regardai par la fente.

Rien.

Personne.

Je baissai les yeux. Il y avait une pile de coquillages devant la porte. Je l'ouvris plus grand pour sortir. Les coquillages étaient tous les mêmes. Des coques jaunes. Elles n'étaient pas extrêmement rares, mais ce n'était quand même pas évident d'en trouver une poignée d'identiques. Les coquillages étaient comme les gens. Ils avaient des tailles, des couleurs et des formes différentes, et tous étaient beaux à leur manière.

Je m'accroupis et en pris un dans la main. Il était froid.

Je plissai les yeux face au soleil levant rose, violet et bleu, pour voir qui les avait laissés là. Mes yeux se posèrent alors sur une autre pile, à côté de l'escalier qui menait au ponton.

J'avançai, le cœur battant de plus en plus fort. Des *chamidae*, rares et magnifiques, m'attendaient. Froids. Frais.

Comment c'était possible ?

J'en ramassai un et le mis dans ma poche avec la coque jaune. Puis je descendis sur le ponton et découvris un autre petit tas. Des *murex* roses. J'en empochai un. J'avançai.

Des bigorneaux. Comment ? Comment ? Poche.

Je me mis à trotter jusqu'à la promenade, dévorée de curiosité. Qu'est-ce que ça voulait dire ?

Des pétoncles.

Des escargots de mer.

Des *turridae*.

Des vénus.

Je levai les yeux pour voir où j'étais. Il n'y avait plus de coquillages et je me trouvais au milieu de la promenade, à bout de souffle, vêtue d'un T-shirt trop grand emprunté à Bane et les cheveux en pétard. Je regardai autour de moi. Tous les magasins étaient fermés.

Qu'est-ce que ça voulait dire ? Qu'est-ce qui se passait, bon sang ?

Je remarquai soudain que la pointe des vénus était orientée en direction d'une allée. Une allée dont je me souvenais très bien. Une allée témoin d'un de mes souvenirs les plus chers, les plus durs et les plus décisifs.

Mes jambes tremblantes me portèrent de l'autre côté de la rue. Tout mon corps frémissait au rythme d'une chanson que je ne connaissais pas. Je me sentais tellement vivante que j'avais l'impression d'être sur le point de me mettre à crier ! L'espoir fou qui montait en moi était dangereux. Car il menaçait de me briser le cœur si je me trompais.

Je marchais sans hésiter dans la faible lumière de l'aurore. J'avais toute la lumière dont j'avais besoin.

— Trent ?

Son nom résonnait comme un souhait. Qu'est-ce que je fabriquais à espérer le trouver là ?

Pas de réponse. Pas de bruit. J'avançai encore et m'adossai contre le mur, à l'endroit où nous nous étions rencontrés la première fois. Je fermai les yeux et j'inspirai profondément.

— S'il te plaît.

— S'il te plaît quoi ?

Sa voix sortait de nulle part. Je n'ouvris pas les yeux. Peut-être que c'était juste mon imagination. Peut-être que j'étais en train de devenir folle. Et ça m'était égal. Je ne pouvais pas prendre le risque d'ouvrir les yeux et de ne pas le voir, alors je gardai les paupières closes.

— S'il te plaît, pardonne-moi.

— De quoi ?

— D'avoir essayé de te détruire. De me détruire. De nous détruire. Pardonne-moi de ne pas avoir eu suffisamment confiance en moi pour faire ce qu'il fallait pour mon père et pour Theo. D'être lâche. Mais surtout, je suis désolée de ne pas t'avoir dit ce que je ressentais. Si je l'avais fait, peut-être que tu aurais pris du recul et que rien de tout ça ne serait arrivé.

— Qu'est-ce que tu ressens, Edie ?

Il posa sa grande main chaude sur ma joue. C'est comme ça que je sus que c'était réel. Qu'il était réel.

J'ouvris les yeux. Il était là, devant moi, en chair et en os. L'homme qui remplissait mon cœur de musique avec son silence.

— Je…

Mes lèvres étaient entrouvertes, mais je n'arrivais pas à parler. Il plaqua sa bouche contre la mienne, dans un baiser désespéré qui me donna le tournis et me coupa le souffle. Il aspira ma lèvre entre les siennes, et je me noyai dans sa douce chaleur, agrippée à ses avant-bras pour l'attirer plus près.

— Tu n'as pas donné la clé à Jordan, dit-il.

J'avais envie de pleurer. Toutes ces nuits, allongée sur le canapé de Bane, j'avais prié pour qu'il le découvre d'une façon ou d'une autre sans que j'aie à le lui dire. Je ne voulais pas qu'il ait à choisir entre Val et moi.

— Comment est-ce que j'aurais pu ? murmurai-je contre ses lèvres. Alors que tu es mon océan ?

On se noya dans un autre baiser. Un baiser différent. Un baiser d'affirmation. C'était réel. Et tant pis si ça semblait tordu, mal, répréhensible (et si ça l'était parfois). C'était à nous.

— Je ne veux pas me dresser entre la mère de ta fille et toi, ou entre Luna et elle.

Je me sentis si pathétique en lui chuchotant ça que j'enfonçai encore plus les doigts dans sa chair pour le garder près de moi. À ma grande surprise, il me donna ce que je voulais : il colla son corps au mien autant qu'il le pouvait.

— La mère de ma fille s'est dressée toute seule entre Luna et elle, pas toi. C'est toi qui lui as appris à sourire. C'est toi qui as passé du temps avec elle. Qui l'as prise par la main quand elle se faisait intimider. Tu as davantage été une mère pour Luna que Val ne le sera jamais. Je ne sais pas ce que tu as vu, le jour où Val est venue chez moi, mais quoi que ça ait pu être, ce n'était pas ce que tu croyais. Elle n'en a jamais rien eu à foutre de sa fille. Elle n'est venue qu'en quête d'argent et de pouvoir. Et elle va retourner d'où elle vient en rampant.

— Je suis tellement désolée, dis-je en reculant pour le regarder.

— Pas moi. Et je ne suis pas désolé d'avoir envoyé ton père en prison. Il a fait des choses horribles, Edie. Il faut que tu saches.

J'en avais déjà entendu une partie.

Je hochai la tête.

— Je te crois.

Il pouvait bien me raconter n'importe quoi sur mon père, je savais qu'il disait la vérité. Parce que Jordan Van der Zee n'avait absolument aucune limite.

Il m'embrassa délicatement le bout du nez et pressa son front contre le mien.

— Je t'aime.

Il plaça les mains autour de mon cou et secoua la tête d'un air exaspéré, comme si c'était une erreur. Comme s'il n'aurait pas dû m'aimer, mais qu'il n'avait pas d'autre choix. Je sentis mon cœur gonfler dans ma poitrine.

— Je suis tellement amoureux de toi, Edie Van Der Zee, que je ne sais plus où je termine et où tu commences. Je t'aime même si c'est complètement cinglé. Que nos situations sont un désastre. Je t'aime même en sachant que tu devrais vivre quelques histoires de plus, avant de trouver le grand amour. Je t'aime, même si on n'en est pas au même stade dans la vie, qu'on n'a rien en commun et qu'on a si mal commencé.

Je reniflai pour retenir mes larmes et pressai mon front plus fort contre le sien.

— Moi aussi, je t'aime. J'aime ta férocité dès qu'il s'agit des gens auxquels tu tiens. J'aime que tu sois conscient de tes défauts. J'aime que tu essaies de les combattre. J'aime quand tu y succombes. J'aime absolument tout chez toi. Le bon comme le mauvais. Et je n'aimerai jamais personne comme je t'aime toi, parce que ça n'a rien à voir avec l'âge, mais avec le cœur. Et le mien t'appartient, Trent Rexroth. Tu es mon océan. Je suis mouillée quand tu es là.

Il sourit et me serra dans ses bras.

— Je serais venu te chercher, même si tu lui avais donné la clé, Van Der Zee. Même si tu m'avais jeté dans la fosse aux lions. Et je promets de ne jamais arrêter de te mouiller, ma petite marée. De m'assurer que tu es toujours trempée.

Épilogue

Edie

La porte claque et je n'ai pas besoin de lever la tête pour savoir qui c'est.

La seule personne dans cette maison qui traite les portes comme si elles en avaient après lui et l'univers. Un cœur tendre mais des manières de brute.

— N-n-non ! Plus jamais ! beugle Theo en faisant valser ses chaussures pleines de boue dans le couloir. J'-j'-j'arrête de jouer au football. Je suis n-nul.

— Qu'est-ce que c'est que ces conneries ? Tu pourrais tacler un éléphant, s'il le fallait.

Je chantonne depuis la cuisine :

— Trent…

Je souris pour m'empêcher de froncer les sourcils. Peu importe le temps qui passe, peu importe qu'on vive avec un garçon de treize ans et une petite fille de cinq ans, mon petit ami n'arrive toujours pas à se résoudre à arrêter de jurer. Il lâche tant de bombes qu'on pourrait raser le continent tout entier.

— … Ton langage !

— Oui, m-m-maman, se moque Theo.

Il arbore sa confiance comme une armure. Je regarde par-dessus mon épaule en direction de ma mère qui coupe des légumes, le sourire aux lèvres. Je suis heureuse que ça ne la dérange pas que Theo m'appelle comme ça, parfois. Heureuse qu'elle sache que c'est juste une blague.

— Ton fils est incontrôlable, lui fais-je remarquer en mettant la viande hachée dans la poêle brûlante.

— Pour ma défense, c'est toi qui l'as élevé pendant la plus grande partie de sa vie, dit-elle avec une sorte de résignation mélancolique.

Elle vient à la maison tous les week-ends pour passer du temps avec Luna et lui. Et tous les jeudis, Camila garde les enfants pour que Trent et moi puissions sortir.

Tous les jeudis, on se comporte comme des gens de notre âge. Ou de mon âge, du moins.

On se roule des pelles dans des voitures, on laisse des mairies abandonnées nous engloutir dans l'obscurité, on va au cinéma, au restaurant, dans des boîtes où je n'ai pas à montrer une fausse carte d'identité, à cause de l'homme qui m'accompagne.

Notre maison vit au rythme des marées. L'océan est toujours agité, mais ça ne fait rien, car nous sommes d'excellents nageurs. On vit dans une maison d'hippocampes, de survivants, de gens qui ont goûté au côté obscur de la vie. Une maison de gens qui restaient sur la ligne de touche, en suppliant qu'on ne les remarque pas.

Mais nous, nous remarquons. Nous nous remarquons les uns les autres dans ce chaos qu'est la vie.

Nous allons à Tobago Beach tous les week-ends pour surfer, manger, rire et nous foutre de tout. Du monde et de l'argent.

Luna et Theo s'adorent. Ils se témoignent un immense respect mutuel et prennent soin l'un de l'autre. C'est un spectacle aussi déchirant que magnifique. Il peut enfin être l'adolescent responsable, et elle peut compter sur un grand frère féroce. Elle a une chambre bleue, avec un aquarium plein d'hippocampes ; il a une chambre verte, avec des posters de Tom Brady que Trent a toutes les peines du monde à ne pas arracher des murs.

Et puis il y a nous. Trent. Moi. Notre amour.

Notre amour qui attire l'attention en permanence. Nous sommes un couple mixte avec une grande différence d'âge. Et notre passif a la forme de deux enfants. Ce n'est pas beau à voir. C'est tragique, même. On est loin d'être aussi photogéniques que la petite famille parfaite de Vicious, ou que la tribu blonde de Jaime, ou que le doux foyer sans différence d'âge de Dean.

Nous sommes différents, et nous ne changerions ça pour rien au monde.

Trent, Theo et Luna entrent d'un pas nonchalant dans la cuisine, un grand sourire aux lèvres. Luna est la première à me sauter dessus pour me faire un câlin. Elle ne parle toujours pas, mais elle communique en langue des signes. C'est un immense pas en avant.

— Les garçons t'ont bien occupée ?

Je la serre dans mes bras et la sens hocher la tête. Quand elle s'écarte de moi, elle signe pour me répondre : *Theo a failli tuer un cygne en lançant la balle.*

Je fronce les sourcils.

— C'est… très vilain.

— Il était juste excité, explique Trent en m'embrassant sur le front, une bouteille d'eau à la main.

Il embrasse ensuite ma mère sur la joue. Theo s'approche d'elle pour l'aider avec les légumes.

— Pas avant de t'être lavé les mains, mon pote.

Il me regarde en soupirant, mais se dirige vers l'évier. La viande grésille dans la poêle, et la cuisine est remplie d'odeurs, de rires et d'amour. Elle abrite une famille. Elle abrite tout ce que je n'ai jamais eu chez mes parents.

Trent vient se planter derrière moi et me murmure :

— Il faut que je te parle.

— Je suis en train de faire la cuisine.

Je proteste pour la forme. En vivant avec deux enfants comme Luna et Theo, nous sommes passés maîtres dans l'art de nous esquiver pour tirer un coup en vitesse. Mais là, même pour nous, c'est trop. Ils sont tous là. Et je ne peux pas être silencieuse à ce point. Pas avec lui.

— Je m'en fiche, grogne-t-il comme le *Hot Hero* qu'il est.

Impitoyable. Froid. Mais toujours plein d'amour.

Je détourne mon attention du repas et fixe ma mère et mes enfants. Oui. Mes enfants.

Trent suit mon regard et fronce les sourcils.

— Arrête d'avoir l'esprit mal tourné, Edie. Si je voulais tirer un coup vite fait, ils seraient en train de manger un McDo en bas de la rue.

Je ris, parce que je ne peux pas m'en empêcher. J'ai fini par accepter le fait qu'il soit un connard de première catégorie. La plupart du temps, ça ne m'énerve même pas. C'est plutôt charmant, en fait, même si ça peut sembler bizarre.

Néanmoins, une pointe de panique me transperce le cœur. Pour que personne d'autre que lui ne m'entende, je chuchote :

— Je ne peux pas laisser ma mère toute seule avec les deux.

Non que je ne lui fasse pas confiance, mais elle est revenue de loin en très peu de temps, et je ne veux pas qu'elle se sente dépassée.

— Tu as raison.

Disant ça, il me caresse les fesses de ses deux mains de manière si délibérée que c'en est presque comique.

Presque au même moment, Emilia et Rosie arrivent dans la cuisine, les bras chargés de sacs de course.

— Salut, tout le monde ! dit Emilia.

— Pitié, supplie Rosie, mettez la clim en route ! Je suis en train de me liquéfier. Vous avez changé le carrelage ? Il y a beaucoup trop de gens dans cette pièce.

J'assiste à la scène avec des yeux ronds comme des billes.

— Qu'est-ce que vous faites ici ?

Au cours de la dernière année, Emilia, Mel et Rosie sont devenues d'excellentes amies. Melody étant la plus vieille de la meute, c'est vers elle que je me tourne, quand Luna me rend folle et que Theo fait n'importe quoi. Quant aux sœurs LeBlanc, elles sont les deux meilleures copines que je n'aurais jamais cru avoir.

— On te donne ta journée. Tu le mérites, me répond Emilie avec un clin d'œil, en me lançant un coup de hanche.

Je n'ai pourtant pas le sentiment d'avoir besoin d'une pause. J'adore ma vie. Tous les matins, j'emmène Theo et Luna à l'école, puis je vais à la plage pour donner des cours de surf. Les après-midi, je déjeune avec Trent, et on fait l'amour avant d'aller récupérer les enfants. Puis il fait à manger et me masse les pieds devant Netflix après le dîner. Je ne mérite pas de prendre des vacances. J'ai l'impression d'y être en permanence.

— Mais je…

— Ne discute pas, marée !

Trent m'attrape par le poignet et m'attire contre lui. Même après un an sous le même toit, ce geste continue à me faire fondre.

Il m'entraîne dehors, alors que la viande grésille toujours

dans la poêle. J'ai juste le temps de voir Rosie baisser le feu derrière moi et Emilia ouvrir une bouteille de vin.

— Qu'est-ce qui se passe ?

— Je ne sais pas trop, répond Trent, alors qu'on arrive à l'entrée (la maison a vue sur la mer), mais je crois que je suis en train de perdre mes couilles au passage.

Il grimace, et je me mets à rire.

— Quoi ? Pourquoi ?

— Parce que…

Il ouvre la porte, et un flot de lumière rouge se déverse, tandis que la nature m'offre un de ses plus beaux spectacles.

— … Le coucher de soleil n'a jamais été aussi beau et si on devait choisir un moment parfait, je veux que ce soit celui-là.

Je hausse les sourcils, sceptique.

— C'est pour ça que tu as demandé à Rosie et Emilia de venir ?

— Non, répond-il en me caressant la joue.

Il a les yeux clairs, l'âme sombre, et tout ce qu'il me donne est un festival de couleurs.

— Je leur ai demandé de venir au cas où tu dirais oui.

— Oui à quoi ?

— Oui à mon idée de malade.

Il met un genou en terre, devant le coucher de soleil, et sort quelque chose de sa poche. Il est en tenue de sport, et ça le rend encore plus sexy. Le plus dingue, outre le fait que nous n'avons jamais parlé de ça (pas même une fois), c'est que je ne suis absolument pas nerveuse. Juste excitée. J'ai déjà l'impression que nous sommes mariés, et c'est un sentiment que j'adore par-dessus tout. Il incarne la stabilité et l'amour. La sécurité et la confiance.

Je suis sa marée, et il est mon ancre. Ou peut-être le sable lui-même.

— Edie Van Der Zee, je veux tremper les orteils dans les vagues que tu fais chaque jour, jusqu'à la fin de ma misérable vie. Je veux vivre avec toi. Je veux coucher avec toi (rien que toi, seulement toi et personne d'autre) tout le temps. Tous les jours. Je veux parader avec ce truc qu'on a et devant lequel les gens haussent les sourcils en pensant que je suis un pervers, parce qu'ils n'auront jamais ce que nous avons et qu'ils peuvent aller se faire foutre. Est-ce que tu veux m'épouser ? Je ne demande pas grand-chose. Je ne te demande pas de me faire des enfants, de me préparer le dîner ou de faire quoi que ce soit dans la maison. Je ne veux que ce que tu veux bien me donner.

Luna passe la tête par l'embrasure de la porte. Je me tourne vers elle en souriant. Je m'attends à ce qu'elle signe quelque chose comme « Beurk, c'est dégoûtant » ou « papa fait encore n'importe quoi ». Mais elle ne le fait pas.

Au lieu de ça, elle hausse les sourcils, ouvre la bouche et offre à son père le plus des cadeaux.

— Dis oui !

Trent

Jusqu'à ce que je rencontre Edie, décembre était le mois que je préférais.

Pas à cause de Noël. Rien à foutre de Noël. Mais à cause du froid. C'était le seul mois où, l'espace d'un instant, on n'avait pas l'impression que la Californie du Sud allait s'embraser dès que quelqu'un craquait une allumette. Il y a des années, quand on a ouvert une filiale de Fiscal Heights Holdings à Chicago, je me suis jeté dessus comme un chien affamé sur un bout de viande. J'adorais l'hiver. Adorais. À l'imparfait.

Désormais, je le déteste.

J'aime toujours avoir la sensation que le soleil n'est pas en train d'essayer de me tuer, mais je n'aime pas voir Edie traverser la promenade en courant, pieds nus, une planche de surf sous le bras, en train de rire comme une gamine entre les grosses gouttes de pluie. Parfois, je cours après elle et je la tacle dans le sable pour l'embrasser jusqu'à lui couper le souffle, et tenter de la convaincre de se calmer et de ne pas aller à sa session du matin. Le plus souvent, je sais que c'est inutile.

L'océan est sa drogue.

Elle est la mienne.

Pour satisfaire ces addictions, j'ai procédé à quelques changements. C'est drôle, j'ai toujours cru que je mourrais seul et, d'un coup, j'ai un tas de gens autour de moi. Theo et son amour bizarre pour Tom Brady, Luna et son silence bruyant et content (le plus souvent), et ma future femme.

Après avoir envoyé Jordan Van Der Zee en prison (cet enfoiré est un col blanc qui a un tas d'avantages et de droits de visite, sauf que personne ne veut le voir : ni sa femme, ni ses enfants, et certainement pas Val, partie Dieu seul sait où), la première chose que j'ai faite a été d'acheter l'école de surf de Tobago Beach. Je voulais qu'Edie ait des horaires flexibles, et elle est sa propre patronne, à présent. La deuxième chose, ça a été de convoquer mes amis et associés pour leur dire que j'allais lever le pied, et pas qu'un peu.

— J'ai une famille, maintenant. Une putain de famille avec un tas de besoins et un emploi du temps serré, avais-je expliqué.

Dean avait souri.

— En voilà encore un qui mord la poussière, avait commenté Vicious.

Jaime avait hoché la tête.

— On te soutient.

Et c'est le cas. Ils me soutiennent sans arrêt. À tel point qu'ils n'ont même pas paru horrifiés quand je leur ai dit que j'allais demander ma copine de dix-neuf ans en mariage. C'est absurde. Vous croyez que je ne suis pas au courant ? Réfléchissez bien.

On devrait attendre jusqu'à ce qu'elle soit dans la vingtaine.

On devrait faire profil bas.

On ne devrait pas se montrer. On ne devrait pas attirer l'attention sur nous. On ne devrait pas faire de déclarations.

Mais on n'en a absolument rien à foutre !

— Monsieur Rexroth, votre… euh… Edie est là, m'informe Rina à l'Interphone.

Je joue avec l'idée de la corriger. Ma fiancée. Voilà ce qu'est Edie. Après m'avoir dit oui devant le plus beau coucher de soleil que j'avais jamais vu en Californie, un taxi nous a emmenés à l'aéroport pour un week-end à Hawaï. Elle a beaucoup surfé. On a beaucoup baisé. La bague de fiançailles était trop lourde pour qu'elle puisse me branler. On apprend de ses erreurs. La bague prend désormais la poussière dans le coffre de notre chambre.

Je pousse le bouton rouge tout en lissant ma cravate.

— Faites-la entrer.

Elle déboule dans mon bureau, jeune et fière de l'être. Elle porte une salopette bleu ciel, un débardeur jaune, ses Dr Martens, et arbore un sourire impertinent. Elle m'appartient, même si elle n'a pas de bague de fiançailles au doigt. Elle est trop naturelle pour cette pierre, de toute façon. Elle a un coquillage autour du cou. Un nouveau, identique à ceux qu'elle a faits pour Luna et pour Theo.

— Je suis passée te faire un petit coucou.

Elle remue les sourcils, un sac Panda Express à la main.

Je me laisse aller contre le dossier de mon fauteuil et croise les jambes sur mon bureau.

— Et moi, je pense que tu es passée tirer un coup, parce que je ne peux pas venir à la maison cet après-midi.

Elle hausse les épaules en riant.

— Oui, aussi.

Elle pose le sac rempli de plats chinois huileux sur mon bureau.

— Tu essaies de me soudoyer avec de la nourriture ?

— En réalité…

Elle me rejoint et pose les fesses sur mon érection (j'en ai une chaque fois que je la vois), avant d'enrouler les bras autour de mon cou.

— … Je me disais que tu aurais pu regarder les magazines de mariage avec moi. C'est tellement bizarre d'organiser ça ! Je ne sais pas par où commencer. À part Millie, Mel et Rosie, tous mes amis sont des mecs et des ados.

— Pas la peine de me le rappeler.

J'ai fait la paix avec Bane, ce qui ne veut pas dire que je ne garde pas un œil sur ce petit enfoiré. Je place les mains autour de la taille d'Edie et l'attire à moi pour un baiser obscène qui ne va pas tarder à dégénérer, on le sait tous les deux.

— Je vais t'aider, mais quand je t'ai demandé de m'épouser, je ne voulais pas dire ce mois-ci. Ou même cette année. Je voulais juste annoncer la couleur, pour que les choses soient claires. On va se marier. Fin de l'histoire.

— Oui mais moi, je veux t'épouser bientôt, dit-elle en frottant son nez contre le mien.

— Pourquoi ? Trente-quatre ans, ce n'est pas si vieux que ça, tu sais, marée. Je ne vais pas mourir l'année prochaine.

Elle me donne une tape sur le torse et rit.

— Ce que je veux dire, c'est que j'ai envie d'être Mme Rexroth. Je veux changer de nom, j'en veux un dont je serai fière.

Avant, j'adorais le mois de décembre ; maintenant, j'adore le mois de septembre.

Parce que c'est en septembre qu'un hippocampe embrasse la marée et crée une putain de vague absolument magnifique.

— Je pense que je suis prête pour une dynastie, déclare-t-elle en plaçant ma main sur son ventre.

— Et moi, je pense que tu es complètement tarée.

Dans le fond, pas vraiment. Elle peut avoir tout ce qu'elle désire. Et elle le sait.

Elle sourit.

— L'un n'empêche pas l'autre, si ?

Voilà. Tout ce qui compte est là. Tout ce que je cherchais. Dans ces yeux. Sur ces lèvres. Notre histoire n'est pas parfaite. Ma fille ne parle toujours pas. Je suis toujours le muet. Theo n'est pas guéri, et Edie est toujours la fille d'un sale enfoiré.

Mais on se nourrit de nos imperfections. Dans les passages obscurs du monde où on s'est rencontrés pour la première fois. Je prends son visage entre mes mains et l'embrasse à nouveau, si brutalement que nos dents s'entrechoquent.

Imparfaits.

— Penche-toi et mords ton avant-bras, Edie.

Elle le fait aussitôt.

— J'aime quand tu me fais mal, dit-elle, tandis que je lui caresse les fesses à travers le tissu de sa salopette.

— Et moi, je t'aime quand je te fais du mal, et aussi quand je ne t'en fais pas.

— Très fort, monsieur Rexroth.

— Tu sais bien, future madame Rexroth. Si tu veux être forte… il te suffit de l'être.

Playlist

Believer, Imagine Dragons
Girls and Boys, Blur
Just the Two of Us, Grover Washington Jr.
Pacific Coast Highway, Kravinsky
Sweater Weather, The Neighborhood
Lonely Boy, The Black Keys
Shape (Of My Heart), Reprise des Sugababes

Remerciements

L'écriture est un travail solitaire. C'est pour cette raison que c'est important d'avoir sa tribu autour de soi. J'ai l'impression de faire partie d'un tout, d'un groupe qui est toujours là pour me tenir la main (et j'ai énormément besoin qu'on me tienne la main lorsque j'écris, croyez-moi). C'est pourquoi j'aimerais remercier toutes les personnes que je m'apprête à citer :

Merci à mon équipe éditoriale qui m'accompagne à chaque pas. Tamara Mataya, tu possèdes une intelligence et une spiritualité incroyables. Bex Harper, tu sais toujours comment faire ressortir les émotions. Paige Smith, tu as un sens de l'observation extraordinaire. Tu ferais probablement une super détective, si l'édition finit par te gonfler un jour.

Un grand merci à mes beta-lectrices, Ella Fox, Ava Harrison, Danielle McDonard, Charleigh Rose et Page Jennifer. Vous êtes incroyablement douées dans ce que vous faites. Ne m'abandonnez jamais, d'accord ? Jamais.

Merci à mon agent, Kimberly Brower, de travailler si dur pour que mes livres soient visibles partout. À Letitia Hasser de RBA Design : tu as un sacré talent. Merci de toujours trouver le bon style. À Stacey Blake de Champagne Formatting, merci de rendre mes livres si jolis à l'intérieur.

À mon gang, Avivit, Lin, Kristina, Vane, Sabrina, Summer, Jennifer, Tijuana, Sher, Betty, Oriana, Sheena, Ilor, Jennifer, Becca, Julia, Josephine, Jacquie, Amanda, Erika, Sonal, Ofa et Vanessa : vous êtes extraordinaires. Merci de me faire sourire chaque jour.

Au groupe Sassy Sparrows, merci pour tout. Vous êtes le

meilleur groupe de lecture dont un auteur puisse rêver. Je suis accro, mordue, et complètement obsédée par vous !

Aux bloggeuses qui mettent autant mon livre en avant : j'ai le sentiment que mon travail en vaut la peine grâce à vous. Je veux que vous sachiez que je vous vois. Vous êtes estimées. Aimées. Respectées. Toujours.

Merci à ma famille et mes amis de supporter les longues heures que je passe dans mon bureau. Sérieusement, vous êtes les meilleurs.

Enfin, merci à mes lectrices d'avoir pris le temps de lire ce livre. Vous faites de mon rêve une réalité chaque fois que vous me donnez ma chance, et je vous en suis éternellement reconnaissante. Si vous le souhaitez, laissez une critique honnête avant de vous plonger dans votre prochain livre.

Avec (absolument) tout mon amour (fou).

L.J. Shen.

SÉRIE SINNERS

de L.J. Shen

Ils sont beaux, ils sont dangereux.

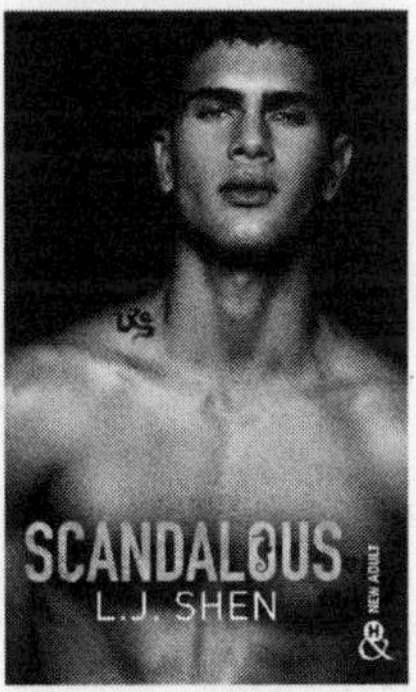

Tournez vite la page pour découvrir un extrait du tome 4, *Furious* !

Prologue

Bane

Avant

Un menteur.

Un arnaqueur.

Un voleur sans foi ni loi.

Ma réputation était comme une énorme vague sur laquelle je surfais. Elle engloutissait tous ceux qui m'entouraient et noyait toutes les tentatives de me rouler.

J'étais connu pour fumer du shit, mais je me shootais au pouvoir. L'argent ne signifiait rien. C'était tangible, et donc facile à perdre. À mes yeux, les gens n'étaient qu'un jeu. Un jeu auquel j'avais toujours gagné.

Déplacer les tours.

Éloigner la reine si nécessaire.

Défendre le roi en permanence.

Jamais je ne me laissais distraire ni décourager, et je ne connaissais pas la jalousie.

Imaginez donc ma surprise en éprouvant les trois à la fois.

C'est une sirène à la crinière noire comme du charbon qui m'a privé de la plus grande vague que j'avais vue de tout l'été. De ma précieuse attention. De mon propre souffle.

Telle la nuit tombante, elle a glissé insensiblement de l'océan vers la plage de sable.

À califourchon sur ma planche de surf, j'en suis resté médusé.

Edie et Beck se sont arrêtés à côté de moi ; du coin de l'œil, je les voyais flotter sur leurs planches.

— Elle est maquée avec Emery Wallace, m'a averti Edie.

Voleur.

— Cette fille est le plus gros canon de la ville, s'est esclaffée Beck.

Arnaqueur.

— Surtout, elle ne sort qu'avec des types pleins aux as.

Menteur.

J'avais toutes les qualités requises pour la ferrer.

Son corps ressemblait à une neige fraîchement tombée : blanc, immaculé, à croire que le soleil brillait toujours à travers elle sans jamais l'imprégner. Sa peau défiait les lois de la nature, sa croupe ébranlait ma raison, mais les mots inscrits sur son dos ont chamboulé mon esprit.

Ce ne sont pas ses courbes, ni sa manière de balancer des hanches comme s'il s'agissait de deux pommes empoisonnées qui m'ont fait réagir.

C'est le tatouage que j'avais remarqué lorsqu'elle avait nagé près de moi plus tôt, les mots qui ruisselaient le long de sa nuque et dans son dos en une flèche verticale.

Ma vie entière n'a été qu'une attente de toi.

Pouchkine.

Je ne connaissais qu'une seule personne complètement fan du poète russe et, comme le célèbre Alexandre, il se trouvait actuellement six pieds sous terre.

Mes amis se sont mis à ramer en direction du rivage. Moi, je ne pouvais pas bouger. Je bandais comme un dingue. Je ne croyais pas au coup de foudre. Au désir, peut-être, mais ce n'était pas le mot qui me venait à l'esprit. Non. Cette fille *m'intriguait*, putain.

— Comment elle s'appelle ? ai-je demandé en retenant Beck par la cheville.

Edie a cessé de ramer et a regardé en arrière pour nous considérer l'un après l'autre.

— On s'en fout, *bro*.

— Comment. Elle. S'appelle ? ai-je répété, les mâchoires crispées.

— Mec, c'est, genre, une gamine.

— Je ne le demanderai pas une troisième fois.

Beck a dégluti, faisant saillir sa pomme d'Adam. Il savait pertinemment que je n'étais pas du genre à déconner. Tant qu'elle était majeure, j'étais partant.

— Jesse Carter.

J'aurais Jesse Carter dans la poche avant même qu'elle me connaisse.

Avant même que moi, je la connaisse.

Avant que sa vie se retrouve sens dessus dessous et que son destin se réécrive en lettres de sang.

Voici donc la vérité, celle que même le menteur éhonté que j'étais refuserait d'admettre par la suite : je l'avais désirée avant.

Avant qu'elle devienne une transaction.

Avant que la vérité l'emprisonne.

Avant que les secrets jaillissent.

Ce jour-là, je n'ai pas pu surfer du tout.

Ma planche s'est brisée.

J'aurais dû y voir un signe.

Mon cœur serait le prochain sur la liste.

Pour une minette aussi menue, elle avait le pouvoir de destruction d'un bulldozer.

*
* *

Jesse

Avant

Ce soir-là, c'était la pleine lune.

C'était tellement kitsch que c'en était presque risible. Non, mais quel cliché, sérieux ! Une grosse lune bien ronde et blafarde éclairait de manière triomphante la nuit qui a gravé mon sort, mon identité, mon *ventre*, à l'aide de profondes entailles luisantes.

Je la contemplais. Elle était si calme et tranquille. La beauté est souvent tellement inutile.

Ne reste pas là sans rien faire. Appelle les flics. Appelle une ambulance. Sauve-toi.

Je me demandais si j'allais mourir. Si oui, combien de temps faudrait-il à Pam pour remarquer mon absence ? Combien de temps avant que Darren lui explique que j'avais toujours été fragile ?

— Zentille, la consolerait-il en zézayant. Mais frazile.

Combien de temps avant qu'elle en convienne ? Combien de temps avant que le KitKat posé sur la tombe de papa fonde sous un soleil de plomb ?

— Quel dommage, se lamenteraient-ils. C'était une brave fille.

Rien de tel que la mort d'une ado pour resserrer les liens d'une communauté. Surtout dans une ville comme Todos Santos, où les tragédies n'existaient que dans les journaux et à la télé. Ça oui, ça alimenterait les conversations. Le récit interdit et savoureux de la déchéance de la jeune fille la plus branchée du coin.

La réalité s'imposait à moi comme l'eau qui s'écoulait

d'un robinet fuyant. Emery, Henry et Nolan se feraient à peine taper sur les doigts. Des travaux d'intérêt général ? Dans mes rêves. Je serais la seule à connaître la honte publique des regards désapprobateurs et des invitations annulées aux soirées du country club. C'était moi, la paria. L'idiote qui avait commis l'erreur de fricoter avec l'aristocratie de Todos Santos.

Ils s'en tireraient à bon compte, je le savais. Ils iraient à la fac, seraient invités à des fêtes. Le jour de la remise des diplômes, ils jetteraient en l'air leurs chapeaux débiles. Ils se marieraient, auraient des enfants, assisteraient à des réunions d'anciens élèves, partiraient tous les ans faire du ski avec leurs potes. Ils vivraient. *Bon sang, ils vivraient.* C'était exaspérant de se dire que leurs familles et leur fric suffiraient à acheter la clémence des juges. Moi, qu'on me récupère sur la route ce soir-là avec un cœur qui battait ou non, je savais que j'étais déjà morte. Morte dans tout ce qui était essentiel.

L'espace d'un instant, je suis redevenue la Jesse d'avant. Je me suis efforcée de voir les choses du bon côté. Il faisait bon pour un mois de février. Pas trop chaud, ni trop froid. La chaleur du désert retenue par ma peau était atténuée par la fraîcheur de l'asphalte sur laquelle je reposais. Nombreuses étaient les victimes qui retrouvaient le goût de vivre. Je pourrais étudier à l'étranger. Darren était passé maître dans l'art de claquer du fric pour effacer les problèmes. Je pourrais me réinventer. Oublier ce qui s'était passé. L'hypnose servait bien à ça, non ? Je pourrais demander à Mayra, la psy que mes parents m'avaient envoyée voir quand j'avais commencé à faire des cauchemars. La science n'avait pas de limites. La preuve : ma mère, qui avait quarante ans, en faisait vingt-trois grâce au Botox.

De petits cailloux se fichaient dans mon dos nu. Mon

soutien-gorge en dentelle rose et ma culotte assortie reposaient, déchirés, à côté de moi, et même si mon entrejambe était devenu insensible, je sentais quelque chose couler le long de ma cuisse. Du sang ? Du sperme ? À ce stade, ça n'avait plus d'importance.

Stoïque, j'ai scruté la constellation au-dessus de moi. Accrochée tel un lustre au faîte d'un ciel d'encre, elle raillait mon existence tragique et mortelle.

Je devais tenter de me relever. Appeler à l'aide. Me sauver moi-même. Mais la perspective d'un échec était encore plus paralysante que la douleur. J'avais l'impression que mes jambes étaient tétanisées, mes hanches écrasées.

Des sirènes résonnaient au loin.

J'ai fermé les yeux. Souvent, il m'était arrivé de voir mon père de l'autre côté, comme si son visage était tatoué à tout jamais sur l'intérieur de mes paupières. C'est là qu'il vivait désormais. Dans mes rêves. Plus vivant que la femme qu'il avait laissée derrière lui. Pam s'effaçait toujours à l'arrière-plan de mon récit, trop occupée à écrire sa propre histoire.

Les sirènes s'approchaient. Elles étaient plus bruyantes. Mon cœur est descendu se réfugier dans mon ventre, où il s'est recroquevillé comme un petit chiot battu.

Plus que quelques minutes, et tu deviendras le sujet de tous les commérages. Une légende urbaine visant à mettre les jeunes filles en garde.

La Jesse d'avant aurait sangloté. Elle aurait hurlé, tout raconté aux flics. Se serait comportée normalement, compte tenu des circonstances anormales. La Jesse d'avant aurait crié vengeance et fait ce qu'il fallait. En vraie féministe. Elle ne les aurait pas laissés s'en tirer comme ça.

La Jesse d'avant aurait ressenti quelque chose, elle.

L'ambulance a ralenti dans le virage, assez près pour que la chaleur de ses pneus me pénètre et que l'odeur du caoutchouc brûlé envahisse mes narines. Quelque part, le fait qu'ils avaient appelé les secours était encore plus rageant que s'ils m'avaient laissée pour morte, comme s'ils savaient qu'ils étaient intouchables même après ce qu'ils m'avaient infligé. On a déployé un brancard à côté de moi. J'ai récité les dernières paroles que j'avais entendues avant qu'ils m'abandonnent dans la ruelle, tandis qu'une larme unique coulait librement sur ma joue.

Ma vie entière n'a été qu'une attente de toi.

— Et quelle attente, salope. Tu t'es bien débattue.

Nolan m'avait flanqué un coup de pied dans les côtes.

À l'époque où j'avais fait tatouer cette phrase, j'étais persuadée qu'Emery était l'homme que j'attendais depuis toujours. À présent, ma nuque me brûlait, j'avais envie d'en arracher la chair et de la jeter par terre à côté de mes habits lacérés.

Au prix d'un effort déchirant, j'ai levé le bras gauche pour couvrir ma poitrine et j'ai posé le droit sur mon ventre nu afin de camoufler ce qu'ils avaient gravé sur mon torse comme si j'avais été une vulgaire citrouille d'Halloween. Ils m'avaient forcée à les regarder faire, avaient tenu mon visage entre leurs mains douces et propres, avaient tiré sur mon cou pour me faire adopter cette position inconfortable. En guise de châtiment pour mon péché indigne.

Le mot brillait tel un panneau en néon sur ma peau pour que tout le monde puisse le voir, me juger et se moquer de moi. Les lettres de sang suintaient sur ma jupe de créateur rose.

Salope

La Jesse d'avant aurait tout expliqué, elle aurait marchandé, argumenté.

La Jesse d'avant aurait tenté de sauver la face.

La Jesse d'avant n'était plus.

Composé et édité par HarperCollins France.

Achevé d'imprimer en juillet 2019.

CPI
BLACK PRINT

Barcelone

Dépôt légal : août 2019.

MIXTE
Papier issu de sources responsables
FSC® C108412
FSC www.fsc.org

Pour limiter l'empreinte environnementale de ses livres, HarperCollins France s'engage à n'utiliser que du papier fabriqué à partir de bois provenant de forêts gérées durablement et de manière responsable.

Imprimé en Espagne.